P-BOX

第一章

未来の先にある光の扉

下巻

天見 海
AMAMI Kai

文芸社

P-BOX　第一章　未来の先にある光の扉　下巻

目次

第三話　むかし、少しむかしの、あるところのはなし

それは、いつの時代の話であるのか、誰にも分からない話であった。これは世の中が、欲と金に塗《まみ》れて戦争を繰り返していた、そんな時代の一つの物語である。

世界中の人々は戦争によって長い間、貧困な生活を強いられ、病になっても満足に治療も受けられず、その病によって苦しむ民衆が数え切れないほど大勢いた、そんな世の中だった。民衆の貧困から生み出される飢えや病などの苦しみよりも、優先されたのは、戦争に使う武器や兵器の製造だったのだ。

自《みずか》らの領土の拡大を求め、世界中の国のトップが戦争を繰り返して領土を奪い合った。そしてその戦争では多額の金が動き、また多額の金を生んだ。

その金や領土に目がくらんだ傲慢《ごうまん》な一部の人々が戦争をやめず、民衆を長きにわたって苦しめ続けていた。

戦闘機による空爆で、多くの民衆が犠牲となり、度々《たびたび》町が火の海と化すのも日常の光景となっていた。

長きにわたる戦争と人々の貧困な暮らしで、人の心は荒《すさ》み、人よりも自分が生き残るための考えが優先され、またその家族の生活を守るための、人々の暴動や蹴《け》落《お》とし合いも続いた。

そんな日常の中で、日々逞《たくま》しく生きている、ある町の人々がいた。

その町の人々は皆《みんな》、お互いに助け合って生きているかのように思えた。

そこには十和子《とわこ》という名前の、一人の遊女がいた。

十和子は生活をしていくために、身売りをしてこの時代を生き抜いていた。

生業《なりわい》は遊女であったが、彼女はとても明るく真面目であり、人を思いやることのできる女性であった。町の人々は、戦争によって殺し合いが続く今の暗い世の中にあっても、いつも明るく振る舞い、元気をくれる彼女のことがとても好きだった。

他人のことよりも、自分が生き残ることを考えるのが当たり前のように思っている人々が多い中で、十和子は自分よりも周囲の人々を慈しみ、大切にしていた。

誰かがお金に困っていると、預金をはたいて人のためにお金を使い、病で誰かが苦しんでいるのを見ると、十和子は看病にも駆けつけたのだ。彼女とて、もちろん裕福ではなく、貧困者の一人であるにもかかわらず。

十和子のその優しさは、子供からお年寄りまで分け隔てなく向けられ、十和子も人々から愛されていた。

彼女を知る人々は皆、遊女は彼女には似つかわしくない職業だと思っていた。しかし、今の貧困な時代では、女性が選べる職業など限られていたのだ。人々は、口にこそ出さなかったが、そんな十和子に哀れみを感じていた。

それでも日々、貧しくとも忙しい生活を送る最中《さなか》、十和子には目が離せなくなるような、そんな男性との巡り合いがあった。

その男性は、某有名大学の文学部に通う学生であり、将来は小説家を目指しているということであった。

男性の名前は、光《ひかる》といった。

言葉の制限や行動の規制があったこの時代において、小説を書くことだけが唯一、何事にも縛られずに、自由に表現できる世界を作ることができるのだと、光は言っていた。

長きにわたり戦争によって苦しめられ、言葉の自由や行動範囲さえも厳格に制限されている今の社会に、光は疑問を持っているのだという。

彼は、とても自由で豊かな発想を持ち、そして何よりも人としての自由を重んじる人であった。

戦争によって人々の心が荒み、豊かさをも失ったこの時代で、光はいつか人々が未来に希望が持てるような、人々の心に届く小説を書きたいのだと言っていた。

光との出逢《であ》いは、十和子がある夏の暑い夜に、近くの川に涼みに出かけた時のことだった。

川の付近には街灯もほとんどなく、真っ暗だったが、涼むには川の縁が最適だったので、十和子はよく一人で川原にやって来たのだ。

川原は、月のない夜は足元がよく見えないので危険な場所ではあったのだが、その日は月がきれいに見える夜だったので、十和子はすぐに土手を下って川の縁まで辿《たど》り着いた。

月明かりによって、流れ行く川の水面も見えている。十和子は、川のせせらぎに耳を傾けながら、川の縁に沿ってゆっくりと歩いて行った。柔らかで涼やかな風が、十和子の夏の暑さを和らげた。

十和子が、川の縁を進みながら涼んでいると、その先の川の縁に腰掛けている人影が見えた。街灯がないので、その顔ははっきりと確認はできなかったが、十和子は自分と同じように暑さを凌《しの》ぐために来た人なのだと思い、通り過ぎようとした。

「暑いですね」

すると、川の縁に座る人影が突然、十和子に声をかけてきたのだ。

声の主は、男性であった。

十和子は、急に話しかけられた男の声に警戒して沈黙していたのだが、月の光がうっすらと人影を映し出すと、着ているものが学生服であることが見て取れた。

十和子は学生だと分かって安心感を抱《いだ》くと、「暑いですね」と、学生に向けて言葉を返した。

すると学生は上着を脱ぎ、自分の隣の地面に、その上着を広げた。

「もし、よかったら、少し話をしていきませんか?」

学生はそう言うと、十和子の衣服が汚れないように、自分の上着の上に腰掛けるように促した。

月明かりの下に照らされた学生の顔が浮き彫りになると、十和子の頬は赤く染まっていった。

学生は眼鏡こそかけてはいたが、真面目《まじめ》そうでとても優しげな青年だった。

そして十和子にとって、その学生が持つ風貌や雰囲気は、ずっと昔から彼女が探し、追い求

め続けてきた、まさにその人に瓜《うり》二つであった。

十和子には、彼の姿が神々しく光り輝く、優しさに溢《あふ》れた高貴な光明のような存在に見えていたのだ。

その彼が今、目の前にいるというその緊張と、思わぬ嬉《うれ》しさに、十和子は胸を高鳴らせながら、彼に促されたその隣へと、ゆっくりと腰を下ろした。

顔の火照りは止まらず、十和子の頬は紅潮したままだった。だが柔らかな月明かりは、十和子のそんな面差しを隠し、彼も全くそれに気づいてはいなかった。

十和子は、それでも恥じらうように、両手で紅潮した頬を軽く押さえた。

彼は、まずは「光」と自分の名を名乗り、そして、大学の文学部に通う大学生であるということを十和子に伝えた。

それは、誰もが知る有名な大学であった。

十和子は、光はとても優秀で頭のいい学生なのだと感心した。そして、同じ戦争時代に生きる者同士でも、光は自分とは遠くかけ離れた存在であるということを、同時に感じていた。

十和子の胸は、急速に苦しさで満ちていった。自分が遊女であることは拭《ぬぐ》えない事実なのだ。この時代を一人で生き抜くための仕事だったが、十和子は初めて今、自分自身が遊女であることを恥じ、その悲しみで激しく心が揺れていた。

生活の糧を得るために必要だったとはいえ、自らの身を苦界に落とし、身売りをするということは、自身を捨てたに等しいと思われても仕方のない行為でもあったのだ。

辺りは鈴虫が鳴き、川のせせらぎの音が響いている。涼しい風が、二人の間を吹き抜けていった。

十和子は自らの派手な衣装を隠すように、両手で自分自身の肩を抱き締めると、両膝の上に額をのせた。十和子は自身のことを光になんと言って伝えればよいか、戸惑っていた。

しかし光は、十和子の名前を聞いただけで、十和子の素性については、それ以上何も尋ねてはこなかったのだ。

光は挨拶もそこそこに、自分の将来の夢の話を始めた。

いつか小説家になりたいのだという光は、自身が思い描いたという物語を、熱心に十和子に聞かせながら、現実の過酷さと、今の社会に強い疑問を抱《いだ》いているのだとも言う。

国は、内部で起こる権力争いと、金や欲に夢中になり、領土を奪い合う戦争をやめることはない。一部の者たちだけが、まるで裕福な生活を約束されたかのように富に埋もれて、何不自由なくのうのうと生きているのだ。

その末端の民衆は、いつまで経《た》っても恵まれることなく、日々貧しさと、死と隣り合わせともいえる空爆や病と戦っている。

そんな民衆が国を相手取り、声を上げたくとも、言動に強い制限をつけられては、何もできることはない。

強行に制限を破り、国に対して意見を述べれば、逮捕されるのが関の山なのだ。ひどい場合は暴力の後に牢屋に放り込まれ、その暴行によって命さえ落としかねない。罰則という名の厳しい体罰だ。

国が行う民衆の押さえつけで、人々は諦《あきら》めることを余儀なくされたのだ。長い間の戦争で、町の人々の心も荒《すさ》み、他人のことを思いやれる人々も少なくなった。多くの人々は、自分さえよければよいという考えに陥ってしまっている。

光は、思いの内を十和子に伝えると、一息ついた。

弱い月明かりだけでは、今の光の表情までは見えなかった。

ただ、十和子の目には、光はどこか寂しそうに映っていた。

確かに十和子にも、町の人々が自分のことばかり考えた行動をとっているのではないかと感じることはあった。

「そうじゃない人もいっぱいいるよ!」

しかし十和子は、思ったことは口には出さず、笑顔でそう答えた。

光は頷《うなず》くと、十和子に向けて、静かに微笑《ほほえ》んでいる。

光は、今のそんな世の中で、自分に唯一できることといえば、小説を書くことなのだと言った。

自分の想いを小説に乗せて、少しでも多くの人々が夢を持ち、その励みになれるものならば、そうなりたいのだと光は言う。

光から聞いた小説の内容は、確かに十和子の心に響いていた。

彼の思い描く小説は、人の心を豊かにし、未来に向けて夢や希望を持つことの素晴らしさと、人々が互いに信じ合って進んでいくことの大切さを描いた内容になっていたのだ。

十和子は、今の現実を忘れさせてくれるような、夢のある、そんな自由で豊かな発想を持つ光の才能に素晴らしさを感じた。人間らしい主張と自由を求める人々は、もっと大勢いるはずなのだ。いつか、光の小説が世に出る日が来たら、必ず手に取ろうと、十和子は既《すで》に心に決めていた。

十和子は、光はとても実直な男性であると思った。

暑さを凌ぐために、川の縁に下りて来たはずだったのだが、偶然に出会った光との話で盛り上がり、彼から小説についての、思わぬよい話もたくさん聞けた。

しかし、夜はもうすっかり更けていた。

光はゆっくりと立ち上がると、十和子に手を差し伸べた。

十和子は差し伸べられた光の手を掴《つか》むと、名残惜しそうに立ち上がった。

「今日は話におつきあいしていただき、ありがとうございました。遅くまでつきあわせてしまって申し訳なかったです」

光は、小説の話になると、つい話が長くなってしまいがちになるのだと、十和子に詫《わ》びた。

十和子は首を横に振り、とても楽しかったと、嬉しそうに言葉を返していた。

しかしその笑顔の裏で、十和子の心中は、この出会いはもうこれで終わってしまうのかという寂しさにも駆られていた。彼の話は決して長くはなく、十和子にはとても短い時間のように思えたのだ。

十和子は、懸命に自身の夢を語る彼の話を、もっと聞いていたかった。いつしか、光とずっと一緒にいたいと、強く思うようになっていたのだ。

光とは、今宵《こよい》、初めて出会ったばかりであったが、十和子にとっては既に、とても気になる存在に変わっている。光が持つ風貌とその雰囲気から、目を離せなくなってしまっていた。

しかし十和子は光に、そのたった一言を伝えられずにいた。

遊女である自分から、また会いたいなどと言うのは、とても勇気がいることでもあった。十和子は光に、変な誤解だけはされたくなかったのだ。

「まだ、しばらくは暑い日が続くということですので、もし、明日もここに涼みに来る予定がありましたら、またここでお話ししませんか?」

光は、立ち去る前に振り向くと、躊躇《ためら》うことなくサラリと十和子に声をかけてきた。

「私でよければ、是非。私もまた、小説のお話が聞きたいです」

十和子が光の呼びかけに嬉しそうに答えると、彼は少し照れたように軽く頭を掻《か》いて、

「それじゃあ、また明日」

と言い残し、踵《きびす》を返すと家路の方向へと歩いて行った。

十和子は土手を見上げると、光の後ろ姿が見えなくなるまで、川の縁にとどまって彼を見送っていた。

光は、実直な男性というだけではなく、十和子が初めに思った通りのとても優しい男性でもあった。

いくら月明かりだけとはいえ、光が十和子の身なりに気がつかないはずはないのだ。光は、十和子が遊女であることを知りつつも、蔑《さげす》むような態度を見せることなど全くなかった。それどころか、光は十和子の名前以上のことについては、最後まで一切、触れてこなかったのだ。

十和子も、自分が遊女であるということを知った上で、光は自分を気遣って何も言わなかったのだということに、気がついていた。

光のそんな優しさに胸を打たれ、十和子の目頭は熱くなった。

十和子は、光が去った川の縁にもう一度、蹲《うずくま》るようにして座り込むと、しばらくの間その涙が止まるまで、そこで泣き続けていた。

その涙は十和子にとって、とても悲しくもあり、とても嬉しい涙でもあった。

それからというもの、二人は約束をしては、度々川の縁で会うようになっていった。川の縁では、楽しそうな二人の会話が飛び交い、その後に続くように、虫たちの鳴く涼しげな声が、心地よく響いていた。

楽しげな二人の話し声は、まるで穏やかで平和な時代の到来を思わせたが、しかしこの世は、少しも変わったところなどなかった。

昨日は、隣町に爆撃があったという話も報告されている。いつ、自分たちが住む町が標的にされるかも分からないのだ。今日という日はあったが、明日という日はないかも知れない。明日はあるが、明後日《あさって》こそはないかも知れない。

空襲警報もあるにはあるのだが、それも当てにはならないのだ。突如として爆撃を受けた町は、今までに数え切れないくらいあった。

国は、それを知りつつも黙認しているのだろう。もはやこれは、国の威厳や秩序を守るというよりは、国の権力者の富や名声、その我欲だけを満たすために、多くの民衆が犠牲になっているといっても過言ではなかった。

人々は日々、そんな恐怖を抱えながらも飢えを凌いで、病とも闘っているのだ。

空爆の直撃を受けた町は、一瞬にして焼け野原となり、多くの人の命が奪われていった。

その爆風の影響で炎が上がると、隣町まで火の手が回り、突然、家が焼かれることもあった。そしてまた、人の屍《しかばね》が山積みにされるのだ。

戦場となった町は、国から保障されるということになってはいたが、実際は当たり前のように何もなく、それは単なる国の名目に過ぎなかった。国からは、生き残った人々の次の行き先

さえも示されることはなかったのだ。

人々は、自分の身は自分で守る以外になく、常に緊張しながら警戒する中で、今日という日を生きていた。

穏やかで楽しい会話だけが、町の民衆にとっては、一瞬の灯《ともしび》であるのかも知れない。

貧しい生活に身を置きながら、十和子は今日も元気に、近所の子供たちの世話や、お年寄りたちの看病を手伝っていた。

十和子の空いている日中の時間は、近所の人も働く人々が多かったため、子供や老人の世話に困った家族から、帰宅するまでの世話を頼まれていたのだ。一人暮らしの老人には、暇を見ては顔を見に行き、何かと世話を焼いていていた。

そんなある日、一人暮らしの老人の家を訪れた、その帰り道であった。

まだ随分と日が高かったので、十和子はいつも夜に涼みに行く川へと寄り道をすることにした。しかし今日は、いつもの場所よりも先にある、川辺の方まで足を延ばすことにした。十和子は、気分転換がしたかったのだ。

川に向かってぼんやりと、十和子は考え事をしながら歩いていた。

それは、自身が身を置く仕事についての悩みだった。十和子は、光に会ってからというもの、仕事を辞めることばかりを考えていた。遊女としての自分を捨て去りたかったのだ。

しかし、辞めるといっても簡単にはいかないのが現実だった。身寄りのない、一人暮らしの十和子を簡単に雇ってくれるところなどない。女というだけでも、差別があるからだ。それに、貧困な時代であるために、女性が選べる職業も限られたものしかなかった。十和子にとって、身寄りがないということが、仕事を探す上で一番不利な条件であったのだ。

当人に何か起こった際の身元保証や引き取り手、万が一、当人に賠償責任が生じた場合の責任問題など、保証人の有無が企業側ではより重要なことであったため、それのない者は雇用を拒否されたのだ。

特に、身寄りのない責任能力に乏しい女性が雇用の対象となるのは、至って稀《まれ》なことであった。どこを探してみても、やはり初めと同じように、十和子を雇い受け入れてくれる会社は、どこにもなかったのだ。

今の仕事を辞めることは、十和子にとっては簡単なことだった。しかし生活をしていくためには、働かなくてはならない。ただ闇雲《やみくも》に仕事を辞めるだけでは、今の時代は自殺行為に等しい行いでもあるのだ。

周囲の人々も、見て見ぬふりをするのが当たり前の光景となっている。やはり自分には、遊女以外の仕事など見つかることはないのだと、十和子はひどく肩を落としていた。

身寄りがないというだけで差別されて、まともに働く場所も与えてもらえない悔しさと、遊女から抜け出すことができない悲しみに、十和子の心は苛《さいな》まれていた。堰《せき》を切ったように溢《あふ》れ出す涙は止まらなかった。拭っても、拭いきれないほどの涙が、後から後から十和子の頬を伝って零《こぼ》れていった。

身寄りがない惨《みじ》めさと、時代の冷たさが、十和子の胸を貫いていた。

光の顔を思い出すと、十和子の瞳からは、余計に涙が溢れた。

川の縁で光と度々会うようになってから、彼こそが、ずっと自分が長い間、探し続けてきた人であったということに、十和子はようやく確信を持てたのだ。光の風貌も雰囲気も、昔から十和子が追い求めてきた人のものであり、まさに光との出会いは、十和子にとって何を引き換えにしても手放すことなどできない、運命の出逢いであったのだ。

十和子は俯《うつむ》き、涙を拭いながら歩き続けていた。

川辺に向かう途中で、十和子とすれ違った何人かの人たちは、噎《むせ》び泣く十和子に、蔑むような冷たい眼差《まなざ》しを向けると、そのまま通り過ぎて行った。

やがて十和子は、いつもの元気を取り戻せないまま、川辺へと辿り着いていた。

川辺の周辺は草木が茂り、その水際は、土や小石が剝《む》き出しになっていて、所々泥土《でいど》でぬかるんでいた。いつもなら、陽光が降り注ぐ太陽の下で、明るく元気いっぱいに走り回る十和子だったのだが、沈んだ気持ちはいつまでも晴れないまま、十和子は川の水際まで足を運んだ。

今日の川の水は珍しく淀《よど》みがなく、透明に近いくらいにきれいだった。

キラキラと陽光によって光り輝く水面は、まるで十和子の沈んでしまった心を癒やすかのように煌《きら》めいている。十和子は、両手で川の水をすくい取って、泣き腫《は》らした自身の赤い目を冷やすと、俯いていた顔をようやく上げた。

するると、近場の水際の泥土に、一匹の亀を見つけた。

その亀は、泥土にはまって動けなくなってしまったのか、お腹を上に向けてひっくり返っている。しばらくそんな状態でいたのだろうか、少し様子を見ていたが、その亀はピクリとも動かなかった。

十和子は、亀は死んでいるのかと思い、その亀をすぐに手に取ってみたが、死んではいないようだった。

だが、やはり亀は、頭や手足を甲羅に引っ込めることもなく、ぐったりとしている。

十和子は亀をかわいそうに思って、すぐに自分の家に連れて帰ることにした。

川辺を後にした十和子は、急いで家路へと向かった。そして自宅に帰ると、すぐに盥《たらい》を用意し、その中に水と亀を入れて、亀の様子を見ながら、しばらく亀を飼うことにしたのだ。

さっきの川辺では、亀が泥土に塗《まみ》れていたので、十和子も気がつかなかったのだが、汚れを落としてみると、とてもきれいな青い色をした亀であった。

それは今までに見たこともない、珍しい色だった。

十和子は、盥の中のきれいな青い色をした亀を見つめると、微笑んだ。

「必ず元気にするからね！　頑張ってね」

十和子は、そう声をかけると勢いよく立ち上がり、日が暮れる前に、近所に住んでいる動物に詳しい人の家を訪ねることにした。

亀のきれいな青い色が、十和子の心を癒やしたのか、ずっと考え事で塞《ふさ》ぎ込み、沈んでいた十和子の心は、いつの間にかいつもの元気を取り戻していた。

三分とかからないところに、動物に詳しいおじさんの家はあった。十和子は、おじさんが留守ではないことを願いながら呼び鈴を押すと、すぐにおじさんは笑顔で玄関を開けて顔を出してくれた。

十和子がおじさんに事情を話すと、おじさんは亀について色々と教えてくれた。やはりおじさんは他《ほか》の動物だけではなく、亀についてもよく知っていた。

十和子は熱心にメモ用紙に対処法を書き込むと、おじさんにお礼を言い、その家を後にした。

十和子はまず、おじさんに教えてもらった餌を、亀に与えてみることにした。

亀は昆虫や野菜、果物などを食べるという。亀の食べ物の幅が広くて、十和子も助かった。これならば、十和子でもすぐに亀の餌が用意できる。

十和子は自宅に帰る前に、八百屋に寄ることにした。高い物は買えないが、果物のりんごはこの辺りの特産物でもあったので、とても安く買うことができるのだ。

十和子は八百屋でキャベツとりんごを買った。今日の夕食は、十和子も亀と同じ食事だ。亀がもしも食欲旺盛だったなら、自分の分も少しだけ亀から分けてもらおうと、十和子は心の中で笑っていた。貧しい生活を送っているので、こんな食事も十和子の日常では当たり前のことだった。

八百屋を後にした十和子は、最後に川原に寄ることにした。

川原には、コオロギを捕まえに来たのだ。だが、コオロギは夜行性なので、日中は探しづらい。それでも十和子は、おじさんから聞いた通りに、日中は石の下や穴などの物陰に隠れているというコオロギを見事に見つけ、どんどん捕まえていった。

こうして亀の餌を幾つか入手すると、十和子は自宅で待っている亀を思いながら急いで帰った。

水を張った盥《たらい》の中には、自宅を出た時と同じ、元気がないぐったりとした様子の亀が、十和子を待っていた。

十和子は早速、亀の口にりんごを近づけてみた。しかし食べない。コオロギを与えてみたが、それにも興味を示さない。盥の中の亀は、おじさんから教えてもらった餌を、どれも口にすることはなかった。

次の日の朝も、十和子は亀に何か食べてもらおうと、またキャベツやコオロギなどを亀の口に近づけてみたが、全く食べてはくれなかった。

亀は、昨日泥土で見つけた時よりも衰弱しているようだった。

十和子はすぐに光の自宅に向かい、光にも相談してみた。幸いにも光は、今日は大学が休みだったので、十和子の自宅へ一緒に来てくれることになった。

その途中、十和子たちの前に、近所に住んでいる元気な数人の子供たちの姿が見えてきた。子供たちは十和子の姿に気がつくと、十和子のそばに一目散に駆け寄り、口々に「遊ぼうよ」と、元気よく声をかけてきた。

しかし十和子は、「今日は遊ぶことができないの」と、残念そうに子供たちに伝えた。子供たちが、寂しそうにして十和子の顔を見上げると、十和子はそこで、よいことを思いついた。十和子は、子供たちにも亀の話を聞かせたのだ。すると子供たちも、亀が元気になるように何かお手伝いがしたいと言ってくれた。

十和子は近所に住む子供たちにも、おじさんから教えてもらった別の餌取りに協力してもらうことにしたのだ。

子供たちは頷くと、十和子たちと別れ、早速川辺の方に向かって走って行った。

十和子の自宅に着いた十和子と光は、川辺に向かった子供たちを待つ間、亀がいる盥《たらい》の脇に屈《かが》み込んで、亀の食べ物であるキャベツやりんごを、今度はもっと亀が食べやすいように細かく刻んでから、もう一度与えてみることにした。

亀は大分弱っているので、食べやすくしたら食べてくれるのではないかと二人は思い、餌を亀の口の大きさよりも、かなり小さく切ってみたのだ。

だが、それでも亀は、昨日と同様に食べようとしない。更に、細かくみじん切りにしてみたものの、やはり亀は一口も食べなかった。

光も首を傾げた。

動物に詳しいおじさんが言っていたという亀の餌は、間違いないはずだと光も言った。自宅を出る前に、光なりに亀の生態を調べてきたのだ。

光は亀を手に取り、甲羅や手足、頭などに亀裂や傷がないか確認したが、外傷などは全く見受けられなかった。十和子はその間に、手際よく盥の水をきれいな水と入れ替えていた。

そうこうしているうちに、子供たちが元気よく十和子の家を訪ねて来た。

子供たちは、川辺で亀の餌をいっぱい捕ってきてくれたのだ。イトミミズやイモムシ、ザリガニなどもいた。

十和子がすぐに案内すると、子供たちは盥を囲むようにして、ぐったりとしている亀を心配そうに見つめた。

その中の一人の子供が、捕りたての餌を一つ、近づけてみた。しかし、子供たちが捕ってきてくれた餌も、どれ一つとして亀は食べなかったのだ。

十和子たちは、困り果《は》てた。亀はどんどん弱っていく。餌を食べなければ、亀は元気にはなれない。

十和子が心配そうに盥の中を覗き込んでいると、十和子の横に座り込んでいた子供が突然、ポケットに入れていたキュウリを、亀に突き出した。

すると、今まで何を与えても反応を示さなかった亀が、キュウリを見て首を伸ばしたのだ。

そして頭を近づけると、亀はキュウリを食べ始めた。

十和子たちはそんな亀を見て驚いたが、同時に安堵《あんど》した。おじさんに教えてもらった餌のメモには、キュウリは書かれていなかったのだ。

しかし亀は、キュウリを夢中になって食べ続けている。よほどお腹が空いていたのであろうか、亀は子供が持っていた二本のキュウリを、全部食べ尽くしていた。

キュウリを持っていた子供は男の子で、普段からイタズラ好きだった。今回も十和子から亀の話を聞いて、自宅の庭の畑からこっそりと、キュウリを持って来たという。

男の子は、イタズラのつもりでキュウリを持って来たのだが、今回ばかりはその男の子に助けられたと、十和子はよくやったといわんばかりに、その男の子の頭を撫《な》でた。

男の子は、まさか褒められるとは思ってもいなかったので、顔を真っ赤にして嫌がりながら、照れている。その様子を見ていた他の子供たちも、十和子たちと一緒になって笑っていた。


亀はそれから少しずつ動くようにもなり、元気を取り戻していった。

相変わらず亀はキュウリしか食べなかったが、それでも亀はみるみる回復していくと、すっかり元気になっていた。

そして、十和子自身にも笑顔が戻っていたことを、自分でも感じて嬉しかった。

しばらくして、十和子は光と相談すると、元気になった亀を、近くの湖に返すことに決めた。

そして、ある満月の夜に、十和子と光は亀を連れて、その湖畔までやって来た。

もちろん、亀のお世話をしてくれた近所の子供たちにもそのことを伝え、その日の日中のうちに亀とのお別れをさせた。子供たちは、初めは驚いて、亀との別れを強く拒んでいた。だが、亀は広々とした水の中にいる方が、幸せに暮らしていくことができるのであればと、寂しそうにしながらも亀のことを思って、亀との別れに賛成してくれたのだった。

「もう、泥土にはまっちゃだめだよ」

十和子は亀を優しく撫でると、そっと呟《つぶや》いた。そうして満月の湖畔に亀を静かに放すと、亀は勢いよく湖へと向かって行った。

「元気でね！」と、十和子が手を振りながら、明るく元気な声で亀を送り出した。光は湖へと入って行く亀を、穏やかに見送っている。静かな湖畔には、湖の波の音だけが響いていた。

やがて、二人が見守る中で、完全に亀の姿は湖の中へと消えていった。

湖面には、夜空に浮かぶ満月が水面に映し出され、美しく揺らいでいる。

今夜はよく晴れた夜だったため、暗い湖畔も月明かりによって一面に照らされていた。

二人は、亀が去った後も、湖面に浮かぶきれいな満月を見ていた。

すると突然、湖面から何かが浮かび上がってきたのだ。

その方向は、亀が行ってしまった方向と同じであったが、その影は亀よりも随分と大きなものだった。

二人が目を凝らしてよく見ると、その影は子供くらいの背丈があり、どう見ても亀とは思えなかった。二人の体は、得体の知れない何かの影に、強張《こわば》っている。

その湖面に浮いた影は、ヒタヒタと二人のそばまで歩み寄って来た。

光は、十和子を庇《かば》うように前に出た。

「どうか、怖がらないでおくれ。オイラは君たちが助けてくれた、亀だよ」

そう言いながら近づいて来た影は、二人の前で立ち止まった。

満月の夜はいつも以上に明るく、その月明かりは、近づいて来たその姿をはっきりと照らしていた。

それはなんと、小柄なカッパであった。

二人はカッパの姿に、目を見張った。

「トワコにヒカル……オイラを助けてくれて、どうもありがとう」

カッパは二人に丁寧に頭を下げてお礼を言うと、人懐っこく、にっこりと笑った。

十和子と光の名前を、カッパが知っていた。だが、彼らがそれ以上に驚いたのは、昔話として語り継がれてきたカッパという存在が突然、彼らの目の前に現れたことだった。

二人は顔を見合わせてから、カッパに不思議そうな顔を向けると、亀と言ったカッパは、自分の事情を話し始めた。

亀とカッパの姿は、どちらも自分の姿なのだという。しかし、カッパの姿は人間が怖がるかとも思い、普段は人間にも馴染《なじ》みがある、亀の姿でいることが多いのだそうだ。

そこで十和子は、亀がきれいな青い色だったことを思い出すと、カッパにそれとなく亀の色は何色だったかと尋ねてみた。

するとカッパは迷うこともなく、すぐに「珍しいきれいな青色だったでしょう」と言って、また笑っていた。

十和子は、このカッパが嘘《うそ》をついているようには思えなかった。亀の時も、たった一つだけ食べてくれたものといえば、カッパの好物といわれているキュウリだけだったからだ。

それは、光も十和子と同じ考えであった。カッパは、自分たちの名前さえ知っていたのだ。

だがそのカッパは、どういうわけか頭の上に、お皿がなかった。

言い伝えでは、カッパの頭には、鏡のようなお皿があるはずだった。

カッパは、二人が自分の頭に注目していることを知ると、水かきのついた手で、自分の頭を撫でるように掻きながら、二人に自分の頭の上を見せた。

「オイラのお皿は、もうなくなったんだ」

カッパは、少しだけ恥ずかしそうにしながら笑った。

「カッパのお皿は、カッパにとってとても大切なものであると、昔話や伝承では伝えられているけど、君は大丈夫なのか？」

光が、昔に読んだある本を思い出し、カッパに心配そうにそれを問うた。

それを聞いた十和子も、カッパを心配そうに見ている。

「二人とも優しいね。でもオイラのお皿は、自分から人に渡したんだよ。だから、オイラのことなら全然、大丈夫さ」

カッパは、本当に問題などないというように、笑顔で二人に頷いていた。

そしてカッパは、今度はお皿をあげることになったという昔話を、二人に話し出した。

「実はオイラ、随分と昔にも助けられたことがあったんだよ。人に助けてもらったのは、今回を含めてこれで二度目なんだ。しかも今回と同じように、前回も泥土でひっくり返って困っていたところを、人が助けてくれたんだ」

カッパは一息つくと、とても懐かしそうに目を細めた。

「その人はね、お坊さんだったんだよ。仏様の夢を見てお告げを受けたのだと言っていたよ。今は仏様の意思に沿って、全国を回っている途中なのだと、そのお坊さんは言っていた。なんでも、未来に向けて様々な準備を進めているとか言っていたかな。

オイラ、その話をお坊さんから聞いて、すごく感動しちゃってね、お坊さんの役に立つかも知れないと思って、オイラの力の源《みなもと》であった頭のお皿を、助けてくれたお坊さんに、お礼にあげたんだ」

カッパはどこか嬉しそうにして、二人にそう語った。

「そのお坊さんの名前はなんていうのかな？」

光が僧侶に興味を抱《いだ》いたのか、カッパに尋ねた。

カッパが昔話だというなら、ずっと昔の話ではあるだろうが、そのお坊さんとは一体いつの時代の僧侶なのかと、大学生であった彼は少し興味を持ったのだ。

するとカッパは首を横に振った。そのお坊さんは、名前を名乗らなかったそうなのだ。仏様の夢を見てお告げを受けたお坊さんは、その使命を全うするまでは、もしかすると自らの名前を伏せていたのかも知れない。だが、その真意は誰にも分からない。

カッパは、そのお坊さんの身なりは着物のような襤褸《ぼろ》をまとい、とても貧相ではあったのだが、その顔はとても知的であり優しかったということを、今でもよく覚えているという。

破れたような継《つ》ぎ接《は》ぎだらけの衣服をまとい、貧相だったということは、僧侶もまた貧困な時代に生きた人であったのかも知れない。

十和子と光も、今という貧困な時代に生きている。

それでも僧侶はその時代に屈することなく神仏を信じ、それを貫き通そうと身を挺《てい》して全国を行脚していたという姿勢はとても尊く、そしてとても素晴らしいものだったのではないかと、十和子も光もそう感じていた。

話が一段落したところで、カッパは今から二人を連れて行きたい場所があると言った。

二人が顔を見合わせてから頷くと、カッパは嬉しそうに笑った。

今から行く場所は、その昔、そのお坊さんも招かれた場所でもあるということだった。

十和子と光はカッパに促されるまま、カッパを間に挟んだ状態で、カッパと手を繋《つな》いだ。

「心配はないからね」と、カッパが言った。

カッパの右側には十和子がいる。そしてカッパの左側には光がいて、二人は頷いた。

カッパは、「何が起こっても、決してこの手を離さないでね」と、何度か念を押すように告げると、二人の手を引いて湖に向かって歩き出していた。

カッパにどんどん手を引かれながら、十和子と光は湖の中へと入って行く。湖の水は、既に十和子の腰まで達していた。光は心配するように十和子に目を向けていたが、どうやら彼女は大丈夫そうだった。カッパの手を握《にぎ》り締《し》め、しっかりと前を向いている。

そう、二人はカッパを信じていたのだ。

やがて二人の体は、湖の中へと水没すると、湖面から静かにその姿を消した。

二人の体は、湖の底へと向かっていた。

しかし、水の中に顔が浸《つ》かる瞬間、二人は無意識に目を閉じていたのだが、水の中にもかかわらず衣服が濡《ぬ》れているような感じもなく、また呼吸も苦しいわけではなかった。

二人は不思議に思い、そっと目を開けてみた。

目の前には、魚が泳いでいる。水の中であることは間違いなかった。十和子と光は、次に大きく深呼吸をしてみた。しかし呼吸も地上にいた時と何も変わったところはなかった。水の中のはずなのに視界も良好であり、服も濡れずに呼吸も普通にできている。二人は、地上にいた時と同じ条件で、水の中にいたのだ。

二人のそんな様子を見て、カッパが楽しげに笑うと、そんなカッパにつられるように、十和子と光もカッパと共に笑っていた。

二人はこの不思議な現象が、カッパの力の一つでもあり、それによって起こっている不思議な体験であるのだということを疑うこともなく、カッパにその身を委ねていた。

カッパは、二人を連れてどんどん湖の底へと向かって行った。

昔からカッパには、不思議な力があったといわれている。

カッパはその昔、頭のお皿で人間の心を映し出し、人の心を見ることができたともいわれていた。そして雨を降らせ、それをまた止ませるというような気象を司《つかさど》る力さえも持っていたと伝えられている。

カッパは古来より、妖怪や伝説上の動物として語り継がれてきたが、そのカッパもまた、大いなる神仏様の意思によって動いていたのだ。

カッパが神仏様からこの世で受けた使命とは、神仏様より授かった一つの丸い銅鏡に、人々が持つ、祈りの気の力を集めるということだった。

集められた人々の気の力は、銅鏡を介して「真光《しんこう》」と呼ばれるヒカリに変わり、それによって神に祈りを捧《ささ》げた善なる心の持ち主である人々に、幸福を分け与えるというものだった。

カッパたちは仲間と共に、世界中の各地を転々と回りながら、自らの頭上のお皿に人々の神への祈りの気を集めると、神仏様より授かった銅鏡に、それは一つの気の力となって送られた。

真光とは、いわば、人々が神様にお参りし、神様が人々に幸福を与えるためのヒカリのことだ。

しかし、人々の神様への祈りの気は、清いものに限られるという。

己自身の欲望である、富や名声、栄華や繁栄などを神様に願っても、真光に変わることはないからだ。神仏様は、人間が持つ傲慢さや自身の欲望、高慢な態度を最も嫌うといわれているからだった。

人々の気が、真光となって生まれるための清い祈りとは、世界やそこに住んでいる人々の幸せを思い願うという思いやりの心であり、人々が人々のための幸福を願った祈りのことなのだ。

そして清い祈りを捧げる人々は、神仏様より正しい心を持つ人々として認められ、銅鏡から真光が与えられるという。

真光を与えられた人々の生活は、一変するといわれていた。

それは貧乏から大成功を収め、大出世する人や大金持ちになる人、または死が確定された病が治った人など、その人にとって必要とする幸福が、神仏様より真光となって与えられるからということだった。

しかし真光の力は、多くの人々には少しずつ幸福をもたらしていったといわれている。

それはカッパが、それにより世の中が乱れることを恐れ、また人々が混乱しないようにと、銅鏡からの真光の放出を少しずつ調整し、人々を良き方向へと導いたからだという。人々に幸福を与えるといわれる、古くから言い伝えを残すものの中には、座敷童子《ざしきわらし》もそれに値する力を秘めていたともいわれていた。

しかし、いつの時代からか、人々の心を惑わすと伝えられている小悪魔が、人間に取り憑《つ》き始めたという。それによって人々の心は、小悪魔の甘い誘惑や囁《ささや》きにより、急激に蝕《むしば》まれていったというのだ。

やがて争いばかりが起きる時代となり、金に目がくらんだ人々による略奪や殺戮《さつりく》が日常的に横行する時代へと移り変わった。

そして金と欲は、人間を更に貪欲にさせていった。

巨万の富を持ちながらも、人は多くの金を求め続けた。そしてそれは、人間における地位や名声、栄華をも欲し、人間はどんどん己の欲望に取り憑かれたように、傲慢で高望みばかりを求める生き物となっていったのだ。

思い上がった人間の中には、自身を数多《あまた》の神の一人だと明言するような愚か者さえいた。

更に、おごり高ぶった高慢な人間は、人の生死など無関係にして金にものを言わせると、人々の命すら犠牲にして権力を争っていった。

国と国同士だった争いが、近隣諸国を巻き込んだ戦争へと発展し、そして世界中で戦争が勃《ぼっ》発《ぱっ》する時代へと突入した。

戦争になると多くの金が動き、そしてまた多額の金を生んだ。一部の人々の金と欲望だけが満たされ、力のない弱い一般の民衆たちは、不条理な貧困生活を余儀なくされていったのだ。世界各地に散っていたカッパたちは、人間に悪影響をもたらす小悪魔たちを、手分けして退治していったが、しかし戦いが絶えない世の中は、なかなか治まらないのだという。

カッパは湖の水の中で十和子と光を連れながら、カッパが見てきたという時代の話を掻《か》い摘《つま》んで二人に語りながら、目的地に向かっていた。

「でもね、オイラの頭のお皿はなくなってしまったんだけど、実は神仏様から代わりとなるお品を頂いたんだよ。それが銅鏡さ。オイラはそのおかげで頭にお皿がなくても、また力を使えるようになったんだ」

カッパは嬉しそうにして、手を繋いだ先にいる十和子と光を交互に見ていた。

しかし二人は、カッパの話を聞いて、深刻な顔をしていた。

自分たちの今の世の中があるのは、ずっと昔の時代から、人々が少しずつ変わってしまったことに原因があるという。それにより、世界中の人々の間で抗争が広がってゆき、最後は世界中で戦争が絶えない時代に変わってしまったのかと思うと、二人は途方もない寂しさに駆られていたのだ。

そこに行き着くまでの間にも、数え切れない多くの人々が犠牲になってきたことだろう。そしてそれは何よりも、人間が人間に対して互いに思いやりの心を失い始めた時から始まっていったのかと思うと、二人はとても切ない気持ちになった。

だが、そのずっと前の時代では、人々が互いに助け合い、支え合いながら共に豊かに暮らす、平和な時代もあったのだということも、カッパの話の中ではうかがい知れた。

それにしても、小悪魔が入り込む隙が、人間の心のどこにあったというのか？

十和子と光は、悲しげな表情になっていた。

いつの時代か分からない古い時代から、少しずつ世の中が狂い出し、人々が変わっていった。しかし二人は、そんな長きにわたる争いで、知性や理性を持つ人間がなぜ、それに少しも気づきもしなかったのかという、人の愚かさと悲しみに胸を痛めた。

カッパは、思いを巡らせて考え込んでいる二人の顔を見て、悲しそうに顔を歪《ゆが》めた。

「ごめんね。オイラ……余計なこと言っちゃったんだね……」

「そんなことないよ。真実ならばそれは人が、それを受け入れるしかないよ。それは余計な話なんかじゃない。教えてくれてありがとう。ね、光さん」

カッパは、十和子の言葉で一つ頷くと、十和子に懐っこい笑みを返していた。

光は、十和子たちに相槌《あいづち》を打って頷いただけで、沈黙したままだった。

十和子は、そんな光を心配そうに見つめていた。

カッパはやがて、一つの大きな岩盤に到達すると、人が二人ほど並んで入れるくらいの岩盤の亀裂の中へと入って行った。

更に下降していくと、亀裂の中は暗く、十和子たちの目では、何も見ることができなくなっていた。しかしカッパの足取りは軽く、二人を連れてどんどん奥へと進んで行った。

すると程なくして、道の先から幾つかの白い光が現れた。

それは何やら、発光する生き物のようだ。

十和子たちに向かって、どんどん近づいてくる。それは今までに見たこともない発光生物だった。

カッパは二人に、「竜宮城《りゅうぐうじょう》からのお迎えが来たよ」と言った。

発光する生き物は、やがて二人のそばまで来ると、横にぴったりと寄り添うようにして、亀裂の中の暗い道を明るく照らしてくれた。それと同時に、今度は岩盤が連なる石の道が、至るところで点々と様々な光の色を放ち出し、煌《こう》々《こう》と輝き始めたのだ。

それは白色や黄色に赤色、青色や緑色などの様々な色合いがあり、淡い光を放ちながら水の中に浮いているようにも見えていた。だが、よく見ると、石の道の上に突如として現れた光とは、たくさんの貝によるものだった。貝の一つ一つが発光し、暗い空間を照らしてくれているようだった。

カッパたちが通り過ぎると貝の発光色は消え、通り過ぎた後ろにはまた闇が広がっていた。

二人のそばに寄り添うように泳いでいるのは、魚であった。全部で八匹いる。どの魚も白く発光しながら泳いでいた。それはまるで、彼らを先導しているかのようであった。

十和子と光は、思いもよらない美しい光の光景に、目を奪われている。

やがて、細い亀裂の間から抜け出すと、そこには大きな洞窟のような空洞が広がっていた。

その先に、大きな朱色の門が見えている。

朱色の大門を潜《くぐ》ると、竜宮城の入り口が見えてくるのだと、カッパはにこやかに言った。

魚介類の見たこともない不思議な光の現象もそうだが、竜宮城とは一体、どんな場所なのだろうか。

きっと、こうしてカッパの案内がなければ、人間にはその存在を知ることも見ることもできないに違いない。

カッパが二人を連れて朱色の大門を潜ると、今度は、色とりどりの珊瑚《さんご》や海草が、湖の水の揺らめきに合わせて揺れながら、出迎えてくれているような光景が広がってきた。その周りには、虹色の小魚が群れをなして泳ぎ、気泡のような大小の虹色の光の玉が浮かんでいた。

夢でも見ているような、そんな光景が広がっている。

その先にある、大門と同色の大きな扉は、既に開かれていた。

不思議なことに、朱色の大門を潜った辺《あた》りから、先ほど通って来た亀裂の道での暗さや洞窟の暗闇を思わせるような闇は、どこにもなくなっていた。

そばに寄り添っていた魚たちも、いつの間にか白光色を消している。

湖の底でありながら、どこを見渡しても、陽光が降り注いでいるような明るさが、竜宮城と呼ばれる場所には満たされていたのだ。

開かれた扉の前に着くと、今度は扉に控えていた、美しい尾ひれが長い人魚のような魚が、今までそばについていた白光色の魚たちと入れ替わるようにして、十和子たちのそばに付いた。ヒラヒラと八色の虹色に輝く長い尾ひれを揺らしながら、美しい人魚たちが十和子たちの歩調に合わせて、竜宮城の中を泳いで行く。

扉を潜った先にはまず、アーチ状の朱色の大きな橋があった。人魚たちは、尾ひれで手招きするように十和子たちを誘っている。十和子たちがアーチ状に作られた木製の橋をゆっくりと渡り出すと、その真下には川も流れていたのだ。そして透明に澄んだ川の中には、魚が元気に泳いでいた。

湖の底にいるはずが、水の中に水が流れていたのだ。

もはや竜宮城とは、水の底に存在するところとは思えなかった。十和子たち二人は、地上にいるのと同じ錯覚を起こしてしまうような感覚を覚えるばかりだった。

そして竜宮城は、地上に存在するものとは異なり、何もかもがとても美しかった。

橋を渡った先に見える、その全てが竜宮城であると、カッパがまず教えてくれる。

今、渡っている橋の先にある、真ん中の巨大な建物が大神殿であり、またの名前を北殿《ほくでん》とも呼ぶという。その大神殿から、更に橋が延びていて、そこから他の神殿へと自由に行き来ができるということだ。

そして、巨大な建物である高楼は、大神殿を含めて全部で五つあるという。しかし、そこから繋がる建物は、大小含めてもまだ数多く見受けられた。

大神殿の奥には本殿といわれる高楼があり、その更に奥には南殿《なんでん》という高楼があるという。そして左右に見えている巨大な高楼が、東殿《とうでん》と西殿《せいでん》と呼ばれる場所であるそうだ。

他の小規模の建物は、芸を楽しんだり、憩いの場所であったりと様々で、大殿や小殿と呼ばれる場所になるという。

竜宮城の建物は見事に、朱色と白色のみで統一されていた。そこに存在する全ての建物が、朱色の屋根と真っ白な壁によって造られていたのだ。

そして、なだらかに美しく末端が反り上がったような形の屋根には、大小様々な黄金細工がされた装飾品や工芸品が飾られていた。十和子たちがここまで到達するまでに通って来た大門や扉も、その橋の色でさえも全てが朱色と白色のみで統一され、美しい数々の黄金細工の装飾が施されていた。

竜宮城とはやはり、地上に暮らす人間が住む家や生活環境とは全く異なった世界であり、独特の世界観を持っているようであった。

まさにそれは、地上で暮らす人々が知る、おとぎ話の風景を醸し出していたのだ。

人魚の案内は大神殿を通り抜けて、奥の本殿へと続いていた。

十和子たちは一つ目の橋を渡り、目的とする本殿へと向かうために北殿《ほくでん》と呼ばれる大神殿の中を素通りしていた。

大神殿の中は、天井が高く吹き抜けであり、巨大な龍を中心にした幾つかの壁画が天井には描かれており、またその天井や壁には、美しいステンドグラスも施されていた。大神殿には、幻想的な風景が広がっていたのだ。

そしてそこには、カッパと同様に昔話に出て来るような生命体も集まっていた。羽衣《はごろも》を身に着けている美しい人型の天女や、その背中には白い羽の生えた、天使のような小さな妖精もいる。背に翼が生え、全体が黒光りしている小さな蛇のようなものが浮遊している姿もあり、小人もいた。そこには、そういった様々な不思議な生命体がいたのだ。

しかし、大神殿と呼ばれる内部には、巨大な水晶のような黒色の宝玉が中央に浮かんでいるだけで、ほとんど何もなかった。不思議な生命体たちは、その宝玉を中心にして集まっているようであった。

光は、それを見て不思議に思うと、中央に浮いている巨大な黒い宝玉は何かと、カッパに尋ねていた。

「あの宝玉は、この大神殿の要《かなめ》さ。人間の世界で言うなら御神体のような感じかな。オイラたちは、全ての生きとし生けるものの幸せを思い、それぞれがその願いを込めて、宝玉に祈りを捧げているんだよ」

カッパがまた、にこやかに笑むと教えてくれた。

北殿にある宝玉は黒色だが、他の四つの大神殿にも青色や赤色、黄色に白色の巨大な宝玉がそれぞれあるという。そして竜宮城に集う不思議な生命体たちは皆、自分の属性に合った宝玉のもとで、祈りを捧げているのだと言った。

例えば、火の属性を持つものならば、赤色の宝玉が鎮座する南殿が祈りの場所になるといったように、それぞれの属性によっておのおのが祈りを捧げる神殿が異なるのだという。カッパは水の属性を持つので、黒色の宝玉がある、この大神殿が祈りの場所になるそうだ。

十和子たちは、カッパの説明を聞きながら北殿を抜けると、更にアーチ状の小さな橋を渡った。橋の下には今度は池があり、池には幾つもの美しい蓮《はす》の花が咲き乱れていた。花の蜜を取ろうと、虫たちも飛んでいる。池の中からは、大きな鯉《こい》のような魚が口を大きく開けて、まるで歓迎してくれているようだった。

十和子は竜宮城の中で、その豊かさと、平穏に過ぎ去ってゆく平和な時を噛《か》み締《し》めていた。いつもの日常では、毎日が忙しく走り回っている十和子だったが、彼女の心の中には、久しぶりに穏やかで和やかな時が流れていたのだ。そして地上にいる人々も、いつかこんなふうに平和に暮らしてゆくことができたらと、十和子は竜宮城の中を一歩一歩前へと進みながら、心からそう思っていた。

そしてその昔、カッパを助けたというお坊さんは、この美しい竜宮城を見て何を思ったのであろう。

鯉のそんな様子に微笑みを浮かべながら、十和子たちは小さな橋を渡り終えると、ようやく本殿へと辿り着いた。

人魚は、開け放たれている本殿の扉の中へと、十和子たちを招いている。

十和子たちは人魚の後に続いて本殿の扉を通ると、程なくしてその行く先には、開け放たれている二つの重厚な扉が、また見えてきた。

本殿は、先ほどの大神殿とは、少しだけ形状が異なっているようだ。扉の先には、また扉が二つあったのだ。

本殿には、大神殿にあったような祈りの場の他に、もう一つ龍宮御所《りゅうぐうごしょ》といわれる場所があるのだと、カッパは言った。右側の扉に進むと祈りの場があり、左側の扉に進むと龍宮御所に行き着くのだという。人魚は既に左側の扉の方へと泳いで行った。

十和子たちは人魚の後を追い、龍宮御所があるという左側の扉の中へと足を進めた。

扉の先には長い回廊があり、十和子たちは綺麗《きれい》な刺繍《ししゅう》が施された絨毯《じゅうたん》の上を歩きながら、その長い廊下を、奥へ奥へと進んで行った。

本殿の長い回廊の両側には、神仏様と思われる幾つもの巨大な像や、大きな壺《つぼ》などの工芸品や絵画が飾られている。そのどれもが、宝石なども誂《あつら》えられ、金や銀で精巧に作られており、その細かな細工もどれもが圧巻の、見事なものばかりだった。

廊下に飾られた、それらの工芸品や美術品を眺めながら、十和子たちは退屈することなく、あっという間に行き止まりである、龍宮御所と思われる一つの重厚な扉の前に着いた。

十和子たちが近づくと、重厚な扉は内側からゆっくりと開かれた。

人魚は十和子たちをまた扉の中へと案内すると、美しい絨毯が敷き詰められた大きな広間の奥へと進んで行った。

広間には、優しい琵琶《びわ》の音色が響き、美しい尾ひれを揺らして泳ぐ魚たちや、別の人魚の姿もあった。どこからともなく差し込む採光が、広間一面を明るく照らし、人魚たちの鱗《うろこ》をキラキラと八色の色彩で輝かせている。

竜宮城の神殿は、どこも荘厳《そうごん》であり絢爛《けんらん》だった。龍宮御所の広間にも、美しい色彩の壁画やステンドグラス、細かな細工が施された黄金の像などが並んでいた。

黄金の像は、中央の絨毯の両側に一定の間隔で並び、一直線に玉座へ連なる道となっている。正面の玉座は数段高くなり、誰かが座っているのがうかがえた。

龍宮御所までの道のりで、竜宮城の主である龍王様が、十和子と光を竜宮城に招待したいと仰せられ、亀はカッパの姿に戻り、再び二人をお迎えに上がったのだという話は、二人もカッパから既に聞かされていたところであった。

そして今日は、龍王様の娘である姫君様もいらっしゃるということだった。

玉座に座って見えるのは、先の話にあった龍王様に間違いないだろう。そして龍王様の玉座の脇に立っている女性が、龍王様の姫君様であるようだ。

十和子と光は、玉座が近づくにつれて、少し緊張していた。

人魚はやがて、その玉座の前へと辿り着くと、玉座の主に向けて恭《うやうや》しく一礼でもするかのような仕草を見せると、そっとその場を優雅に泳いで離れて行った。

玉座の前に立った十和子たちの目の前には、艶のある長い黒髪と、それと同色の長い髭《ひげ》を蓄えた、着物のような衣装をまとった年配の男性が座っている。

しかし、玉座に座る人物が、本当に龍王様ならば、人間の言い伝えでいうところの龍王様とは、その印象がかなり異なっていた。それは、玉座に腰掛けている龍王様と、その脇に立つ姫君様は、その容姿が十和子と光によく似た、人間の姿であったからだ。

古来より語り継がれてきた龍の姿とは、ヘビやトカゲ、ワニなどの巨大な爬虫類《はちゅうるい》が起源となっていたはずなのだ。この竜宮城の壁画や絵画にも、龍神や水神と思われる龍は、まさにそんな姿で描かれていた。

しかし、神とは形容しがたく、人には計り知れないものがあるのだろう。人の世で、当たり前のように語り継がれていることなど、ほんの一欠片《ひとかけら》の部分にしか過ぎないのかも知れないのだ。

それは、カッパの姿が亀であったのと同様に、人間を怖がらせないための一つの工夫であるとも思われるからだ。

だから、人の世で語り継がれてきた姿など、あまりにも不確かなことなのかも知れない。それはきっと、神以外には分からないことなのだ。

人々は古来より、神が持つその大いなる不思議な力によって導かれ、その正体を知ることができなかったからこそ、人間は彼らを、神と呼ぶようになったのかも知れない。

龍王様も姫君様も、もしかすると人間そのものの容姿を模《かたど》っているだけなのかも知れないのだ。

そもそも神仏様の姿とは、人間が確信を持って実体がある存在であると明言することなど難しい、そんな神秘の存在であるといえよう。


「竜宮城へ、よう参られた」

玉座に座る龍王様の低い声が、十和子たちに発せられた。

その声は、とても穏やかであり、そしてとても優しいものであった。

龍王様が腰掛けている玉座の少し奥の方には、もう一つ台座があり、天女のような別の一人の女性がその台座の上に座って、琵琶を奏でている姿も見えていた。

その音色とは、十和子たちがこの広間に入った際に、すぐに聞こえてきた、優しい琵琶の音色でもあった。

十和子たちの視線に気がついたその女性は、軽やかに琵琶を奏でながら、十和子と光に微笑んでいる。

龍王様の黒色の瞳は、時間が止まったかのように、ずっと二人を見つめていた。

その面差しは、遠い何かを思い出し、そしてそれを懐かしむような表情にも見えた。時折優しく、そして寂しそうな顔をして、龍王様はしばらくの間、心象《しんしょう》に浸るかのように二人を見つめていたのだ。

玉座の脇に立つ姫君様も、龍王様と同じように、ずっと静かに二人を見つめている。

姫君様の美しい青緑《せいりょく》の色をした長い髪は、その頭上で束ねられ、水の動きに合わせてゆらゆらと煌めきながら、後ろへ長く靡《なび》いていた。

美しい顔立ちをした姫君様だが、凛《りん》とした冬の空気を思わせる厳しさをも兼ね備えた顔立ちをしていた。しかし今は、その表情は夏の空気を思わせる温かなものであり、穏やかに緩んでいるようにも見えている。その青緑色の瞳は、涙ぐんで潤んでいるようにも見えたのだが、しかしその口元には、とても優しい笑みが浮かんでいた。

やがて、少しの間を置いたところで、龍王様が玉座からゆっくりと立ち上がると、十和子の前へと進んだ。

「そなたも相当、苦労をしてきたな……」

遊女である十和子の前に立った龍王様は、労《ねぎら》うような言葉をかけると、限りなく優しい眼差しを十和子に向けた。

十和子は、龍王様を真っすぐに見つめたまま、その瞳に涙を浮かべていた。

十和子の両手は、固く握り締められている。その細い両腕は、下に垂れ下がったまま小刻みに震え、それは何かに耐えているかのようにも見えた。

龍王様の目が、今度は静かに光へと向けられた。

光と龍王様の目が合った。

龍王様は、光の目を見つめたまま、そっと光の両手を取ると、優しく握り締めていた。

龍王様と光との間には、なんの言葉もなかった。

光は、不思議そうな顔をして、ただ龍王様を見ていた。

しかし、一文字に結ばれた龍王様の口元は微《かす》かに震え、その目には涙さえ滲《にじ》んでいるように見えた。

龍王様はただ、光の手を優しく握り締めたまま、その目に光を焼きつけるかのように、しばらくの間じっと、その場に立ち尽くしていた。

すると光が、沈黙を断ち切るように、「初めまして」と、龍王様と姫君様に挨拶をした。

その声に、龍王様は我に返ったように目を見開くと、そっと光から身を離し、改めて十和子と光を見た。

そこにはもう、憂えるような先ほどまでの表情は、どこにもなかった。

「この度はカッパを助けてくれたこと、誠に感謝する。そなたたちに、何か望みはあるか？」

そう言った龍王様の表情は、神々しい威厳に満ちている。

龍王様は、カッパを助けてくれたお礼として、二人に何か与えたいと言うのだが、十和子と光は躊躇《ちゅうちょ》していた。二人には、欲しい物などなかったのだ。

しかし、心に思ったことは一つだけあった。だがそれを口に出してもよいものかと、二人は躊躇《ためら》っていたのだ。

十和子と光は、その昔カッパを助けたというお坊さんのことを思い出していた。

カッパを助けて、この竜宮城に招かれたということは、お坊さんもまた、龍王様に望みを聞かれたことだろう。

お坊さんはその時、龍王様にどんな望みを願ったのだろうか？

カッパの話では、カッパは自分を助けてくれたお礼に頭のお皿を与え、またそのお坊さんは、カッパのお皿を自らのすげ笠《がさ》へと形を変化させて、それを身に着けたという。それからのお坊さんは、未来の人々を光の世界に導くために、その準備をする旅を続けたというが、その後のことは分からない。

しかし、そのお坊さんのように、十和子と光も、今の人の世のことを考えていたのだ。

「遠慮はいらぬ。なんなりと申してみよ」

二人の躊躇《ためら》う気持ちを読んだように、龍王様は再び二人に告げた。

すると二人は、ようやく意を決したように顔を上げると、龍王様を見た。

「人の世である世の中に、平和を下さい」

二人はなんと、口を揃《そろ》えて同じ願いを龍王様に伝えたのだ。

そしてそれは、十和子と光がずっと願っていたことでもあった。

二人の願いを聞いた龍王様は、まず玉座に戻ると、難しそうな顔をして二人に告げた。

「今の人の世を、太平の世にするためには、まず人間は争うことをやめ、戦争をやめなければならぬ」

龍王様の声は、重かった。

しかし十和子と光は、龍王様の声に真剣に耳を傾けている。

「人々の争いをなくすには、まずは人間の心に巣食う小悪魔を炙《あぶ》り出し、消滅させねばならぬ。そしてそれにより、今の世に住む人々が、昔のような人間の清らかな心を取り戻さなければならぬのだ。それは、容易《たやす》いこととは言えぬ」

龍王様は、重い口調で二人に伝えながら、カッパの方を見た。

カッパは龍王様と目が合うと、静かに俯き、左右に首を振った。

この龍王様とカッパのやり取りは、小悪魔たちの現状を示唆するものであったに違いない。

カッパたちは、世界中に散らばって今も尚《なお》、小悪魔たちを退治し続けていると言っていた。しかし、人間によくなる兆しもなく、平行線を辿っているというような、そんな龍王様とカッパの示し合わせであったのであろう。

龍王様はカッパに頷くと、光に視線を向けた。

「そなたが将来書く小説は、それを人々が読むことにより、小悪魔がもたらす人間の心の闇を打ち砕くには絶好の神事の一つでもあった。だが、しかし……時は既に遅く、今はもうさような時間は人の世には、残されてはおらぬであろう、な」

龍王様の言葉に、光は驚いたように目を見開いた。

光はまさか、自分が心に思い描いてきた小説に、そんな希望があったとは思わなかったのだ。

その小説の多くは、戦争という悲惨な渦に翻弄されながらも、それでも人間は生きていかなければならないという時代の残酷さと悲しみと、不条理な時代を嘆いた物語が中心だった。だが、こんな荒れた時代でも、人々が共に信じ合い、人の心が豊かになれば、その未来が開けてゆくのではないかという、光の切実な想いが含まれていた。

人々が互いに手を取り合って、未来に向けて進んでいくことの素晴らしさや、人々がいつか平和な未来になることを信じることで、その未来に向かって人々が夢や希望を持って進んでいけるのではないかということを、切に願って考えてきた物語ばかりだった。

「そなたがもっと早くにこの世に生まれていれば、間に合ったのかも知れぬ。しかし、その人の定めとは、斯様《かよう》に変えられるものではありはせぬ」

龍王様は、哀愁を帯びたような声で光にそう伝えると、一旦言葉を切った。

そして、何かを考えるように腕を組むと、その目を瞑《つぶ》り、深く長い溜《た》め息を一つついた。

「しかし……そなたたちの今の人間の世の中とは、本当に救うに値する世界であろうか？　人間の心の闇とは、確かに小悪魔たちが唆《けしか》けたことかも知れぬ。しかし、それに取り込まれてしまったこの世の人間にも、全く非がなかったとは言えぬのだ。

言うなれば、神仏の存在を忘れ、神仏に誠を尽くしお祭りするということさえ忘れてしまった心が、まさに小悪魔に付け入る隙を与えたことは明白である。そしてそれは、おのおのの我欲が更に小悪魔たちを呼び、自らの内に招き入れた結果ともなった。

人間同士が抗争で傷つけ合うようになり、そして戦争による多大な人の命の犠牲さえも省みなくなると、自らの欲望だけをただ自分勝手に満たしたいがために、人々は人々を巻き込みながら暴走し、世界を混乱の渦へと引き込み、人の世を恐慌へと導いたのだ。

利己主義者による地位や名誉、栄華に繁栄などの貪欲な欲望、利己心から生まれる独占的な物の考え方は、人の本来あるべき世界の形を衰退させ、人間そのものを滅亡へと誘う行為と言っても過言ではあらぬ。

この星とて泣いておる。既に人々のその心は、拭い去ることができぬほど穢《けが》れ、荒《すさ》みきっておるのだ」

広間は、琵琶の美しい旋律がいつの間にか途絶え、重々しい龍王様の声が響き渡っていた。

龍王様の重い言葉に、十和子と光は言葉を失っている。それは、足元から凍りついていくような感覚にも似ていた。その冷たさとは、絶望という言葉であったかも知れない。

立ち尽くす二人を目に、尚も龍王様の言葉が続いた。

「人の世を、救いようのない世の中へと動かしたのは、人間である。然《さ》れど、そのような人の世とて、世界を正すための機会もまた、幾度となく与えたはずであった。しかし欲望の執念に取り憑かれた亡者と化した人間の心には、何も届くことはなかったのだ。

今の世の庇護《ひご》を拒んだのは、神仏なかれ。それは人間の方である。

それでもそなたたちは、この救いようのない世の中を救いたいと願うか？　いや、そなたたちにとって、この世界と人々は、助けるに値する価値があると思うか？」

龍王様は、人間の愚かな行為を肯定しながらも、二人に疑問を投げかけたのだ。

「それでも……人間がどんなに愚かな行為をしたとしても、それに属さない人々だって数多くいます」

龍王様の問いに、十和子は胸を痛めながらも即座に答えていた。

十和子には、傲慢な人々の姿は、思い浮かばなかったのだ。

十和子がすぐに思い出したのは、近所に住む人のよい人々に、動物に詳しい親切なおじさん、そして元気な子供たちの姿に、戦火の最中《さなか》でも懸命に生きようとするお年寄りたちの姿だった。

そして何よりも自分にとって大切な存在である、光もこの世界にはいる。

龍王様は、静かに十和子の声に耳を傾けていた。

「どんなに苦しい中でも、それぞれの人が人を思いやり、お互いに協力し合って生きている人々の姿だって、この世の中にはあります。私はそこに望みを捨て切れません。そこにはまだ、未来への可能性が残されていると思うからです」

　十和子は懇願するように、自らの思いを龍王様に伝えていた。

　龍王様は目を細めて、十和子を見ると頷いた。

「なれば、そなたたちがそれぞれ受けられるはずであった幸福な未来は、次の時世に見送ることとなるが、それでよいか？」

　龍王様は、十和子と光を静かに見つめている。

「それで構いません」

　光は、迷うことなく、短い言葉で龍王様にそう告げると、言葉を切った。

　十和子は、光の言葉に戸惑いを隠せずにいたが、彼は至って冷静だった。

　光の真意までは、十和子には推し量ることはできない。しかし、彼自身がそれを望むというのであれば、十和子は光を止めることはできなかったのだ。

　無論、十和子も、光の意見に賛同した。

　姫君様と、台座に琵琶を構えて座る天女は、成り行きを静かに見守っているようだった。

　すると、龍王様は一息ついた後、十和子と光を見据えて口を開いた。

「今の人間の世の戦いを終結させるには、まずカッパが持つ銅鏡を太陽へと翳《かざ》し、銅鏡から反射する太陽の光を湖に照らしながら、世の中の太平を切に願い、そしてひたすら祈り続けなければならぬ。それにより小悪魔たちは収束し、善は光を取り戻すことであろう」

龍王様は、カッパに合図を送った。

するとカッパは、大切に持っていた銅鏡を、どこからともなく取り出すと、すぐ隣にいた十和子に手渡した。そしてカッパは、銅鏡を翳すその湖がある場所とは、カッパが亀だった時に二人が放してくれた湖であるということを、二人に教えた。

だが、龍王様の言葉は、それだけでは終わらなかった。

銅鏡を扱うことのできる者は、資格を持つ者に限られるという。

そして本来銅鏡は、来たる場所、それを扱う場所や時間にも決まり事があり、その時々に定められた場所に創《はじ》めて、銅鏡を置くことが許されるものなのだという。そうした場所で初《はじ》めて、たくさんの人々の真光が込められたヒカリの気を銅鏡から注ぐことにより、明るい未来が約束され、世界が光によって満ち溢れてゆくのだと言った。

だがそれは、手遅れになっていない場合の約束された話であるという。

既に今の世は手遅れであり、人々の心は拭いきれないほどの穢れで満ち、荒んでいるのだという。もはや、多くの人々に救いの手を差し伸べることなど、困難な状況であるというのだ。

もし今の世界に一筋の光が残っているとすれば、ほんの一時だけ、戦争を止めることができるくらいが、精一杯であるということだった。

そして、無理をしてそれを望んで銅鏡を使い、それを願い行ったとしても、銅鏡を扱う人間の命を代償にしなければ、それすらもかなうことはないという話であった。

龍王様は十和子と光を見据えて、それでも臆することなく、ほんの一時のみという僅かな望みでも懸けるかを、再度尋ねた。

「私がそれを引き受けます。ほんの一時でも構いません。戦争が終結することにより、人々の間にも今までとは違った、別の新しい何かが生まれることを、私は信じたいのです」

十和子が銅鏡を胸に抱き、前に出た。

しかしなぜか、龍王様は十和子を見据えたまま、頷くことはなかった。

それは、十和子が銅鏡を扱える資格者ではなかったからだった。

そして、その資格を持つ者は、光の方であったのだ。

ゆえに、十和子がいくら率先して引き受けたとしても、僅かな願いすらも成就されることはないというのだ。

光は、自身にその資格があるのならば、その役目を引き受けると言った。

十和子は当然、それに猛反対した。

だが光には、なんの迷いもなかったのだ。十和子が光を何度説得しても、彼の答えは変わることはなかった。

光は十和子に銅鏡を渡すよう、手を差し伸べていた。

「嫌だ、嫌だよ。私は光さんまで失いたくないよ！」

十和子は胸に銅鏡を抱えたまま放そうとはせず、何度も首を横に振りながら、光に涙ながらに訴えた。

「それがたとえ僅かな可能性であっても、人々がもう一度、夢や希望を持つことを許される機会が望めるのであれば、俺はそれでいい。あの川の縁で君と出会って、君も同じ考えであることを聞いた時は、嬉しかったよ。君だって望みを諦《あきら》めたくはないと言った……俺も君と同じ気持ちだから」

光は十和子を宥《なだ》めるように言葉を紡いでいた。

光は、カッパが竜宮城に向かう途中で話してくれた、人の世が今まで辿って来たという時代の話を聞いた時に、自身の心の中では既に、人間世界の全体に強い危機感を感じていたのだと言った。

それは、途方もなく長い間、繰り返されてきた人々の争いと国同士の抗争、そしてそれが世界中に蔓延《まんえん》し戦争に繋がっていった。それは自分たちが考えていた以上に、戦争には人間の欲心という思惑が、いつの時代でも深く関わっていたのだ。一部の人々が平和を望み、声を上げたところで、今の時代では制度が邪魔をして握り潰されるか、或《ある》いはその罰則として投獄されるかだと、光は言う。

そしてそれは、自分たちの思いも及ばぬほど長い間、自分勝手な利己心ばかりを主張し、それに囚《とら》われる人間が大勢存在していたということを意味し、今始まったばかりではなかったということだ。それが、人間にとって一番根深い闇の部分であったということを、光は寂しそうに話した。

　だからこそ、ただ平和を望むだけでは無駄なのだと思った。それを望んだところで結局、一部の人々しか幸せになれない。

　たとえ小説を世に出すことがかなったとしても、どれほどの人がそれを読み、そしてどれほどの人がそれを理解してくれるのか、分からなくなったと光は言った。

　夢や希望こそが、今の現実からはかけ離れたものであり、遥《はる》か昔から続いていたという人間同士が傷つけ合う行為に、虚《むな》しさだけを感じたと光は言う。

　人間として最も大切なその根本を変えることができなければ、長い間、培われてきた人の世を変えることなどできはしない。

　しかし、全ての人々が利己的であり、欲望の塊となっているわけではない。人が人を思いやるというそんな気持ちを心に持つ人々も、数多く残されているのも事実なのだ。

　この大きな世界においては、自分という存在がいかに力もなくちっぽけなものであり、どんなに頑張ったところで一個人が戦争をやめさせることはできない。だが、そんな世の中において、今、自身にとっても大いなるその機会を与えられたのではないかと、光は思ったのだと言う。

　小説とは無縁の別の形になってしまったが、自身の根本的な考えが変わったわけではない。この荒廃してゆく時代において、悲惨な生活を送る多くの民衆のために、少しでも世界を好転させる可能性を信じて、自分自身ができることを今、遣《や》り遂《と》げたいと思った。

そしてそれは、自分の命と引き換えにしてでも、成すべき価値は十分にあるのではないかと、光は強く思ったのだ。人々の未来に、明るい希望が残されているのなら、その役に立てるような機会を民衆に作りたい。そしてその機会がきっと、自身にとっては今なのだと思うと、光は静かに語った。

十和子は、震える両手で銅鏡を胸に抱え込んだまま、茫然《ぼうぜん》と光を見つめている。

「カッパの話が真実ならば、人はそれを受け入れるしかないと、君は言っていたね。俺も同感だ。けれど、人間が時代を狂わせ、時代そのものを変えてしまったのであれば、人の過ちは、やっぱり人の手で正せるものなら、人として俺は正したい」

光は十和子にそう言って、笑った。

カッパが見てきたという、人の世で起こった様々な時代を掻い摘んで語ってくれた話を二人で聞いたあの時から、光がそんなことを考えていたとは十和子も思わなかったのだ。

ただ、あの時、光の沈黙がとても気になったことは確かだった。

十和子自身も、龍王様にその役目を申し出た時、人々の僅かな可能性のためならば、自らの命を代償にすることは厭《いと》わないと思った。

しかし、まさか光もそれを自分と同じように考え、そして小説を諦《あきら》めるという別の選択をしようとは、十和子にも全く思いもよらないことであったのだ。十和子の心は、大きな衝撃を受けていた。

光が伸ばした手に銅鏡を渡すこともできず、十和子の心は躊躇《ためら》いと、その悲しみに打ちひしがれていた。

なぜ、自分が資格者ではなかったのかと、悔しい思いだけが募っていった。

十和子は、光に小説を書き続けてほしかったのだ。そして、こんな形で光を失いたくはなかったのだ。

十和子は生活こそ貧しかったが、その心はいつも華やいでいた。

だが今、その心は一瞬にして色を失い、絶望へと変わっていった。

しかし光の意志は固く、決して揺らぐことはなかった。

光は十和子の手から、そっと銅鏡を受け取ると、十和子の肩を優しく撫でた。

十和子は、龍王様たちが見守る中、光に向けて大粒の涙を零《こぼ》し続けていた。

「泣かないで」と、光が言う。

だが十和子の涙は、堰《せき》を切ったように後から後から溢れ出し、止まることはなかった。

ずっと探して、追い続けてきた人が、すぐにでも逝《い》ってしまうことを考えると、とても十和子には耐え切れるものではなかったのだ。

十和子は光に、送り出す言葉さえ伝えることもできずに、肩を震わせて泣いた。

光は、激しく嗚咽《おえつ》を漏らしながら泣き続ける彼女を、どうしたらよいのか分からずに、ただ心配そうに、そして少し困ったようにして、十和子の顔を覗き込んでいた。

「君に出会えてよかった。短い間だったけど、楽しかったよ。……ありがとう」

光は、十和子に優しい面差しを向けている。

しかし、今の十和子にとって光のその言葉は、悲しみを募らせるものでしかなかった。

死が待ち受ける場所に、光を行かせたくはない。だが彼の意志は強く、何を言っても光はきっと行ってしまうだろう。そして、光にこのまま何も伝えることもできずに彼が行ってしまえば、自分は後で必ず後悔するということも、十和子自身が一番よく分かっていた。

十和子にとって、光の行く先は決して賛成などできない場所だ。しかしそれでも、光に何かを伝えなければという想いだけが、ただ心の中で焦《あせ》るように募っていった。この時代に、確かに光と出逢ったという痕跡を、十和子は自らの胸に刻んでおきたかったのかも知れない。

十和子は悲しみに耐えながら、一抹の想いを胸に自らを奮い起こすと、必死に声を振り絞った。

「いつか……また、会えますか？」

十和子から絞り出された言葉は、とても短いものであった。

彼を引き止めることができないと分かった以上、十和子が彼に伝えることができる想いは、限られたものしかなかったのだ。そして十和子にとって、これが精一杯の光への切なる想いだった。

振り絞ったはずの声は掠《かす》れてはいたものの、光の耳にはちゃんと届いていた。

「俺が望んでいた時代は、戦争によって支配される時代ではなく、人々が思いやり、そして人がもっと自由に心豊かに暮らせる時代だ。必ず今度は、そんな時代でまた会おう」

光は、十和子に穏やかに微笑んだ。

その言葉を聞いた十和子の心は、心に巣食った絶望が打ち砕かれ、華やいでいた色彩を瞬く間《ま》に取り戻していった。そして、また自分が彼を追い続けて、彼を捜し出せばいいのだと、十和子は強く心の中でそう思いながら、真っすぐな瞳を光に向けると、笑んでいた。

十和子の顔に、ようやく笑顔が戻ったのを見て、光は安心して十和子に頷くと、龍王様を見た。

「よいのか？」

龍王様の瞳が光の目を捉えると、広間には低い声音が響いた。光は、龍王様に静かなる瞳を向けたまま、大きく一つ頷くと、銅鏡を使った次の指示を仰いだ。

龍王様は初めに、簡単な銅鏡の使い方を光に教えた。そして、まずは銅鏡を翳《かざ》すことで、この竜宮城から、今の世の戦争を止めるための舞台となる次元へと移動することになると伝えた。

更に、その舞台となる次元では、人間に取り憑いている小悪魔たちを、初めて目視できるようになるという。

その次元において、必ず成し遂げなければならないことは、その小悪魔との戦いに勝つということであり、それが必要な条件であるということを光は求められた。

光は、龍王様にしっかりと頷いた。

そして光は、別れを告げるように、自らの頭上に銅鏡を翳した。

すると、銅鏡の鏡面からは、まばゆいヒカリが迸《ほとばし》り、そのヒカリの輝きは、一瞬にして光を包み込んでいった。

光の面差しは凛とした、穏やかな表情だった。

十和子は瞳の奥に光の姿を焼きつけるように、彼を見送っていた。

やがて光の姿は、銅鏡のヒカリとともに溶けていくと、その姿を消し去っていた。

十和子は最後に、彼の名前をポツリと呟いていた。

竜宮城に残された十和子の胸の中には、ただただ切ない想いだけが満たされていった。

銅鏡のヒカリの中に入った光は、舞台となる次元に移動していた。

龍王様が言っていたその次元と呼ばれる場所は、自分以外は全てが白黒に、光の目には映っていた。

しかしそれ以外は、自身が住んでいる地上と同じ光景が広がっている。光が下り立った場所は、次元は異なるが、あの近所にあった湖の湖畔だった。

だが遂《つい》に、湖畔が戦場となってしまったようだ。少し離れた場所で、人々が争っている姿が見えている。そして光はそこで、信じられないような光景を目の当たりにしていた。

それは、明らかに人間とは違う、別の何かの姿であった。

この次元で、ようやく光の目が慣れたのか、白黒だった景色がその色彩と感覚を取り戻すと、色鮮やかな光景が目の前には広がっていた。

しかし争う人々の影には、人間の影に隠れるようにして別の影が、黒々とした影の形となって蠢《うごめ》いている。

更に、この戦いにおける中心人物と思われる複数の指揮《しき》官たちは、人間ではなかった。それは今までに見たこともない、おぞましい容姿をしていたのだ。

どの指揮官も黒一色で、背中に翼を持ち、大きく口が裂けたところには、鋭い牙が並んでいる。異なるところといえば、目の形や目の数だった。だが、赤々と薄気味悪く光る目の色は、ギラギラと妖しく邪悪な輝きを湛《たた》え、どれも同じ真っ赤な色をしていた。

あれが小悪魔なのかと、光は目を見張った。

怖くないと言えば嘘になる。光はその全身に、ぞっとするような寒気を感じた。

人間の影に隠れるようにして取り憑いている、形のない影のような異形の生物は、妖怪のようにも見えるが、しかしあれもきっと小悪魔なのであろう。

光たちがいた世界では、決して目にするような存在ではなかった。

いや、もしかすると実在するものの、光たちがいた次元の人間には、見ることも感じること

もできない存在であったというべきなのか。それがゆえに、人間が小悪魔の存在に気づくことは、全くなかったのだろう。

しかし、同じ世界でも、次元の異なる世界においては、その小悪魔の姿は浮き彫りとなり、剥き出しになるということなのだ。

この次元で見ると、龍王様が言っていた通り、人間に交じって別の黒い生き物が確かに存在し、それが人間に取り憑いていたのだ。

だとすると、あれが間違いなく小悪魔であり、あの悪魔たちが人間の心を惑わせ、人間世界を戦争の道筋へと煽《あお》り立てるように仕向けた張本人たちなのだ。

人々が争う、その足元には多くの人々の血が零《こぼ》れ、湖畔の砂や小石を真っ赤に染めていた。その辺りには人々の怒号が飛び交い、戦力を喪失することなく次々と殺し合いを続けながら、その凶器を振るって人々を捌《さば》いては、飛び散る血潮で湖の水面さえも赤く染めていった。

小悪魔とは、その力こそは小さく弱いものだが、人の心を巧みに翻弄する悪魔だということは、何かの本で光も読んだことくらいはあった。しかし、湖畔で見ているだけでも、途轍《とてつ》もない数の小悪魔が見受けられる。個々の力が小さいと書かれてはいたが、これほどの数がいるとするならば、小悪魔と雖《いえど》もその力が限りなく絶大であろうことは見て取れた。

そしてこの小悪魔が、世界中に存在しているというのだ。一体どれほどの数がいるのか、もはや想像すらできなかった。

人間を、操り人形のように巧みに操り、人間同士に殺し合いをさせ、いとも容易《たやす》く人間の生命を奪ってゆくのだ。その影でせせら笑う小悪魔たちに、光は脅威を感じていた。

だが、やがて小悪魔たちは、茫然として戦場を見ていた光の気配に気がついた。

そして小悪魔たちは、一斉に光を目がけて襲いかかって来たのだ。

光は冷静に、龍王様に教えられた通りに、銅鏡のヒカリを小悪魔たちに向けた。

すると、銅鏡のヒカリが当てられた小悪魔たちは、急に狂ったように悶《もだ》えて苦しみ出すと、絶叫とともにその姿を消失させた。

龍王様が授けてくれた銅鏡の威力は、凄《すさ》まじい高貴なヒカリの勢力となって、小悪魔たちを蹴散らしていったのだ。

光はその威力に驚き、目を見張った。

銅鏡のヒカリによって姿を消失させた小悪魔たちに取り憑かれていた人々は、無言のままその場に倒れていった。光は小悪魔たちの様子をうかがいながら、その場に倒れ込んだ人に駆け寄ると、首に手を当てて頸動脈の動きを探った。すると脈は動いており、生存していることが分かった。

人間に取り憑いていた小悪魔が消失すると、その人間は意識を失うだけで済むようだ。人間の、命には別状はないようだ。光は、人々が無事でよかったと安心して一息ついた。

しかし光には、悠長にしている余裕などなかった。そうしている間にも、小悪魔に憑かれた人間たちが、次々と光に襲いかかって来る。

光はその度に、小悪魔に憑かれた人の手を避《よ》けながら、器用に銅鏡のヒカリを操って、小悪魔たちを消し去っていった。

幸いなことに、銃から連射される鉛の弾が、光に届くことはなかった。それは、銅鏡のヒカリが光の周囲を包み込み、弾を弾き飛ばしていたからだ。銅鏡が、光を守っているのだ。

人間の武器により、光の命が絶たれることはない。

光は、銅鏡を使いながらも世の中の平和を願い、神仏様への祈りも忘れることはなかった。

今の人の世は既に手遅れだとしても、光は残されている心優しい民衆のために、龍王様から聞いた、人を救うための手立てともいえる、その全てを駆使して、少しでも多くの人々を助けたかったのだ。

それが自分に与えられた使命であるのだとしたら、民衆のために今、自分ができることを惜しみなく全力で尽くしたかった。

ただ、小悪魔の数が膨大で、龍王様が言っていた、銅鏡を太陽に翳して、そのヒカリを湖面に照らしながら祈りを捧げるという本来の目的ができない。それには、小悪魔に必ず勝たなければならないという前提条件があったからだ。光は神仏様への祈りは心中で行いながら、体は小悪魔との戦いに集中することに徹した。

しかし、銅鏡のヒカリでいくら消し去っても、小悪魔たちは後から後から湧いて来る。やがて光の表情には、疲労の色が浮かんできた。

それはまるで、世界中の小悪魔たちが連鎖しているように呼応し、次元を超えて舞い降りて来た光だけを狙うように、次から次へと集中して光に迫っているようにも思えた。

光が、この次元に来た最初の頃よりも、小悪魔に憑かれた人間の数も増えている。

光は切迫する事態に、焦《あせ》りを感じていた。

それは、小悪魔たちが光を異端の者として、既に認識しているようにも見えた。小悪魔が、別の次元の人間の匂いを嗅ぎつけたとでもいうのだろうか？

だが湖畔では既に、先ほどまでの人間同士の激しい抗争が止まっていたのは明らかだった。

今、小悪魔たちの標的は、光一人に絞られている。

光は、時間の経過とともに不利になっていく状況にありながらも、必死に小悪魔に向けて銅鏡を翳し続けていた。だが、次第に銅鏡を持つ手が痺《しび》れ、腕にも力が入らなくなっていった。

多勢で襲い来る、憑かれた人間の攻撃を避けながらの、なんの防衛手段もない光の一人きりの戦いは、休む暇《いとま》も与えられず、その体力の消耗も極限に達しつつあった。

光の額には、汗が滲《にじ》んでいる。

小悪魔たちが勢いをつけて、次から次へと光にその魔手を伸ばしてきた。光は小悪魔たちに捕まらないように、一定の距離を置きながら、銅鏡を手に小悪魔と対峙《たいじ》した。少しでも体力の消耗を抑えたかった光は、小悪魔が一斉に動き出したところを見計らって、銅鏡を使っていったのだ。

しかし、光の足が思わぬところで縺《もつ》れ、激しく転倒した。

銅鏡が手から離れて転がっていった。咄嗟《とっさ》に腕を伸ばしたが、届く距離ではなかった。

銅鏡を失った光の周囲には、幾つもの異様で不気味な声が響き渡っていた。

それは、小悪魔の歓喜の声か？　光の耳には、小悪魔の不気味に嘲笑《あざわら》うたくさんの声が張りついた。

だが、光は諦《あきら》めなかった。

戦争が終結し、世界が平和になり、民衆が夢や希望を持てるかも知れないというこの機会を、光は今ここで失いたくはなかったのだ。

光は、這《は》いずるように前に進みながら、銅鏡に手を伸ばした。

この命が尽きるまで戦うと、光は決めた。だが、それは今じゃない。目的を果たすまでは、這いずってでも戦おうと、光は歯を食いしばって、更に指先を銅鏡へと伸ばした。

憑かれた人々の銃口が、光に向けられた。

しかし、銅鏡に手が届く寸前のところで、小悪魔たちが光を仕留めようと、われ先にと一斉にその射程内の標的を埋め尽くす勢いで光の前に躍り出て、光を眼下にその鋭い牙を剥き出しにした。

その時だった。突然、稲妻が発生し、次元に亀裂が走ったのだ。

小悪魔たちは、時が止まったかのように、その動きを急に静止した。

そして小悪魔たちが注目したのは、次元の亀裂の空間に突如として現れた、一つの影だった。

小悪魔たちは喉を鳴らし、威嚇するように影に向かって、獣のように一斉に吼《ほ》えていた。

閃光《せんこう》が、一閃した。

それは、一筋のまばゆいヒカリの帯となって、光の周囲を取り囲んでいた小悪魔たちを一瞬で消失させた。

そのヒカリは、あの影が放った閃光だった。光は、あの影に助けられたのだ。

その隙に、光は銅鏡を再び手に掴むと、自身と同じようにこの次元に舞い降りてくる影に困惑しながらも、その影の姿を食い入るように見つめた。

やがて、下り立った影の姿が形になって目に映ると、光は目を見張った。

「怖がることなかれ。我はお主の助太刀に参った。大事はなかろうか？」

光に向けて口を開いた影の姿とは、光と同じ人間であり、すげ笠を被《かぶ》った僧侶であった。

光は、助けてくれた僧侶にお礼を言うと、僧侶の顔をじっと見た。

「我もさる昔、カッパを助けたことがあっての」

僧侶はそう言って笑うとすげ笠を頭から外して、それを大きく一振りした。するとなんと、それは錫杖《しゃくじょう》に変わっていた。

錫杖とは、僧侶や修験者が持ち歩く杖《つえ》のことであり、その頭部の金属性の環《わ》に数個の小環が

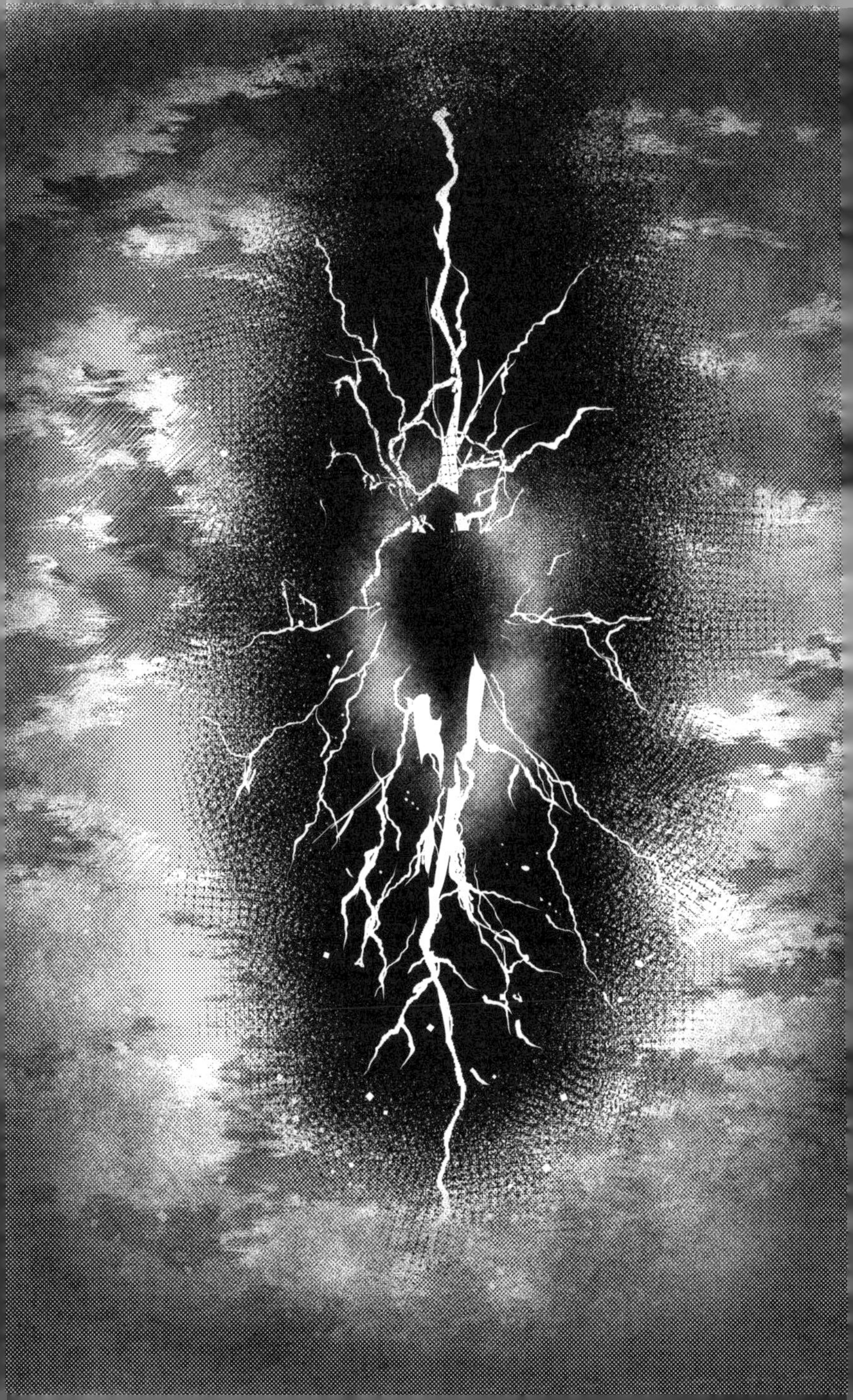

掛けてあり、杖を突くと小環同士がぶつかり合って、シャクシャクと音が鳴るようになっていた。

しかし、ただのすげ笠が、目の前で錫杖に変わるとはどういうことか。光はまるで魔法でも見ているようだった。これがあのカッパが言っていた、カッパのお皿の力なのだろうか。

湖畔の辺りを見ると、小悪魔たちが再び群れをなして押し寄せている。

「ゆるりと話はできぬが、現存する人々の太平の世を共に願いながら、共に戦うことが今はよし」

僧侶は光にそう言うと、先ほどまですげ笠だった錫杖を鳴らして小悪魔たちに向けた。

すると、錫杖から銅鏡と同じようなヒカリの輝きが放出され、小悪魔たちを次々と消し去っていった。

すげ笠を被り、僧侶の姿をしていたのでもしやとは思ったが、あのカッパが話していたお坊さんと、こんなところで出会うことになるとは思いもよらないことだった。

光も再び立ち上がると、銅鏡を翳して僧侶と共に小悪魔たちを消滅させることに努めた。

たった一人、苦境の中で戦っていた光にとって、僧侶の出現は心にも思わなかった、とても有り難い、思わぬ援軍だった。

僧侶が来てくれたおかげで、光の体は随分と楽になり、光は僧侶に心から感謝していた。

僧侶と光は背中合わせになり、四方から襲い来る小悪魔たちを次々に退治していった。

「お主は方角の印《しるし》を持つ者じゃな」

僧侶が不意に、光に声をかけた。

しかし光にはその言葉の意味が分からず、返事をすることはできなかった。

「いやいや、それは坊主の戯言《たわごと》じゃと思うて気にせんでよい。それより我は、人の世の安寧《あんねい》を願い、人々に思いやりの気持ちを持った人間と共に戦うことができて、実に嬉しく思っておる」

僧侶は光の方をちらりと向いて、また笑った。

僧侶の見た目は、それほど若くはなかったが、しかし、長年にわたり修行を積んできた成果なのだろうか、話をしながら小悪魔と相対していても、その動きには全く無駄がなく、一瞬の隙も見受けられなかった。

錫杖から発する金属音は小悪魔の動きを鈍らせ、一定の距離まで小悪魔が近づいた時に錫杖を一閃させ、ヒカリの渦に小悪魔たちを消し去っていった。

背中合わせの攻防戦がしばらく続いていたが、小悪魔の数は途方もなく、どんどん増えるばかりだった。

やがて僧侶は、背中合わせの攻防を一旦やめ、光を自分の隣に呼ぶと、僧侶が放つ錫杖のヒカリと、光が放つ銅鏡のヒカリを重ね合わせて集めたヒカリを、小悪魔にまとめて放出させてみることを提案した。

光は即座に頷くと、錫杖から放たれているヒカリの上に、銅鏡のヒカリを重ね合わせてみた。

すると、双方が放つヒカリを合わせたことで、光線ともいうべきヒカリの筋が途端に倍に膨れ上がると、凄まじい強烈な輝きとなって小悪魔たちを消失させていった。

その合わせた輝きは、個々で放つヒカリよりも格段に上がり、消滅する小悪魔たちの数が数倍に増えたのだ。光は、小悪魔たちを呑み込んでゆくヒカリの輝きのとてつもない放出量に驚いていた。

僧侶と光は、ゆっくりと向きを変えながら的確に、四方から迫る小悪魔に向けて、迸《ほとばし》るヒカリの輝きを当てていった。

二つの重ね合わせた輝きによって小悪魔を退けながら、僧侶は光が持つ銅鏡について話し始めた。

銅鏡とは本来、二枚存在すると僧侶は言う。

そして、二枚揃った銅鏡から迸る輝きは、今重ね合わせて放っている錫杖と銅鏡一枚のヒカリを遥かに超えた、激しく凄まじい輝きと威力を持っているというのだ。

そして銅鏡の役目とは、二枚揃ったところで意味を成し、その本来の力を発揮できるらしい。

しかし、本来の銅鏡の力とは、人間を選別し、篩《ふるい》にかける力なのだという。

そしてそれは、個々の人間が持っている、人間としての意識や思想が深く関わるのだ。

それは大きく分けると、邪心を持つ人間の心と、それを持たない人間の心を、銅鏡が区別するという。更に言えば、人間の見えない部分の内にあるといわれる魂の行方《ゆくえ》に、それが大きな影響を与えるのだと言った。

現状では、錫杖と銅鏡一枚で小悪魔と対峙しているので理解しにくいだろうが、もしこの現状で二枚の銅鏡を使用したとするならば、憑かれた人間が銅鏡のヒカリを受けて、今のようにヒカリが当たった全ての小悪魔が、人間から離れて消失していくことはないという。

無論、ヒカリが当たることですぐに小悪魔が離れていく人間もいれば、いくらヒカリを当てようとも小悪魔が離れない人間もいるのだ。それが、二枚揃った銅鏡がもたらす、正なる者と悪なる者との区別であるという。

簡単に言えば銅鏡は、人間が持つ個々の心と、一人一人のその人間としての自らの行いが、大きく反映するということだった。

しかし今は、もう一枚の銅鏡は壊れてしまい、悪用されることを避けるために、僧侶自身がその銅鏡を隠したのだと言った。いつか時が来たら、再び壊れた銅鏡が復活する日が来るのだという。

二十五センチにも満たない、この小さな丸型の銅鏡に、そんな役割があったとは、光は思ってもみなかった。

銅鏡が持つという、本来あるべき二枚の銅鏡の役割を知った光は、手元の銅鏡を見ていた。

この銅鏡が二つ揃うと、人々を選別して篩《ふるい》にかけるのかと、光の胸中はそれを考えると寂しい気持ちになった。

だが光は、龍王様との会話を思い出していた。

悲惨な戦争時代を作ってしまったことは、人間の心に非があったことが原因で、世界はここまで荒《すさ》んだ世の中に転じてしまった。そしてそれは、神仏様が人間を見放したというわけではなく、人間が自分たちの手で人の世を正す機会も何度も与えられていたとも龍王様は言っていたのだ。

人間がそれを受け入れなかったために、長い間、人間の世の中は苦境に喘《あえ》ぐ厳しい時代が続いていると言った。

そしてそれを裏付けるように、十和子と自身の願いを龍王様は聞き入れてくれた。

だからこそ光は今、それを少しでも正そうと、空間を飛び越えて別の次元である、この世界に来られたのだ。

もしかすると銅鏡とは、そんな人々を少しでも助けようとする、神仏様の中から生まれた慈悲ともいうべき神器《しんぎ》の一つなのではないかと、光には思えていた。

「ただ一途《いちず》に人々のことを思えば、人間を篩にかける銅鏡の存在とは、寂しくもあり、悲しい気持ちにさせるものだの。じゃが、邪《よこしま》な人の心とは、懸命に正しく生きている人々の心を翻弄し、潰してしまう恐ろしい存在ともいえるのじゃ」

僧侶は付け加えるように、人間の心の在り方について少し残念そうにそう言った。

光は僧侶の隣で頷いていた。

「今、世界中で起こっている戦争は、ずっと長い間続き、それによって苦しむ多くは民衆ばかりです。国の主導者たちは、誰も民衆の声に耳を傾けません。だけど、この世に生を受けた人間はみんなが平等で、自由に夢や希望を持つことを許されてもいいと俺は思っています。一部の人々だけが富や権力を振りかざし、多くの犠牲の上にあぐらをかくことを俺は許せません。俺は、人が人を思いやり、平和を願う人々が助かることを願ってここまで来ました。だから、小悪魔を一掃するまで、この戦いを諦《あきら》めたくはないのです」

自らの想いを光は僧侶に伝えると、僧侶は目を細めて、嬉しそうに頷いていた。

光は、そんな僧侶の顔を見て、改めてやはり間違いないと、心の中でそう思っていた。

それは、彼自身が随分昔に読んだ、ある歴史的な内容の本に載っていた一枚の肖像画の記憶だった。僧侶は、あの時に見た肖像画にそっくりな高名な僧侶だったのだ。

だとしたら、この僧侶は一体どこから来たのか？

そんな僧侶の横顔を、光はそっと見ていた。

光は僧侶に、聞いてみたいことが山ほどあった。

いや、自身と同じように、もしかすると別の次元から来てくれたのかも知れない。

光はそう思うと、聞いてみたいことも口には出さず、それ以上は深く考えることもやめた。

僧侶と光は、小悪魔たちとの戦いに集中した。

精魂込めて放たれるヒカリの中に、小悪魔たちは次々とその身を溶かしていった。一人よりも二人で戦う方が効率もよく、そして何よりも、とても心強かった。

だが、小悪魔の勢いは弱まっていく兆しもなく、小悪魔たちの動く速度も更に上がっているように見えていた。それは二人の動きに、僅かな時間で小悪魔が耐性でもつけるような勢いで、その動く速度が急激に変化しているようにも思えた。

やがて、ひとまとめにヒカリを当てたはずの小悪魔たちの中に、ヒカリを容易に避ける小悪魔が増え出していった。

「やれやれ。来よるのぉ」

僧侶が振るう、錫杖の小環が鳴った。

僧侶と光は、小悪魔に二つのヒカリを合わせたヒカリを当てながらも、状況に応じて、また個々のヒカリに転じてそれぞれでヒカリを放つことを繰り返すことで、小悪魔を至近距離まで寄せつけることがないように、注意を払って戦っていた。

しかし、小悪魔の速度はどんどん上がり、まるで録画映像を早送りしているような感覚まで、その動きは迅速なものへと変わっていった。

息を切らしながら小悪魔たちを迎え撃ってはいくものの、小悪魔たちの素早い動きについていけずに、消え去ってゆく小悪魔の数も少しずつ減っていた。照らされるヒカリを免《まぬが》れた小悪魔たちは、容赦なくその隙をついて二人に襲いかかって来た。

二人の額には、玉のような汗が浮かんでいる。

猛烈な速さで向かってくる小悪魔たちを避けながらの戦いに、二人はやがて苦戦を強いられるようになっていった。

速度を上げ、凄まじい動きで二人との距離を詰めて来る小悪魔たちを消し去りながら苦戦していると、どうしたわけか、次元の空の雲行きまでもが怪しくなってきた。

一雨降ってくるのかと、光は次元の空に現れた黒い雲に気づいたが、そう思いながらも銅鏡を翳す手を休めることなく、必死に小悪魔たちに当て続けていた。

だが、もし今、雨でも降ってきたら、戦況はまた、どんどん苦しくなるのではないかと光は考えていた。

衣服が濡れてしまっては、今よりもずっと動きも鈍くなり、足元も湖畔の砂によって覚束《おぼつか》なくなってしまうのだ。そんな事態になれば、小悪魔たちの格好の餌食になりやすくなるということだ。

そうならないためにも、今まで以上に慎重に状況を見定め、小悪魔たちに細心の注意を払う必要も出て来たのだ。

光は、僧侶の負担にだけはなってはならないと思い、いつ雨が降ってもいいように足元の間隔を少し広げて、自らが転倒しないように心がけた。

「来たの」

僧侶が不意に、空を見上げた。

光は、何が来たのかと不思議に思ったが、まだ雨は降ってきてはいなかった。

光自身、今は無心に銅鏡を翳すことで精一杯であった。小悪魔たちは少しずつ確実に二人との距離を縮めている。少しでも目を離せば、小悪魔たちの魔手に捕まるか、憑いた人間の影から小悪魔が身を乗り出して、その鋭い爪で切り裂かれる恐れもあったため、光は僧侶に言葉を返す余裕さえなかったのだ。

やがて、二人の真上に流れて来た黒い雲から雷鳴が轟《とどろ》き出すと、稲光《いなびかり》の閃光が走った。そしてその直後、落雷とともに激しい雷鳴が湖畔に響き渡ると、小悪魔たちの動きが突然、鈍くなった。

小悪魔たちは、その雷鳴に、まるで脅《おび》えるように身を硬くしたのだ。

黒い雲を見ると、その雲の中から、巨大な龍の顔が出て来ていた。

光も巨大な龍の出現に驚くと、その身を強張らせ、目を見張った。

「大事ない。あれは青龍《せいりゅう》じゃ。我らの味方ぞ」

僧侶は、光を安心させるように、光の肩を軽く叩《たた》いた。

その青龍が、黒い雲の中から巨大な姿を現すと、空の高みから、弧を描くように旋回しながら、二人の方へと向かって降りて来る。

僧侶が青龍と言った巨大な龍は、鮮やかな青い龍で、とても美しい龍であった。

そして光には、青龍の鬣《たてがみ》に見覚えがあった。それは、龍王様のそばに立っていた姫君様の、青緑色の長くて美しい髪の色と同じ色をしていたのだ。

光は、動きが鈍くなった小悪魔を後目《しりめ》に、二人の近くに降りて来る、青く美しい龍に目を奪われていた。

「妾《わらわ》の背に、お乗りなさい」

二人のそばまで降りて来た青龍は、僧侶と光にそう告げると、二人を自らの背中に乗せて、次元の空の高みへと音もなく昇り始めた。

僧侶と光の姿は、あっという間に小悪魔の手が届かない空へと舞い上がって行った。

青龍の思わぬ出現で、二人は小悪魔の迅速な動きや攻撃を気にすることもなく、己が持つヒカリの武器を用いて、小悪魔たちの根絶に向けてその務めに励むことが容易となった。

光は青龍の巨大な背中から、青龍の顔を覗き込んだ。

「ありがとうございます。とても助かりました。でも、あなたは竜宮城でお会いした、姫君様ですよよね？」

光が青龍に声をかけると、青龍は言葉こそ発することはなかったが、その瞳はまるで光の言葉に答えるかのように、優しい色で揺れていた。

返事こそなかったが、光はそれだけで十分だった。光の口元には、微笑みが浮かんでいる。

青龍の背中に乗った二人は、湖畔と湖面を抜けると、空を自由自在に飛び回り、世界中を巡った。

世界中の人々が戦禍《せんか》にさらされている。ここは光がいた世界と同じ世界であり、次元だけが異なる世界だ。

一つだけ異なることがあるとするならば、世界中で争う人々の影には、やはりどの人間にも、影のようにぴったりと憑いている小悪魔が見えているということだ。

青龍の背に乗り、上空から小悪魔の姿を確認しただけでも、途方もない数の小悪魔が見受けられた。

湖畔で消滅させた小悪魔たちの数は、この世界中で蠢《うごめ》く小悪魔の数を考えると、ほんの些細《ささい》な数でしかなかったであろう。

光は、自身がいた世界では、自分の町内やその隣接する地域周辺での戦争被害の情報しか、今までは知る由もなかったが、こうして空から見ると、どの国も現状は悲惨な状況であり、泣き叫ぶ人々の姿や屍《しかばね》が山積みとなっていた。

怒号とともに連発される銃声や、戦車の砲弾は多くの人々を犠牲にして、人間同士で殺し合う集団が一つの国だけで幾つもうかがえた。爆撃機からの無作為的な爆撃は住宅地を大火で赤く染め、多くの人の命と家屋を奪い去ると、焼けた大地が剥き出しになっている。戦争という名の殺戮であった。世界は、見るも無残なほどに殺伐としていた。

今の戦争というものがどういうものか、光自身はこの時代に生きる者として十分に理解はしているつもりだった。しかし、この悲惨な現実が広がる世界を目の当たりにしては、心に生まれるものは悲しみしかない。

光は、少しでも早く戦争が終結を迎え、多くの人々が救われることを願いながら、青龍の背から銅鏡を掲げていた。

銅鏡のヒカリと錫杖のヒカリは合わさって、聖なるヒカリのように地上に向けて降り注がれていった。ヒカリを受けた小悪魔たちは次々に姿を消し、それを見た別の小悪魔たちが、ヒカリを恐れて逃げ惑った。

青龍は二人を背に乗せ、世界中の全ての空を飛び回り、駆け巡った。

そうして光と僧侶は、この世界の隅々まで、何度もヒカリを照らし続けたのだ。

そして上空からのヒカリの放出を繰り返すうちに、世界はやがて彼らのヒカリによって満ち溢れ、小悪魔たちの姿はどんどん小さくなっていった。

今、世界は、光と僧侶が地上に送っているヒカリによって満ち溢れ、地上はその輝きに包まれている。

手出しができない上空からの攻撃に、やがて小悪魔たちも耐えられないとでもいうように、次々に人々から離れていくと、どこへ行ったのか、その姿を自ら消し去っていった。

青龍に乗って世界中の空を舞い、その上空から、光と僧侶が小悪魔たちの姿を丹念に確認したが、小悪魔たちの姿は一つも見受けられなかった。

世界中から、小悪魔たちの姿が、完全に消えたのだ。

そして、世界中を包み込んでいた彼らのヒカリも、その役目を終えたかのようにゆっくりと弱まり、やがて地上から静かに消えていった。

全ての小悪魔を消滅させた光たちは、再び湖畔へと戻っていた。

「お二人のおかげで、龍王様に仰せつかった自身の役目を果たすことができました。あとは、残された人々の幸多い未来を願うばかりです。ありがとうございました」

光は、僧侶と青龍に頭を下げると、穏やかに微笑んだ。

すると、光の体が、金のヒカリによって包まれていった。

青龍は、静かに光を見守っていた。

僧侶は数珠《じゅず》を手に、光に向かって念仏を唱えながら手を合わせている。

やがて、青龍と僧侶が見守る中、光の身体は金のヒカリの粒子となって、緩やかに吹く風とともに消えて逝った。

天空には、青龍の鳴き声が木霊《こだま》した。空を突き抜け、切り裂くようなその声は、まるで泣いているように、いつまでも尾を引いて響いていた。

光の最期を見送った青龍と僧侶も、やがて湖へと溶けていくように、その姿を消し去っていった。

「望みは、かなえられた」

澄み渡る空には、どこからともなく龍王様の声が響き渡った。

十和子は、光が無事に、その役目を遂げたことを知ると、竜宮城からもとの場所へと戻されていた。

地上の太陽はあれから、もう随分高いところまで昇っている。湖畔は、いつもと同じように何も変わったところはなく、まぶしい陽光を受けながら、湖面は静かに揺れていた。

十和子は、静かに揺れる湖面をぼんやりと眺めながら、光はもういないのだと思い、心象に浸るように寂しそうにして、湖畔に独り立ち尽くしていた。

すると、どこからか、琵琶の音色が聞こえてきたのだ。

十和子が辺りを見渡すと、その頭上からは、白い雲が下りて来ていた。

その琵琶の音色とは、先ほど竜宮城の龍宮御所で聞いた、琵琶の音色に間違いなかった。

白い雲は、十和子の目前まで下りて来ると、人間の姿に変わっていった。その姿とは紛れもなく、龍王様の玉座の近くにあった台座に座り、琵琶を奏でていた、あの天女であった。

清楚《せいそ》な着物のような衣装をまとったその背には、羽衣が揺れている。頭上でひとまとめに束ねられた艶のある髪。その手には琵琶を抱えていた。

「……懐かしい……ほんに、久しいな……」

どこからかまた、そう囁く声が聞こえた。

しかし呟かれたその声は小さく、十和子の耳に届くことはなかった。十和子は美しい天女を見つめている。

「大変な苦労をなさって、長い時を過ごされて来ましたね」

天女は、まずは十和子を労《ねぎら》うように、そう優しく告げてから、更に言葉を続けた。

「お二人の願いはかないました。しかし、この太平の世は、我らにとっては瞬きほどの時間に過ぎません。それは人間の世界でいうなれば、百年ほどの時となります。その百年後にはまた再び、小悪魔たちがこの世界に蔓延《はびこ》り、この世の中を制圧してゆくことになるでしょう」

辺りはとても静かだった。普段なら、上空には戦闘機が行き交う騒音と、町では危険を知らせる警報が、休む間もなくけたたましく鳴り、この湖にまでその音が響いていた。

それが今はすっかり、静まり返っていたのだ。

十和子は湖畔にいたためか、湖に戻された時にはまだ、全くそれに気がつくこともなく、その実感もなかったのだが、しかし今、天女の言葉で空を仰ぎ、耳を澄ませても、日常的に聞こえていたはずの騒音は消え失せ、湖畔の木々からは鳥の囀《さえず》る声しか聞こえてはこなかったのだ。

十和子は、戦争が終結したことを改めて確信し、それを今まさに実感するところとなった。

しかし、百年とは短かった。

百年経てば、十和子はこの世にはいないだろうが、しかし百年後の人々は、また戦争という悲惨な時代を迎え、自分たちと同じように苦境の中に身を置きながら、苦しくてつらく、そして悲しい思いに心を痛めて生きて行かなければならなくなるのだ。

それを考えると、十和子の胸はまた締めつけられる思いがした。

だが天女は、この世に到来した太平の世が、百年後の後世にわたっても受け継がれ、それを存続させる希望が、まだ一つだけ残されていると言った。

十和子は、思わぬ天女の言葉に目を見開くと、息を呑んだ。

その残されている希望を成すためには、次の時世をすぐに迎えなければならないと天女が言う。そして、それを遂行させるためには、この世に人として生まれた、人間にしかできない試練が課せられるということだった。

天女は十和子が見守る中、一つの箱を、懐から取り出した。

それは、玉手箱だと言った。

そしてその試練とは、玉手箱を開くことにあるという。

しかし、玉手箱を開くと、時が急激に進んで、次の時世を迎えることはできるが、玉手箱を開けた人間は、その蓋を空けた瞬間に年を取り老人となってしまい、命を失ってしまうのだと言った。

天女は十和子に、この一つの希望に賭けてみるかを問うていた。

無論、十和子には迷いなどなかった。

この世に二度と戦争という悲劇をもたらしたくはない。そんな希望がまだ残されているのなら、むしろ、その希望に賭けたい。

光は、今の戦争の世に終止符を打ち、人々の未来が少しでも開けることを願い、ほんの僅かに残されていた世界中の平和という望みのために、その命を懸けたのだ。世界のこれからの行く末が、平和な時を長く刻めるという、人々にとっての未来のかけ橋となれるのならば、それは光と十和子が何よりも望んでいた、願ってもないことであったのだ。

当然、十和子には断る理由などない。

十和子は、天女の有り難い言葉に縋《すが》る思いで深く頷くと、天女から玉手箱を受け取っていた。

「そなたは、その箱を開けてしまうことで命は落とすが、その魂は生き続ける。次の新しい時世を迎えた世に、そなたは再び生を受けることとなるでしょう」

天女は満足げに十和子に微笑んだ。

その新しい時代では、神々の志を受け継ぐ仲間たちが集うことになるという。そして、その昔にカッパがお皿を渡し、力を持った僧侶の導きによって、世界の光の扉が開かれてゆくのだと天女は言った。

残された希望は次の時代に受け継がれて、その時代の人々の手によって、真の平和な世を目指していくことで形を成すという。

その時初めて、十和子と光の想いとそうした行いが、本当の意味を成して成就されてゆくことになるであろうと、天女は言葉を結んだ。

十和子は、残された希望に胸が熱くなった。そして、残された希望があってよかったと、心からそう思っていた。

次の時代とは、まだ先のことだが、そう遠くはない。十和子の心には、確かな未来への夢と希望が膨らんでいた。

十和子は、天女に深々と頭を下げてお礼を言うと、この上なく嬉しそうに笑った。

天女は笑顔のまま頷くと、湖畔から霧のように、その姿を静かに消した。

一人湖畔に残った十和子の脳裏には、光や近所の優しい人々、そして子供たちとの思い出が走馬灯のように浮かんでいた。

湖畔は静寂に包まれ、湖の細波《さざなみ》の音だけが、十和子の耳には届いていた。

頭のお皿と銅鏡を失ったカッパは、高峰尾山《たかみねおさん》という山の鴉天狗《からすてんぐ》となり、その後も人々をよき方向へと導き続けるという。

十和子の口元には、笑みが浮かんでいた。

それから十和子は、玉手箱に向かって人々の幸福な未来を願い、思いを込めて手を合わせた後、ゆっくりと玉手箱の紐《ひも》を解いて、その蓋を開けた。

すると、箱の中からは真っ白な煙が出て来たのだ。

十和子の体は、瞬く間に真っ白な煙によって巻かれてゆくと、その姿は煙によって見えなくなった。

やがて煙が消えてゆくと、そこには白髪の小柄な、一人のお婆さんの姿が残されていた。

それは紛れもなく、年を取り、老人と変わり果てた十和子の姿であった。

年老いた十和子は、空を仰いでいた。

十和子の瞳には、すっきりと晴れ渡った青空が見えていた。

しかし次の瞬間、十和子の目の前には突然、漆黒の闇が降りてきたのだ。その先には、まばゆい光が見えている。

十和子は、まるでその光に誘われるように闇を抜けると、その先にある光の彼方《かなた》へと吸い込まれていった。

人の気配がなくなった湖には、どこからともなく、一羽の真っ白なフクロウが飛んで来た。そのフクロウは、人知れず湖畔の砂の上に落ちていた銅鏡を拾い上げると、再び真っ白な翼を広げて飛び立つと、銅鏡をどこかに持ち去っていった。

それから数時間後、湖の湖畔に遊びにやって来た人々によって、一つの箱を大切そうに抱えて横たわる、老女の遺体が発見された。

その老婆は、まるで眠っているかのように亡くなっていたという。

人々は、その身寄りのない老女を哀れに思い、手厚く葬った。

それからというもの、湖には一点の濁りもなくなり、その湖面は青々と神秘的に澄み渡り、いつまでも輝きを失わずに美しく揺らめいていたといわれている。

湖の湖畔で亡くなった老婆の名前は、湖からその名をとったのだと誰かが言った。そして湖が神秘的な輝きを放つようになったのはもしかすると、その老婆がずっと湖を見守っているか

らではないかと、湖の近隣に住む人々は噂《うわさ》した。

また、その昔からこの湖には、ある一人の僧侶と青龍という龍神の伝説があったともいう。

そしていつしかその噂話は形を変え、湖にいたその伝説の龍神が、亡くなった老女を哀れに想って、この湖を美しく生まれ変わらせたのだと、人々は語り継ぐようになったという。

神秘の湖面は、束の間の平和を噛み締めるかのように揺らめきながら、その輝きを失うことなく、長きにわたってひっそりと美しく煌《きら》めいていたといわれる。

それは、ようやく戦争が終結して安堵した十和子の、安らかな心を映し出しているかのようにも思えた。

この物語は、むかし、少しむかしのあるところで語り継がれてきた、ある一つの悲しい話であった。

完

第四話　未来に向けての少し先のあるところのはなし

この世界は、千二百年という周期に滅びを迎え、また千二百年前に逆戻りして、世界が創世された初めから、新しい時世を繰り返していた、そんな世界であった。

この世界は、そんな繰り返しの世界を十回も繰り返しており、今の時世は十一回目の世界であり、もう繰り返して新しい世界を逆戻りして創《つく》り直すことができないという、最後の世界でもあった。

この世界とは、神が創造した数多《あまた》の星々や人々とは異なった、次元の狭間《はざま》に作られた世界であった。

それは、この世界が生まれるずっと前の、遥《はる》か古《いにしえ》に起こった出来事によって、この世界が作られることになったことが始まりだった。

神々が万物を創造した大宇宙における、神の世界ともいうべき神々が作り出した神の世において、ある一人の女神が、嫉妬や憎しみによって心に迷いが生じてしまい、決して口にしてはいけないと神々が禁じていた、禁断の果実といわれる果物を口にしてしまったことが要因であった。そしてそれが、次元の狭間に新たな世界が創世されることの始まりになったのだ。

禁断の果実を口にしてしまった女神は、貪婪《どんらん》で我欲が強い邪悪な魂を持つ、魔神《ましん》と化してしまった。

禁断の果実が持つといわれる魔の力は、女神を限りなく欲の深い、邪心を持った一人の魔神へと変え、そしてそれが、神々が創造した神の世が乱れていくきっかけとなったのだ。

神々が作り出した神の世に、欲というものが生まれ、魔という闇が生まれると、それは感染症のように神の世界に広がっていった。

そこで神々は神の世に蔓延《まんえん》する、魔という闇の邪悪な気を、神の世から排除するために、新たな一つの星を生み出したのだ。それが、次元の狭間に創世された、この世界であった。

次元の狭間に作られた世界とは、神々が大宇宙の中で創造してきた、大宇宙全体における数多《あまた》の星々や、そこに住む生命体に悪影響を与えないために、隔離されて作られた一つの星であったのだ。

神々は、魔神となってしまった女神が、再び目覚めることがないように、禁断の果実の魔力によって魔に染まってしまった女神の御霊《みたま》を、そこに封じ込めることにしたのだ。

しかし、いつかはこの次元の狭間に作った星は消滅させて、もともとあった大宇宙の中にある神の世に、次元を戻す必要もあった。

そこで、ある多くの神々が名乗りを上げて、魔神と化した女神の魂を分散させ、おのおのの体内に取り込むことで、女神の邪悪な心を封印したのだ。

女神の邪心によって染まった魂を引き受けた神々は、異なった次元の狭間に生み出された新たな星で、人間として生きていくこととなった。

この世界には昼と夜があり、その人間となった神々には寿命というものが与えられたのである。

神々が創世する世界とは、その多くの星々が、温かな光のみで満たされるものであったのだが、この世界には、魔という闇を鎮めるために、夜という時間も作った。

それは、魔神と化した女神の魂の欠片《かけら》を取り込んだ神々が人間となったことで、万が一にも魔神の魂の欠片の悪影響を受け、人間となった神々の御霊が魔の力によって活性されることがないように防ぎ、調整するために、夜という、人間が眠りに就く安らぎの時間が作られたのだ。

そして、次元の狭間に作られた星では、緑豊かな大自然の中で、同じ世界で共存し、円滑に邪悪な魂を封じ込めていくために、長い時をかけて様々な生命体も生み出されて、その最後に、魔神の魂の欠片を持った人間となった神々が、星の地上に降り立ったのだ。

この、次元の狭間に新たに作られた世界では、神々の遺伝子を持った人間が転生《てんせい》する時に、魔神の魂もまた強力に封じ込まれていくため、禁断の果実が持つ、欲などの魔の力が倍増していくことは少なくなった。

しかし、人々が転生を繰り返して、その人間の数もまた増えていくことによって、もともと神々が持っていた遺伝子が薄くなっていくと、誤った人類の世界へと進化を遂げていくようになってしまったのだ。

そして神々の遺伝子が薄くなり、人間の進化の過程が狂い出したことにより、再び邪悪な魔神の魂が持つ、禁断の果実の魔の力が増強する結果となった。

禁断の果実を食べて、魔神と化してしまった女神の御霊を完全に封印するために、この世界は作られたのだが、誤った進化の過程を遂げる度に、魔神の魔の力を封じることに失敗すると、千二百年で滅んでは、千二百年前の世界が誕生した初めに戻り、幾度となく次元の狭間において新しい時世を築いてきては、魔神の魂を封じるために人々は長い時を費やしてきた。

しかし、魔の力を封じ込めるために与えられた千二百年という歳月は、それが失敗してそれを正すために、初めから繰り返して行うことができるのは、十一回目までと定められていた。

そのため、十一回という定められた時の中で、千二百年の歳月を繰り返しながら、禁断の果実がもたらす魔の力を消滅させなければならなかったのだが、女神が魔神となった魂の魔が強すぎて、何度も千二百年という周期が巡り、それが九回目までに至っても失敗に終わってしまい、それをなかなか消滅させることがかなわなかった。

そこで神々は大宇宙より、世界が十回目の千二百年という時を迎えることになってしまった時、次元の狭間の世界にいた一人の人間に接触を試みることにしたのだ。

その人間とは僧侶であり、大宇宙から発せられた神の声を耳にしたその僧侶は、この世界を救うために立ち上がると、動き出したのであった。

これから記す話は、次元の狭間の世界において転生を繰り返してきた、そんな人々の十一回目の最後の世界の話でもあり、そして千二百年という時世を十一回巡ってきた、そのどこかの時世の時の中で起こった、未来に向けての少し先のあるところの話である。

ある時代のある国に、蒼真《そうま》という名の一人の男性がいた。

蒼真は、働き盛りの壮年であり、天音《あまね》という名の妻と二人で田舎に住んでいた。

夫婦が暮らす田舎とは、その町の中心から離れると、すぐに広大な畑が数多く点在する、小さな町であった。周囲には畑の他《ほか》に、傾斜が緩やかで標高もそれほど高くはない山も幾つかあり、その山は季節によって、自然の美しい景色に彩られた。

夫婦には子はなく、二人はそんな田舎町の中心から少しばかり離れたところに住んでおり、晴れた夜には、星がきれいによく見えるところで暮らしていた。夫婦は、晴れた日の夜には、家の窓辺から星を眺めたり、麦畑が広がる外に出かけたりしては、よく星空を眺めに行っていた。

夫婦が住んでいるところは、田舎とはいっても、大きな町からもさほど離れてはおらず、移動する手段さえあれば、それほどの不便は感じなかった。だがバスなどの公共交通機関が少なかったため、夫婦にとっても移動手段でもある自動車は、日常的に必要な買い出しなど、生活していく中でも不可欠なものであった。

蒼真は、若い頃は自動車に乗って、この田舎から、様々な町や大都会へと仕事に出かけていた。

蒼真のその当時の仕事は、高層ビルや住宅などの建築に携わる、一人親方の職人であった。

しかし、壮年となった今は、長い間携わってきた建築業の仕事を退き、この田舎の片隅で、世の中の人々のために力を尽くすという別の道を選び、そこに集った仲間たちと共に精進していた。

その別の道とは、ある施設の中で、人々がこの先、誰も迷わぬように、大宇宙における神という創造主の存在とその導きに、一人でも多くの人に気がついてほしいという思いを込めて、神より伝えられた御言葉《みことば》を人々に向けて伝えるとともに、世の中の人の心に説き聞かせていくというもので、日々、その労力を惜しむことなく過ごしていた。

その施設は、神仏様の御言葉により、神が宿る北斗七星や北極星を重視した施設の造りにはなっているのだが、一般的な団体とはかけ離れたものであり、それとは全く異なる施設であった。つまり、世の中でよく言われるような、宗教的な施設ではないということである。

そのため、その施設や蒼真たちの存在を、世間一般の宗教的な思想や観念からは外した視点で、人々には認識してもらうということが必要であった。

それは、この世の中に当たり前に伝わっている宗教的な思想や観念をもって、施設や蒼真たちという存在を人々が把握してしまうと、蒼真たちが世の中の人々に伝えたい物事が、うまく伝わりづらくなってしまうからであった。

蒼真たちが言う〝神〟とは、この世に既《すで》に伝わっている宗教的な思想などとは全く別のものである。しかし、〝神〟という言葉こそが、説明してゆく上で最も人々にとっては分かりやすく、蒼真たちが言う存在に最も近い言葉だったのだ。

そうした意味から、人々が世の中の宗教的な思想などとは異なる観点で蒼真たちの話を見聞きし、その物事における判断を一人一人が確実に捉えていくことができることを願うものであり、またそれを目指すことを目的とした施設であったのだ。

そもそもその施設とは、大宇宙との繋《つな》がりを深く重んじる施設である。

大宇宙の中には、星々や惑星などと共に、ある一定の法則があるという。その大宇宙における法則を定めたのが、大宇宙に存在する神々であったということなのだ。

施設は、大宇宙の法則を定めたという神々が語る教えと、その大宇宙の中に存在する神の導きを人々に伝え、この星に住む人々の心に説き聞かせるために、神仏様の御言葉をもとにして、その企画が立てられ設立された施設なのであった。

施設における中心人物は「資格者」と呼ばれ、その資格者たちは蒼真も含めて数人おり、神より青龍《せいりゅう》・白虎《びゃっこ》・朱雀《すざく》・玄武《げんぶ》と呼ばれる四神《ししん》の力を与えられた彼らはその名の通り「四神《ししん》」とも呼ばれた。

しかし本来四神とは、黄龍《おうりゅう》を含め「五神」とも呼ばれているのだが、表舞台に立つことはほとんどない黄龍には、四神とはまた異なる役割があった。

彼ら四神にも、神々よりそれぞれの力と役割が与えられており、その四神である彼らもまた、おのおの役目に沿って力を尽くさなければならなかった。

神と呼ばれる創造主は、生きとし生けるものには全て平等であり、作り出した生命体が誤った進化の道を辿《たど》っていれば、その生命体が死滅へと向かっていく道から救おうと、救いの手を差し伸べてくださるのだ。

四神とは、いわば神の御霊《みたま》を持った者で、死滅の道から人々を救おうと、その宿命を背負って生まれてきた者たちのことであった。

彼ら四神の務めとは、誤った進化を辿っている人々の心を開き、目覚めさせることにある。

今ある当たり前の日常が、人間としての正しい道を歩んでいるか否かの判断は、それらを創世した神々によって定められているものなのだ。

一つの星は大宇宙の中にあり、その中で生きる星々と生命体は、共に大宇宙の中に共存する形で繋がっている。そのために、生命体が誤った進化を遂げ一つの星が乱れると、そこに歪《ゆが》みが発生して、そこから大宇宙全体で培われてきた均衡に狂いが生じてしまうことになるのだ。

星々もまた、人類と共に大宇宙の中で生きているということである。

神々によって創造され作り出された星々は、その一つ一つの星が〝神〟と呼ばれている如来《にょらい》様であり、自《みずか》らの星に住んでいる人類たちと共に生きているのだ。

森羅万象――生きとし生けるものは全て自然と共に生き、自然と共に共存するものだと伝えられている。その理《ことわり》とは、決してその生態系を崩してはならないというものでもあった。それが大宇宙における、星に住む人類の法則でもあるという。

創造主である神々の意に沿わない、自然の摂理に逆らった生き方や方法は、やがてその星やそこに住む生命体に、滅びが訪れることを意味していたのだ。

それは、あまりにもテクノロジーや機器に頼り過ぎた生き方は、生命体にとって、もはやそれは進化とはいえず、退化に繋がるということなのだ。

そして、自らで対処することもできない、科学的に生成された膨大なエネルギーや物質は、その星にある大自然の中でも対処しきれずに、やがて星の地表はそれによって徐々に汚染され、生い茂る緑豊かな自然を失うことになる。

その結果の星の最期とは、死滅への道を辿り、それによって退化が進んだ生命体も、星の環境変化に耐えることができずに、滅びを迎えることに繋がるというのだ。

神々の神意とは、人類は思いやりの気持ちを常に持ち、人は人と共に協力して助け合い、自然と共に星々の中で生きることにあるという。

星々にある大自然の土や草花、生い茂る緑豊かな木々には、自然の気のエネルギーというものが存在し、そこに住んでいる生命体には、その大自然と共に生きることで、大自然が発する自然の気のエネルギーが与えられる。そして、そこに住む人類は、心身ともに健全に、自然界の気のエネルギーによって培われて、ゆっくりと正しい進化を遂げてゆくものであるという。

自然の豊富な気のエネルギーを受けながら、健やかに暮らしている人類は、星にあらゆる環境の変化が起こっても、それに耐えられる順応性が自然と身についてゆくものである。

それこそが、星々に住む人類が正しい進化を遂げている、一つの証でもあるのだという。

星の大自然が生み出す、自然エネルギーの気の力こそが人類を守り、そして人類が生き抜くための糧となり、どのような環境条件に変化した星になろうとも、またどのような病原体が発生しようとも、それらに耐えうる身体の耐性を作ってくれているということなのだ。

そのため、神々が創造してきた星々が独自に持つ、その生態系や環境を狂わすような、人類の自分勝手で利己的な考えや、貪欲な考えを持つものを神は許さないのだ。

それら個人の自分勝手な心の動きや意識は、神が創世した人類の世の中を、邪《よこしま》な人の時世へと変えてゆく過程にも繋がり、正しい進化を遂げていた人類が、誤った退化への道を辿ってしまいかねない脅威となるからだった。

神々が乗る船は、大宇宙を巡りながら、自らが作り出した星々やその人々の進化が、正常な進化に向いて進んでいるかを確認するための旅を続けながら、千二百年の周期で星々を巡り、その進むべき道を間違い、誤った進化に進む星々や、そこに住んでいる人類たちの辿るべき道を正していたのだ。

蒼真が住んでいる星は、ちょうど千二百年目の周期に差しかかり、いつの時代からなのか、ゆっくりと神々の船が、人類には見えない形となって集結していた。

星に住む人々は当然、自らが住む惑星の上空でそのようなことが起こっているということは知る由もなく、人々は皆、いつも通りの平和な日常を送っている。

神々は、ある時期を境にして、蒼真を媒体として様々な御言葉《みことば》を送ってきたというのだ。

蒼真たち四神は、この星と今の世の中が、もはや救いようもない危機的な状況で進化の道を歩んでいるという神々の御言葉から、少しでも多くの人々を助けようと動き出していたのだ。

神仏様が語る御言葉とは、いつもすげ笠を被《かぶ》った僧侶が中心となり、頭の中に直接その御言葉や映像などが送られてくることが多く、その僧侶が言うには、僧侶もまた千二百年前のいつの時代かに、蒼真たちと同じ星で生まれ、この星に住んでいた人間であったという。

僧侶は、人間であった当時、今の蒼真たちと同じように、天より初めて御言葉を授かった人間であったのだと言った。

そして僧侶は、この千二百年の時の中で、この星に住む人々を救うために、ある計画を立てたのだという。

しかし、それを遂行してゆくためには、宇宙的な真理のもとでそれらを行い、その計画は寸分もずれることなく成し遂げなければならないというものであった。なぜならば、計画が少しでも狂うと、未来における人々の着地点が変わってしまうからだと僧侶は言ったのだ。

蒼真たちは僧侶の御言葉通り、僧侶が立てたという計画を完成させるためにも、自分たちが住んでいる国の各土地を渡り歩き、その神社やお寺などを訪れたり、それを成就させるための準備などを進めたりもしながら、蒼真が住む田舎に施設も建てていったのだ。

だが、それらを遂行してゆく過程には、とても苦労が多かった。

神々が語る御言葉とは、難しいものでもあり、そう簡単ではなかったのだ。

蒼真たちが、それらの多くの御言葉の意味を理解していくためには、まずはその御言葉のパズルのような謎を解く必要もあったのだ。彼ら四神には、送られてくる御言葉の中に隠されている本当の神意を知り、それを解釈するに至るまで、絶え間ない努力と労力を伴う苦労が、常にそこにはあった。

僧侶は、計画を完成させるために各地の聖なる場所を訪れ、施されている結界を解いていくなどの他に、この星に住む人々を助けるために欠かすことができない、とても重要なことがあるとも言った。

この世は既に、欲深い人々で溢《あふ》れ、個人やその家族以外はどうでもいいという、他人を気遣うといった思いやりの気持ちを忘れてしまった人々が数多く存在しているというのだ。

更には、自分勝手で傲慢《ごうまん》な振る舞いをする人々も数多く存在し、それは小悪魔たちに人々が憑《つ》かれ、その心を侵されている人々がほとんどであるということを示しているのだと言った。

蒼真たちが、人々に伝えるべきことで重要なのは、人間の心に巣食った、その心の闇ともいうべき観念から人々を解き放ち、本来の人間としてのあるべき姿や心を目覚めさせることにあったのだ。

蒼真たちは、神仏様の御言葉やその導きを伝えるとともに、そうした人々の心に巣食ってしまった悪の心を解き放つために、人々の心を懸命に説くことになったのだ。

だが、それがかなわずに、人を陥れることをやめず、利己の心を強く持った心の変わらぬ貪欲な人間は、決して助かる見込みはないということであった。

その全ての采配は、創造主である神々の手の中にいつもあるのだ。

それゆえ、個人個人が今の世の中について、もっと真剣に深く考えることが必要であり、また個人のことばかりではなく、他人に対して思いやりの気持ちを持ち、人々が互いに助け合っていくことが必要であるという。

そしてそれは、人間が誰しも持っている、本来あるべき人間同士が支え合って生きてゆくという姿であるとともに、それを決して人類はなくしてはならないのだと言った。

それがもしも、悪意ある者によって仕組まれた、上辺だけは良く見える偽りの世の中であり日常だとするならば、やがて貧富の差は大きくなり、一部の人々しか豊かな暮らしは約束されず、皆が平等ではなくなり、最終的に貧困者が増えていくばかりとなる。

だから、いつもの平穏な日常を当たり前とは思わずに、人類が作る社会の人の世に矛盾を感じたとするならば、一人一人が真剣に考えて、それに向き合い、皆が声を上げていくことが必要であるという。

この世に生を受けた以上は、生きる者にとって、決して他人事《ひとごと》ではないということだ。

自然と共に共存することができずに、誤ったテクノロジーを生物の進化と称して、それを真実として思い込んだ結果の末路は悲惨なものが待っているというのだ。得るものがあれば、失うものがあるという、そのバランスがとても重要であると言った。

昔話のように、誰でも分かりやすい内容で、人々は道徳などを学んで生きてゆくのだが、それに気がつくことがなければ、最後は大変な現実が待っており、その時になって初めて、いかに人間が愚かな生き方をしてきたかということを知ることにもなるという。

今の現実を謙虚に受け入れて、その問題を解決していかない限りは、誰一人として助からない。己を知り、人を知っていくことで、未来を知ることにも繋がってゆくというのだ。

そのために、僧侶が生前、人の世を巡って立ててきた計画とは、この星に住む人間がまずそれを解釈し、人の手でパズルのような謎を解き明かして、この世の人々を救うために人と人が手を取り合って、その道を切り開いて前に進んで行くしかないという。

無論、四神も人間として生まれたことには変わりないので、なかなか思うようには先に進まないという現状の苦しさや、難しすぎる問題に頭を抱えたり、壁にもぶち当たったりと、途中で挫折しそうになり、放棄したくなった時もあった。

しかし今、現存する四神とは、揺るぎない心で神々の御言葉を心から信じ、その御言葉に沿って共に苦労を分かち合い、支え合いながら歩んできた仲間でもある。

もちろん、仲間うちでも時々、意見が合わずに揉めてしまうような時もあった。

しかしそんな時は、なんのために互いに出逢《であ》い、なぜ四神としての今の自身があるのかと、お互いに与えられた使命を真剣に考えるのだ。そしてお互いに腹を割って深く話し合い理解し合っていくことで、四神という役目の中でより深い絆《きずな》も生まれ、お互いに神仏様を信じる心を違《たが》えることなく、同じ気持ちを持って邁進して進むことができるという、今の四神という仲間との巡り合いであったのだ。

そんな仲間でもある四神たちとの出逢いとは、蒼真が中心であり、そしてきっかけとなった。それは、蒼真が四神の中の、青龍の力を与えられていた人間であったからだった。

青龍の力とは、四神の中で唯一、神々から送られてくる御言葉や映像を授かることができる力であった。蒼真が、晴れた夜に夫婦で、よく星を見に外へ出かけて行くようになったのも、そこに繋がるものがあったからだ。

夫婦が見ていた夜空の星々は、普通とは違っていた。

夜空に浮かぶ星々は、普通ならばその星の光がちらちらと瞬くことはあるものだが、星自体は流れ星などではない限り、一つ一つが単体で動くことはないだろう。しかし、蒼真や天音が星を見上げると、星々は静かに動くのだ。

それは決して、人工衛星でもなかった。その夜空を、一つの星が右に移動したかと思えば左に戻り、そしてゆっくりと消えていったかと思えば、また再び消えたはずの星が明るく光る時もあった。星が飛び跳ねるように上下に動くこともあれば、星がない日の暗闇の夜空に、突如として星が現れた日もある。星の光の大きさまでもが、肉眼でもはっきり分かるぐらいに、その星が大きくなったり小さくなったりを、繰り返すこともあった。

星の見え方やその動きは、その日によって見え方は異なるものの、『君たちを見ているよ』

とでも言ってくれているように、星は必ず動いてくれるのだ。

夫婦は、小さな頃から星空を見上げることはあったが、夜空の星が動くという、今までに見たこともなかった現実の光景に、初めはとても驚いた。

しかしそれは、夜空にある星々だけに限ったことではなかった。星のようなその光は、夫婦が星空をよく見に行く、広い麦畑の中を移動してゆくこともあったのだ。

畑の中を横切って走っていくような、その光の色は幾つかあって、白光色だったり黄色だったり、青や赤い光もあった。そしてそれは、暗闇を照らす自動車のライトやテールライトとも異なったものだったのだ。そもそも普通の自動車が、畑の中を走行などしない。

夫婦は、今まで見たこともなかった、度重なるそんな不思議な光の光景を目に、いつしか、それらの不思議な光を、「天空の護人《ごじん》」と呼ぶようになった。

夫婦が、天空の護人と呼ぶようになったその不思議な光だが、その光こそがもしかすると、神々であるのかも知れない。

蒼真たちは、多くの人々を助けるためにも、人々の心に説き聞かせて、人の心に取り憑いた闇より人々の心を目覚めさせ、一人でも多くの人々が、その光の光景が見えるように促していく必要があった。

いわば、天空の護人の光を目にすることがかなった人々こそが、神々が人々を救うために垂らした、一本の蜘蛛《くも》の糸のようなものなのだ。

天空の護人を目にした人には、神より救われるためのその証が与えられるという。

しかしながら、天空の護人を一度は目にしたことがある人間でも、邪《よこしま》な心を再び持てば、神々からその証は剥奪されて、救われる道からも当然、外されてしまうことにもなるという。

天空の護人は、常に個人個人を、空から静かに見ているのだ。

蒼真たち四神は悲しいことに、既に幾度かにわたって、証を失ってしまったそんな人を目にしたこともあった。

残念なことに、人々の心に取り憑いてしまった心の闇は深く、「神は現実には生きて存在するはずもないし、その姿も人類の想像にすぎない」という、否定的な観念を抱《いだ》く人々が多かったのだ。

不透明な神という存在の御言葉や映像を伝えようと、全ての人々に蒼真たちが一心に理解を求め、一人一人が神を信じて前に進むことを促そうにも、そうした人々の観念が妨げとなり、現実には人の心に説き聞かせるということは、とても困難なことであるともいえたのだ。

人々は、現実からかけ離れたような物事を信じようとする人々があまりにも少なかった。しかし、姿が見えないというだけで、現実に神は存在するのだ。

それは幻覚などではなく、それらの神という存在を身近に感じている人々が、確かに現実に存在しているということもまた事実ということなのである。

蒼真たち四神が、人々の心に説き聞かせるために語る、神々からの御言葉や映像を、信じるか信じないかは人それぞれである。

だが、今ある現実の心の殻を破って、新たな心構えを持ち直すことは、誰にでも可能なことでもある。神々からの御言葉やその導きを、信じるか信じないかは、その人次第なのだ。

己自身を見つめ直し、その御言葉と神の導きを謙虚に信じ、心が解き放たれた人々だけにその証が与えられて、新しい未来の光の扉が約束されたものとなる。

だが、たとえ証が与えられたとしても、己自身が人として、常に正しい道を歩んでいるかを意識し考えながら人の道を進んで行かなくてはならないということも、決して忘れてはならないことなのである。

そして、誰もが一人一人、そうした機会を与えられているということを、人類は忘れてはならないということでもあった。全てが手遅れになる前に、一人一人が自覚し、それに気がついていくことが最も大切なことなのである。

蒼真たち四神は、一人でも多くの人々を助けたいという気持ちから、施設や放送番組なども使ったりしながら、多くの人々の耳にその声を届けようと、努力の日々を送っている。

一日でも早く、自分たちという存在を多くの人々に知ってもらえるように、そしてどうしたら、多くの人々が神の御言葉に耳を傾けて、その導きを真剣に考えてくれるかを模索しながら、その毎日を勤《いそ》しんでいた。

今の蒼真は、四神たちと共に施設を中心に活動をしているが、ここまで行き着くまでにも、決して平坦な道のりではなかった。

蒼真は、四神の中の青龍としての今の役割を知り、他の仲間たちと出逢っていくに至るまで、多岐にわたって不思議な体験を経ながら、また苦労も重ねてきた。

それは、蒼真自身が一人親方の職人として、まだ建築業に携わって働いていた頃の話だった。

その頃の蒼真は単身赴任で、かれこれ二十年近くも妻である天音と離れ、全国を転々と自動車で移動しながら、仕事に精を出す日々を送っていた。

その仕事とは、老朽化した建物を中心とした改修や新築工事などで、時には高速道路やトンネル内部の補修などといったような仕事もしていた。

その頃は、毎日が忙しく、目まぐるしい日々を送る中で、蒼真の一日が終わるのも、毎日がいつも早いものであった。

一人親方の職人としての蒼真の仕事は、技術職であり、仕事を依頼してくれた元請けや、そのお客様に満足して喜んでもらうことも仕事の一つであった。

全国を渡り歩いていたこの頃は、日勤の他に夜勤も手掛けていたことがあったので、日勤が終わり一息つくと、また夜には動き出さなくてはならないということもあったのだ。

夜勤へと向かう前の夕食時には、いつも一人でその工事現場の駐車場で食事を取り、暮れゆく空を見上げては、蒼真は毎日溜《た》め息をついていた。

蒼真は、その一時の休息でもあった夕食時の空に星が見えると、いつも自分を見ている星に向かって、独り言のように話しかけていた。

星に向かって話すことといえば、そのほとんどが愚痴であり、そして毎日の仕事も忙しく、地元に長い間妻を置いて単身赴任を続けなければならないという、つらい心情でもあった。もしかすると蒼真の独り言は、端《はた》から見ると変なオヤジの姿として映っていたかも知れない。

しかし、単身赴任と一言で言えば聞こえはいいのだが、蒼真の生活の場である拠点は、常に自動車の中であった。

蒼真の車は軽自動車だった。その軽自動車の内部を、自身が使いやすいように簡単なキャンピング使用にして、煮炊きができるようにカセットコンロや鍋も用意して、ちょっとした料理も車内で作って生活をしていた。そこで食事を終えて、カセットコンロや鍋などを片付けると、布団を敷きベッドとして寝泊まりしていたのだ。

一人親方として全国を回っていたので、たった一人というところは寂しいと感じてしまう部分もあったのだが、蒼真自身は軽自動車での生活も、ある程度は満足したものになっていた。

それでも、ある時には十人から十五人くらいの下請け業者の人たちと一緒に、仕事の現場を回るという日々もあった。またある時には、大きな建築会社で働いている方の目に留まり、職長というお役目を任されたこともあった。

職長とは、一つの現場に必要な人数の職人さんを手配して、仕事が納期までに間に合うように、その初めの段取りから、職人さんの作業が効率よく進んでいるかなどを細かくチェックしながら指示を出し、納期限までうまく現場を納めるための頭《かしら》となるお役目の一つである。

幾つかの現場を任されて、仕事の割り振りを考えながら、大きな仕事現場をうまく納めていった。

しかし、職長としてのお役目はやりがいもあったものの、職人さんの中には癖がある人も多く、指示通りに働いてはくれず、困ってしまったこともあった。

だが、そこは蒼真もなんとか人間関係を乗り切って、うまく熟《こな》していったのだ。職長として現場で働いてはいても、蒼真も一人親方の職人であることには変わりはないので、職人さん一人一人の気持ちは、蒼真にとってもよく理解できた部分が多かったということもあった。

大きな現場になると、五十人から百人の職人さんが必要になることも珍しいことではなかったのだ。

蒼真は、大きな現場を任される時は、大型のショッピングモールを担当することが多かった。だが、その大半が町外れに建てられるため、会社から自動車で現場に通って来る職人さんは、高速道路を使って現場まで何時間もかけて来る人もいた。職人さんの中には、近くに宿を借りる人もいたが、何時間もかけて通う人も多かったので、町外れの現場に通勤するのはとても大変なことであった。

その点、蒼真はいつも車内泊であったため、寝泊まりするのはほぼ現場の駐車場であった。

小さな現場はさておき、大きな現場ともなると、シャワーやトイレ、ジュースの自動販売機などの設備も整っており、寝る場所にさえ拘《こだわ》らなければ、特に問題なく過ごすことができた。また、仕事開始となる朝礼が始まる間近まで、ゆっくり眠ることができたのも、蒼真にとって大きな利点であった。

逆に、小さな現場は設備がないので、トイレやお風呂探しに苦労することが多々あった。その日の仕事が終わると、現場から事前に見つけておいた寝場所までの、自動車での移動も伴ってくる。眠りに就くのは食事を取ってからとなるので、小さな現場の時には、眠るのも遅い時間になることが度々《たびたび》あった。

特に、その日に夜勤が控えている日は、そのまま次の夜勤現場へと直行し移動しなければならないということもあったので、ゆっくり休むということがほとんどできない日々が続いたこともあった。無論、全くお風呂に入れない日が当たり前に続いたこともあるのだ。

そんな蒼真にとって、大きな現場とは、心身ともに休息ができるという、唯一安心できる束《つか》の間《ま》の場所でもあったのだ。

更に、大きな現場内の仕事ともなると、納期までの日数も規模によって数か月と長くなるので、交通費も浮かせることができた。また車内泊であったので、その際には宿泊費や駐車場料金などの無駄な経費もかからなかったため、その分、妻である天音に少しでも多くの仕送りができるというメリットもあって、蒼真としては大きな現場はとても感謝するべき仕事場でもあったのだ。

言うなれば蒼真は、カーホームレスだった。

だから風邪《かぜ》を引いてしまったりすると、一人きりで苦しまなければならない時も多々あった。

それでも、この程度なら我慢できると自身に言い聞かせるようにして、毎日の日々を頑張り、仕事に勤しんでいた。

長い単身赴任でもあったため、天音には体調を心配され、職替えなどを勧められたこともあったのだが、蒼真自身が物造りに携わるという職人としての仕事が好きだったから、技術職であった職人から、なかなか離れることができなかったのだ。

全国を移動しながらのそんな蒼真の一日は、目まぐるしいほど早く終わったが、その日々はいつも通りの景色や、当たり前に人々が行き交う、平和な日常であった。

蒼真は、仕事でそうして全国を移動しながら、自動車の中で生活をしていた時、よく不思議な体験もした。

ある仕事現場で共に働いていた職人さんに、美味《おい》しいラーメン屋さんがあると聞いて、早速そこへ行ってみようかと、軽自動車に備えつけていたカーナビに、ラーメン屋さんの位置を設定して、目的地へと向かって走行していた時だった。

どういうわけかカーナビが、どんどん山の奥地へと道案内を始めたのだ。

変だなと蒼真自身も思ったが、カーナビの設定自体は教えてもらった場所に間違いはなかったので、蒼真はとりあえずカーナビの案内通りに山道を進んで行った。

やがて、カーナビの音声が『目的地に到着しました』と言うので、蒼真は自動車を停車させて辺りを見回してみた。しかし、そこにラーメン屋さんはなく、あったのは朽ち果てた鳥居と壊れかけた神社だけであった。

蒼真は、カーナビが誤作動でも起こしたのかと思い、すぐにそこから離れて引き返そうとした。

するとその時、後ろの座席がドサリと、妙に重くなったような気がした。蒼真はすぐに後部座席の方を振り向いてみたが、そこには何もなかった。

気のせいかと思い、カーナビに帰り道を設定した蒼真は、来た時と同じように再び目的地へと向けて自動車を発進させた。しかし、帰り道を設定したはずが、次に目的地だとカーナビによって案内された場所には墓地があり、お寺の裏側にあった空き地へと到着したのだ。

辺りを見ると、その空き地の真ん中には鳥居と井戸があり、その井戸の近くにあった立て札には、『水神様』と書かれていた。

蒼真がカーナビによって案内された場所は、井戸だったのだ。

そして、そこに着くと同時に、急に後部座席も軽くなったのだ。

「ご苦労さん、よきなもんだ」

誰かの声が、蒼真の耳元に届いた。

だが、蒼真以外は、誰もいなかった。

蒼真は、耳元に届いた不思議な声と同時に、自身の軽自動車から誰かが降りて行くような、そんな気配を感じていた。しかし気配のみで、その姿はなかった。

その日は結局、蒼真はラーメン屋さんに辿り着くことはできなかったが、再び帰り道へと設定したカーナビは、今度は設定通りに、蒼真が寝泊まりしている駐車場へと無事に案内してくれたのだった。

駐車場へ戻った蒼真は、思いもよらないカーナビの道案内で少々疲れてしまい、すぐに仮眠をとることにした。

そして、いつものように車内で仮眠をとった蒼真は、その時に不思議な夢を見たのだ。

それは、かなりの高齢と思われる龍神様が夢の中に出て来て、『ご苦労さま』と告げられた夢であった。

この頃はまだ、蒼真自身が神々を乗せて移動させることができる器を持つ体とは知らなかった。だから、その二十年の間に『ご苦労さま』と告げられるような出来事が何度かあっても、不思議に思うだけだった。

すげ笠を被った僧侶は、ある時、神々は自らが守護する地を、自らで離れることができないのだということを、蒼真に教えてくれていた。神々が守護する土地を万が一、神が離れなくてはならない時は、その器を持った人間の力が必要になるということだった。その器を持った人間のみが、神が守護する土地から、よその土地へと神を移動させて、神々を別の土地へと運ぶことができるのだという、僧侶の話であった。

三つの寺の龍

ある時の蒼真の不思議な出来事は、ある県のある場所にあるという、一つの沼にまつわる龍伝説の話であった。

その沼に、遥か大昔に住んでいたという龍の大きな体が突然三つに分かれ、三つのお寺に落ちてしまったという伝説である。その龍の体は、頭部と胴体、そして尻尾の三つに分かれた後、三つあったお寺に、それぞれの龍の体が落ちていったという。

蒼真は、龍の体が落ちたという、その龍の言い伝えが残っている三か所のお寺に参れと、夢の中で、すげ笠を被った僧侶に告げられた。

蒼真は、その次の日、仕事の休憩中に隣り合わせで座っていた現場の監督さんと、ジュースを片手に、たわいない話をしながら休憩を取っていた。

現場監督とは、職長のお役目と似たようなものであり、職人さんたちが現場で円滑に仕事が進むように指示を促す人であり、現場では職長と同じく、現場の頭となって働くうちの一人であった。

蒼真は、現場監督さんと話す中で、監督さんがこの現場の地元の人であり、また怪奇現象や不思議な話が好きであるということを聞くと、蒼真が昨夜夢で見た龍の言い伝えが残っているお寺がこの地にあるか、それとなく尋ねてみることにした。

不思議な話が好きだと言った現場監督さんは、そんな龍伝説が残る三つのお寺のことを知っていた。しかも、蒼真の方に興味があるのなら、互いの休みが合った時にでも案内してあげようかい？　と、監督さんの方から声をかけてくれたのだ。

蒼真は、監督さんに案内をお願いすると、早速お互いの休みが合った日に、龍伝説があるという三つのお寺に二人で出かけることになった。

蒼真の軽自動車の助手席に監督さんを乗せて、蒼真は一つ目のお寺へと軽快に自動車を走らせて行った。

目的のお寺に着いた二人は、自動車から降りてお寺の庫裏を訪ねると、寺務所の人に話を聞いた。しかし、確かに龍の言い伝えは残ってはいたものの、お寺自体に特に何も変わった様子はなかった。

蒼真たちは再び自動車に乗り込んで、次のお寺を目指すことにした。すると、蒼真が自動車を発進させようとした際に、お寺に立ち寄る前よりも、後部座席の方が、また重く感じたのだ。

この現象は度々、蒼真の軽自動車で起こっていたことでもあった。つい最近、ラーメン屋さんに辿り着けず、鳥居のある井戸の近くで後部座席が重くなったのと、まさに同じ感覚をここでも蒼真は感じたのだった。

蒼真は、特にそのことは監督さんには話さなかった。その監督さんは、自分の目で見て、自分が信じて認めたこと以外の不可思議なことは信じないという印象を、話の中で受けていたからだった。

一つ目のお寺を後にして、二つ目のお寺に着いた。やはりお寺に龍の言い伝えは残っていたものの、他に変わったことは見受けられなかった。

そしてお寺から車内へと戻ると、後部座席がまた重くなった。それは、どんどん重さを増しているように感じられた。

最後に三つ目のお寺を訪ねたが、結果は他の二つのお寺と同様であった。そして自動車も同じく、後部座席はその重みを増していったのだ。

それはまるで、三つあったそれぞれのお寺の帰りの際に、蒼真の軽自動車の後部座席に誰かが乗り込んで来たような感覚だった。無論、乗り込んで来たという感覚と、後部座席に感じる重みだけで、その姿はどこにも見えなかった。

そして、蒼真が見た夢には、続きがあった。

蒼真の夢に出て来た、すげ笠を被った僧侶の話によると、三つのお寺へ行き、その三つに分かれた龍の体を一つにした後、ある町にある、この星が丸く見える丘へ行って、その一つになった龍を納めよ、と言われたのだ。

その丘に龍を納めると、その龍が手にする宝珠が復活し、その復活した宝珠には、姫の御霊《みたま》が新たに宿るという。

そのお姫様とは、大昔、この世で度重なる悲しみと苦労を重ね、非業の死を遂げて逝《い》った、皐月姫《さつきひめ》という名の女性の御霊であるという。

その皐月姫様の御霊が宿った宝珠を、今度はある場所にある沼へと行き、最後にそこに納めるように告げられたのだ。

蒼真は、三つのお寺へ同行してくれた監督さんには、蒼真自身が見た夢のお告げの話は伝えずに、ある町にあるという、星が丸く見える丘へ案内してもらうことにした。

すげ笠を被った僧侶が、夢で蒼真に告げた通りに、町には龍の体が三つに分かれたという龍伝説が伝えられている沼が実際にあり、そして、その龍の言い伝えが残る三つのお寺さえも存在していた。

星が丸く見える丘の駐車場に着いた二人は、自動車から降りて丘の上へと歩いて登って行った。すると、一つの星であるこの惑星が、確かに丸い形をしていることを表すように、その地平線がゆったりと大きく丸くなっているのが分かる。そんなこの星の美しい地平線の景色を、丘の上から見渡すことができたのだ。

その丘の上には、小さな祠《ほこら》のような一つの石があった。蒼真は、この惑星の雄大な美しい地平線が見渡せるところにあった、その祠のような小さな石に、そっと両手を合わせた。

すげ笠の僧侶のお告げでは、蒼真自身が三つのお寺を回り、この星が丸く見える丘に来ることで意味を成すということだったので、蒼真は監督さんに同行してくれたお礼を言うと、星が丸く見える丘から、監督さんを自宅まで送った。

それから蒼真は、皐月姫の御霊が入った龍の宝珠をある沼に納めるため、監督さんから聞いていたその場所に、最後に一人で向かうことにしたのだ。

もちろん、その龍の宝珠も、蒼真の目に見えるものではなかった。しかし、軽自動車の後部座席には誰かが座っているような、そんな重さだけは感じていた。

やがて、最後の目的地であった沼へと辿り着くと、蒼真は静かに軽自動車を停車させた。そして、沼から帰路へと自動車を発進させると、軽自動車の後部座席の方が、スーッと軽くなっていったのだ。

監督さんを途中で自宅へ送ったのは、蒼真が監督さんと会話を重ねるうちに、監督さんにおかしな奴だと思われてしまったように感じたからであった。そんな印象を受けた蒼真は、余計な話は控えようと考えて、最後の沼へは一人で行くことに決めたのだった。

結果として蒼真は、すげ笠の僧侶の夢のお告げ通り、まず三つのお寺を回って三つに分かれた龍を乗せ、それをこの星が丸く見える丘へ納めて宝珠を復活させ、その宝珠に新たに宿った皐月姫の御霊を運んで沼に納めるという、幾つかの務めを果たしたことになった。

蒼真は、神々を移動させる器としての役目を全うしたのである。

石中の龍を解放する

ある日の別の不思議な出来事は、石に水をかけ流すと、その石に龍が浮き上がって見える不思議な石があるという神社の話であった。

その話を以前から聞いていた蒼真は、その日は休みでもあり時間も十分あったので、その神社に、一人で気分転換も兼ねて出かけてみることにした。

休日のゆったりとした気分で、カーナビを使って目的地の神社に到着した蒼真は、早速話に聞いていた石を訪ねた。

そして半信半疑のまま石に水をかけ流してみると、不思議なことに本当に龍が浮き上がって見えてきたのだ。

蒼真はしばらくの間、不思議な想いで石を眺めていたのだが、次に石を訪れた人たちが歩いて来るのが見えたので、帰ろうと踵《きびす》を返した時だった。

突然、後ろから肩を叩《たた》かれたのだ。

蒼真が振り返って見ると、そこにはまだ石の表面に浮き出たままで、赤い目をした龍の姿があった。しかし訪れた人はまだ遠くにいて、石のそばには蒼真以外、誰もいなかったのだ。

蒼真が不思議に思って立ち尽くしていると、

「ここから、連れ出してくれぬか……」

弱々しく元気のない声が、蒼真の耳元に届いたのだ。

そして、やはり誰もいない。

蒼真は不思議に感じながらも、その日はそのまま神社から帰った。

それからしばらくして、仕事に空きができた蒼真は、久しぶりに天音が待つ地元に帰ることになった。

蒼真は家に戻ると、自動車で近くの湖に行ってみることを考えていた。あの時の神社での不思議な声が、蒼真にはとても気になっていたのだ。

しかし、蒼真自身が湖を訪れたところで、何も変わったことはないかも知れない。だが、龍は水との繋がりが深いので、とりあえず蒼真は湖へと出かけてみることにしたのだ。

その湖は豊富な水量で、辺りが自然の緑に囲まれた静寂な地であった。

湖からの帰り道、蒼真は近くの道の駅に立ち寄った。蒼真が自動車から降りて歩いていると、どこからともなく耳元に声が聞こえたのだ。それはお礼の言葉だった。

しかし蒼真のそばには、あの神社の時のように人の姿はなかった。

蒼真がふと空を見上げると、空にはたくさんの雲があり、その雲の形が龍神様の形になっていた。蒼真は、何度か瞬《まばた》きして雲を見渡してみたのだが、それは紛れもなく、あの神社にあった石に浮き上がって見えた、龍の姿だったのだ。

雲の姿となって蒼真の前に現れた龍神様は、蒼真の耳元に届いた声からすると、すっかり元気を取り戻しているようであった。

蒼真が撮ったその時の雲の写真は、それから幾度となく確認してみても、神社の石に浮かび上がってきた赤い目をした龍の姿に間違いないということを、蒼真は確かに感じていたのだった。

黒龍の救い

ある時の不思議な出来事は、当時は妻である天音が、まだあるところで働いていた頃の話であった。

その当時は、蒼真の仕事の休みが大体は日曜日で、天音の休みが平日中心であったこともあり、二人の休みが合うことはなかなかなく、二人でどこかへ遊びに出かけるということもできない日々を送っていた。

また、天音自身も日々の家事や、出社が不規則な仕事に疲れていたようで、蒼真がどこかへ出かけようと誘っても、なかなか誘いには乗ってこなかったのだ。

そんな、もともと出不精なところがあった天音だったのだが、ある日突然、どういうわけか急に温泉に行きたいと言い出したのだ。

その時は祝日が続く連休で、たまたま二人の休みが合う日があったので、夫婦で久しぶりに温泉に行くことに決まった。

だが、急で連休ということもあり、出発三日前で宿が取れるか心配だった。

蒼真はすぐに、心当たりの温泉宿に何軒か連絡を取ってみたのだが、やはり連休ということで、どの宿も予約で満員だった。

やむなく、最初から諦《あきら》めていた老舗《しにせ》の大きなホテルに、ダメ元で問い合わせてみることにした。

すると、運良く空きがあるということで、なんとか予約することができたのだった。

蒼真と天音は幸運を喜び、一泊二日という短い旅行ではあったものの、久しぶりの温泉旅行を楽しみに待った。

そして当日、二人はいよいよ目的の温泉地へと自動車で出発した。

その温泉街までの道のりは遠く、夫婦でドライブに出かけるのも久しぶりであった蒼真と天音は、途中で道の駅や、地元の名物のお食事処などにも寄り道しながらドライブを楽しんだ。

だが、連休の道路渋滞もあって、ホテルへ到着したのは十九時を過ぎていた。

ホテルの係の人に自動車を預けた二人は、ホテルのエントランスへと歩いて向かった。

十九時を過ぎていたということもあり、周囲は既に暗くなっている。しかし、大きなホテルの周囲に設置された明かりや、客室の窓明かりなどが照らし、エントランスまでの道は明るいものであった。

　すると蒼真は、二階の客室の窓辺に立っている、一人の女性の姿を見つけた。その女性は、かなり昔風の着物を着ており、窓辺に立ったまま、自分たちをジッと見下ろしている。蒼真は、その女性にとても嫌な感じを覚えた。

「もしかして、俺たちが泊まる部屋って、エントランスの真上にある二階の部屋ですか？」

　蒼真は、ホテルのカウンターでチェックインする際に、なぜかそう尋ねていた。

「その通りでございます。そちらのお部屋にご案内させていただきます」

　蒼真はその係の人の言葉に、鳥肌が立った。

「他に空いている部屋はありませんか？」

「申し訳ありません。連休ということもございまして、本日は客室は全て満室となっております。――ですが、普段は宴会場として使用している少し大きめのお部屋ならご案内できます。そちらのお部屋でよろしければご用意いたしましょうか？」

　蒼真は部屋の変更をお願いし、ひとまず安心した。

　蒼真と天音は、普段は宴会場として使用されている、四階にあった別の部屋を用意してもらい、エレベーターで四階まで上がると、ホテルの長い廊下を歩いて案内された部屋へと向かった。

　二人が部屋の前に辿り着くと、蒼真がまず部屋の扉を開けて中へと入って行った。すると、蒼真はすぐに、靴を脱いだ先の襖《ふすま》に目が向いた。そこにはうっすらと、二階の窓辺に立っていたさっきの女性の影が浮かんでいるのが、蒼真の目には見えていたのだ。

蒼真は内心、『ついて来たな……』と、すぐにそう思った。だが蒼真は、自分の後からついて来る天音を気遣うように、何事もない態度を装い、せっかくの温泉旅行を満喫することにした。

温泉旅行といえば、温泉にのんびりつかり、日頃の体の疲れを癒やすのも嬉《うれ》しいが、夕食の料理もやっぱり楽しみの一つであった。

蒼真と天音は、お風呂場から出た広間で待ち合わせをしながら、何度も温泉に入った。乾燥していた肌も、硫黄泉の効果でスベスベになったと、天音も喜んでいた。

二人は、部屋でゆっくりできるように部屋食にしてもらうと、お酒や料理を堪能し、今日という日を楽しみながら、のんびりと寛《くつろ》いだ。

やがて、夜も更けて眠くなってくると、既に畳の上に二組敷かれていた布団に入り、二人は就寝することにした。楽しい時間もあっという間に過ぎていたのだ。

蒼真は、テレビをつけたままにすると、自分の寝床に就く前に、コップ一杯の日本酒を注いで、そのコップをテーブルの上に置くと、手を合わせてから眠りに就いた。

それからしばらく経った、真夜中と思われる時間帯であった。

蒼真は、金縛《かなしば》りにあったのだ。

厄除《やくよ》けのつもりで、つけたままにしていたはずのテレビは、いつの間にか消えていた。何も知らない天音のすぐ横にテレビがあったので、全ての番組が終わってしまったザーザーというるさい音で目を覚ました天音に、テレビが消されてしまったのだと蒼真は思った。

この金縛りによって、蒼真の体は少しも動かすことができず、言葉も発することはできなかった。唯一できることといえば、視線をさまよわせることくらいであった。

蒼真は天音が心配だった。しかし、床《とこ》に就いている天音の姿を確認しようにも、蒼真の体は天音の反対を向いていたため、その姿を目視することができなかったのだ。

蒼真は、天音も自分と同じように、金縛りによって苦しんでいるような気がした。

蒼真は必死に体を捩《よじ》り、金縛りの呪縛《じゅばく》をなんとか解こうとしたのだが、思うようにはいかなかった。しかし蒼真は諦《あきら》めず、強引にでも体を動かそうと抗《あらが》い、悶《もだ》え続けていた。

すると、蒼真の右手が微《かす》かに動いたのだ。

蒼真は右手が動いたことから、そのまま勢いをつけるように身を捩《よじ》ると、今度は強引に起き上がった。

だがこの時、起き上がったのは、蒼真自身の体ではなかったのだ。自分の肉体でもある体から、自分自身が飛び出していたのだ。

体から飛び出して来た蒼真は、自分の体と繋がる形で、宙に浮いている。

これは一体どういうことなのか？

それは、精神体の蒼真であったのか、それとも魂という部分の蒼真であったのか、それは定かではなかったが、自分の肉体から飛び出して来た蒼真自身が宙に浮きながら、その目で見たものとは、先ほどまで自分の肉体でもあったその頭から、糸のようなものが伸びていて、宙に浮く自分と蒼真自身の肉体とが繋がっている光景であったのだ。

自分の肉体から飛び出して宙に浮いている蒼真の体は、金縛りの呪縛が解けて、体を自由に動かすことができた。

体を自由に動かすことができるようになった蒼真は、すぐに天音に視線を向けていた。するど、うつ伏せになって布団の中で眠っている天音の背中の上に、あの昔風の着物を着た女性が、座るようにして被さっていたのだ。天音の顔は、その苦しさで歪《ゆが》んでいる。

蒼真は咄嗟《とっさ》に、その女性を天音の背中から引き離そうと、女性に気づかれないようにして、体当たりで女性に向かっていくと、女性を弾き飛ばそうとした。

しかし、その蒼真の気配に気がついた女性が、蒼真が向かって来る前に、いとも簡単に部屋の隅の方へと蒼真を吹き飛ばしていた。吹き飛ばされた蒼真に、怪我《けが》などはなかった。

「お前は……なんの力もないくせに、生意気にも私に立ち向かってこようとは……殺してやるぞ……」

蒼真を吹き飛ばした女性の表情は、鬼のような形相へと変わり、蒼真を冷たい眼差《まなざ》しで睨《にら》みつけていた。

蒼真はそれでも怯《ひる》むことなく、何度も天音から女性を引き離そうと女性にかかっていったのだが、その度に女性に弾き飛ばされて、同じ結果に終わっていた。

だが、その間に、お酒を注いだテーブルにあるコップの方から、カタカタという音が聞こえてきた。

蒼真がコップを見ると、カタカタと振動しているコップの中から、突然、黒い龍が出て来たのだ。

そのコップの中から出て来た黒龍《こくりゅう》は、瞬く間に部屋の天井へと大きくうねりながら、広がっていった。そして黒龍のその大きな顔が、今度は女性を睨みつけると、次の瞬間には女性の体に黒龍の体がみるみるうちに巻きついてゆき、その女性を締め上げていったのだ。

蒼真は、龍によって締め上げられている女性の姿を見て、苦しそうだなと思ったのだが、その鬼のようだった形相が次第に和らいでいくと、やがて一人の女性らしい穏やかな面差しへと変わっていた。

そして、穏やかな表情になったその和服を着た女性は、黒龍の懐で静かに両手を合わせていた。

「ありがとうございます。あなたは……このような力を持った方だったのですね」

女性の憂えたような瞳が、静かに蒼真を見つめた。

そして、その女性は黒龍に抱《いだ》かれたまま、蒼真に自身のことを話し始めたのだ。

現在ホテルが建っているこの土地には、大昔は診療所が建っており、悲惨な戦争によって大《おお》火傷《やけど》を負った者や、重症で助かる見込みがない数多くの人々が集められていたという。

その後、戦争が終結し診療所が取り壊されると、この場所には、ここで亡くなった人々を供養するための慰霊碑が建てられたのだと女性は言った。

しかし、時代が進んでいくとともに、この場所には大きなホテルが建てられ、温泉街の町としてホテルも有名になっていくと、戦争により診療所に集められ、苦しみの中で悲惨な死を遂げて逝った数多くの人々の存在も、いつの間にか診療所の存在とともに忘れ去られていったというのだ。

女性は、この場所に大昔、戦争によって使われた診療所があり、その戦争によって命を落とした多くの人々が、この土地に眠っているということを、後世の人々に忘れないでいてほしかったのだと告げた。そして女性は蒼真に、この事実が、もっと広く外へと伝わるように、今の人々に向けて伝えていってほしいと頼んできたのだ。

蒼真は頷くと、その女性に、それを伝えていくことを約束した。

女性は再び黒龍の懐で両手を合わせると、黒龍はホテルにあった天井を突き抜けて、天高く昇って行った。その時、黒龍の大きな体の背中には、たくさんの犠牲者たちが乗っており、皆、静かに手を合わせて、蒼真に向けてお礼を言っているかのように頭を下げていた。

黒龍は、長い間浮かばれることのなかった人々の御霊《みたま》を、その大きな背中に乗せて、やがて天上へと消え去っていったのだ。

あの女性が最後に口にした話によると、この辺りの温泉街がある場所が「地獄谷」と呼ばれているのは、かつて戦争によって、多くの人々が地獄のような苦しみを味わった場所だからであり、それから当時の人々は、この土地を地獄谷と呼ぶようになったのだということだった。

翌朝、ホテルのカウンターでチェックアウトを済ませると、二人は自動車に乗って温泉街を後にした。

天音は、朝からあまり話をすることもなく、疲れている様子であった。

蒼真は自動車を走らせながら、天音にどうしたのかと尋ねた。

すると天音は、昨夜は二度も金縛りにあったと言うのだ。一度目も二度目の金縛りも、体を動かすことも声を出すこともできずに、目だけは周囲を見渡すことができたという。そして、一度目の金縛りよりも、二度目の金縛りの方が、背中が更にずっしりと重くなり、体中がとても苦しかったそうだ。

しかし天音は、一度目も二度目も、誰かが自分の背中の上にいるような気配は感じたのだが、背中の方には一度も目を向けなかったという。

なぜならそれは、テレビで見たりする霊現象などの番組では、そうした現象があって振り向いた本人の後ろには、必ず霊がいたりするからで、それで天音は、そんなものを見てしまうのが嫌で、背中には絶対に目を向けずに固く目を閉じて、ひたすら眠ることに努めていたというのだ。

しかし、朝起きると体が重く、温泉に入って寛《くつろ》いだはずなのに、まるで体が疲れているように、とてもだるかったのだと言った。今も完全に寝不足のような状態で助手席に座っているのだという。

更に天音は、昨日ホテルに着いて、部屋にある化粧室に入った時に、女性のキャーッという大きな悲鳴が聞こえたのだと言った。その悲鳴を聞いて、天音は変だなと不思議に思ったのだが、蒼真には聞こえていなかったようなので、天音も気にしないようにしたのだということだった。

蒼真はそこで、昨夜の和服の女性の話を天音に聞かせた。

天音は、その話に初めはとても驚いていたのだが、そんなことが大昔にあったなら、戦争によって命を失い、人々に忘れ去られてしまったというその当時に亡くなった人々は不憫《ふびん》であり、とても悲しいことでもあると胸を痛めていた。

蒼真はこの時、天音と共に温泉に行くと決めた時点で、見えない何かの力によってこの地に呼ばれ、そしてその導きによってあのホテルへ招かれたのではないかということを感じていた。

蒼真には、こうした不思議な体験をすることが何度もあり、ある時には天狗《てんぐ》様の夢を見て、霊山でもあった、ある山々に呼ばれることもあった。

その際に立ち寄ることになったある一つの霊山では、天狗様に、最初の力を与えると告げられた。

初めは、蒼真にもその意味が分からなかったが、しかし、蒼真はそれからも様々な神社に立ち寄ることになり、温泉がある多くの土地へも足を運ぶことになったのだ。

蒼真が足を運んで行ったそれらの土地にはメッセージが隠されており、そして多くの神仏様が深く関わっていたことを知ることにも繋がっていったのだ。

蒼真のこれらの不思議な体験とは、ある頃から突如として始まったというものではなかった。蒼真自身は幼い頃より、不思議な体験を数多くして来ていたのだ。

幼い頃に、お盆に毎年家族でお墓参りに行った際には、お寺の墓地で蒼真の姿がいつも見えなくなり、母親が墓地の中をよく捜し回っていた。蒼真を見つけると、いつもお墓の前で一人遊びをしていたという。不思議に思った母親は、ある時、蒼真に聞いた。

「みんな心配するから、一人で遊びに行っちゃだめだよ。どうして蒼真は、みんなから離れて一人でお墓の前で遊んでいるの？」

「ごめんなさい、お母さん。でも僕は一人じゃないよ？　お母さんには見えないの？」

母親は、蒼真の言葉に絶句したように、それ以上は蒼真に何も聞いてくることはなかった。

母親は沈黙したまま蒼真の手を引いて、家族が待つ墓前へと戻って行った。

それから蒼真には、自宅でいつも遊んでいたという、木彫りの人形があった。

その人形とは大仏様の人形であり、蒼真は他のクマのヌイグルミやロボットなどの人形には目もくれずに、いつも同じその大仏様の人形だけを手に取って遊んでいた。

それを目にした母親には、いつもその人形を取り上げられて怒られていた。蒼真は、いつも大仏様の人形ばかりで遊んでいる自分の姿を見ていた母親からは、気味が悪いという視線で遠巻きに見られていたのを特に覚えている。

蒼真は小さい頃、写真を撮ることも好きだった。

しかし、蒼真がカメラで撮影した写真の中には、そこにはいるはずもない、すげ笠を被った僧侶や、杖《つえ》をついた仙人みたいな人もよく写っていた。

母親が、蒼真が撮影したフィルムをお店に現像に出して、出来上がった写真を取りに行くと、蒼真が撮ったという、僧侶や仙人のような人が写り込んでいるその写真を、母親によく見せられていた。

蒼真には姉妹がいたのだが、母親は姉妹には一切その写真は見せず、蒼真のそんな話も口にしていなかったようなので、蒼真の二人の姉妹は蒼真がそんな不思議な写真を撮っていたことは知らなかった。

UFOの記憶

また蒼真は、幼い頃に何度かUFOを目撃したことがあり、その中で一番驚いたのは、小学生の時に見たUFOであった。

それは、担任の先生とクラスの皆で、体育の授業を行っている最中《さなか》に起こった出来事であった。

その時の授業は、外で行うグラウンドでの体育の授業であり、外には担任の先生の他に、クラスの生徒も皆集まっていた。

グラウンドで皆揃《そろ》って体操をしていると、突然グラウンドの上空に、音もなくUFOが現れたのだ。それを目撃した先生もクラスの生徒も皆驚き、悲鳴を上げて、グラウンドは騒然となった。

しかし、次に気づいた時には、先生もクラスの生徒たちも、体育の授業をしていたはずのグラウンドではなく、学校の屋上にいたのだ。

屋上では誰もが、眠るように気を失っていた。

皆が目を覚まし、起き上がった時には、既にUFOはいなかった。

そして、二人の生徒以外は全員、UFOを見たという記憶がなくなっていた。UFOを目撃したという記憶のみならず、体育の授業だったという記憶そのものが、そこだけ抜け落ちたように失われていたのだ。

担任の先生は、どうして屋上にいるのかと首を捻《ひね》ってから、生徒たちを先導して教室へと戻って行った。先生の後について行く生徒たちも、何事もなかったかのように、普段通りの子供たちに戻っている。

さっきまでグラウンドで体育の授業をしていたことや、その最中に起こった出来事を覚えていたのは、クラスで二人しかいなかった。

それは、最後まで屋上に残っていた蒼真と一人の女子生徒だけで、二人は、ＵＦＯを見た直後の出来事も覚えていたのだ。

あの後、先生を含めた生徒全員が、確かにＵＦＯの中にいた。そして、そのＵＦＯに乗っていた人間ではない人に何をされていたのかは、怖くてもう思い出したくないと、女子生徒は蒼真に言った。その女子生徒も、蒼真と同じように、何があったかを覚えていたということである。

蒼真は、怖がっている女子生徒に、それ以上ＵＦＯの話をするのはやめにした。

蒼真と女子生徒の二人は、担任の先生や他の生徒たちの後を追うようにして教室へと戻って行ったのだが、なぜ皆、あれだけ大騒ぎしていたことを忘れているのか、二人は不思議でならなかった。

蒼真たちが体験したＵＦＯの中で起こった出来事とは、テレビのＵＦＯ関連の番組などで放送されていたようなことであり、この星の外に生息している生命体が、我が星に住む人々に行っていた、なんらかの実験のような行為であったのだろうと蒼真は思っている。

蒼真には、幼少時代から強く残っている、ある一つの記憶があった。

それは、母親に連れられて、母親の故郷に帰った時の話である。母親の実家に着くと、蒼真はあるお寺へとすぐに連れて行かれた。

そのお寺には、蒼真が初めて会う、母の遠い親戚であるという叔父がいた。

しかし、その叔父が阿闍梨《あじゃり》であり、霊能者でもあったということは、蒼真がある程度大きくなってから知ったことであった。阿闍梨とは僧の師匠を意味し、大変位の高い僧侶のことである。

母親は、蒼真にしか見えない何かが見えたり、カメラで蒼真が写真を撮ると、何もなかったはずのところに別の何かが写り込んでいたりするというような、普通の子供とは違う様子に不安を感じていたのだろう。夫に相談して実家に戻ると、霊能者であったその叔父を頼って、蒼真を見てもらうことにしたのだ。

幼い蒼真は、叔父の正面にあった座布団に座るように促されると、叔父が出してくれたお菓子を食べていた。

叔父は、お菓子を食べている蒼真を、静かに食い入るようにジッと見つめた後、母親に告げた。

「この子は、私のところで預かり、修行をさせるしかないな」

母は、叔父の言葉にとても驚いていた。そして不安そうに俯《うつむ》くと、叔父の前で両手で顔を覆《おお》っていた。

「蒼真くん、叔父さんのところで、しばらく一緒に暮らそうか」

叔父は、笑顔で蒼真を見つめていた。

「……いやだ!!　僕はお坊さんになりたくないよ！」

蒼真は、お菓子をくれた優しい叔父のことは好きだったが、お寺に残って叔父と一緒に暮らすということだけは、叔父が何度説得しても、ひどく嫌がったのだ。

叔父は蒼真のそんな様子を見て、母の方を向いた。

「無理強いするのもよくないから、私が預かることは見送ることにしよう。しかし、この子がある壮年の年の頃を迎えるまでは、この子の中にある、ある能力を封じることにします。蒼真くんをこのまま家に帰してしまうと、この社会から爪弾《つまはじ》きにされるような、この子にとって良くないことが必ず起こってしまう」

蒼真を見た叔父は、蒼真が大人になってゆくその先行きを危惧したのだ。

後から知ったことなのだが、その時の叔父の話によると、蒼真が持つ能力とは、この星の外にある大宇宙と繋がる能力であったそうだ。

蒼真の母は、叔父にその能力を封じることを、即座にお願いしていた。

それから母と蒼真は、叔父のお寺を後にすると母親の実家へと戻り、すぐに父親が待つ自宅へと帰って行った。

夢のお告げ

蒼真が体験した不思議な話には、まだまだ続きがある。

それは、蒼真がまだ妻である天音と出逢う前の話であった。

蒼真には、天音と出逢う前に、二人のある女性との出逢いがあった。

二人の女性とは、いずれも蒼真の友人を介しての出会いであった。その一人は、蒼真の友人の恋人の友人であり、そしてもう一人の女性は、蒼真の友人の友人であったのだ。

その出逢いの時期は、それぞれ異なってはいたが、二人とも初めて出逢った時に、蒼真の後方から声が聞こえたのだ。

その時、蒼真の背後には、誰一人いなかった。無論、空耳や幻聴などでもない。

だがその声は、蒼真にとって聞き覚えのある声だった。

それは、蒼真の夢によく出て来る、すげ笠を被った僧侶の声であったのだ。

「この女性を、三年と二か月まで守るべし」

一人目の女性と出逢った時に、蒼真の背後から、そういう言葉が聞こえた。

「この女性を、一年と一か月まで守るべし」

二人目の女性との出逢いがあった時も、蒼真の背後から、そういった言葉が告げられたのだ。

そして、その背後から聞こえた言葉には続きがあった。

この二人の女性は、いずれも龍神様の姫君様である龍姫の御霊《みたま》を持って、人間としてこの世に生まれてきたという。彼女たちはそれぞれ、天より大切な命を受けて、この世に降りて来たというのだ。

蒼真は、背後から聞こえてきた僧侶の言葉通りに、その二人の女性を、告げられた日数だけ見守ることにした。

しかし、女性を守るといっても、特に何かがあったわけでもなく、そして特別に何かをしなければならないというわけでもなかった。二人の女性とは友人を介して知り合い、その友人と共に蒼真のところによく遊びに来ていたので、蒼真もその二人の女性とは親しく話ができるような間柄ではあった。

蒼真はただ、定められた年月の間、その女性の悩みを聞き、よき相談者となったのだ。

次の蒼真の不思議な話は、海に近い田舎の、ある港町での出来事であった。

その港町への半年間の出張が決まり、蒼真はしばらく逗留《とうりゅう》することになった。

ある日、一日の仕事を終えて夕食を取り、いつものように寝床に就いていた。そして眠りばなの夢うつつの時、頭の上で声がしたのだ。

「そなたの母者《ははじゃ》は、その寿命ゆえに助けることは相成《あいな》らぬ。されど、そなたの母者の御霊《みたま》は我が地に置くこととし、未来永劫《えいごう》、安らかな場所にて、その御霊は生き続けることであろう」

翌朝、蒼真は飛び起きるようにして目を覚ますと、出張前の家を出る時に見た、母親の姿をすぐに思い出していた。その時の母は、普段と何も変わったところもなく、いつも通りの元気な母であった。

蒼真は、出張に発《た》つ際に、元気に送り出してくれた母の姿を思い出すと、昨夜の声は何かの間違いであり、ただの夢であればいいと願っていた。

しかし、朝食を済ませて仕事に出かける準備をしていると、自宅から一本の電話があった。

その電話は、蒼真の姉からだった。

姉は、受話器を取った蒼真の応答にも答えず、ただひどく動揺したように電話口で泣いていたのだ。

蒼真は訳が分からないまま、電話口で泣いている姉をまず宥《なだ》めると、少しずつ冷静さを取り戻していった姉に事情を聞いた。

すると、姉はようやく口を開き、母に悪性の腫瘍《しゅよう》が見つかり、余命は三か月と医師から宣告

された と言った。

先日、母が急に倒れて、父の自動車で急いで病院に連れて行ったのだという。しかし検査の結果、癌《がん》は既にあちこちに転移しており、医師からは、もう手の施しようがないと言われたと、姉は暗く沈んだ声で蒼真に告げた。

蒼真も驚き、絶句した。

しかし今、蒼真の仕事を代わってくれる人もおらず、仕事を切り上げて自宅に戻ることもできなかったのだ。

蒼真は、昨夜のあの声が自身の枕の上の方角から聞こえてきたことを思い出していた。

そしてそれから二日後、その方角に目星をつけて、何かがないか行ってみることにしたのだ。

すると、それを辿った方角に、龍神様を祀《まつ》る神社があった。その海辺の神社は、とても立派なものだった。

ところが不思議なことに、その神社は地図にも記載されておらず、自動車に備えつけてあるカーナビにも表示されていなかった。

蒼真はそれから、大急ぎで仕事を無事に終わらせて、港町から自宅へと帰って行った。

その後、蒼真の母親は、三か月ほどで静かに息を引き取った。

それからというもの、蒼真には様々なお告げのような夢や声が、多く聞こえてくるようになったのだ。

その声やその姿は、すげ笠を被った僧侶や、時には杖をついた仙人のような白くて長い髭《ひげ》を蓄えた老人の姿であった。

その後、すげ笠を被った僧侶が蒼真の夢の中に出て来て、ある方角に向けて指を差して見せてくれた光景があった。

それは、大地震により高速道路などが崩れ、津波によって町が呑み込まれてゆくという、とても悲惨な光景であったのだ。

蒼真はあまりにも生々しいその夢に衝撃を受けた。

そしてその翌日、当時勤めていた会社に出勤すると、そんな夢を見てひどく衝撃を受けたという話を、近くにいた同僚や先輩たちに聞いてもらった。

ところが、その次の日の朝だった。ある地方で大きな地震があり、夢の通りになったのだ。

その後、蒼真がいた会社では、蒼真が正夢を見たという話が広がり、社員たちの間でざわめきが起こった。蒼真が未来を予知したとかしないとか、そんな噂話《うわさばなし》が立ったのだ。

その後も、蒼真は会社の上司であった男性が左遷されるという予見を夢で見たり、女性の上司が毎週のように楽しんでやっていた、競馬の馬券を大当たりさせたりしたこともあった。蒼真の身近な周囲では、自身が特別に意図しないところで、あまりにも多くの不思議なことが起こったのだ。

蒼真は、自身の周囲で次々と不思議なことが多く起こることから、いつしか「自分は一体なんなのだ？」という自身に対する不気味さと、自身への深い疑念さえ抱《いだ》くようになっていった。

ある時には、夢に杖をついた仙人のようなお人が出て来て、蒼真に言った。

「わしは、この世の中に降りて行ったわしの娘を捜しておるのじゃ。娘を捜し出してわしのもとに帰してはくれぬか」と。

またこの頃は、自宅の蒼真の部屋でも、不可思議な現象が起こった。

それはある夜、いつものように自分の部屋で、布団を敷いて眠っている時の出来事であった。

その日は、長い大雨が夜も続いていて、窓に当たる激しい雨音と風の音で、蒼真は深夜にふと目を覚ました。自宅から遠く離れた場所に落雷する音も聞こえている。

蒼真が再び眠りに就こうと、目を閉じた時だった。自宅の間近で雷が鳴り響くと、その雷鳴とほぼ同時に、蒼真の部屋の中でも雷が鳴ったような、大きな音がしたのだ。

驚いた蒼真は、恐る恐る布団の中から顔を出して部屋の中を見渡した。しかし真っ暗で、特に変わったこともないようであった。

蒼真は、そのまま安心して眠りに就いたのだが、その翌朝だった。昨夜、部屋の中で雷が鳴ったと思しき辺りに敷いてあった絨毯《じゅうたん》に、異変があったのだ。

その絨毯には、龍の模様が浮き出ていた。

昨日、蒼真が飲み物を零《こぼ》したというわけではなかった。そしてその龍のような染みは、どんなに拭き取ろうとしても消えることはなかったのだ。

その後、その染みが父親に見つかって怒られたのだが、父親も消えない染みを不思議がって首を傾げていた。

運命の出逢い

蒼真がまだ若い頃には、自身の体を鍛えるために、スポーツクラブ的な施設へと通っていたこともあった。

施設に通うことにしたきっかけは、建築業に携わる職人として、現場によっては力仕事が必要なこともあり、また急ぎの仕事など仕事の内容などによっては、休憩をする暇もないほど忙しい、体力を使う仕事でもあったからだった。

また当時は若さもあって、筋力トレーニングなどで体を頑丈に鍛え上げていくということにも興味を持っていたから、まずは体力が持続するように筋力をつけて、体力を養っておきたかった。

この施設にはトレーニング機器なども豊富に揃っており、設備も十分に整っていた。更に、施設の会員になれば、施設の運動機器などを自由に使ってトレーニングができる他に、施設にあるプールや大浴場まで自由に使用することができたのだ。

施設は夜遅くまで営業しており、汗をかいた後に、大浴場でのんびりお風呂に浸《つ》かってから帰宅できるというのは、蒼真にとってとても嬉しく、帰宅後はすぐに就寝することもできたので、仕事の後に通うには、とても有り難い施設でもあった。

　しかし、その施設には一つだけ残念なこともあった。

　それは、その場所が町外れであったということもあり、施設の中では当時、ほとんどといってもいいほど携帯電話の電波が届かなかったのだ。

　だが、施設内に備わっていた様々なトレーニングマシーンや日焼けルーム、プールに大浴場などが、会員になることで全て格安で使用できるというところが、蒼真がこの施設に引きつけられた最大の理由であった。

　蒼真は、その施設にほぼ毎日通っていた。

　だが、蒼真の携帯電話がほとんど繋がらないことで、友人とも連絡が取れない状態になり、飲み会などの誘いもなくなってゆくと、友人との関係は徐々に疎遠なものとなっていった。

　そして、この施設に蒼真が通い出してから三年近くが経《た》った、ある日のことだった。

　仕事を終えた蒼真が、いつものように施設の中でトレーニングをしていると、突然、自身の携帯電話の着信音が鳴ったのだ。

　だがそこは、携帯電話の電波が一番届きにくい場所で、今まで携帯電話が鳴ることなど一度もなかったので、周囲でトレーニングをしていた人たちも皆、驚いていた。

　蒼真自身も驚きつつ電話に出てみると、その電話の相手はしばらく疎遠になっていた、学生時代の後輩だった。

「二人の女の子を誘って飲みに行きたいんですが、今俺、お金がなくて……蒼さん、今、時間ありますか？」

その言葉で、後輩が自分にお金を払わそうという魂胆で電話をしてきたということは、蒼真にもすぐに分かった。学生時代、蒼真の身近にいた後輩たちは、自分が困ると先輩に頼ってくる奴がほとんどだったのだ。

蒼真は、その後輩が本当に困っているようだったので、電話口で了承すると、トレーニングを中断して、後輩が待っているというその場所に向かうことにした。

蒼真は待っていた後輩と落ち合うと、蒼真の自動車を自宅へと置きに戻ってから、後輩の自動車一台で二人の女性を迎えに行くことになった。

待ち合わせの場所に、彼女たちはいた。

一人はふくよかな女性であり、もう一人は小柄な女性であった。

二人は、まだ若かった。

蒼真はこの時、もう三十に近く、自分とはかなり年の離れた女性たちだと、何げなくそう思っていた。

彼女たちを自動車に乗せて、後輩が向かった先は、カラオケが楽しめる娯楽施設であった。

店員さんに、一つの個室であるカラオケルームに通されると、蒼真たちはソファーに腰を下ろし、料理のメニュー表から、まずはお酒やおつまみなどの料理を注文した。

注文した飲み物やおつまみなどが届くと、それをつまみながら、蒼真たちは皆でルームの中で話をしたり、歌を歌ったりと楽しんでいた。

しかし後輩は、しつこいくらいに蒼真に視線を送り、目で合図を送ってきた。

蒼真の後輩は、小柄な女性に特別な好意を寄せているらしく、どうやら自分にもう一人のふくよかな女性の相手をしていてほしいということを、目で懸命に合図を送り、それを訴えていたようなのだ。

だが、カラオケルームという小さな個室で、皆で話をしたり歌を歌ったりと盛り上がっている最中《さなか》、そんな思惑など何も知らない二人の彼女たちを前にして、後輩の望むようなことが容易にできるわけもなかった。

蒼真は、可愛《かわい》らしいと感じた小柄な女性に、不思議な雰囲気を感じていた。それになぜか、妙な懐かしさも感じたのだ。

しかし蒼真は、その小柄な女性とは面識などなく、この時初めて出会った女性であった。

その日は、皆で会話をしながら歌を歌って楽しみ、何事もなく解散すると、蒼真と後輩は二人の女性を送り届けた。

その明くる日、いつものように仕事を終えた蒼真は、施設で一通りのトレーニングを済ませた後、日焼けルームで横たわっていると、心地よい気分になり、うとうとと眠気が差し始めていた。

すると、横たわっている蒼真の頭の方向から、金色に光り輝く一つの球体が、蒼真の胸の辺りまでフワフワと、宙に浮きながら飛んできたのだ。

その光の珠は、ソフトボールくらいの大きさがあった。

蒼真は、自分が寝ぼけているのかと思い、自分の目を何度も擦《こす》りながら、金色に光る珠を凝視した。しかしその球体は、蒼真の胸の辺りで止まったまま、静かに宙に浮いている。

蒼真は、目の前で光る珠を幾度となく確認したのだが、それは夢などではなく、間違いなく自身の胸元辺りの真上で宙に浮いているのだ。

蒼真は、驚きながら上体を起こすと、宙に浮いているその不思議な珠の中を覗《のぞ》き込んだ。

すると、金色に輝いている珠の中心には、菩薩《ぼさつ》様のようなお姿が鎮座していたのだ。

蒼真は、球体の中のそのお姿に、再び驚くと息を呑み込んでいた。

「我は、虚空蔵《こくうぞう》なり」

珠の中を覗き込んだ自分に、そう名乗った虚空蔵菩薩《こくうぞうぼさつ》様に、蒼真は目を見張っていた。

「そなたの亡くなりし母者の戒名《かいみょう》の真ん中にある文字を持つ者が、そなたの前に現れる。その者は、名前の初めの頭に、その戒名の一文字を持った女性である。その女性を守るべし」

「その女性は……いつまで、いつまで守ればよろしいのでしょうか？」

蒼真は、虚空蔵菩薩様のその言葉を聞いて、以前にも似たようなことがあったのを思い出していた。

蒼真は以前、すげ笠を被った僧侶に言われ、二人の女性たちをそれぞれ定められた年月の間、見守ってきたことがあったから、その時と同じかと思って聞いたのだ。

「そなたの寿命が尽きる、その時まで」

虚空蔵菩薩様は、光り輝く球体の中で蒼真の問いに静かに答えると、再び球はフワフワと宙に浮きながら、蒼真の頭上の方向へと飛んでゆき、ゆっくりと消え去っていった。

蒼真は、思いもよらない虚空蔵菩薩様の言葉に驚愕《きょうがく》すると、沈黙した。そして内心、虚空蔵菩薩様が言うように、自分の寿命が尽きる時までとは、自分には無理だと思った。

そもそも、どんな女性かも分からないのに、自分自身の残りの生涯をその女性に懸けろなどとは無理な話であった。蒼真には、菩薩様のお言葉とはいえ、それを拒絶したいという否定的な考えが生まれていた。

蒼真は、虚空蔵菩薩様が消え去っていったその方向を、しばらくの間、ただ茫然《ぼうぜん》と見つめていた。

それからそんなに日も経たないうちに、また後輩から蒼真の携帯電話に連絡が入った。

蒼真はこの日も、夜、施設でトレーニングを行っている最中《さなか》であった。そしてまた、繋がるはずのない携帯電話が繋がったのだ。

それは、今回も金欠であるということで、今から時間はないかという誘いの電話であった。

後輩は、先日の二人の女性たちと、既に約束をしてしまったのだと困り果てていた。

蒼真は少しだけ考えはしたものの、あの二人ならいいかと、困っている後輩にまたつきあうことにした。あの不思議な雰囲気を持った小柄な女性にも、なんとなく興味が湧いていた。

それからも、そんな誘いの電話が何度か続き、蒼真は、親しくなった彼女たちに連絡先を教えることになった。

それから数日後、蒼真が施設のロッカールームで、トレーニングを行うために着替えていると、また蒼真の携帯電話が鳴った。

蒼真が電話に出ると、それは例の小柄な女性からであった。しかし、その電話は、すぐにふくよかな女性へと交替され、蒼真はふくよかな女性の方と話をすることになった。

そしてその電話がきっかけとなり、蒼真は施設内で彼女たちと話をする機会が増えていったのだ。

いつも初めに電話をくれるのは、小柄な女性の方だった。彼女は、ふくよかな女性が、蒼真に直接電話をかけづらいのだと言って、本人の代わりに初めに電話をかけてくれているようであった。

しかし蒼真はそんなことより、よくこの電波の悪い施設に電話が繋がるなと思い、今まで電話が繋がらなかったことはなかったかと、小柄な女性に尋ねてみた。

だが、彼女は少し驚いたように、今まで電話が繋がらなかったことは一度もなかったと答えた。

蒼真は、それを不思議に思った。なぜなら、この施設内で携帯電話が繋がっているのは、蒼真だけだったからだ。

彼女たちから直接連絡が来るようになってからは、蒼真が個人的に彼女たちと遊びに出かけるということも少しずつ増えていった。

そして、蒼真は次第に小柄な女性に思いを寄せ、心惹《こころひ》かれるようになっていったのだ。

しかし、彼女の方には全くその気はなさそうであり、蒼真はただの片思いで終わっていた。

そんな時、蒼真の彼女への思いに気がついていたふくよかな女性が、蒼真に協力し、きっかけを作ってくれたのだ。

蒼真は早速、小柄な女性をドライブに誘い出すと、蒼真の自動車に乗って、二人で出かけることになった。

蒼真の趣味でもあった、自動車での遠出のドライブは、車が好きでドライブも好きだという、彼女の趣味とも合っていた。それがきっかけともなり、二人はやがておつきあいを重ねるようになっていった。

蒼真はある日、恋人同士になった彼女を誘ってドライブを楽しんだ後、いつものように彼女を自宅へと送り届けた。そしてその帰り道、不意に以前の出来事の記憶が蘇《よみがえ》ったのだ。

それは、施設の日焼けルームで横になっていた時に、自身の前に現れた、金色の球体の中に鎮座されていた、虚空蔵菩薩様のお言葉だった。

虚空蔵菩薩様は、ある女性を守るべしと告げられた。

その守るべき女性とは、母の戒名の真ん中の一文字の漢字を、名前の初めに持つ女性であった。

ふくよかな女性の名前は「芙美《ふみ》ちゃん」と言い、友人であった彼女からは「芙美」と呼ばれていた。

芙美ちゃんは、芙美という読み方からも、母親の戒名の真ん中の一文字には当てはまらないだろうということは、蒼真にもすぐに分かった。

しかし蒼真は、恋人になった彼女の実名をまだ知らなかった。

芙美ちゃんは、友人であった彼女のことを「あーちゃん」と呼んでいたから、蒼真もその流れで、ずっと「あーちゃん」と呼んでいたのだ。それが当たり前だったので、気にはしていたものの、そのままでいたのだった。

蒼真は、母親の戒名にあった真ん中の一文字と、あーちゃんの名前のことがとても気になっていた。

そこで蒼真は、今度あーちゃんと会う約束をした日に名前を聞いてみようと、その当日は少し緊張気味で、あーちゃんから名前を聞くと、自身の自宅へとあーちゃんを遊びに招くことにしたのだ。

彼女は、自身の名前を天音と名乗った。

虚空蔵菩薩様は、名前の初めの頭に、母の戒名の一文字を持った、女性であると言っていた。母の戒名の真ん中にある一文字の漢字とは『天』だったのだ。そこには、彼女の名前が確かにあった。

蒼真は、彼女を連れて急いで自宅に戻ると、母親の戒名の真ん中にあった一文字に本当に間違いはないか、もう一度母の戒名を確認した。

蒼真は、戒名を確認し終えると驚いた。

母の戒名の真ん中には、確かに彼女の名前の一文字があり、『天音』という名前の初めに『天』がくることから、虚空蔵菩薩様が告げられていた女性とは、彼女のことで間違いないと、蒼真はそう思った。

蒼真は母親の戒名を天音にも見せながら、そのことを天音本人にも伝えてみたのだが、しかし当の本人は、その不思議な出来事を、それほど気に留める様子はなかった。

だが蒼真自身は、もしかすると、初めて彼女に出会った時に自身が感じた、天音が持つ不思議な雰囲気とは、このことに繋がるものであったのかも知れないと、そんなふうに考えていた。

そしてその日の夜のことだった。蒼真の夢に、杖をついた仙人様が現れたのだ。

「我が娘を、天に連れて参れ」

仙人様は、以前、この世の中に降りて行った、自身の娘を捜しているのだと言っていた。

蒼真は、このタイミングで仙人様が現れたということは、もしやその娘というのは、天音のことに間違いないと蒼真は思った。

天音自身も、もしかしたら、蒼真が以前に出逢った龍姫様の御霊《みたま》を持ってこの世に降りて来たという二人の女性たちと同様に、天から大切な命を受けて、この世の中に人間として生まれてきたのかも知れないと、蒼真は考えた。

しかし、天に連れて参れとは、一体どういうことなのか？

天とは、人の世でいうならば、天界を示す言葉である。だが、ただの普通の人間が、同じ人間でもある天音を連れて、天界に飛んで行けるはずもなかった。

蒼真の心の中には、この時、なぜか哀しみや不安、畏怖《いふ》などにも似た混沌《こんとん》とした感情が錯綜《さくそう》し、それらが入り乱れたように心が揺れた。

実は仙人様は、娘を連れて参れと言った後に、「思い出せ」とも告げていたのだが、この時の蒼真には仙人様の言葉の続きが、少しも届いてはいなかった。

蒼真はこの時、自身の感情が混沌とし、動揺したような思いに心が駆られたことで、仙人様が蒼真に告げた、その言葉の続きを完全に聞き逃してしまっていたのだ。

しかし、自身の中に込み上げるように湧いてくる、錯綜したような感情ともいうべき思いが、なぜ、こんなにも自身の心を締めつけるのか、蒼真には分からなかった。

そして蒼真はこの時、天音のそばを離れたくないと、強く思っていた。蒼真の心の中には、天音と離れ離れになってしまうようなことになるのだけは、絶対に避けたいと思う気持ちが、ただ一心に強く芽生えていたのだ。

しかし、この時の蒼真にはまだ、虚空蔵菩薩様や仙人様の言葉の意味する、その深い部分を知るまでには至ってはいなかった。

それから蒼真と天音の二人は、年がかなり離れているということもあり、多少なりとも隔てるものもあったのだが、蒼真は、思いを寄せた天音と、ようやく結婚するまでに至ったのだった。

天音と結婚するまでは、蒼真の夢に現れる神仏様が告げられるお言葉が、より鮮明なものになっていたのだが、二人が結婚した後は、目立ったような不思議なこともなく、しばらくの間は蒼真も平凡な日常を送っていた。

だが一つだけ、すげ笠を被った僧侶から頻繁に告げられてくる御言葉《みことば》があった。

それは、ある物事にもとづいた散文体の小説を、天音に書いてもらうということだったのだ。

僧侶のお話では、それが今後の要《かなめ》となり、大切なことへと繋がってゆくことになるのだということであった。

蒼真は早速、夢の中で僧侶が自身に告げてきたことを、当の本人である天音に話してみることにした。

しかし、天音が言うには、絵を描いたり、思い浮かんだ適当な物語を文章にしたりすることは好きではあるけれど、それはあくまでも個人的な趣味であり、他人に見せるものではないと、単刀直入に断られてしまったのだ。天音は、自身の趣味を、友人でもない他人に見せることには抵抗があると言って、とても恥ずかしがっていた。

それから二人は、都市にも近い街中で二年ほど暮らした後、やがて広大な畑が数多く点在する、小さな田舎町へと引っ越した。

そして、数年が経ったある頃、今まで蒼真の夢の中で、天音に小説を書くように促すことを告げる以外はほとんど沈黙していたすげ笠を被った僧侶だったのだが、また度々現れるようになっていったのだ。

蒼真はある日、自分の夢に出て来るすげ笠を被った僧侶の話を天音にしてみたのだが、今度の天音の考えは否定的なものではなかった。

むしろ、この世の中には、人にとっては解明しようにも解明できない不可解な心霊現象などもあり、この星に人類が存在し、暮らしているということからでも、どこかの星にも、自分たちのような人類が存在していても全くおかしなことではないと、天音はそう言っていた。

蒼真の夢の中に、頻繁に現れるようになったすげ笠を被った僧侶のことを、蒼真と天音の二人は、「笠ぼうし様」と呼ぶようになった。

そして、それと時を同じくするようにして、蒼真の地元を離れた単身赴任の生活も徐々に始まっていったのだ。

蒼真は、出張先の仕事が一段落すると、天音が待っている地元へと急いで帰った。

蒼真が地元に戻ると、不思議な夢も見た。

それは、ある土地に笠ぼうし様の石像が作られている夢であり、その土地で人々が、八十八か所巡りを簡単に行うことができるという、夢の風景だった。

蒼真は、その夢で見た土地に心当たりがあったため、そこまで自動車を走らせて様子を見に行ってみたのだが、そこには墓地があるのみで、まだただの空き地であった。

しかし、不思議なことに、それから数年後には、蒼真が夢で見た通りの風景が、その土地にあった空き地だった場所に、少しずつ作られていく光景を、現実に目にすることになるのだ。

またある時には、不思議な女性との出逢いもあった。

それは、蒼真が自動車で自宅に向かう途中、ある場所から不可思議な玉が飛んできて、それを蒼真が目撃したことがきっかけだった。

不可思議な玉が飛んできた場所には、霊園があるだけで他には目立ったようなものもなく、数軒ほどの少ない民家が点在しているだけの場所であった。

その霊園には、蒼真の母のお墓もあり、蒼真は不可思議な玉が飛んできた霊園辺りがとても

気になったので、後日、母のお墓参りも兼ねて、その霊園を一人で訪れることにしたのだ。

しかし、玉が飛んできたと思える霊園付近には、特に不思議なものも何もなく、蒼真は母のお墓参りをしてから自宅へ戻ろうと思った。

蒼真が霊園内に入って行くと、今まで建造中だった建物が既に完成されているのが目についた。

蒼真が引き寄せられるようにその大きな建物の中を覗き込むと、建物の中に安置されていたのは五百羅漢像であるということが分かった。

蒼真が五百体もの石像を、今度は吸い寄せられるように見て回っていると、お堂内にいた係の人から、この五百羅漢が公開されるのは短い期間であると聞かされた。

蒼真は、天音にも見せたいと思い、その翌日、天音と共にお堂を訪れたのだった。

「突然すみません。昨日もいらっしゃっていましたよね」

お堂に入ってすぐに、蒼真は一人の女性に呼び止められた。

しかし、蒼真には、その女性の記憶はなかった。昨日は係の人しか見かけず、もし彼女がいたとしたら、蒼真も忘れるはずはなかったのだが。

その女性は、間を置くことなく蒼真に話しかけてきて、自分はお寺の阿闍梨《あじゃり》であると言った。

「あなたはいずれ、大きな仕事を成し遂げていくことになるでしょう。今は信じられないかも知れませんが、私にはそのようなことが昔から見えてしまうんです」

阿闍梨は蒼真にそう告げながら、一冊の本を手渡してきた。

蒼真は、お堂で売られている本ではないかと思い、阿闍梨にお断りしたのだが、阿闍梨は、何かのご縁だと思って本を受け取ってほしいと言う。

「その本に写っている五百人の仏様のうち、あなたのお目についたお二人の仏様が、将来あなたの力になってくれる仏様になります」

この時、蒼真はその阿闍梨の言う意味が分からず、半分ポカンとしていた。蒼真の隣でそれを見ていた天音は、クスクスと笑っていた。

後日、その阿闍梨のことが気になり、蒼真は再び霊園を訪れてみたのだが、霊園施設の人たちに尋ねても、その阿闍梨の存在を知る人は誰一人としていなかった。

蒼真はその後、阿闍梨から手渡された仏像の本を、何度も読み返していた。

その本の中で気になった仏様は二人いた。そのお二人の仏様とは、阿修羅王《あしゅらおう》様と布袋《ほてい》様であった。

それから数年が経ったある日、蒼真は霊園とは別の、あるお寺へと案内されることがあった。

蒼真がお寺の広間に通されると、その広間にはこのお寺を建てたという、一枚のご夫婦の写真が飾られていた。

蒼真は、その女性の方に見覚えがあった。それは数年前、蒼真と霊園で出逢った、阿闍梨と名乗った女性だったのだ。

しかし、その写真はかなり昔のもののようだったので、お寺の人に聞いてみると、数年前に出逢ったはずのその阿闍梨は、何十年も昔に亡くなっていると言った。

それが、蒼真が体験した、その阿闍梨との不思議な出来事だった。

ある日の出来事では、単身赴任から家に戻った蒼真が、久しぶりに外で焼き鳥や魚などを炭火で焼いて、夫婦で楽しんでいた時のことだった。

それは、蒼真が焼き鳥を全て焼き終わり、最後の秋刀魚《さんま》を炭火の上でじっくりと焼いている時に起こった。一つの飛行物体が、自宅の上空をクルクルと回っているのが蒼真の目に入ったのだ。

それは、テレビ番組などでも見たことがある、銀色の円盤型のＵＦＯだった。

それを見た蒼真は驚くと、家の中にいた天音を急いで呼びに行った。

蒼真に促されて、家の中から外へと出て来た天音は、蒼真が指差す上空を見ると、目を見開いて驚いていた。

その飛行物体は、上空といっても結構近い距離でとどまっていたのだ。二人の目には、ＵＦＯの底の縁の部分が回っているところまで、しっかりと見えた。

更にＵＦＯの回転している底の縁の部分には、青や赤、緑のライトのようなものがついているらしく、それが八個ほど点滅を繰り返していたのだ。また、ＵＦＯの底の部分には、五つの丸型の何かがついていた。

二人は、それをしばらく見上げていた。そのＵＦＯは、同じ位置に二十分ほどとどまっていた。

しかし、あのように自分たちの上空の間近にＵＦＯが停止していたのにもかかわらず、外に出ていた近所に住む人たちには、その後ゆっくりと飛び去って行く姿さえも見えている様子がないようであったのだ。蒼真は、自分たちには見えているＵＦＯが、なぜ他の人たちには見えないのか、不思議でならなかった。

蒼真は、仕事が一段落して空き時間ができた時には、単身赴任先の遠方から度々地元の田舎町に戻っては、体の疲れを癒やすとともに、そうした不思議な出来事も重ねながら、天音と二人で過ごしていた。

しかし、蒼真の仕事が徐々に増えてゆくと、天音が待つ地元に帰ることもなかなかかなわず、その機会も次第に減っていった。

この頃はまだ、蒼真には共に稼いでいた、ある一人の職人さんがいた。

彼は、蒼真とは十歳以上も年が離れていたが、蒼真にとっては昔馴染《むかしなじ》みの仲間のような感じの人で、十数年もの間、建築業に携わって蒼真と共に働いていた人だった。それは、そんな彼と蒼真が、二人で各地を転々と移動しながら稼いでいた頃に起こった、不思議な出来事であった。

その彼は、控えめで見た目も優しい印象であり、人当たりもよく、とても人に対して悪意を持つような人には見えなかった。

しかし蒼真はある時、そんな彼の不穏な話を耳にすることになったのだ。

それは、ある建築会社に勤めている、蒼真と気の合う職人さんから唐突に告げられた、彼についての話であった。

その職人さんの話によると、彼とよく話す機会があり、初めの頃は職人としての日々の仕事のきつさからくる、愚痴程度の話だと思って話を聞いていたという。

だが、蒼真がいないところで彼と現場で会う度に、蒼真への陰口が、だんだんとエスカレートしているのだと言った。

その職人さんは、彼は蒼真がいないところでは自分勝手でぞんざいな物言いをしたり、蒼真を陥れるような言い方をしたりしているから、彼と一緒に稼ぐことはやめて、すぐにでも離れた方がいいよと、蒼真を心配して伝えてきたのだ。

その話を聞いた蒼真は、困惑はしたものの、彼とは長く共に仕事をしてきたのだから、きっと何かの間違いだろうと思い、その時はそれほど重く考えることはしなかった。

しかしその後も、気の合う複数の職人さんから、同じような話を何度か耳にすることになったのだ。皆、蒼真を心配して、彼とは離れた方がいいと言う。

蒼真は、信じていた彼との関係に、次第に悩むようになっていった。

それから数か月経ったある時、蒼真と彼は、仕事である町へと共に行くことが決まった。その町での仕事は、数週間くらいで終わる予定であった。

仕事は順調に進み、終わりに差しかかろうとしていた、ある日の夜のことだった。

一日の仕事を終え、眠りに就いた蒼真の夢の中に、狐《きつね》のお面を被った巫女《みこ》姿の女性が現れたのだ。

「そなたと共にいる者は、そなたにとってよくない輩《やから》じゃ。いつまでその者と共におるつもりじゃ。その者はそなたの目覚めの邪魔となる。早々に離れなさい」

狐の面を被った巫女様が、蒼真の夢の中で静かに橋の袂《たもと》に立つと、蒼真を見つめていた。

そしてその言葉にはまだ続きがあり、ある土地にある二つの神社と、小さな田舎町の、大地に深く刻まれた柱状節理《ちゅうじょうせつり》の岸壁がそびえる大渓谷の神社を訪ねるようにと、蒼真に告げたのだ。

蒼真は翌朝、自身の夢の中では今まで見たこともなかった、狐のお面を被った巫女様の出現に驚くと、考えた。そして、自身が泊まっていた付近に、何かあるのかも知れないとも思い、蒼真は出勤する前に辺りを散策してみると、自分たちがいた場所と寸分も離れていない近場に、稲荷神社《いなりじんじゃ》があるのを見つけたのだ。

蒼真は、昨夜夢に出て来た狐の面を被った巫女様は、この町の土地神様ではなかったのかと思った。

そこで蒼真は、町の現場で行っている今の仕事が終わると、仕事が少し空きとなり、数日休みにもなるので、その間に巫女様に告げられた二つの神社と、小さな田舎町の大渓谷にあるという神社へ行ってみることにしたのだ。

彼と蒼真はつきあいも長かったため、彼は蒼真に起こっている様々な不思議な出来事を、よく知っている人物の一人でもあった。

蒼真が巫女様の夢を見た次の日から、彼の足が少し動きづらくなっているという彼の話を聞いた蒼真は、今の仕事を終わらせたら、体の疲れを癒やすとともに気分転換も兼ねて、数日の休みを使って一緒に出かけることを提案した。

蒼真は、彼が武将好きで、そこに関連するお城などを訪れるのも好きだということを知っていたので、城への観光や、お告げがあった神社などにも一緒に出かけてみようと、彼を誘ってみたのだ。

彼は、蒼真の誘いに嬉しそうに頷《うなず》くと、出かけるのを楽しみにしている様子だった。

やがて、町での仕事も無事に終わり、数日の休みに入った蒼真たちは、目的地へ向かって出発した。

蒼真は、彼の足の具合がよくならないということから、城への観光は最後にゆっくり行くことに決め、まずは三つある神社の方から訪ねることにした。

蒼真は出発前に、彼に病院に行って足を診察してもらうように勧めたのだが、彼は昔から病院嫌いということもあり、断固として蒼真の勧めを聞かなかったのだ。

蒼真は彼の足を気遣いながらも自動車を走らせ一つ目の神社に辿り着いた。

彼は、足を引きずるようにして、自動車の中から外に出て来ると、蒼真と共に神社の境内《けいだい》の方へと歩いて行った。

二人が参拝を終えて車内へ戻って来ると、彼の様子が普段とは違い、どうも変だった。声をかけてみると、足が完全に動かなくなったと言うのだ。

足の具合を心配した蒼真は、彼に病院に行くか、次の神社に行くかを尋ねた。しかし彼は、病院に行くことはやはり拒み、「次の神社に行こう」と怒ったような口振りで蒼真に告げた。

蒼真は彼の様子が気になったものの、とりあえず自動車を走行させて、次の目的地でもあった二つ目の神社に向かってみることにした。

しかし、蒼真が自動車を走らせて間もなくすると、後部座席に座っていた彼の様子が豹変《ひょうへん》した。普段は怒鳴ることなど滅多にない、大人しい印象を持つ彼だったのだが、突然、大声を張り上げると、激しく暴れ出したのだ。彼の怒号は、次の神社に行くことを、喚《わめ》きながら拒絶するものでもあった。

蒼真は、狂ったように車内で暴れ、大声を出して叫んでいる彼を見て、まずは彼を落ち着かせようと、近くにあったコンビニエンスストアに立ち寄ることにした。何か飲み物でも飲めば、彼も少しは落ち着くのではないかと考えたのだ。

蒼真はすぐに、近くにあったコンビニエンスストアの駐車場に自動車を停車させた。そして何がいいか聞こうと後ろを振り返ると、彼の顔がおかしかった。

蒼真はその様子に、彼に何かよくないものが憑いているのではないかと感じた。

彼の人相までもが、普段の彼からは想像もつかないほどに歪《ゆが》んでいたのだ。それはまるで、悪鬼にも似た、恐ろしい表情をしていた。

蒼真は、車内に彼を待たせて、飲み物を買いに行って来ると彼に告げると、急いで自動車を降りた。

そして、蒼真が飲み物を買って自動車に戻って来ると、車内には彼の姿がなかったのだ。

彼の荷物は、車内に全て残っていた。だが、彼は履いていた自身の靴も脱ぎ捨てて、自身の荷物も全て置いたまま、裸足《はだし》でどこかに行ってしまったのだ。

蒼真は、あの町で夢に現れた、狐のお面を被った巫女様が、最後に告げられていた言葉を思い出していた。

それは、よくないものに取り憑かれた人間というのは、神仏様に守られている人間や、神仏様により近い人間のそばにいることで、気持ちが楽になるのだということであった。

しかし、いざ自身の居場所や、その立場が危うくなってくると、自分自身の身を守るために、手のひらを返してくるものなのだと言った。

そして、よくないものに取り憑かれる人間とは、その多くが邪《よこしま》な心を持つものであるという。残念ながら、今のこの世の中には、そんな邪な心を持つ人間がとても多いのだと、巫女様は悲しげにそう告げられたのだ。

その後蒼真は、巫女様に告げられ、彼と共に行くはずであった二つ目の神社と、大渓谷の神社に、お告げの通りに足を運んだ。

巫女様が蒼真に、その三つの神社を訪れるように告げたのは、もしかすると、そんなよくないものを完全に祓《はら》うためではなかったのかと、蒼真はそんなふうに思った。

その後、彼の行方《ゆくえ》は分からないままとなり、数年間、共に稼いできた蒼真と彼は二度と会うこともなく、完全に離れることとなった。


共に働いてきた彼を失った蒼真は、それから一人親方となって、たった一人きりで軽自動車で移動しながら、各現場の仕事を熟《こな》してゆかなければならないという生活が始まった。

そして、次第に全国にまで仕事の範囲が広がってゆくと、軽自動車での移動も頻繁なものとなり、蒼真にとって車内での生活も当たり前のものになっていったのだ。

この頃の蒼真は、仕事がとても忙しくなり、全国各地へ行かなければならなかったため、天音が待つ地元に帰れるのは、年に一度と、限られたものになっていた。そして、蒼真と天音の遠く離れたそんな暮らしが、それから長期間にわたって続くことにもなっていった。

それでも蒼真は、年に一度の必ず地元に帰れる日を心待ちにして、仕事に打ち込んだ。

蒼真はそれからも、年に一度の僅かな間に帰郷した地元においても、単身赴任先でもあった各地においても、様々な不思議な出来事に遭遇した。

ある時には、また神様の器となって、その神様を他の土地へと運ぶことにもなった。

神様の中には、再びもとの土地へと戻るために、同じ神様に二度呼ばれることもあった。

その度に、蒼真の夢の中で笠ぼうし様や仙人様のお告げがあったり、突然またカーナビが誤作動でも起こしたように、設定した目的地以外の場所に行くことにもなったりした。

そのお告げや、カーナビが案内する場所は、各地にあった城跡や古墳、また湖だったりもしたが、その多くは神社やお寺などであった。

そして、笠ぼうし様は蒼真の夢の中で、しかるべき時が訪れるまでに準備をしなさいと伝えるとともに、職人としての今の仕事も次第になくなるので、次の仕事の準備もしておくようにと、蒼真に告げたのだ。

笠ぼうし様が告げた、蒼真の次の仕事とは、今まで蒼真が働いてきた職人としての仕事とは全く畑違いの、マスコミ関係の仕事になるということであった。

しかし蒼真は、この時はまだ、笠ぼうし様が一体何を言っているのか、自身に何を準備しなさいと言うのか、その意味がさっぱり分からないでいた。

そして長い歳月、懸命に全国各地を軽自動車で移動しながら仕事に励み、車内での孤独な生活を送っていた。

しかしある年、蒼真は大きな不況の煽《あお》りを受けることとなったのだ。

今まで順調であったはずの蒼真の仕事も徐々になくなり、天音のもとに帰ることになった。

不況は、今までにも何度かあったことではあるのだが、ここまでの不況は蒼真も初めてのことであった。どこを探しても仕事はなく、今までのように乗り切っていくのは難しいと感じられた大不況だった。

蒼真は、車内での生活といっても、単身赴任の二重生活でもあったため、蒼真が生活を支えていくためには、それなりの金銭が必要であった。車内での経費もかさんでゆく一方だったので、蒼真はひとまず地元に帰ることにした。

長い間、単身赴任の生活を送り続けていた蒼真も、この頃になると随分年を取っていた。田舎町の自宅へと戻ったものの、地元や他の町にも仕事はなく、蒼真たちを襲った不況は、一年近くにも及ぶこととなった。

蒼真と天音は、思いもよらなかったそんな苦境の中、預貯金などを少しずつ切り崩しながら、田舎町で細々と暮らしていた。


そんな苦しい生活が続く中で、蒼真はある日の夜、自宅付近に停めた軽自動車の中から、一人で夜空を見上げていた。星々の輝きは、いつの日も変わらなくきれいであると思いながら、蒼真はこれから先のことを考えながら、ただぼんやりと、田舎町に浮かぶ満天の星空を眺めていたのだった。

すると突然、星が動き出したのだ。

蒼真はその光景に驚いたが、目の錯覚かとも思い、何度も自身の目を擦《こす》っては星空を見上げた。

蒼真が幼い頃から今まで見てきた星空とは、一つ一つの星の光がちらちらと瞬くことはあっても、星が不規則に動き出すことなど、絶対にあり得なかった。

だが現実に、夜空にある一つの星が、今までに見たこともない不規則な動きで動き出していたのだ。

その隣の星に目を向けてみると、その星までもが、同じように不規則な動きを見せ始めていた。そして蒼真が目を向けた一つ一つの星全てが、蒼真の目の前で不規則に動きながら、瞬いているのだ。

蒼真は、仕事もなく生活もだんだんと苦しくなっていくことから、精神的な疲れでありもしないそんな光景を見ているのかとも思い、その日は早々に眠りに就くことにした。

しかし、明くる日の夜も夜空は満点の星空であり、蒼真が再び星を見上げると、一つの星がまた不規則な動きをしていたのだ。

そこで、蒼真はまず、不可思議に動くあの星の光景が自分以外の人にも見えるのかと思い、携帯電話で二人の友人を呼んでみることにした。その二人の友人とは、蒼真が幼い頃より、よく共に遊んでいた仲でもあり、現在に至っても長いつきあいが続いている、気の合う古き良き二人の友であった。

好奇心も旺盛だった二人の友人は、蒼真の呼びかけにすぐに応じると、自動車に乗って颯爽《さっそう》と、蒼真が住む田舎町へと来てくれたのだ。

すると、蒼真の指差す不可思議な星の動きは、蒼真の二人の友人の目にも、はっきりと見えるという。二人の友人は、今までに見たこともない星の不規則な動きに驚くと、目の前の不思議な光景に感動していた。

それから数日の間、夜の晴天が続き、二人の友人も暇を見つけては毎日のように、夜、蒼真が住む田舎町を訪れては、夜遅くまで不規則に動く星の光景をずっと眺め続けるという生活を送っていた。

その数日後、蒼真は天音にも見えるかとも思い、今度は天音を外に呼ぶことにしたのだ。幼い頃から星が好きで、よく星空を見ていたという天音は、蒼真の話を聞いて、初めはそんなことがあるはずはないという疑いの目を、蒼真に向けていた。

しかし蒼真が指差す一つの星を、静かに見上げると、天音は驚きで目を丸くした。その後は、天音も蒼真と同じように星を何度も見上げては、その不思議な星を確認するように見つめていた。

それからの二人は、夜空に星が出ている日は、外に出かけるようになっていったのだ。

無論、蒼真の二人の友人も、折を見ては度々、蒼真の田舎町に星を眺めに来ていた。

そんな日々を送っているうちに、やがて近所の広大に広がる夜の畑の中を、光る何かが横切り、その光が走っているような不思議な光景が現れるようになった。

蒼真と天音が、天空の護人と呼ぶようになった、光が畑の中を走ってゆくような光景も、一つの星が不規則に揺れ動き、飛び跳ねているような光景や、星が右や左に移動して、その移動した星が消えてはまた、その星が現れるなどといった、それらの星々が現実に動いているという不思議な光景も、それらはただ他人に話すだけでは理解し難い現象であった。

それらの光の光景は、それを実際に目にした人にしか分からないものであり、夜にしか展開されない、静かなる光の光景であったのだ。

それからというもの、蒼真の見る夢のお告げは、より具体的なものにもなってゆき、それと時を同じくするようにして、蒼真のスマートフォンで撮る写真には、今までにないほど不思議なものが、数多く写り込むようにもなっていった。

それは、ある年の春に、蒼真が見た虫たちが始まりだった。

まだ雪も残る寒い土地で、今までに見たこともない白色のセミを見つけたり、白いアブなどを見かけたりすることもあった。そして、何度手で払っても蒼真の後をついて来る、金色の不思議なてんとう虫は、数回にわたって見かけることがあったのだ。

それから間もなくして、蒼真が撮るスマホの写真には、神仏様のお姿やＵＦＯ、太古の衣装を身に着けた人の姿や、数々の遺跡のような石造りの建物や柱らしき建造物、更には未知の動物や小さな妖精のような姿などが写り込む時もあった。

もっと不思議なことは、それらの不思議なものは、写真を写した日には写ってはおらず、数日後に同じ写真を見直してみると写り込んでいるという現象も起こったのだ。そしてそのどれもが、写真を撮る際には、実際にそこにはあるはずのないものばかりであった。

蒼真や天音、そして蒼真の二人の友人が、夜空に浮かぶ不思議な星や、地上に現れる不思議な光を見てそう呼ぶようになった天空の護人とは、スマホで撮る蒼真の不思議な写真とも繋がりがあり、そして、あらゆる全ての光を媒体として、その自らの存在を光の形として人間に伝えてきているということが、蒼真たちには次第に理解できるようになっていった。

日中ならば、太陽が物体に反射する光だったり、水面に反射する光などであったりもする。天空の護人は、あらゆる自然界にある光の中に存在し、そして人々にとっては、夜が最もその存在を身近に感じることができる時間帯でもあったのだ。

夜になると、地上の広大な畑の中などに現れる光は、季節や時間帯などによって現れる時期は様々だが、夜空に浮かぶ一つ一つの星は、必ずといっていいほど不規則な不思議な動きをして、いつも蒼真たちを見守ってくれているかのように、彼らの目には映っているのだ。

しかし、蒼真たちが天空の護人と呼ぶその光の存在も、蒼真がスマホで撮った不思議なものが写り込んだ写真も、それを見る人によってその不思議なものが全て見えている人と、一部のみが見える人、または一つも見えない人に分かれているのだ。

それは天空の護人が、個人に見せる段階や、それらを見せる人間を選別しているということなのである。人として人を思いやる心を持たない人間や、邪《よこしま》な心を持つ人間を天空の護人は寄せつけず、最も嫌っているのだ。

天空の護人の存在を感じることができる人間とは、個人の人としての正しい行いから培われてゆく、人としての個人の心が深く関わっているということなのだ。

蒼真たちが、そうした不思議な光や星々を見るようになってから、一年ほどの時が流れたある日のことだった。

一人親方として働いていた蒼真の、仕事の取引先でもあった建築関係者の不況も続き、蒼真もずっと仕事を休まざるを得ない状況が続いていたのだが、蒼真に突然、仕事の電話がかかってきたのだ。蒼真にとって、とても嬉しい連絡であった。

蒼真は、慌ただしく荷造りをすると、地元から遠く離れた土地へと、再び単身赴任で出発することになった。

しかし、この頃は既に、蒼真の夢の中で伝えられる笠ぼうし様や神仏様からの御言葉《みことば》が、これから先、この星に住む人々が辿ることになるという、未来へ向けての御言葉へと、どんどん変わっていた頃でもあった。

しかしながら蒼真は、夢の中の様々なお告げとともに、後に建てられてゆくことになるという、人々の心に説き聞かせていくための施設のことや、笠ぼうし様が言うそれらの成すべきことを行っていくためには、自分たちの力だけでは絶対に無理だと思っていた。

もちろん、笠ぼうし様が蒼真に伝える通りに、蒼真自身も物事を成就させていきたいと思う気持ちは変わらなかった。だが、動く星などを目にしたというのはたった四人であり、神仏様が告げられる物事を行っていくためには、蒼真が今どんなに考えても、自分たちにできることには限りがあるということだった。

笠ぼうし様は、蒼真のそんな気持ちに寄り添うように、まず蒼真自身が夢で見る神仏様の御言葉を信じ、その御言葉を心から信じられた、蒼真と共に行動する資格者を探すようにと、蒼真に告げた。

蒼真には、天音には随分と苦労をかけてきたということもあり、また精一杯努力して、生活を立て直さなければならないという思いもあった。

しかし蒼真は、以前に笠ぼうし様が、しかるべき時が訪れるまでに準備をしなさいと言っていた、その言葉を思い出していた。

蒼真自身、不況の煽りを受けて長い間仕事を失ってはいたが、その間に、スマホに写り込んでいた数々の不思議な写真や、地上に現れた不思議な光のことなどを、二人の友人と共に自分たちなりに調べてみたのだ。

それらの多くの謎については、笠ぼうし様や仙人様、そして他の神仏様たちのお導きもあり、蒼真たちも突き詰めて調べてゆくことで、ある程度理解するまでに至ってきた。

そして、蒼真たちが天空の護人と呼んでいたあの光の正体とは、驚くべきことに創造主でもあるということが分かったのだ。

創造主とは、大宇宙に存在し、数多《あまた》の星々や惑星、そしてあらゆる生命を創造しているという、「神」と呼ばれる存在であった。

あの時に笠ぼうし様が言っていたあの言葉が、今なら蒼真にはよく理解できた。この星に創造主が降り立って来るということは、この星に住む人々が、正しく進むべき進化の道から逸《そ》れて、誤った進化を遂げていることを示しているということなのだ。

創造主は、その誤った人類の進化を正すために、集い始めている。

創造主が作り出した星は大宇宙の中にあり、その大宇宙の中で生きる星々や生命体は、全て大宇宙の中に共存する形で繋がっているのだ。その中の一つの星に住む生命体が、誤った進化を遂げていくことで一つの星が乱れると、そこに歪《ゆが》みが発生して、そこから大宇宙全体で培われてきた均衡に悪影響を及ぼし、狂いが生じてしまうことになるという。

更に、誤った進化が加速している生命体がいる星は、その星の死滅への道も急速に進んでいることから、星が死滅するのと同時に、浮かばれない多くの生命体の魂がブラックホールを作り出すというのだ。

その浮かばれない魂とは、突如として死が訪れ、自身が死んだことすら認識できないまま、大宇宙の空間をさまよう魂を指すという。その浮かばれない魂が多ければ多いほど、大宇宙の中に巨大なブラックホールを作り出し、その周辺にある星々や生命体を呑み込みながら、その星があった一体を混沌とさせ、無に帰してしまうということだった。

蒼真たちが住む星は、まさにそんな誤った進化を遂げていたのだ。

この星は既に、最悪の死滅への道を辿り、危機的な状況であるという。

またこの星は、創造主に向けて、人類には見えない形で既に救助信号を送っており、創造主はその救助信号を受けて、この星に住むよからぬ人類の排除も視野に入れて、この星を救うために動き出している。そのため、創造主に関わるものたちの船が、かつてないほど数多く集まってきているというのだ。

神々が創造したという一つ一つの星もまた、その星で生きている生命と共に生きているということを、人類は決して忘れてはならないということでもある。

蒼真は今回の単身赴任で、もしかすると何かが起こるかも知れないという予感はしていた。

しかるべき時が訪れるまでに準備をしなさいという笠ぼうし様のお言葉は、これから始まってゆく、この星とこの星に住む人類の未来へと繋がっていく、蒼真の成すべきことと、その準備を指していた言葉であった。

そして、蒼真は、今回の単身赴任先での忙しい仕事を捌《さば》きながら、その資格者というべき人たちを探し出さなければならないのだ。会ったこともない資格者を探すにはどうすればいいのか。先の見えない様々な不安が、蒼真の頭を過《よぎ》っていた。

笠ぼうし様が告げられたその資格者とは、五神いるうちの黄龍を除いた、四神と呼ばれる資格者だった。その四神とは、青龍の他に白虎、玄武、朱雀が存在するということであった。

神と呼ばれる創造主は、たとえ進化の過程が思わしくなく、星が危機的な状況に陥ろうとも、その星に住んでいる生きとし生けるものも皆、全て平等に救おうと、手を差し伸べてくださるものなのだという。

五神とは本来、東西南北とその中央を指す五方に位置し、その方角を守護する聖獣である。

しかし、創造主が作り出した生命体が誤った進化の道を辿っている時、五神はその星に住む人々の心を修正する役割も担《にな》っているという。

この星の世界に生まれた四神とは、いわば神の御霊《みたま》を持つ人間のことであり、死滅してゆく星に住む人々を救うために、その宿命を背負って、その星に生まれてきた人間のことであるということだった。

そして四神には、それぞれにその役割というものがあるという。

白虎ならば、人が持つ本来あるべき時間の拘束からその時間を解放し、その人の時間を有意義なものへと変えられる力を持つという。

玄武は、よき志を同じく持つ人々が集い出した時、そこに集まってくる人々を導き、その心を守る力を持つという。

朱雀は、青龍から知り得た神々からの御言葉や情報などを広く人に伝え、より多くの人々に伝達してゆく力を持っている。

しかし、五神の中で、黄龍のみは例外ということであった。黄龍とは、一つの次元が終わりや滅びを迎える時、初めて誕生する神であるのだという。

この最後となる世界で生まれてくる黄龍とは、神である吉祥天《きっしょうてん》の御霊を持つものであるという。

黄龍は、世の中の人々の心を広く解いてゆく要ともいえるような存在ではあるが、それと同時に最後となる星の時代において、吉祥天はこの世の中を見定めて裁くという役目を担っているのだという。

そして、五神の力とは、その星々に見合った五神の力としてその力が解放されて、その星のある時代の世の中で、それぞれの役割を果たしてゆくことになるというのだ。

蒼真たちが住んでいる星とは、大宇宙の中の三次元と呼ばれている世界の中にあり、その中の一つの小さな星である。その一つの星に適合した形で、五神の力もまた覚醒されるものであるということだった。

蒼真はこの星において、その四神の中の青龍の資格者であり、五神の中で唯一、神々から送られてくる様々な御言葉や、映像などを授かることができる人間であるという。

そのため、青龍が中心となって、神々から青龍に向けて伝えられるその御言葉を、白虎や玄武、朱雀に伝え、成すべきことを推進させていかなくてはならないのだ。

そしてそれらを推進させてゆくためにも、青龍の資格者は、まず四神である他の資格者たちを探さなければならないのだという。それが笠ぼうし様のお言葉であった。


蒼真は、天音を地元に残して、再び単身赴任で遠く離れた土地へと軽自動車で旅立って行くと、まずは仕事に打ち込みながら、笠ぼうし様から送られてくる情報を手がかりにして、どこにいるかも分からない他の四神たちを、手探りで探そうと努めた。

しかし、これと思えるような人には一向に出逢うこともなく、蒼真が休みの日になると出かけることになったのは、夢の中で告げられる多くのお寺や神社などであった。

また、カーナビに設定した目的地以外の場所に案内されるという現象も起こることから、蒼真の休日はほとんどといっていいほど、山の中や湖などを散策するといった内容に終わり、四神探しとは無縁なまま、その一日が暮れていった。

そんな日々を送りながら、蒼真の仕事はどんどんまた忙しいものとなり、休日は出かけることも億劫《おっくう》になるほど疲れ果てていた。

蒼真は、忙しい毎日を送る中で、自身の父親が昔、母から聞いたという話をふと思い出していた。

それは、母の遠い親戚であるという叔父の下《もと》へ、母親に連れられて行った時の話であった。

父が生前の母から聞いたというその話によると、お寺にいた遠い親戚の叔父は阿闍梨《あじゃり》であり、霊能者であったという。そして本当ならば、幼い蒼真をお寺に預けて、蒼真はその叔父の下で修行をしなければならなかったのだという。

蒼真は、あの頃はまだ幼かったのだが、その時の叔父の姿も、叔父があの時に言っていた言葉も、なんとなく覚えていた。

母に初めてあのお寺に連れられて行ったあの日、母と叔父は、確かにそんな話をしていた。そして蒼真はあの時、お坊さんにはなりたくないという気持ちが強く、お寺に残るのがとても嫌だったという記憶が今でも残っているのだ。

父は、母も叔父もそんな蒼真に無理強いをすることはなく、蒼真をお寺に預けることは断念したという。しかし、叔父と母が、これからの蒼真の行く末を考えて話した結果、叔父は蒼真と別れる際に、蒼真が持っているという能力を封じることにしたのだと言った。

叔父から母に向けて伝えられた、蒼真が持つある能力とは、この星の外にある大宇宙と繋がることができる能力であったという。その能力は、蒼真がある壮年の年を迎えるまで、封じることになったのだと言った。

蒼真が父から聞いた、ある壮年の年とは、ちょうど今の蒼真の年を指していた。

蒼真は、もしかするとその時に叔父が言っていたという、大宇宙と繋がる自身の能力とは、夢の中で神仏様から告げられてくる御言葉や、神仏様から送られてくる、この星の未来への展望へと繋がる様々なビジョンのことだったのではなかったのかと考えていた。

大宇宙にある、数多《あまた》の星々や惑星、そしてそれらの星に息づく生命体を作り出したという創造主は、その大宇宙の中に存在しているという。その存在は神と呼ばれており、その神とは、今まで自身や二人の友人、そして天音が日々見てきた、あの天空の護人でもあったのだ。

蒼真は、自身の夢の中で告げられる御言葉や、その見せられるビジョンに、ある重責を感じていた。

それは、自分たちが住んでいるこの星や、今あるこの世の中のこれからの行く末に、それが全て深く関わっているからだった。

蒼真自身が、その御言葉やビジョンを夢の中で見聞きし、それで何も動かなければ何も始まらず、そして何も始まらなければ、この世の中の人々は皆、最後は最悪な道を辿ってしまうことも意味していたのだ。

笠ぼうし様は、千二百年前のいつの時代かに、蒼真たちと同じこの星に生まれ、この星に住む同じ人間だった頃があったと言っていた。そして、笠ぼうし様もまた人間であった当時、今の蒼真と同じように天より御言葉を授かった、初めの人間であったという。

その時、この世の中の最後の行く末を知ったという笠ぼうし様は、この星に住む人々が救われることを願いながら、千二百年という時の中で、ある計画を立てたと言った。笠ぼうし様は、その計画を遂行させていくために、最後の千二百年の時世に現れる、自身と同じ天の御言葉を授かることができる人間を待っていたのだという。

そして笠ぼうし様は、この世の危機と人々の未来を案じ、より多くの人々を救うために計画したその想いを託そうと、蒼真に夢で接触しているのだが、この時世で接触した人間は、蒼真で既に二人目であると告げていた。

蒼真が生まれる以前に接触したというその一人目も、同じように天の御言葉を授かることのできた人間であった。しかし、一人目に出逢ったその資格者は、その資格を失い、笠ぼうし様の計画も遂行されることなく失敗に終わってしまったと言った。

一人目の資格者は、初めは順調に物事が進んでいたのだが、その途中で我欲に取り憑かれ、金に溺れ豪遊した結果、その資格を失ったのだという。

その人間の最後は、周囲の人々の手によって、持っていた金銭を根こそぎ騙《だま》し取られ、家族も散り散りとなり、最後は悲惨な人生を送り、たった一人きりでこの世を去って逝ったのだという。

笠ぼうし様は、蒼真の夢の中で蒼真にそう告げると、どこか遠い目をして、悲惨な最期を遂げて逝った一人目の資格者を憐《あわ》れむように、目を細めていた。

しかしなぜ、二人目の資格者が自分であったのかと、蒼真は考えていた。

蒼真自身、この世の中には自身も体験してきた、はっきりと判断し確定するには難しい不可思議な現象や心霊などといった現象などもあることから、若い頃から神という存在も否定するまでには至らなかったのだが、何かを信仰していたというわけでもなく、特別に神という存在に関心を持ち、興味を持っていたというわけでもなかったのだ。

それに、自身が頭脳明晰《めいせき》で、特別に秀でたような何かを持っていたというわけでもなく、資産家の家庭に生まれたわけでもない。蒼真自身は、普通の家庭に生まれ育った、今は建築関係で働いている、ただの一人親方の職人だったのだ。

笠ぼうし様は多くは語らなかったが、蒼真は一人目の資格者だった人間とは、持っている気性や物の見方、その考え方が全く対照的であると言っていた。

しかし、資格者であっても、自身の心次第で、その資格を失うことがあるということだ。

笠ぼうし様は、蒼真にあることを告げていた。それは、人間として今、生きているものの禁《きん》忌《き》でもあると言った。

邪《よこしま》な思いに心を取られて欲に溺れたい気持ちや、自身が神となったかのような傲慢な気持ちは、決して人間が抱《いだ》いてはならない心であるということであった。

人とは、この世で生まれ、そして死ぬまで皆が同じ人間であると告げられた。

人間自身が、生きている間に自らを神であるなどという傲慢な考えを、持ってはならないということである。人も死すれば、それが自ずと分かる時が来るのだと、笠ぼうし様は告げた。

人は生まれ、その死ぬまでの間に、自らが持つ御霊《みたま》のために、本来学ぶべきことがあるという。

己が持つその御霊のために、自身という人間は生まれ、その世で学ぶべきものを得てその役目を終えると、人はこの世を去って逝くものなのだという。

しかしながら、この世の中には神の御言葉を、大なり小なり授かる人々や、中には虚言者などといった遺憾な者たちも多くいる。彼らの中には、自らを神と思い込み、それを利用して金儲《かねもう》けで私腹を肥やし、傲慢な振る舞いをする輩も見受けられるということだった。

笠ぼうし様は、青龍の力を持つ蒼真は特に、神仏様の御言葉を授かる立場にあることから、決して自分自身が神であるなどという勘違いをしないようにと、蒼真にきつく釘を刺したのだ。

蒼真は、単身赴任先で忙しくなった仕事に励み、笠ぼうし様が言っていた言葉を思い返しながら、自身のこれから成すべきことも、真剣に考えていかなければならないということを感じていた。

笠ぼうし様は、蒼真が失敗した後には、時間が尽きるために、この時世を最後として完全にこの世の中は終わり、この星に住む人類にはもう、次の機会は与えられることはないのだと言っていた。

それは、青龍の力を持った蒼真が失敗した時は、その全てが無に帰することにも繋がっていくということも指していた。

笠ぼうし様の計画には、その様々な時代において、多くの先駆者の血の滲《にじ》むような努力と労力があった上に、現代に生きる人々が成り立たせることができるように備えられてきた計画でもあるという。

もしも、蒼真で失敗するようなことになれば、その先駆者たちの血の滲むような苦労が、水の泡になってしまうかも知れないということだった。

しかし笠ぼうし様は、この世の中で計画を遂行させていくことが、今回で最後の機会となってしまうということから、最後の青龍の資格者でもある蒼真自身が、その役目を見失ってしまわないように、三人の監視役ともいえる人たちを、蒼真の身近につけたのだと言った。

蒼真が困った時や迷った時は、彼らに相談するのもよいという。また、蒼真自身が誤った道を進みそうな時は、彼らが蒼真をすぐに止める役目を果たしてくれるのだということであった。

蒼真を見守っているという、その一人が天音であり、そして残る二人とは、蒼真と幼い頃から長いつきあいがある二人の友人であるのだと、笠ぼうし様は蒼真に告げていた。

今まで坦々《たんたん》と生きてきた蒼真だったが、自身に課せられた事の重大さを、自分なりに重く受け止めていた。

蒼真とは異なる職業に就いていた友人である彼ら二人は、蒼真の話をよく理解してくれていて、度々同じように出張もあったので、蒼真の単身赴任先である近くに立ち寄った際は、短い時間ではあったのだが近場でよく蒼真と落ち合うと、いつも世間話などに花を咲かせる仲間でもあった。

また、大不況の際には、彼ら二人も大不況の直撃を受けたにもかかわらず、蒼真や天音を気遣い、幾度にもわたって差し入れをしてくれた、心優しい友人でもあったのだ。

二人の友人の心温まる気遣いに、蒼真と天音は未《いま》だに深く感謝している。

今の世の中は、他人を思いやり、人の気持ちを考えて行動を起こすという気持ちを持つ人々が、限りなく少ない世の中であると言っても、決して過言ではないという。

しかし、表立ってその存在を知ることができず、人の目で見ることがかなわない神仏様が告げる御言葉などに理解を示してくれる、彼らのような仲間がいるということは、蒼真にとって、とても心強いことであった。

だが、単身赴任で旅立ってから一年以上の歳月が経ったものの、蒼真は神社やお寺などに出かけることになってしまい、相変わらず他の四神には、出逢うきっかけさえ掴《つか》めずにいた。

蒼真は、未だに出逢うことすらかなわない他の四神の存在に一抹の不安を抱えながらも、夢の中で告げられる土地へと足を運び続けていた。

そして、ただ月日のみが過ぎ去っていくように感じられる日々の中で、蒼真の単身赴任先でもあった取引先の会社の雲行きが、またあやしい陰りを帯び始めてきたのだ。

その陰りは、すぐに形となって表れた。取引先でもあった会社が、仕事場である現場を取ることができなくなってくると、現場の数もどんどん減り、蒼真の休日がまた増えていったのだ。

会社は、蒼真に曖昧《あいまい》な説明を伝えるだけで、先の仕事の見通しを判断することは難しかった。

蒼真は、前回の大不況があったことから、ただ現場が入ってくることを期待して待つことはせずに、事前に別の仕事先を考えていた。

一人親方でもあり、今まで一人で仕事を渡り歩いて来たことから、蒼真は仕事さえ見つかれば、別の土地へとすぐにでも軽自動車で移動することができたのだ。

職人にとって、曖昧な現場の説明ほど怖いものはなかった。現場に出ている技術者でもあるその多くの職人たちは、サラリーマンのように月ごとに支払われる月給制ではなく、当時は一日現場に出てようやく稼ぎになるという日給制がほとんどであったのだ。

現在でも尚《なお》、小さな会社や一人親方の職人として建築関係の仕事に携わって働いている関係者の中には、そんな職人たちがまだまだ残っているのかも知れない。

今回は幸いなことに、蒼真と取り引きがあった別の建築会社が、既に蒼真に仕事の声をかけてくれていた。あとは、その建築会社が指定する現場へ行けば、蒼真の仕事は途切れずに済むはずであった。

だが、蒼真が今の土地からよその土地へと移動することはかなわなかった。

蒼真が折を見て、指定された現場へと出発すると、自動車が突然、途中で動かなくなったり、台風で足止めされたりする。更には強風で飛ばされてきた看板が蒼真の自動車に当たって、自動車を修理工場に出さなくてはならなくなったりしたのだ。

蒼真の気持ちだけは焦《あせ》るものの、なぜか蒼真はその町から出られなかった。自動車の修理完了は、二週間以上にも及び、軽自動車で寝泊まりしていた蒼真にとっては自動車を置いて行くこともできず、他に移動する手段もないという、絶望的な状況になっていった。

そんな時、足止めを食っていたその町で、ある出逢いがあった。

それは、蒼真の不思議な話を聞いた、あるラジオ番組の人が、蒼真の神仏様のお告げの話に興味を持ち、蒼真がそのラジオ番組に出演したことがきっかけとなった。

そのラジオ番組を聴いてくれた人たちの中から、一人、また一人と、蒼真の話に関心を持ったという人たちが集まってくれたのだ。

蒼真は、集まってくれた人たちの中に、自身がずっと探していた四神がいるのではないかと、すぐに思った。

なぜなら、この町からいつまで経っても出られなかったのは、ここでも何かの意志が働いていたのではないかと感じたからだ。

それは、今までにも感じてきたことだった。カーナビが勝手に別の場所へと道案内を始めてしまうこともそうであったが、仕事の現場付近には、山や湖、お寺に神社などが必ずといっていいほどあり、各地にあったそれらの場所は、夢の中の神仏様のお告げによって立ち寄らなければならない場所だったからだ。それが蒼真にとって興味のないような場所でも、結局最後は立ち寄ることに繋がっていたということであった。

蒼真は、これらの不思議な成り行きこそが神仏様のお導きであり、そこに自身の身を謙虚な気持ちで委ねることが、その道を開く鍵となっているのではないかと、そんなふうに感じていた。

　そして蒼真は、集まってくれた人たちの中の何人かに、四神の存在を感じていた。蒼真は、夢の中に現れる笠ぼうし様のお言葉や助言をもとにして、自身が四神と思えた彼らに、笠ぼうし様が告げられていた、これからの世の中の未来についての深刻な話から、この世の人々を手助けできる機会を神々から与えられているという話も含めた、四神が持つ力の話などを真剣に語っていった。

　そして、彼らと何度か話を重ねていくうちに、四神である仲間として、彼らも共に行動を開始してくれるという方向へと、次第にまとまっていった。

　蒼真は、これからの未来の人々のために、自分たちが成すべきことや、笠ぼうし様のお言葉を皆に伝えるとともに、笠ぼうし様の計画を遂行してゆくための準備をすることになった。

　蒼真たち四神は、成すべき物事に邁進してゆくために、各自の仕事を控え、または辞することを決めた。そして、ここに来てようやく、青龍の見るお告げをもとにしてこれから先の計画が立てられると、壮大なプロジェクトが打ち出されていったのだ。

　しかし、笠ぼうし様の計画した物事を進めていくためには、宇宙的な真理でそれらを行うことが必要であり、その計画は寸分もずれのないように行わなければならなかった。計画が少しでも狂うと、良くも悪くも未来における人々の着地点が変わってしまうからである。

計画が少しでも狂えば、それを修正するために、また新たに成すべきことも増え、行わなくてはならない作業も増えるというのが、笠ぼうし様の初めのお言葉であった。

その計画が少しでも狂うことのないように、四神たちも皆、四神となった今の初心の気持ちを忘れることなく、気を引き締めてゆかなければならないということでもある。

それは、四神は皆、志を同じくして共に力を合わせ、足並みを揃えて一丸となって前に進まなくてはならないということを指していた。

まずは、神仏様から蒼真に送られてくる、その御言葉の中に隠されているパズルのような謎を解き明かしていくために、四神は全国各地を巡ることになった。

そしてまた天音自身も、以前に笠ぼうし様が蒼真に告げられていたという小説を書くことに専念してみようかと、恥ずかしがりながらもようやく決心を固めた。

そのきっかけとなったのが、笠ぼうし様が告げていた四神たちと蒼真が出逢い、そして一番先に資格者となった白虎が、蒼真を通じて熱心に天音の背中を押したことであった。

天音は、心に様々な不安を抱えていたのだ。

一つは、本来ならばあり得ない、夜空に浮かぶ星が動くなどといった現象や、現実にはなかったはずのものが蒼真の写真に写り込んでいることなど、数々の不思議なものを目にして不安を覚えていたということであった。

もしかすると、この先、何かが起こるのではないかと思ったという。それは、この世の中の温暖化も今では深刻な問題であり、この星の環境や自然災害も年々ひどくなる一方で、それによる被害も増えていることから、これから先の人々が辿る未来には、今考えている以上に、もっと大変なことが起こることを暗示しているのではないかというような不安であったという。

　今まで、目に見えていなかったものが突然、目に見えるようになったのは、天空の護人が何かを伝えるために、それらの不思議なものを自分たちに見せて、それも一つのメッセージの形として伝えるためではないかと感じていたのだと言った。

　もう一つは、人に対する不信感であった。

　天音は以前、度重《たびかさ》なる人の嘘《うそ》や裏切りとも思えるような行為によって、度々元気をなくし塞《ふさ》ぎ込《こ》むような日もあった。

　それは、蒼真自身も決して他人事《ひとごと》ではなかった。蒼真たちの前に、度重なるようにして現れたそんな人々とは、その人自身が起こした不祥事を人のせいにして被せてこようとしたり、自身の都合だけで平気で人を利用し、その陰では笑いながら、ひどい悪態をついたりするような人たちであった。

　理解してもらえるよう、懸命に話も繰り返してきた人たちではあったのだが、その相手の話は、本心を隠して表面的に繕うような話ばかりで、最後は平然と人を欺《あざむ》くような答えを持っていた人たちばかりだったのだ。

　人との関係というのは、若い頃の関係よりも、年齢を重ねて大人になった時の関係の方が複雑なものはあるのだが、しかしその時に蒼真たちが出会ったその人たちとは、限りない人の心の醜さと汚さを同時に感じるような、そんな人たちばかりであった。

蒼真と天音は結果的に、そんな人たちの都合の良い話に振り回されたあげく、ひどい裏切りを受けていたということだけが事実として残った。結局最後は、その人たちに善意で貸したはずの金銭も戻ってくることはなかったのだ。そのために、苦しい日々を送ることもあった。

天音は、相手が本心を隠して、偽りの気持ちを心に持って接して来るのであれば、初めから真剣に相手と話す意味などなかったのではないかという疑念を感じるようになっていった。そしてその頃から次第に、天音は人との距離を置くようになっていったのだ。

もちろん、全ての人々がそうというわけではない。この世の中には、思いやりの気持ちを心に持って正直に人と向き合い、安心して接することができる関係もある。天音自身もそのことは、よく分かっていることではあった。

蒼真自身、その頃は単身赴任も多く、地元に帰って来ることがあったとしても、塞ぎ込む天音を見ると多くは話せず、そのそばで天音を見守ることしかできないでいたのだ。

しかし天音はある日、いつも寄り添うようにそばにいてくれる可愛がっている猫と、夜になるとある場所に必ず現れるようになったという二つの光によって、自身の気持ちが少しずつでも癒やされているのだということを、蒼真に告げた。夜になると必ず現れる二つの光とは、天空の護人のことであった。

天音は不思議なことに、その二つの光を見ていると、まるで愛猫と同じように自分に寄り添ってくれているようであり、自分に元気を与えてくれているような、そんな不思議な感じがしているのだと言った。

それと同時に、もし現実にまた何かが動き出そうとした時には、笠ぼうし様が言っていたという散文体の小説を書いてみようかと、そんなふうにも思ったのだという。それがこの時、天音自身が、笠ぼうし様と二つの光となって現れてくれた天空の護人に約束したことであったのだと言った。

蒼真は、天音の話に驚いた。天音は以前、蒼真の夢の中に現れては笠ぼうし様が告げる小説を書けというお告げを、頑《かたく》なに断り続けていたのだ。その理由は、小説は天音自身の趣味であり、人に見せるようなものではないということで、何度言っても恥ずかしがって、天音は書こうと考えてもくれなかったからであった。

しかし蒼真は、蒼真自身が今までそうであったように、もしかすると今が天音自身の転機であり、今その時期を迎えた天音が神仏様のお導きを受けることにより、書こうという気持ちに繋がっていったのではないかと思った。

天音は、蒼真が夢で見るという笠ぼうし様のお告げ通りに物事が進んでいくことから、四神たちが本当に集まった今の時期がその時なのだと思ったという。天音がいつかの夜に、笠ぼうし様と天空の護人に約束したという、自身が小説を書くという務めを果たす時が本当に来たのだと思い、とても驚いたのだと言った。

天音が受けた心の傷は、まだ完全に癒やされるまでには至っていなかった。

しかし、天音の背中を押した白虎自身も、これまで周囲にいた人々によりもたらされた荒波によって苛《さいな》まれながらも、長い道のりを大変な苦労を重ねて、この社会の中を歩いて来たという。天音は、蒼真を通じてそのことを知り、そして白虎はそんな自身たちのことも知った上で、熱心に天音の背中を押してくれていたのだ。

天音は、人に裏切られ、それでも苦労を重ねて頑張って来たという白虎の、それでも変わらなかった人に対するその誠実な人柄や気遣いに、久しぶりに人が持つ温かさと優しさに触れたような感じがしたという。

見えない先の不安は、どれも拭《ぬぐ》うことはできない。しかし、自身にも今成せることがあるのなら、それをまず信じて、たとえ素人《しろうと》であったとしても頑張って取り組んでみるという姿勢が大事なことではないのかと、天音はそんなふうにも思ったということだった。

蒼真自身は、人が人を欺くような行為を自身が間近で知り、そしてそれらの行為を自身も受けた時、これから蒼真自身が人々を説いていかなければならない上で、人が心の中に持っている現実の醜さと汚さという邪《よこしま》な闇の部分を、笠ぼうし様に幾度かにわたって見せられたということなのだと感じていた。

笠ぼうし様は、邪《よこしま》な心に深く取り憑かれた人々を、蒼真自身が幾度かにわたって知っていくことで、まずはそんな人々が持つ心の動きを知ることも、大切なことであるのだと告げていた。

　そしてまた、そのような深い闇の心を持つ人々の心に、どのように説き聞かせていくのかを考えていくとともに、蒼真自身ももっと、彼らのように自身を偽り、人々を欺くような存在には注意を払いながら行動していかなければならないということだった。

　しかし同時に、心の闇が深い人々ほど、四神を否定し最後には遠ざかってしまう人々も多いことから、闇の心に深く取り憑かれてしまっている人々の心には、完全にその心に説き聞かせることは難しいことであるということも告げられていた。

　それは、邪《よこしま》な心を持つ人々が、この世の中には数多くいるということであり、普段人々が暮らしている中で気がつかないうちに感化され、人々が持つ闇の心もまた、闇の心を持った人々との繋がりで更に心の闇が深くなっているのだという。

　人々は、自身の知らないうちに、小悪魔たちの魔の手によって、深い闇の方へと誘《いざな》われているということであった。

　そして、人を利用し強《したた》かに自分のためだけに生きている、そんな人々の陰には、人の道を逸れることなく素直に進み、真面目《まじめ》に生きている多くの犠牲者がいるということを、忘れてはならないということであった。

四神たちは、笠ぼうし様の様々なお言葉を胸に、全国各地を巡っていた。

だが、それほど時も経たないうちに、四神の仲間内で亀裂が生じたのだ。

それは、初心の気持ちを忘れてしまった、自らの欲が原因であった。

集まった数人の仲間が、蒼真たちのもとから去ってゆくことになった。

その後も、笠ぼうし様のお導きの下で、新たな四神の仲間も加わることはあったのだが、その途中で邪《よこしま》な野心を抱《いだ》いてしまった数人の四神たちが、貪欲な心を擡《もた》げたために長くは続かず、蒼真たちのもとを去ることになっていった。

四神とは、星に息づく生命体が死滅の道へと進んだ時、その死滅の道から世の中の人々を救おうと、神の御霊《みたま》を持った者がその宿命を背負って生まれてくる、その人々を指すことでもあるのだが、その御霊がもとは神であったとしても、人間として生まれてきたからには既に神ではなく、四神もまた一人の人間であることに変わりはないのだと、笠ぼうし様は告げた。

この世の中の人々は、心に闇を持つ者が多く、そうした邪《よこしま》な心を持った人々のその行いこそが、この星が死滅への道を辿ることになってしまう結果を招いているのだという。

だからこそ、たとえ人々を救う宿命を背負ってこの世に生まれた者たちであっても、その心次第で簡単に闇は憑いてしまうのだという。

そして闇に憑かれた四神の人々は、神の御霊を失い、邪《よこしま》な心を持った人間と同様に、神々である創造主の手によって、近い将来その篩《ふるい》にかけられる日がやって来るのだという。それが笠ぼうし様のお言葉であった。

しかし、神々という創造主の存在を信じ、あの時に笠ぼうし様が告げられていたお言葉を聞いても尚、四神の中からまた一人、心が闇に憑かれてしまった人が出たのである。

その彼は、一年以上もの間、共に支え合って頑張ってきた、真の仲間であると思っていたのだが、これまでの人たちと同様に、彼もまた蒼真たちのもとを立ち去ることになってしまったのだ。

彼は、神事《かみごと》でもある笠ぼうし様の計画を成就させるために進めている最中《さなか》で、その様子が徐々におかしくなっていった。そして、成すべきことを次第に怠けるようになると、自らを頂点に立つ神だと言い出し、人を罵倒し自分勝手な野心を抱《いだ》いて、傲慢な振る舞いをするようになってしまったのだ。

彼にはもう、周囲の他の四神が制止する言葉さえも聞こえなくなっていた。

人々の心に取り憑く闇とは、一旦取り憑くと深い闇となって、人間の心を蝕《むしば》んでいくということなのだ。

この世には既に邪《よこしま》な心を持つ者が多く、大切なことは、心に闇を持った人々の悪影響を受けることなく、自分自身の心が邪《よこしま》な心に捕らわれてしまうことがないように、自らが意識して日々努めていくことであるという。

だからこそ、人々は普段から、自分は人に一体何を伝えようとしているのか、そして自身は、これからどんな行動をしようとしているのかを、その善悪の道を強く意識しながら暮らしてゆく必要があるのだ。自分自身の行いを正せる人は、最後は他人ではなく結局、自分自身しかいないということを忘れてはならないのだ。

そのために大切なことは、一人一人が己自身を見つめ直し、意識して人としての正しい道を選びながら、日々行動してゆかなければならないということである。

蒼真たち四神は、仲間であった彼の心に憑いた闇を払おうと、懸命にその心を解こうとして、その思いを伝え続けてきたのだが、結局彼の心には、蒼真たちのそんな思いが届くことはなかった。

蒼真たち四神は、道を外れていった、かつての仲間たちに胸を痛めながら、全国各地を巡り、神仏様のパズルのような謎を解き明かしていくとともに、笠ぼうし様が告げられる四神としての各自の成すべき役目を果たすことにも打ち込み続けていった。

神仏様のパズルのような謎は、その全てが暗号のような形で隠されており、それらを唯一解き明かしてゆくことを可能とした、数字や文字などを用いた特殊な技法のようなものも存在していた。

その特殊な技法は、一年以上もの間、共に活動してきた、かつての仲間の知識がヒントにもなり、四神たちは苦労の末にようやくその技法まで辿り着いて得たものであった。

笠ぼうし様のお言葉の下で、その技法を用いて、それらの謎を解き明かしていくと、そこには創造主の神意が隠されていた。

神々のその神意とは、生きとし生ける人々の魂が救われるために創られた、道標《みちしるべ》であった。

そして、それらの神意の導《しるべ》を示しているかのように、蒼真たちが訪れた、全国各地にあった数々のある場所には、笠ぼうし様の計画を遂行させるために準備されたような聖なる土地や、笠ぼうし様やその先駆者たちが残したという、その痕跡を示していると思えるような暗号、場所などが次々と見つかっていったのだ。

四神たちは、全国各地を巡りながら謎を解き明かしていく中で、先駆者たちが辿ったであろう足跡ともいえるそれらの場所を訪れることとなり、やがて蒼真を通じて笠ぼうし様の計画を遂行していくための準備には、その時代時代における長い時の中で、多くの先駆者たちが引き継ぎ、その計画を成し遂げていくための準備に関わっていたことを知ることにも繋がっていったのだ。

そしてある日、夢の中で蒼真に告げられる御言葉の中には、ある国の古い歴史であるという話が告げられるようにもなっていったのだ。

今は神仏様となっている先駆者たちの一人が、蒼真の夢の中で語った、その一つの古い歴史でもあるという話は、蒼真に見せてくれた数ある中の一つに過ぎない。しかし、この先駆者の一人が語ってくれた話は、四神のプロジェクトにも大きな影響を与えることになった。

その先駆者が蒼真の夢の中で告げたという話とは、あるところの龍伝説が深く関わっており、その国の歴史に登場する人物たちも深く関わっていたのだ。

そして、その龍伝説がある場所とは、随分前に蒼真が訪ねたことがある場所でもあった。それはある沼と、ある三つのお寺にまつわる龍伝説があったところの話だった。

その伝説とは、ある沼に遥か大昔に住んでいたという龍の大きな体が、突然、頭部と胴体、尻尾の三つに分かれ、あるところにあった三つのお寺にそれぞれ落ちていったという、龍伝説であった。

三つのお寺に落ちていったという龍の体は、その後、それぞれのお寺で供養されているといわれているのだが、この大きな龍の体が分かれた理由を、蒼真の夢の中で語られた先駆者の御言葉によって、蒼真自身もこの時、四神たちと共に知るに至ったのだ。

龍の体が分かれた理由とは、遥か昔、その龍が住む沼の付近で、よからぬ企みを持つ人々に、龍が手を貸したことが原因であったと先駆者は言った。

その龍が手を貸した人々とは、邪《よこしま》な心を持つ人間であったため、その龍の行いが大龍王の逆鱗《げきりん》に触れ、大龍王の命により風神と雷神の雷《いかづち》で、大きな龍の体は三つに裂かれてしまったということであった。

だが、この話は奥が深く、龍の体が三つに裂かれてしまった「三」という数字の中には、ある意味が隠されているというのだ。

それは、何通りかの形となって未来の人々に向けて送られていた、神仏様のメッセージであった。

その一つ目は、三大怨霊《おんりょう》の話として残されている話であるという。

三大怨霊とは、菅原道真《すがわらのみちざね》公、平将門《たいらのまさかど》公、崇徳《すとく》天皇という非業の死を遂げた、歴史上の三人の人物のことであり、この三人は、いずれも亡くなった後、呪いと憎しみの怨念を都の人々に及ぼすという存在として、語り継がれてきた。

だが、この三人が生きた時代は、天子が法律であり、その天子を中心とした朝廷が国の覇権を握る時代であった。そのため、朝廷はいつも正しいとされ、全てに優先されてきた。

そしてその朝廷は、国の民たちに重税を課し、民たちを苦しめていたため、人々をその苦しみから救おうと、朝廷に歯向かうことを考えたのが、彼ら三人であったという。

だが当時、絶大な覇権を握る朝廷には、彼らはとてもかなわなかった。

それがゆえに彼ら三人は、悪行を働いたという汚名を着せられ、三大怨霊としてこの世に言い伝えられるようになっていったのだと告げられた。

だが、菅原道真公は天神様として祀られており、平将門公は神田明神様として祀られ、そして崇徳天皇も金比羅大明神様として祀られている。

彼ら三人は、自らが生きた時代において、この世の民である人々のために身を粉《こ》にして働き、人々を救おうと力を尽くして戦ったのだ。そして、その彼らのそんな働きは、多くの民たちの心の中にひっそりと残り、生き続けていった。

菅原道真公は天神であるとともに、学問の神様としても知られている。

道真公は、「昔話」と呼ばれる話を作り、教育を受ける前のまだ小さな子供たちが、おじいさんやおばあさんが読んでくれるその昔話を聞いて、この世の中の善悪を学べるようにしたという。

また、数ある昔話や伝説などの話の中には、未来に向けた人々へのメッセージも隠されているということであった。

未来に向けた人々へのメッセージとは、その多くが、人々が正しい道を生きてゆくために必要な道である、いわゆる道徳に関することを指していたのだ。

平将門公は、神田明神であるとともに、勝利の神様や縁結びの神様でもあることが知られている。

将門公は、閉ざされた門を開き、その勝利を掴むためには、多くの人々が協力して、助け合っていくことが必要であるということを人々に説いていたのだという。

多くの人々の縁が結ばれたならば、より多くの人々が協力し合い、その手で勝利を掴み取り、共に助け合って生きていくことができるということを指しているのだ。

崇徳天皇は、金比羅大明神であるとともに、縁切りの神様としても知られている。

崇徳天皇は、明るい未来を迎えるために、人と人との歪《ゆが》んでしまった関係や欲望、荒《すさ》んでしまった人間の卑しい感情を自身から切り捨てて、人間としての道を、また新たに純粋な心で歩んでいくことを人々に望んでいたのだという。

人々が、未来へと向けて進む道とは、人間にとって穢《けが》れのない、純粋なものでなければならないということを指しているのだ。

それが本来、龍の体が雷神と風神によって三つに裂かれたという、言い伝えの中に隠されている一つ目の意味であるのだと先駆者は語った。

三つに裂かれた龍の体の「三」という数字は、彼ら三人を示していたということであった。

しかし、彼ら三人が、時代という時の中で、その時代に生きた人々を苦しみから救おうとしたという真実は、悲しいことに取り除かれて、三大怨霊を強く残した存在や言葉として、根強く残されてしまったのだということだった。

二つ目は、三大怨霊で知られる彼らの他に、その三大怨霊を上回る大怨霊の話として知られている早良親王《さわらしんのう》の話であるという。早良親王は、国の最初の怨霊ともいわれているのだと言った。

当時、桓武《かんむ》天皇が即位した後、ある暗殺事件が起こり、その事件は早良親王を担いだ謀反《むほん》であると断定され、それに連座していたとされた早良親王は、兄でもあった桓武天皇により廃太子されて、幽閉の後に流罪が決まったという。

早良親王は、自らの無実や汚名を晴らす前に、淡路国へと配流される途中で憤死してしまった。

しかし、兄でもあった桓武天皇は、自身の弟でもある早良親王の亡骸《なきがら》を、そのまま淡路国へと運び、埋葬してしまったという話であった。

そして早良親王の死後、様々な変事が相次いで起こったため、桓武天皇が占わせたところ、その変事は早良親王の怨霊によるものであるということだった。

そこで桓武天皇は、早良親王の御霊《みたま》を鎮めるために、幾度か鎮魂の儀式を行ったのだという。

だが、それでも変事や怪異は治まらず、早良親王の怨霊鎮魂のために崇道《すどう》天皇と追尊《ついそん》され、亡骸は淡路国から大和国へと移葬されたが、その後も崇道天皇の慰霊は続いたとされる。

それが先駆者からの話であった。

死後、崇道天皇という名が贈られ、最初の大怨霊となった早良親王と、その後の三大怨霊の最後の話となる崇徳天皇は、互いに類似した生涯を送ったのだという。そして二人の天皇に共通していた人生とは、悲しいことに骨肉の争いによって不幸に見舞われ、この世を去ったということであった。

そんな生涯を送り、この世を去って逝った二人の天皇の名前には、組み合わせることによって紐解《ひもと》かれる、人々に向けての隠されたメッセージがあるのだという。

それはまず、二人の天皇の初めの一文字の漢字を外して合わせると、「崇崇《すす》」になる。この文字からくる崇崇とは、「煤《すす》」を指した言葉であり、人の心に巣くう邪念を煤払いするという意味が込められているのだという。

更にもう一つは、二人の天皇の二つ目の文字を合わせると、「道徳」になる。

二人の天皇の波瀾万丈《はらんばんじょう》ともいうべき不幸な生涯は、これから先の人々へ向けたメッセージとして、二人の天皇の思いが込められているという。

それは、たとえ血のつながりがある肉親であるとしても、身近な者にも注意が必要であるということを、人々に伝えているのだと言った。

そして、二人の天皇の名前の、最初の二文字からなる「煤」という言葉は、自らの邪念を煤払いして、人としての正しい道を歩んでいくために、人々は道徳を学ぶことが必要であるということを示しているのだという。

道徳とは、人々のよき未来のために、人が人として正しく生きるための道を学ぶためにあるのだと言った。道徳を学ぶことが、未来に生きる人々を守り、人々がお互いに人としての正しい道へと導き合って歩んでゆけることにも繋がることを指しているのだという。

彼らは、自らがこの世の人々が恐れる怨霊となることで、人々の心に自らの存在を強く残し、いつの日か、彼らのこれらのメッセージが、この世の中で紐解かれてゆくことを待っていたのだと、先駆者は告げた。

三つ目は、桓武天皇が早良親王に流罪を言い渡し、苦しめたという話は、実は真実とは異なったもので、事実を書き換えて作られた話であるのだと先駆者は言った。

神々は、神の血を最も強く受け継ぐ者を天皇家としたという。だが、神の血を最も強く受け継ぐ天皇家とはいえ、その力には個人によって強弱の差があり、桓武天皇と早良親王は、その中でもより強い力を持っていたという。

強大な神の力を授かっている二人は、当時、神々の御言葉によって成すべきことがあり、それぞれの役目に沿って進んでいたのだという。

早良親王は、即位した兄の桓武天皇を、よからぬもくろみを企てようとする邪《よこしま》な心を持った周囲の人々から守るために、自らがその流罪となる役目をまず、担ったのだという。

早良親王は配流され憤死したとされているが、その真実とは、世の中に蔓延してゆく邪《よこしま》な心を持つ人々を救うためにあり、少しでも人々を守る力となるために、ある柱へと入ったのだ。

そして早良親王は、この星がある三次元の世界を支えるための儀式を柱の中で行い、世の中の人々の安寧《あんねい》のために生涯、その祈りを捧《ささ》げ続けたのだという。

早良親王が柱に収まった後、変事や怪異などが起こったのは、柱に入った早良親王の力がすぐには安定せずに、その不安定だった力の影響で、人々が住む環境に乱れが生じてしまったということだった。

千二百年という周期を巡り、創造主は再び千二百年という時を経て、進化の過程を確かめるためにこの星に戻って来る。彼らも、そのことを知っていたのだという。

残された桓武天皇は、神仏様の慈悲を請い、この国を支えていくために必要な神社やお寺などを建てたのだ。

そして、これから先の未来を案じた桓武天皇は、信頼の置けるある二人の人物と話し合い、三人である計画書を人知れず暗号化して作ったのだという。

その一人が弘法大師《こうぼうだいし》であり、もう一人が帝釈天《たいしゃくてん》の御霊《みたま》を持って生まれた人間であったという。

人間とは、生まれた時には前世の記憶を失ってこの世に生まれてくるという。しかし、人の中には稀《まれ》に、生まれた時からある程度、前世の記憶を持って生まれてくる人間もいるのだ。それが、弘法大師と呼ばれる人であったという。

弘法大師は、その前世の記憶などを頼りに旅に出ると、神仏様の御言葉を授かると同時に、天空の護人の導きを受けて、法力を身につけていった。

この頃はまだ、神々の御霊を持ってこの星の地上に降り立った、その神の遺伝子を持って生まれた人間が持つ神々の遺伝子も、色濃く強く残っていた時世であったという。

以後、桓武天皇は、この三次元の世界と、この星に住んでいる未来の人々を救うことに繋がる大切な計画書が、この世に確実に残されるように、桓武天皇の血筋のみがその書物を解読することができるように暗号化して残すと、代々にわたって密《ひそ》かに受け継がれていったという話であった。

そして、大龍王の怒りに触れ、風神と雷神の雷で体を三つに裂かれてしまった龍伝説の話も、真実の話がまた別にあり、それは当時の人々の手によって改竄《かいざん》され失われてしまったものの、その中にも三という数字に隠されている意味があるのだという。

伝わっているのは、龍は邪《よこしま》な心を持つ人々に手を貸したために体を三つに裂かれてしまったという話だったが、龍が実際に手を貸したのは、沼の付近に住んでいた心の澄んだ弱き人々であったという。

だが、それを知った当時の権力者たちが、貧しい農民たちを助けたことに嫉妬してひどく憤慨し、逆恨みしたあげく、龍は彼らによって体を三つに裂かれたというのだ。

この当時は、やんごとなき血筋や力を持つ権力者たちのみが尊いとされ、それ以外の人々は、なんの力もなく掃いて捨てるほどいるただの民であり、その命さえ軽視されていた。

その民の多くは農民であり、貧しい上に重い課税によって苦しめられ、権力者たちだけが思いのままに国を動かし、支配していたという。

そして沼に住んでいた大きな龍が、農民のような力のない人々を助け、それによって体が三つに裂かれてしまったということには、裏の真実が隠されていた。

それは、平将門公の時代であり、初めは農民たちも皆明るく、助け合って生きていたという。

将門公は、自らの身分など気にすることもなく、農民たちが暮らす村落へと度々足を運んでは、農民たちの仕事の手伝いをしたり、また農民たちのよき相談相手にもなったりしていた。

そんな将門公は、農民たちから親しげに「お館《やかた》様」と呼ばれ、とても慕われ尊敬されていたという。

しかしある時、日照りが続き干ばつが起こると、農作物は育たず、作物が収穫できなくなってしまった。農民たちは皆、自分たちが食べていくのが精一杯という毎日が、長い間にわたって続いたのだといった。

だが、国全体を取り仕切っていた朝廷側は、ひどい干ばつが既に三年も続いているにもかかわらず、重い年貢の取り立てを中止しようとはしなかった。

当時、その大きな土地は将門公の他に、足利氏と千葉氏が治めていた。

足利氏とは、今でいう藤原秀郷《ふじわらのひでさと》公を指し、千葉氏とは松岡五郎《まつおかごろう》公を指しているという。

足利氏は初め、農民たちが長期にわたり干ばつや重い年貢の取り立てに苦しんでいるという事実から目を背《そむ》け、朝廷側の言いなりであった。農民たちの苦しみをよそに、贅沢三昧に豪遊する毎日を繰り返していたという。

そんなある日、足利氏は豪華な食事を用意すると、将門公と千葉氏を屋敷に招いて、宴《うたげ》を楽しもうとした。だが、足利氏に招かれて屋敷を訪れた将門公は、大盤振る舞いをし、豪勢に並べられた食事を見て、すぐに激怒したという。

そして将門公は、足利氏と千葉氏を屋敷から強引に外に連れ出すと、村落で暮らしている貧しい農民たちの暮らしや、干ばつのために作物が育たない涸《か》れ果てた農地を、二人に突きつけるようにして見せたのだ。

その悲惨な光景を目にした足利氏と千葉氏は、自分たちがいかに愚かだったかを知ると同時に、民たちの現状がいかに深刻なものであったのか、それに初めて気づき、二人は絶句した。

それを機に、将門公と足利氏、千葉氏の三人は、農民たちの暮らしをまず優先に考えるようになっていったのだという。

農民たちを救おうと心を一つにした三人は、いつしか至上の友人となり、義兄弟の杯《さかずき》を交わしたという。

そして農民たちを守るために、将門公がまず先頭に立って、この土地の農民たちに課せられる、朝廷からの重い年貢を撥《は》ね退《の》け続けた。しかし、朝廷に逆らった将門公は逆賊と見なされ、農民たちの暮らしも一向に楽になることはなかった。

将門公は、貧しい暮らしをしている農民たちを無視して、それでも贅沢三昧な暮らしを続ける朝廷側の人々に、やがてしびれを切らすと、ある時自身の屋敷に、足利氏と千葉氏を呼んだ。

そして、信頼する義兄弟である足利氏と千葉氏に、自らの朝廷に対する胸中を話すとともに、二人に向けて農民たちを守るための指示を促し、三人はそれを実行に移したという。

事を成すために、足利氏は予《あらかじ》め朝廷側に紛れ込んでいた。

将門公は、農民たちを守るために、朝廷側に異議を唱え続けることはやめず、朝廷側の人々と、いつか分かり合える日が来ることを願いながら、最後まで戦ったのだという。

それにより将門公は、朝廷側に紛れ込んでいた足利氏と、朝廷側にいた者たちの手によって、最後は朝敵として討たれることとなった。

将門公の首は、義兄弟であった足利氏が朝廷側へ持って行き、その後、都大路《みやこおおじ》でさらし首にされたという。

義兄弟であった足利氏は、将門公を失った悲しみと、その最大の屈辱に耐え忍んだ。

だが、足利氏は将門公亡き後、生前の将門公の指示通りに、都を混乱させるための行動をとった。

それは、人の目には見えにくい細い糸で、さらし首にされた将門公の首に細工を施し、その糸を使って、足利氏がその首を飛ばしたのだ。

足利氏は、糸で飛ばした将門公の首を持って、都からある土地へと行った。それが、この国に現在でも残っている、将門公の首塚といわれる場所であった。

足利氏は、急いで都に舞い戻ると、第六天魔王《だいろくてんまおう》と称する言葉を用いて、「将門公は第六天魔王となって朝廷を呪っている」と噂に拍車をかけると、都に火をつけて混乱させたということであった。

しかしそれも、将門公が農民たちを一心に守りたいがゆえに指示した、苦肉の策であった。

将門公は、自身の死後、自身の呪い話を広めることで朝廷側に畏怖の念を抱かせ、生前に強く訴えていた農民たちへの重い年貢の取り立てを思いとどまらせることを、最後の手段として考えたのだった。

将門公は、朝廷側を見えない恐怖に陥れるため、自ら死を選んで、農民たちを少しでも朝廷から守りたかったのだ。

千葉氏には、自身の身に何かが起こった際には、娘をどこかへ逃がすようにと娘たちを託し、天へと昇って逝ったのだという。

義兄弟の杯を交わした三人は、この龍伝説の沼がある土地で、朝廷側に散り散りにされ、そしてその真実は時代の片隅へと隠ぺいされて、当時の朝廷側の都合のいいように、農民たちが苦しめられたということにして、自分たちの不祥事ごと揉み消したというのだ。

その後、将門公の呪いを恐れた人々は、当時の朝廷側の指導者であった人々の指示により、その呪いを防ぐための結界を張った。そしてその事実を、世の中の人々に多く広め伝えるために、ある山にお寺が建てられたのだという。

だが、いつしか将門公が神田明神様として祀られるようになると、神田明神様をお参りした後に、その山にあるお寺に行くと、将門公の怨霊に祟《たた》られるという、嘘の噂話が流されるようになったという。

当時は、僧侶たちが国の政治を担《にな》う人々の相談役でもあり、今でいう学者のような役目も果たしていた治世でもあった。そこで、当時の朝廷にいた支配者たちは、目の上の瘤《こぶ》でもあった僧侶たちを一掃することで、自分たちの都合のいいように国を動かせる時代をもくろみ、ずっとその機会をうかがいながら、それを模索していたのだ。

朝廷側は、僧侶たちから厚い信頼を寄せられている弘法大師を潰しにかかるのと同時に、一般庶民である農民たちから慕われ尊敬されていた将門公が、英雄として世間に知れ渡ってしまうことも防ぎたかったのだという。

将門公が人々から神田明神として祀られると、朝廷側は将門公の呪い話を利用して、神田明神にお参りに行った後で山のお寺に行くと、将門公に祟られると、あらぬ噂を広く世間に流したのだ。

神田明神にお参りに行った人々が、お寺に立ち寄り呪われるということは、裏を返せばお寺にいる僧侶たちには、その呪いから人々を守る力がないということを、世間に広く示せることでもあったのだという。

朝廷側は、でっち上げたこの噂話で、どちらも潰れてくれた方が自分たちには都合のいい話ではあったのだが、どちらか一方でも潰れてくれれば、それでも都合がいいと、安易な気持ちで考えていたという。

朝廷側の陰謀から起こった、真実を捻《ね》じ伏せられた事態で、三人の義兄弟は散り散りとなり、また朝廷側によって広く世間に知れ渡っていった祟りの捏造《ねつぞう》話により、世間の数多くの人々が振り回されたという。そして、彼ら三人が治めていた土地でもあったあの沼には、龍伝説だけが残されたのだということであった。

龍伝説の、龍の体が三つに裂かれた「三」という数字が意味するものとは、その真実は、貧しい農民たちのために戦った、将門公と足利氏、千葉氏の三人を指している数字であったのだ。

そしてこの話は、この世の中で、事実として当たり前に伝えられている話が、必ずしも真実であるとは限らないということを指しているのだという。

真実であっても、その事実が書き換えられて人々に広く伝われば、それが嘘の事実であったとしても、人々にとってはその嘘が事実として、その心に残ってしまうからである。

そのために人々は、事実として伝えられている物事を、ただ信じるだけではなく、疑いの目を持つことも必要であるということだ。

それは、何事も鵜呑《うの》みにせず、自分自身で考えるということも必要なことであり、それらの物事を周囲にいる人々とも共に模索し、何が正しい真実であるのかを探求し合い、話し合っていくことも必要なことであるという。

真実として伝えられていることをただ真に受けて、そのことに無関心である人々の多いことが、人間にとって一番、危険なことであるというのだ。

人の手によって作られたものは、どれが真実であるかは不透明なものでもあり、一番不確かなことでもあるということを、人々は決して忘れてはならないのだと、先駆者は語った。

将門公と足利氏、千葉氏の三人が治めていた土地にあった沼には龍伝説が残されたが、その近くにある、大沼と呼ばれている場所にも、同じ形で別の龍伝説が残されているのだと先駆者は告げた。

その大沼に残る、三つの体に分かれた龍伝説とは、皐月姫と呼ばれる、一人の女性の言い伝えであるという。

そして皐月姫とは、将門公の娘であったのだ。

将門公亡き後、千葉氏によって連れ出された将門公の娘たちは、千葉氏の領土でもあった東北のある土地へと隠されて、無事に逃げ果《おお》せていたという。

皐月姫は、逃げ果せた東北のその土地で、亡き父の後を継ぐようにして、同じ思いを分かつ同志たちと共に、悪さをする山賊や落ち武者たちを討伐していた。

皐月姫は、素性が知れないように、その美しい顔に羅刹《らせつ》のお面を被り、力のない民たちを狙って悪さを働く山賊や落ち武者たちだけを狙い討ちにしていったという。

皐月姫は、数年もの間にわたって東北のある土地で同志たちと共に、悪行を働く人々を征伐していった。歳月が経ち、次第に皐月姫たちの噂話が人々の間に広がってゆくと、民たちに悪さを働く者たちの数も激減し、東北のその土地に住んでいた人々は大喜びしたのだという。

皐月姫が羅刹のお面を被っていたということから、やがて東北のその土地には、鬼伝説が生まれた。

皐月姫はある時、東北のその土地で、自分たちに寝返った山賊や落ち武者たちも引き連れて、その同志たちと共に志を同じくする仲間の数を増やしながら、父である将門公や千葉氏、足利氏の三人が治めていた土地へと戻って行ったという。

将門公たちが治めていた土地に舞い戻った皐月姫は、将門公たちがいた沼の近くにある大沼と呼ばれる場所を拠点にして、その美しい顔に今度は夜叉《やしゃ》のお面を被ると、東北にいた時と同じように、力のない民たちを守るために、民たちを狙って悪行を働く者たちを討伐したという。

そして今度は、一般庶民たちを謀《たばか》り、騙し取った金品で私腹を肥やす不逞《ふてい》の輩《やから》をも狙い討ちにしてゆくと、皐月姫は同志たちと共に、悪さを働いた彼らから根こそぎ金品などの財を奪い取り、貧困な村落や貧しい人々に、それらの財を人知れず分け与えていったのだ。

皐月姫がそうした行動をとったのは、かつて父たちが治めていたこの土地で、そうした不逞の輩に貧しい農民たちが長い間、苦しめられていたからだったという。そのために皐月姫は、この土地では将門公たちの無念とその意志を引き継いで、貧困な人々の力となれることを願いながら、その助けとなる働きをしたのだった。

皐月姫が自身の素顔を隠すために、東北の土地では羅刹のお面を被り、そして自身の故郷である土地でも夜叉のお面を被ったのには、理由があったという。

それは、将門公の娘であった自分たちを、その当時の追っ手から守るために、東北のある土地に逃してくれた千葉氏に迷惑が及ぶことを避けるためであり、将門公たちがいた沼の辺りを避けて近くの大沼を拠点にしたのも、千葉氏に対する気遣いがあったからだったのだという。

そして、皐月姫とその同志たちは、世の中のよき移り変わりと、庶民である農民たちの幸せを願いながら、その大沼を拠点にして、高い年貢を言い渡してくる朝廷側の権力者たちに、抵抗を示していくようになったのだ。

皐月姫は当時、権力者たちを相手にするということもあり、万が一のことも想定した上で、同志たちを逃がすための隠れ家を、大沼のある場所に準備することを夫に頼んでいた。夫と皐月姫は、仲間である同志たちとも皆で話し合い、その隠れ家が完成する時機を見計らいながら、その土地で少しずつ、朝廷側の高額な年貢の取り立てへの抵抗運動を起こしていったという。

そして隠れ家が完成間近になる頃には、年貢を取り立てるために朝廷側が送り込んでくる使者の数も、相当増えていたのだ。皐月姫と同志たちは、それでも必死に朝廷側と対立して、農民たちから強制的に年貢を取り立てようとするのを阻止しようと努めたという。

しかし、皐月姫たちは、都から送られてきた朝廷側の数多くの使者たちの手によって、全員が捕らわれてしまい、民たちの幸せを願って行ってきた皐月姫たちの抵抗運動は、そこで何もかもが水の泡となってしまったのだ。

唯一、捕らえられることを免《まぬが》れたのは、その騒ぎの中で離れ離れになってしまった皐月姫の幼い我が子と、夫であった。

だが、皐月姫とその同志たちが捕らわれてしまった責任は、全て皐月姫の夫にあったのだという。

朝廷側から、多くの手勢がこの土地に迫って来ているという情報を掴んでいた皐月姫たちではあったのだが、彼らが身を隠すために建てられているはずの隠れ家が、大沼のどこにも見当たらなかったのが原因だったという。

夫自身は、皐月姫や同志たちを裏切ったつもりなどはなかった。しかし夫は、自身が信頼していた知人に、隠れ家の建造を数か月後の期日までに完成させることを口約束して、その知人に多額の金銭を預けると、一度もその過程を確認に行くこともせずに、都に戻っていたのだという。

夫が知人に預けた多額の金銭は、結局、隠れ家を建造することには使われず、その知人に全て持ち逃げされていたことを、夫は後になってから知ったという。

皐月姫の父が、もとは朝廷側の務めをしていたということもあり、その繋がりで皐月姫の夫は、都があった朝廷に籍を置いていた。夫は、都での仕事にかかり切りとなり、その知人を疑うこともせずに任せきりにしていたのだ。

都に連行され、土が剥《む》き出しの牢屋に閉じ込められた皐月姫は、そのことに愕然《がくぜん》とし、同志たちは皆、牢屋の中で夫の裏切りのような行為を憎み、ひどい罵声を夫に浴びせたという。皐月姫も当然、人任せにした夫の行為を、許せるはずはなかった。

夫の安易な考えのために、同志たちは牢屋に閉じ込められて、食事さえも与えてもらえずに皆、飢えに苦しんだ。日が経つにつれて餓死してゆく同志たちの数も増えてゆき、空腹のあまり牢屋に生えていた草や土を食べたことで、喉に異物が詰まり命を落としてしまう同志もいたのだという。

そしてその最期は、同志たちの亡骸と共に、生存していた者たちも皆、土の中に生き埋めにされたということだった。

皐月姫の夫はその後、自身の浅はかな考えから起こってしまった最悪の悲劇に、自らの犯した罪を悔いて、それに苛まれるように自害したという。

皐月姫たちの拠点であった、大沼の付近に住んでいた農民たちは、自分たちのために抵抗運動を起こして戦ってくれたその同志たちの死を嘆き、とても悲しむと、農民総出で一揆を起こし、権力者たちに歯向かったということであった。

大沼の龍伝説とは、農民たちが当時の皐月姫の勇気ある行いを、龍伝説に残したものであるのだという。

皐月姫は、農民たちのために権力者たちに抵抗したことから、夫と子供とも離れ離れになり、最後には一人になってしまった。

当時の人々は、皐月姫の無念やその悲しみを思いながら、大切な家族と離れることになってしまった三人の家族を例えた悲話として、三つに分かれた龍伝説の中にその思いを込めて残したのだということだった。

この龍伝説にある、三つに分かれた龍の体の「三」という数字の中に隠されていたのは、皐月姫と夫、そして幼い子供の仲睦《なかむつ》まじい三人家族が、権力の弾圧によって引き裂かれてしまったことを表しているという。

そして、この話は、安易に人は信用せずに、自分自身で物事や人々を見極めることを怠らず、邪《よこしま》な心を持った者たちに騙されることがないように、人の道を用心して進んで行く必要があるということを指しているのだという。

つまるところ、皐月姫の民たちを守りたいという、その真っすぐな思いは、未来の人々が皆飢えに苦しむことなく、皆が平等な暮らしが約束されるということを願った、全ての未来の人々へと向けたメッセージとなって、龍伝説の中に残されているのだと、先駆者は静かにそう語った。

蒼真の夢の中で、その一人の先駆者によって語られた、その国の古い歴史であるというそれらの話に、蒼真自身を含めた四神たち全員は、強い衝撃を受けた。

そこで蒼真たちは、その国の古い昔の歴史の資料や本などを具《つぶさ》に調べ、読んでみた。しかし、記載されている古い歴史は、どれも先駆者が語ってくれた話とは異なった形で記載されていたのだ。

先駆者は、その国に残っている歴史の記述とは、ほとんどが事実とは異なるもので、そこで勝ち残った者たちが自分たちに都合がいいように捏造し、真実は形を変えられ、本当の事実は隠されてしまったのだという。つまり、勝ち残った者が正義となり、歴史は作為的に書き換えられてしまうということであった。

しかし、書き換えられてしまった歴史であったとしても、隠されてしまった真実の歴史を再び世の中の人々が知ることにより、歴史もまた正されるというのだ。

大切なことは、真実の歴史を知った人々が世の中の善悪を知り、自分自身が人としての正しい生き方の道を理解してゆくことであるということだった。

そこで調和が生まれ、この星の人類が自ら気づき、正しい人の進化への道を歩む人々がより増えたならば、それは大宇宙とも調和する形へと変わってゆくという。

大宇宙と調和する形へと星が戻れば、人々は次の進化の過程へと移行し、創造主が行う篩《ふるい》から、より数多くの人々が救われるということでもあった。

そして、龍伝説の三つに分かれた龍の体が意味する中でも、最も大きな意味を持つのは、それが「三種の神器《しんぎ》」を指しているということだという。

三種の神器とは、創造主である神々が扱うことができるという神器であり、あらゆる生命体を導き救うために使われる、武器のような道具のことであるのだと先駆者は言った。

更に、三つに分かれた龍の話には、もう一つの意味がある。それは、一つの世界が終わりを告げる時、現在、過去、未来を示す仏様が現れるのだという。

だが、世界の終わりに三つの仏様が現れない場合は、その終わりの世界は救われることもなく、失敗に終わってしまうのだ。

過去の仏様とは千手如来《せんじゅにょらい》様を指し、現在は釈迦如来《しゃかにょらい》様、そして未来は弥勒菩薩《みろくぼさつ》様を示し、この三つの仏様が現れない時代には金剛蔵王権現《こんごうざおうごんげん》が現れず、星は沈み人類は死を迎える。そして、これは今の世の中にもある恐ろしい予言にも繋がっているのだという。

その事実を知っていた当時の歴史上にいた先駆者たちは、隠されてしまったその歴史の真実がいつか紐解かれることで、自分たちが隠して残した言葉によって自分たちのメッセージを解くことができる最後の世界となる未来の人々にそれらを託したのだ。

そこには、最後の滅びの世界を迎えた時に、未来の全ての人々を守りたいと願った、先駆者たちの思いが込められていたということであった。

蒼真たちが衝撃を受けたように、世の中の常識となっている史実とは、その時代の勝者によって作られた歴史であり、真実の歴史ではなかった。

それらは全て、創造主である天空の護人のご加護を受け、同じ天空の護人として神仏様となった先駆者の御言葉によって、蒼真たちが知り得たことであった。

そして、蒼真たちが暮らす世の中においても今尚、ごく一部の人々だけが、優遇されたように裕福な暮らしをしているということは変わらなかった。いつの時代も、生き抜いてゆくための苦しみを背負わされているのは、常に一般庶民であるということなのだ。

蒼真たちは、彼ら先駆者たちのそんな思いを知ると同時に、この最後の世界という時代において、四神に課せられているその役目に、今以上に気が引き締まる思いがした。先駆者たちの思いを考えれば、最後の世界で失敗は許されないのだ。

だが、この星に住む人々を助けるためには、一人一人の心の問題が大きく左右することでもあり、この難関を突破して前に進んでゆくためには、より数多くの人々に蒼真たちの話を聞いてもらう必要があった。

蒼真たちが話をしていくことで人の心に説き聞かせ、人々はその説かれた言葉を謙虚に受け止め、そしてそれぞれが受け止めた言葉を真剣に考えていく必要があるのだ。

それにより、人々が持つ本来あるべき人としての心が解放されたなら、この星に生きる人々の未来が明るいものへと変わってゆくことにも繋がっていくということなのである。

それに気がつき、邪《よこしま》な心に一切とらわれることもなく、己自身の人間としての道を見誤ることなく正せた人たちだけが、天空の護人の庇護《ひご》を受けて救われてゆくということなのだ。

笠ぼうし様のお告げでは、この星に住む人々を救うために、創造主である神々が二つの扉を用意されたという。

この二つの扉のうちの一つは、神仏様の御言葉を受けた四神たちが、神仏様のパズルのような謎を解き明かし、苦労の末に既に聖なる土地を探し出していた。

その聖なる土地にあった、遥か昔に施されていた結界を巡り、玄武が「剣捌《けんさば》き」という聖なる儀式によって、土地に施されていた結界を全て解き放ったのだ。

聖なる土地にあった結界を解き放ったことで、「地獄門」とも呼ばれる一つ目の扉は開かれて、この世の中の人類は皆、一つ目の扉を難なくくぐることに成功しているという。

だが笠ぼうし様は、二つ目の扉こそ、一人一人の考えや、一人一人の人間としての行いによって、それをくぐれるかどうかが大きく左右されるのだと言った。

一つ目の扉は、鍾馗《しょうき》様と金剛夜叉《こんごうやしゃ》様という神様が守護する、「地獄門」であるという。

二つ目の扉は、阿弥陀如来《あみだにょらい》様と薬師如来《やくしにょらい》様が守護する「夢創門《むそうもん》」とも呼ばれる、美しい清浄な世界へと繋がる門であり、遥か三次元を超えた、ミュロー星という星への道のりが待っているという扉であるという。

だが、この二つ目の扉は、個人の人間としての行いによって、夢創門ではなく、鍾馗様と金剛夜叉様が待っている地獄門が、再び個人の前に現れるともいう。

夢創門である扉が、その人の前に現れたならば、美しい清浄な世界が待つミュロー星へとその人は旅立つことができる。しかし、再び地獄門である扉が現れた時は、その個人が持っている人間としての考えや、今まで人間として生きてきたその行いによって、更に二つの道に分かれることになるのだという。

その二つの道とは、真四角の黒いキューブの中に閉じ込められるか、「スフレイ」と呼ばれている赤い砂漠のみがどこまでも広がって続いているという貧困な砂漠の地へと続く道を行くかであり、地獄門の扉を守護する神によって、そのいずれかへ送られてしまうのだという。

だが、人の心というものは、その人の心次第で、良くも悪くも移り変わってゆくものでもあると、笠ぼうし様は言った。

この世の中では現在、自然と共存して生きることから多くの人々が目を背け、本来、人類が持っていたはずの人としての生き方から逸れた生き方へと進んだことにより、誤った人類の進化へと急速に進んでいる。そんなこの世の中に住む、人々の心ともいうべき魂に位置づけをするとしたならば、大まかに三つに分類されるのだという。

それは、人として他人を思いやることのできるような健全で正しい人の心を持った人類と、他人を騙し自分勝手な振る舞いをするような邪《よこしま》な心を持った人。そして、その中間層ともいえるグレーゾーンである、曖昧な心を持った人類に分けられるという。

この星の人類は、グレーゾーンである心を持つ人の割合が、最も多いのだという。

更に笠ぼうし様は、グレーゾーンに位置する人類の心の在り方やその人々の行いは、これも大まかに二つに分かれているのだと言った。

一つは、他人のことには無関心で、ただ適当に気ままな日々を送り、自分さえよければ他人などどうなってもよいという考えで行動している人々であるという。

二つは、この世の中は、永久に変わることなく平和な世の中が続くと信じ、人間として前に向かって進んでゆくという努力を怠り、人としての道を精進していく考えを持たない人々である。

人間として生まれて生涯歩んでいく道に対し、同じ過ちを繰り返さないように精一杯努力し、人は生きている間に一人の人間としての良き在り方を学びながら生きてゆく必要があるのだという。

その人が、人としての大切な精進を重ねていくことで、人として進むべき道を正しながら、より良い方向へと前進してゆくものなのだ。それは一人一人の人間が持つ魂を向上させていくためには、とても必要なことである。

それらを怠った人類とは、創造主である天空の護人から、最も遠ざかっている人類であり、その魂の向上も止まった魂を持つ人々であるという。

天空の護人は、邪《よこしま》な心を持つ人の魂は不要であると、既にその御言葉によって蒼真に伝えられている。

そして、地獄門の守護神である鍾馗様の御言葉では、グレーゾーンに位置する人類が持つ魂は、邪《よこしま》な心を持った人々の魂と同様に、篩《ふるい》によって区別される日がいずれ訪れるという。

グレーゾーンに位置する人々は、今すぐにでも心を改めていく必要があるのだと、笠ぼうし様は告げた。時が来た時に行動を起こすのでは、もはや遅すぎるのだと笠ぼうし様は言う。

これから先、その時が来たならば、グレーゾーンに位置する人の心を持つ人類は、健全な正しい人の心を持った人類であるか、もしくは他人を騙し、自分勝手な振る舞いをするような邪《よこしま》な心を持った人類のどちらかに選別されてゆくことになるという。

しかし、今の段階では、そのグレーゾーンに位置する人々には、限りなく邪な心を持つ人々に近い心を持った人々が、数多く存在するということであった。

創造主である神々は、この星に住んでいる人類一人一人を見つめ、その篩も既に始まっているのだと、笠ぼうし様は言った。

しかしながら笠ぼうし様は、誤った進化の過程を辿ってしまった人類が住む星は、少なくないともいう。しかし同時に、創造主の御言葉を聞き入れ、神々によって救われた星もまた、多いのだという。

遥か遠い昔では、アーシュレイズという惑星が、誤った人類の進化の道へと進み、それを止めようとした創造主とアーシュレイズが戦ったこともあったという。

惑星アーシュレイズに住む人類は、自分たちの作り上げてきた文明や進化の過程に絶対的な誇りを持ち、それを自負していた。しかし、アーシュレイズが創造主と戦った結果、神々は無傷のまま、アーシュレイズは大敗したという。

惑星アーシュレイズの統治者であった阿修羅王《あしゅらおう》という君主は、その大敗により冷静さを取り戻すと、惑星アーシュレイズの人類の未来を真剣に考えたという。

そして阿修羅王は、自らが住む星と自らが治める人類の安寧《あんねい》を願い、惑星アーシュレイズの進化の過程の道を正してゆくことを約束して、創造主と和解したのだ。

阿修羅王はその後、創造主である神々から新たに千手観音菩薩《せんじゅかんのんぼさつ》の名前とその力を授かると同時に、神々である創造主として仲間入りを果《は》たしたという。

だが、ごく少数の星々の中には、惑星アーシュレイズのように、自らの文明や作り上げてきた進化と称した誇りを捨て切れない人類の存在もあるのだと言った。

その人類が住んでいた星は、当然のことながら死滅から免れることはないという。最後まで創造主の御言葉を聞き入れることもせず、誤った進化へと進んでゆくその過程を正すこともしなかった人類は、もう一度自らの手で、新しい文明と機械化によって退化してゆく肉体を新たに作り取り戻そうと、その可能性があるよその星々へと飛散して、その星に住む人々の中に紛れ込んでいるとも、笠ぼうし様は言った。

彼らは、自分たちの進んでしまった退化を止めるために、よその星に住む人々を巧みにそそのかし利用していくことで、自分たち人類の新たな進化へのその可能性と解決策を模索しているのだという。

彼らは、飛散した星に住む人類の情報を手に入れるために、自分たちの失敗作でもある様々なテクノロジーと引き換えにして、一部の人々と密かに協力関係を結び、提携しているのだと言った。

嘘で固められた彼らの話を信じてしまった、星に住む一部の人々は、利己的な自らの考えのもとで、いずれ訪れるという彼らが言った星や人類の滅びの話と、そこから救われるための手段となる嘘の方法さえも信じてしまっているのだという。

残念なことに、蒼真たちが住むこの星にも、創造主の御言葉を聞き入れずに進化に失敗した人類が紛れ込んでいるということだった。そして、そんな彼らに言葉巧みに騙されて、自分たちだけは救われたいという利己的な考えから、既に彼らによってうまく操られてしまっている人々もいるということであった。

進化の過程に失敗した彼らと同様に、この星に住む一部の人々は、そんな彼らにそそのかされているということも知らずに、自分たちという一部の人間だけが確実に創造主に救われようとするために、世の中の人々に向けて、個人の意識や思考などが自由に働くことがないように、広く暗示をかけているのだともいう。

その暗示とは、多くの人々がよく目にする、携帯電話の画面や情報番組の画面などの中に、人の目では見えない暗号のような形となって紛れ込んでいるというのだ。

実際は、個人が助かる道だけを考え、他人を思いやる心を持たない人々に、創造主である神々が救いの手を差し伸べることはない。

だが、彼らに自身の思考や意識を感化されてしまったような人々は、彼らが言う言葉を疑わず、自分たちだけが救われようと、あらゆる手段を用いて、密かに世の中の人々に暗示をかけているのだという。

物事に対する人々の興味や、物事を考えなければならないという人々のその思考や意識を鈍らせることで、世の中の人々の目が創造主に向かないような行いをしているのだ。

ゆえに、創造主という神々の情報は、そのほとんどがそんな一部の人々の手によって、隠されたものになっているのだという。

この星に住む人類にとっては、自分たちだけが救われようとするそんな一部の人間の考えによってかけられた暗示も、その人が持つ個人の考えや行動などを妨げる、一つの重い枷《かせ》ともなっているのだと笠ぼうし様は言った。

この星に住む人類に、姿の見えない神々を心から信じる人々が少なくなったことには、その暗示も一つの要因になっているのだという。ずっと昔の時代には、今の時代よりも多くの人々が神仏様を信じ、個人的に率先して神仏様に祈りを捧げる人々が大勢いたのだ。

仕組まれた、それらの暗示を解くためにも、人々は自らが進んで、四神の話に耳を傾けてゆくことが必要であるのだという。

四神が人々のために語る、神仏様の御言葉でもある話には、人の心に説き聞かせ、人々の心に取り憑いた闇より人々の心を目覚めさせて、本来人類が持つ、人としての心を解き放つという大切な役割もあるが、それは、その悪しき暗示を解くための第一歩にも繋がることでもあるのだと言った。

もちろん、全ての人々がその暗示にかかっているというわけではない。暗示は仕組まれたが、その暗示にかかりにくい人や、全く暗示にかからない人も中にはいるという。

しかし、この世の中の人類には暗示をかけられた人々の割合の方が多く、その人にとっては、四神の話に関心を示し、その話を聞くに至るまで、難関ともいえる道のりになるということであった。

だからこそ人類は、常に日頃から、人としての生き方を意識して行動してゆく必要があるのだという。

笠ぼうし様のお言葉は、その良くも悪くも移り変わっていく、善なる正しい心を持った人類の数の多さや在り方によって、創造主である神々が人類へと向けて用意される、扉の数やその手段も日々変化してゆくものであるということを告げている。

そして、この世の中の人々へと向けた手段としては、現在、三通りの道が用意されているのだと笠ぼうし様は言った。

一つ目は、この星に住む人類の心が全く解放されない時は、星は近い将来、太陽フレアなどの自然エネルギーによる爆発などといった作用によって、この星に住む人類は消滅するということだった。

二つ目は、たくさんの人々の心が解放されたならば、神から証を与えられた人々は神の導きにより、ある聖地へと集められることになるという。そこから、この三次元という世界の中に住む、神々の証を持つ選ばれた人類の現在の次元が、三次元とは異なる別の次元へと上昇して、多くの人々が救われることになるということだった。

三つ目は、自身の心が解放され、天空の護人を目にした人には、神から救われるための証がまず与えられるという。そして、自然エネルギーの危機により、壊滅的な被害を受ける星に住む、証を受けた人々には、この星にその危機が迫る時に、神よりそこから抜け出すための未来へと繋がる、二つ目の扉が用意されるということであった。

そして、神の証を与えられない人々に共通していることは、星が壊滅的な被害を受けるのと同時に、星に取り残された人々は消滅して、その人々の魂は黒いキューブの中に閉じ込められてしまい、転生することさえも許されないということだった。

その黒いキューブの内側には、無数の鋭い針のようなものがついており、そこに閉じ込められた魂は、未来永劫にわたって地獄のような苦しみを受け続け、暗い異空間を漂い続けるということであった。

それが、自然と共に生きることを拒絶し、人の道に逸れた生き方を選んだ、証を持たない人々の末路であり、創造主である神々が残された人類へと下す、最後の無情な決断であるということだった。

そして、現在は三つの道が用意されているという、三つ目の神より用意される人々の未来への扉だが、その扉の奥には、個人のこれまでの生き方によって定められた、三つの未来が用意されているのだという。

二つ目と三つ目に共通していえることは、まず、神を心から信じた人々であるとともに、天空の護人の証を受けた人々であるということが必要になるという。

そして更に、その最後に至る日まで、人としての正しく進むべき道を逸れることなく、人として正しい生き方や行いをしてきた人類の前には、二つ目の扉が現れるということであった。

その人類の前に現れるという未来への扉が、阿弥陀如来様と薬師如来様が守護する、夢創門《むそうもん》という扉であるのだ。

夢創門の扉をくぐる人々は、美しい清浄な世界があるミュロー星へと旅立つことになり、年老いた人々も皆、十歳くらいの年齢まで若返ると、永遠の命を手に入れることになるという。

そして、ミュロー星に辿り着いた人々は、若返りとともにミュロー星の自然の中で生き抜く術《すべ》も既に身についており、ミュロー星の光によって満ち足りた緑豊かな大地の上にある空をゆったりと歩行しながら、ミュロー星という星と共に人々は生きてゆくことになるのだという。

ミュロー星とは、暖かな二つの太陽の陽光が、大地に優しく降り注ぐ星であり、大自然の恵みと水源も豊富な星であるとともに、その生命の息吹によって満ち溢れた星であるという。そこに辿り着いた人々は、穏やかな日常に包まれた至福の暮らしが約束されているということであった。

この時、忘れてはならないことが一つだけあるという。

夢創門の扉を通る人々には、一つだけ、行わなくてはならないという、ある動作があるということであった。

それは、ある歌に則《のっと》って作られたという、夢創門の扉をくぐるために必要な合図のようなものでもあり、ある簡単な動作であるという。

だが、その簡単な動作でもあるその方法とは、神仏様が寄り添うものであるからこそ、今人々に広く伝えることがかなわず、神々を心から信じる人々は、そのことを知り得るために四神たちのもとへと、自らが足を運ばなくてはならないということだったのだ。

神々を心から信じる人々は、四神が発している神仏様の御言葉をどこかで見聞きした際は、どうか一日でも早く四神たちのもとへ訪れてくれることを、四神たちは願うばかりであった。

しかし、二つ目と三つ目に共通していることで、そこから一つでも必要な条件から外れてしまった人々には、ミュロー星へと直通する夢創門の扉は現れることはなく、別の扉が人々の前に現れて、人々はまずその扉の奥へと進んでゆくことになるのだと、笠ぼうし様は言った。

だが、その扉の中を、人々が先へと進んで行くのは簡単なことではなく、更に人々は、この扉の奥へと進む際は、間違えずに先に進んで行く必要もあるのだという。

この時、人々の前にはまず、一つ目の扉が現れる。その扉を開けて中に入ると、視界は真っ暗な闇のみが広がっているという。そして笠ぼうし様は、その闇の中を人は、手探りで前に進まなくてはならないのだと言った。

先に進むその暗闇の道が、険しく困難なほど、その人々の人生が、荒れたものであったことを意味するのだという。逆に、その進むべき道が容易なほど、その人々の人生が人として正しい生き方をし、人としての道を逸れることなく正しく歩んで来たということを意味しているのだということであった。

だが、暗闇が怖くて、道の途中で足が止まったり、その道が険し過ぎたりして、途中で進むことを断念した人々は、強制的に扉の外に出されることになるという。扉から外へと再び出された人々は、もとの星へと戻されて、星に降り注ぐ自然エネルギーなどの作用によって消滅することになるとともに、その魂も黒いキューブの中に閉じ込められてしまうということであった。

真っ暗な暗闇の道を、手探りでひたすらに進んで行くと、やがて大龍王様の下に辿り着くという。

大龍王様とは、人の世で弘法大師と呼ばれていた。

その大龍王様の下まで辿り着いた人々には、ここで忘れてはならないことがあるのだという。それは、ここでは決して間違えてはならない、人々が行わなくてはならないその動作である。

大龍王様の下に辿り着いた人々は、まず大龍王様に感謝の気持ちを伝えてから、二礼お辞儀をし、二拍柏手《かしわで》をしてから合掌した後、その両手を上へと斜めに向けて翳《かざ》すのだと言った。

その両手を翳した時、真っ暗な空には満天の星々と、満月が見えるという。

この時、人々は満天の星々の中から、北斗七星か北極星、スバルの星団を見つけて、両手を斜めに上に翳したまま満月を背中にして、その見つけたいずれかの星に体を向ける。そして、両手を上に翳した姿勢を崩すことなく、体全身を軸にして左に三回、体を回して、体勢が星が正面にあるもとの位置に戻ってから、星に向かって一礼お辞儀をした後、その両手を一回合わせて合掌するという。

そして今度は、背中を向けていた満月の方向に体を向けて、同じように両手を上に斜めに翳したまま、右に三回体を回して、その両手を合わせて一回合掌した後、一礼お辞儀をする。

この時、この動作を一つたりとも間違えてはならないのだと笠ぼうし様は言う。

そこで行う人々の動作を、創造主である神々が静かに見ており、その動作こそが、個人にとって最後ともいえるような、神々が人々を選別する大きな篩《ふるい》となるからである。

これらの動作を、一つも間違えることなく正確にできた人々の前には、一つの扉が現れる。

その扉には一つのハンドルがついており、そのハンドルを初めに左に三回、次に右に三回回すことで、扉は開かれるという。この時、ハンドルを回す順番や回数なども、間違えてはならない。

開かれた扉の先には、更に暗闇が続いているのだが、人々が断念することなくその道を進んで行くと、やがて一つの大きな川が流れる場所へと辿り着き、そこには、その川を渡るための渡し舟《ぶね》があるという。

舟は、一人きりであるならば一人用の舟となり、家族が共にいるのであれば、家族全員が一つの舟に乗れる大きさで、川岸にあるのだという。

人々は、舟に乗って大きな川を渡ることになり、その舟で川を渡っている時に、幼子ならば幼いまま、他の人々は皆一律に、十歳まで年齢が若返るという。

人々が川を渡り終えると、門番が控えている一つの格子柵の門が見えてくる。門番の導きにより、人々が格子柵の門をくぐると、美しい花畑が一面に広がっているという。

その花畑には、神の使いである白馬に乗った一人の使者がおり、舟を下りて使者のもとに集まった人々は、その使者の後に続いて花畑の中を進んでゆき、やがて一つの門の前に辿り着く。

その門の左右には、左側に阿弥陀如来様がおり、右側には薬師如来様がいるという。

門は、夢創門の扉であり、扉は既に開かれているので、人々は夢創門をそのまま通り抜けることができるのだ。

人々が夢創門の先へと進むと、まず目にするものとは、優しく暖かな光によって輝く、二つの太陽である。そして、そこに息づく人々は皆若く、大地ではなく空を歩き、緑豊かで豊富な水に溢れた大自然に満ちた、美しい清浄な世界が広がっているのだ。

人々の歩む先には、空の上で弥勒如来《みろくにょらい》様が待っているという。弥勒如来様は、夢創門の扉を通ってこの楽園であるミュロー星へと辿り着いた人々に、ミュロー星で暮らすことを歓迎するのだという。

しかし、それまでの時点で、間違えてはならないそれぞれの心の在り方が正しくできなかった人々には、先へと進むための渡し舟が来ることはないという。

そんな人々の前には、先の案内人でもある虚空蔵菩薩《こくうぞうぼさつ》様が現れるのだと笠ぼうし様は言った。

そして、虚空蔵菩薩様は人々を連れて、川沿いにある道を、どこまでも道に沿って進んで行くのだという。

虚空蔵菩薩様と共に人々が進んで行った先には一つの門があり、その左右には、左側に鍾馗様がおり、右側には金剛夜叉様がいるという。彼らが守護する門は地獄門である。人々が地獄門まで辿り着くと、門を守護する鍾馗様と金剛夜叉様によって、地獄門の先へと歩んでいくことを促されるのだという。

この地獄門の先で人々を待っているのが、灼熱《しゃくねつ》と極寒の土地である、スフレイと呼ばれる赤い砂漠地帯である。

スフレイとは、昼間は焼けつくように大きな太陽が照りつける灼熱地獄と化し、夜は、身も凍るような寒さが続いて極寒地獄と化す砂漠地帯だという。

不毛な砂漠地帯であるため、その水源も乏しい上に、食料を探すのも大変な土地である。人々が先に進むも後に戻るにしても、地獄門を通った先にはスフレイという赤い砂漠地帯しか残されてはいないと笠ぼうし様は言った。スフレイとは、神々の存在や御言葉を最後まで信じなかった人々に対する、裁きの場であるのだという。

この裁きの場であるスフレイという砂漠地帯で、人々はどこまでも広く続く赤い砂漠の中をさまよいながら、無限に続く時の中で、一人一人が考えながら生きてゆくことになるという。なぜ、自身の道がこのようになってしまったのか、スフレイに来ることになってしまった人々は、そのことを真剣に考える必要があるのだ。

そのことについて真剣に考えて、そしてそれらが正しく理解できた人々の前には、一つの扉が現れるという。

その開かれている扉の先には大きな川が流れていて、川岸には人数分の舟があり、その舟に乗った人々は、ようやくミュロー星へと旅立つことができるのだという。

スフレイという、赤い砂漠地帯にいつまでも閉じ込められる人々とは、個人の心に問題があり、その個人の考え方に大きな問題がある人々なのだという。スフレイからすぐに抜け出せるか、いつまで経っても抜け出すことができないかは、まさに個人の考え方次第なのだ。

それをいつまでも理解することができなければ、スフレイからは何年経とうと抜け出すことはかなわず、貧困な上に灼熱と極寒地獄でもあるスフレイという砂漠地帯に、人々はとどまり続けることになるのだと笠ぼうし様は言った。

人類が進むことになる三つの未来の扉の先にある、人々を待っている新たな未来とは、その全てが最終的に個人の人としての考え方次第であり、個人が持つその正しい心の在り方次第であるということなのだ。

たとえこれから先、人々の前に待ち受け開かれる扉の数や、神々が人々を救おうとする手段となる方法が変わろうとも、近い将来人類に待っている、神が人々を救おうとする未来に向けての光の扉とは、個人によって三つある、そのどれか一つの未来への扉が開き、その道へと進むことになるということに変わりはないということなのである。

それが、創造主である神々が、人類を篩《ふるい》によって選別するということなのだと、笠ぼうし様は告げた。

　蒼真たち四神は、笠ぼうし様を中心とした神仏様たちが告げてくる御言葉の中で、様々なことを知ることになった。蒼真自身は、良くも悪くも人類の心が移り変わってゆく最後の世界であるという十一回目の世の中で、現在も神仏様たちの御言葉を受け続けている。

　そして、数ある御言葉の中で、人類に用意されているという最後の希望でもある光の扉とは一つしかなく、今の人類が皆、その光の扉へと進んでゆくには、とても狭き門であるということも、四神は知ることになったのだ。

　人類にとって、最後に待っている扉が夢創門であるならば、人々にとっては最上の光の扉であるということなのだ。

　夢創門の扉をくぐりミュロー星へと旅立つ人類とは、神々の御言葉を謙虚に受け入れ、人としての正しい道を歩むことができた、神々を心から信じる人々である。

　最後に地獄門の扉が待っていた人々に、果てしない苦渋の試練が待っているか、この上ない激痛を伴う苦痛に、永遠に悶え続けるか、という時が待っている扉であり、そのどちらも苦悶の扉であるということなのだ。

　スフレイという赤い砂漠地帯で試練が待っていた人々とは、唯物的な思考が強く、神々の御言葉やその有無について、ほとんど関心を持たなかった人々である。

　黒いキューブの中に閉じ込められ、未来永劫にわたって転生することさえもかなわず、針地獄の苦しみを受け続けることになってしまった人々とは、人の道を考えることもなく傲慢な生き方をした、私利私欲の塊《かたまり》のような心を持つ人々であるということだった。

蒼真たち四神は、近い将来、一人一人の人類に開かれることになるという、その三つの扉の存在に衝撃を受けた。

十一回目のこの星の最後の世界を巡って、天空の護人はこの星に住む多くの人類を救い上げるために、一本の蜘蛛の糸を人々に向けて垂らした。

その一本の蜘蛛の糸こそが、光の扉に繋がる、人類が皆救われるための新しい未来へと続く、ただ一つの道なのだ。

人類が、神仏様の存在を心から信じ、人としての正しい生き方や道を自らの心に強く持ち、そして天空の護人の光を感じることがかなった人類のみが、この最後の世界で必ずや、天空の護人でもある創造主である神々によって救われてゆくことに繋がっていくことになるのだと、四神たちは笠ぼうし様からのお言葉を受け取っている。

四神たちは、日々送られてくる神仏様の御言葉に寄り添いながら、神仏様たちが広く人々に伝えようと告げられてくる御言葉を説くことにより、人類の心に憑いた闇を解き放ち、本来の人として進むべき道を、既に自分たちが拠点とする施設を中心として、人々に照らし始めている。

人々の日常でもある、普段の暮らしの中にある己自身の日々の行いが、人として本当に正しいものであるのかが、一人一人にとって大切なことであり、この最後の世界で生きる人類は、それぞれの人々がそれを自覚して真剣に考えてゆかなくてはならないということを、四神たちも告げていた。

天空の護人は、この星に住んでいる一人一人の行いを、必ずどこかで見ているということを、人類は決して忘れてはならないのだ。天空の護人が近い将来、この星に住む人類を、救うべき人と救わぬ人々とを区別する、その篩《ふるい》にかけるという日が、必ずやって来る。

四神は、自分たちが説いている声に、より多くの人々が耳を傾けてくれることを一途《いちず》に願っているのだ。それは、天空の護人や神仏様が告げられる御言葉を、人々に広く聞いてもらいたいという、この星に住む人類へ向けた、四神たちの希望でもあった。

人類の心に闇が憑いているとするならば、それは人類の心に取り憑いた小悪魔たちの仕業であると神仏様は言う。既に小悪魔に取り憑かれてしまっている人々は、それに気がつくことはほとんどできないということであった。

そのために、神仏様の御言葉を説く四神の言葉に耳を傾けて、その話を幾多にわたって聞いていくことが、人類には必要であるという。本来、人類が持っている人としての心を取り戻すためにも、小悪魔によって心に巣くってしまった邪《よこしま》なる闇の心から早く解き放たれてゆくことが、まずは一番大切なことであるのだと、笠ぼうし様は告げたのだ。

四神は、この星に住む人々に、創造主の篩の時がやって来ることを踏まえて、少しでも早く人としての行いを正してゆく必要があるということを伝えている。

今、一人の人間が、そのためにすぐにでもできることがあるとするならば、自然に寄り添って、人類が生きていくという、その意味するところの大切さを考えることにある。

そして、己自身が救われるために、己自身を中心とした貪欲な考えではなく、他人のために自分自身に一体何ができるかを、少しずつでも真剣に考えていかなければならないということである。

天空の護人が、この星に住む人々を篩《ふるい》にかける日が来た時に、人類がそのことにようやく気がつくようでは遅すぎ、また更に、ようやく気がついて、その時から始めようとする考えでは、遥かに遅すぎることでもあるという。

四神の施設は既に建てられ、神仏様の数多くの御言葉も、多くの人々に向けて伝えられている。

天空の護人が、人類を見定めていくための篩は、既に少しずつ始まっているのだ。

だが、今ならばまだ遅くはない。

だからこそ今、この星に住む人類、一人一人が考えなければならないのだ。

人が人を蹴落としてまで、何かを得ようとするその行いや、人が人を騙してまで、利益などを得ようとするような、それらの野心が本当に人として正しいことなのか。

生きていくためには、それが必要であると答える人も、中にはいるのかも知れない。

しかし、今の世の中にある金銭中心の社会とは、人類が生活していくために、人が作ったものである。この星にある自然界で、生命を持つものが生きてゆくために、もともと存在していたものではないのだ。

この世の中にある金銭とは、人の心を狂わせ、人類の生活の貧富の格差を生むだけの材料と言っても過言ではない。笠ぼうし様はそう告げている。

裕福である人々が、決して心も豊かであるとは限らない。そして、ただ漠然と、時代の波に流されながら格差社会に嘆き、どこか諦《あきら》めたような人生を歩んでいくことが正しいことともいえないのだという。

人類とは、互いに対話をすることが可能であり、その物事を詳細に考えることができるという、知能が高い生命体であるとともに、その感情も豊かな生命体である。

だからこそ、一人一人の人間が、ある物事に向き合い、それらを真剣に考えることができたならば、その正しい答えとなる判断を導き出すことは、容易なことであるのだ。

人としての道に逸れることなく、人としての正しい道を選び、それに向かって進んでいくということこそが、人類の本来の姿であり、人々が共に話し合い、共に協力し合って生きていくことが、人類にとってなくてはならない大切なことであるという。

それが本来、人類が自然に持っている優しさであり、人が人を気遣い、互いに思い合えるという、思いやりというその心なのだ。

健全な人の心とは、人類が緑豊かな大自然を、その人類の母として大切にし、大自然もまたそんな人類に寄り添って、そこに息づく人々を育んでいるからこそ、健全な心を持った人類が育まれていくことに繋がっているのだという。

緑豊かな大自然の中で生きることにより、人類は母ともいうべき如来様が宿る星に守られながら、その大自然という優しさの中で、ごく自然に育まれているということなのである。

星に住む人類とは、そうして優しさに溢れた人類へと健やかに育ち、そしてより良い進化の道へと自然に進んでいくものであるのだ。

人類とは、創造主である神々が作り出した星々の中の一つに住む生命体でもあるのだが、この大宇宙の中には、幾つもの種類の生命体が存在している。この星に住む人類とは、数ある人類と呼ばれる種類の中で、人の形をした一つの生命体であるのだという。

だからこそ、その星に住む人類が、いくら優秀であり優れているからといって、人類だけの都合で物事を考え、その星の大地の上で、何をしても良いということにはならないのだということであった。

人を傷つける者が人によって制裁を受けるように、如来様が宿る星を傷つける者がいるとするならば、創造主である神々が、その星に代わって人類を裁くということなのである。

だが、創造主である神々の判決とは厳しいもので、その星に住む人類が、ただの星に巣くう癌《がん》細胞だと見做《みな》すと、容赦なく人類を断絶し滅亡させることもあるという。

四神たちは、神仏様の御言葉に慎重に耳を傾けながら、その御言葉に沿って、創造主である神々に人類がより多く救われていく道を、世の中の人々に向けて語っている。

それらを語る、四神の話を耳にした人々は、この事実から目を背けるのではなく、四神が語る言葉を素直な気持ちで受け止め、個人個人が真剣に考えていくことが重要である。

創造主から残されている時間とは、長いようで短いものでもあるということだった。そしてまた、世の中の人々の考えやその行いが、少しずつでも正されることがなければ、その時間は更に短いものになってしまうということであった。

だが逆に、少しずつでも人々の行動が正されたならば、残される時間も創造主によって引き延ばされることにも繋がるということでもあった。

滅びゆく星は、声ではない不可解な異音の形で、その苦しみの悲鳴を既に上げているのだという。この星の環境破壊は進み、緑豊かな大自然も着々と失われて、砂漠化する大地も広がっているのだ。世の中では、温暖化が進む一方で気候変動も起こり、自然災害が多発している。

自然破壊が進むにつれて生態系も狂い出した星は、そうして様々な大地の変動や気候変動などを繰り返しながら、徐々に滅びの道へと進んでいくのだということだった。

この星に住む人類は、もう気がつかなければならない。

人類は大自然と共に生きることで、より良い進化の過程へと進んでゆくことができるのだ。

それが、大宇宙の中にある一つの星と共に生きていくための、人類に課せられた人の道でもあるということであった。

そしてそれが、創造主である神々が大宇宙の中に望むことでもある、大宇宙全体の調和が自然に取れてゆくことにも繋がることなのだ。

手遅れとなる前に、全ての人類がその心を改めて、進むべき人としての道を正すことができたならば、創造主である神々は、その星に住む人類も共に、大宇宙の中に受け入れてくれることに繋がっていくことになるのだということであった。

人類は、創造主である神々が与えてくれた、数多《あまた》あるその生命について考えるとともに、この星から人類という生命体が滅びを迎えるような、失敗作にならないように心がけなければならないということでもある。

かつて、この星の様々な時代で生きてきた、神仏様となった先駆者たちは、未来で生きる人々が、創造主である神々によって救われることを願い続けているのだ。

そして、神仏様の御言葉を聞き、それらを知る四神たちも、先駆者たちと同じように、より多くの人々が、その神々である天空の護人によって救われることを願っている。

四神たちは、ただひたすらに祈るような思いで、一人でも多くの人々が、四神が説く神仏様の御言葉を耳にすることにより、数多くの人類が憑かれているという、闇ともいえる邪《よこしま》な心から解放され、本来の人としての心を取り戻してくれることを願っているのだ。

四神たちは皆、そのためにそれぞれの役割を果たしながら、神仏様が告げられる御言葉に沿って、人類を救うための道へと懸命に突き進んでいた。

四神たちは、神仏様が語る御言葉を切実に受け止めながら、人類の最悪の事態を回避するためにも、人々に向けて、神仏様の御言葉を一つ一つ伝え続けているのだ。

蒼真たち四神は、世の中の人々に神仏様の御言葉を伝え続けるとともに、各地の神社やお寺などを巡り、パズルのような謎を解いていくという、その役目を果たしていくことも続けながら、様々な活動にも取り組んでいた。

その活動の一部は、音楽の制作や、全国各地を巡りながら、背中には小さな仏様たちを背負って、人々の前で踊りながら歌を歌うといったことや、ある一人の人間が、あるキャラクターになりきることができるコスプレとも似たようないでたちで、個人が自由に自己を表現することができる空間を作るといった作業や活動であった。

それ以外の活動も、少しずつだが水面下で着々と進んでいる。

もちろん、四神たちが行おうと考えている活動も、その全てが神仏様の御言葉によるものであった。

その活動とは、それらの活動を人々に向けて行うことによって、その活動に参加した人々の心を解くための鍵にも繋がっていくものになるのだということだった。

四神たちは、一人でも多くの人々の心を解いていくために、その鍵にもなるという、それらの活動を行ってゆくことも常に念頭に置きながら、遥か昔の時代に、人々のために生きてきた、神仏様でもある先駆者たちの御霊《みたま》が、永久《とわ》に穏やかな気持ちで安らげるようにと、ある土地に聖地を作った。

その聖地とは、過去の時代において、その時代時代の波に抗《あらが》いながら、苦難の中で世の中の人々のために戦ってきた先駆者たちのために、四神が作り上げたものであった。

わびさびという美を意識して作り上げたという聖地は、静かな土地に建てられており、先駆者たちの御霊がその中で安らぎ、穏やかに寛《くつろ》いでいただくということを願って作られていた。

無論、そこには先駆者たちの遺骨などはなく、その聖地にやって来るのは先駆者たちの御霊である。神仏様である彼らの御霊は、蒼真が器となって聖地へと運び、そこを訪れてくれることになる。

四神たちは、大宇宙との繋がりを重んじながら、施設を中心として活動している。

しかし、それが世の中の宗教的な団体とは、全くかけ離れたものであるということを、人々には広く理解してもらいたいのだ。

時として、周囲にいる人々の影響や、個人の勝手な思い込みや偏見などによって、この星にいる人類が創造主である神々から救われていくために、神仏様から日々送られてくる御言葉やそのお導きを人々に伝えるために存在する、四神の施設が怪しい団体であると、思わぬ誤解を生んでしまうこともある。人々には、この世の中で広く伝えられている宗教的な思想や観念か

ら外れた観点で、四神たちの声に耳を傾けてもらいたいのだ。

神という名は、この世の中の誰かが名付けた言葉でしかない。しかし、創造主という存在は、この世の中にある神という言葉が、最も当てはまる存在であったということなのだ。

だが、その創造主である神々が、神という名で人類を救うのではない。神は、人間一人一人の個人の行いを見定め、初めて個人に救いの手を差し伸べてくださるものなのだ。

自身が考えることすら怠け、人の道から逸れてゆけば、最後はその篩《ふるい》から落とされて、救われることはないということなのである。

それらを改めていくかの判断とは結局、自己判断となり、個人が真剣に考えて前に進んでいくしかないということなのだ。

大宇宙や数多《あまた》の星々を作り出した創造主という存在が、人の世でいう神という言葉を借りた存在のことであり、その大宇宙と繋がっているのが四神であったということだけの話なのかも知れない。

しかし、大宇宙と繋がっている四神だからこそ、世の中の人々のために、手助けできる唯一の存在でもあるのだ。

それが、人々の心に説き聞かせるというその務めにも繋がることでもあり、それにより一人でも多くの人の心を解き放ち、それぞれの役目に沿って人々のために使命を果たしていくという、四神の務めにも繋がっていくことになるということなのだ。

その務めに励みながら、これから必要になっていくであろう活動にも皆が一丸となって、四神たちは神仏様より与えられる己自身の役目を終える日まで、世の中の人々のために日々、精進していくことが続いてゆくことになるだろう。

人々は、後になって後悔をすることがないように、個人しか定めることができない、人として進むべき正しい道を考えていってほしいと願う。

無論、信じるか信じないかは、その人次第である。

だが、自分自身が最後に、大宇宙に存在する神々と繋がるかどうかの命運は、まさに自分自身が握っているということを、人々には忘れないでほしいのだと、四神たちは語った。

蒼真たち四神は日夜、世の中の多くの人々に、どうしたら自身たちの声を広く届けることができるかを模索している。

蒼真は今、四神たちと共に、おのおのの務めを果たしながら日々を過ごしているのだが、しかし蒼真には、四神たちと巡り合う随分前に、ある記憶が蘇《よみがえ》っていたのだ。

それは、蒼真自身が、遥か昔の以前の世で辿ってきたという記憶であった。

人の世の中でも転生とは、人は死後次の世で、別の形に生まれ変わるものだと信じられている。

だが、人が転生を繰り返すということがあったとしても、その記憶までは、普通ならば引き継ぐことは考えにくいことではあった。

しかし蒼真が、その前世で辿ってきた記憶とは、今の蒼真自身が住んでいる世の中に繋がっていることでもあったのだ。そしてそれが、四神としての現在の務めにも繋がることになっていたとは、蒼真自身もそうなるまで思いもよらないことだった。

蒼真の夢の中で、その前世というべき記憶の蘇りを促したのは、仙人様であった。

仙人様はまず、夢の中で二度も、蒼真に同じことを伝えることになったと言った。しかし蒼真には、少し前にも夢の中で同じことを告げられていたという記憶はあったものの、仙人様のその言葉の一部だけが記憶にはなかったのだ。

その記憶の糸を手繰《たぐ》るように、蒼真は思い出すことに努めてみたのだが、蒼真の頭の中からはなぜか、仙人様のその言葉の一部だけが、完全に抜け落ちていたのだ。

その頃の蒼真は、天音とは結婚する前でもあり、それから仙人様が夢の中に現れたのも、まだ日が浅いということもあったので、蒼真もいつの日の出来事であったのかをよく覚えていた。

あの頃は、蒼真の母の戒名の真ん中の一文字の漢字を名前に持つ女性が、蒼真が守るべき女性であると、虚空蔵菩薩様に告げられた頃であった。そして、あの日はちょうど、蒼真自身も緊張しながら彼女の本名であった天音という名前を尋ねた、その夜の出来事だった。

あの日の夜に、仙人様が蒼真の夢の中に現れたことは、蒼真も確かに覚えていた。

仙人様は、ご自身の娘を捜しているのだと以前に言われており、そしてその夜、

『我が娘を、天に連れて参れ』と、告げられたのだ。

この頃の蒼真はまだ、虚空蔵菩薩様や仙人様の言葉の意味する、その深い部分を知るまでには至っていなかった。

だが、仙人様が告げられたその言葉の後、蒼真自身の心が哀しみや不安、畏怖《いふ》などにも似た混沌《こんとん》とした感情の思いに錯綜《さくそう》し、それらが入り乱れたように心が揺れ動いたのだ。

あの時、自身の中で感じた、心の中の強い衝動によって、蒼真自身はその後に続いていたという仙人様の声が、全く聞こえてはいなかったのだ。

しかし、蒼真自身がその時に感じた、自身の中に込み上げるように湧いてきた錯綜した感情ともいうべき思いが、なぜあんなにも自身の心を締めつけたのか、蒼真には分からなかった。

ただ、その時は、天音と離れ離れになってしまうことになるのだけは、絶対に避けたいと思う気持ちだけに強く駆られたのだ。

仙人様はもちろん、そのことは分かっていたという。

だからこそ、数日の間を置くこともなく、再びその言葉を伝えるために、蒼真の夢の中に現れたのだと言った。

仙人様は蒼真に『思い出せ』と、告げたのだ。

それが、蒼真の記憶から抜け落ちていた、あの時の仙人様の言葉であったという。

そして仙人様は、ご自身を「沙竭羅龍王《しゃかつらりゅうおう》」と名乗った。

蒼真はこの時初めて、若い頃より度々、蒼真の夢の中に現れては様々な御言葉を告げていた、仙人様のその正体を知ることになったのだ。

沙竭羅龍王様とは龍族であり、八大龍王《はちだいりゅうおう》と呼ばれている、八体いる龍王様のうちの一人であると伝えられている。その八人の龍王様とは、何億ともいわれる龍を束ねる、龍族の族長とも伝えられる存在でもあったのだ。

蒼真は、仙人様の本当の正体を知ると、その驚きのあまり一瞬、息が止まる思いがした。

しかし、夢の中の沙竭羅龍王様は、龍族という大きな龍の姿ではなく、いつもの仙人様の姿のままであった。

沙竭羅龍王様は、それは人間世界に伝えられている、一つの抽象的な概念に過ぎないと言った。つまり、龍の姿だけに固定されたものではなく、その姿形とは、厳密に言うなれば自由自在であるということを指していたのだ。

沙竭羅龍王様は、自身の娘である吉祥天《きっしょうてん》が、その星に降りているということは、その時代は最後の世界となるので、蒼真には早々に記憶を呼び覚ませということを伝えに来たということだった。

蒼真の夢の中で語られた沙竭羅龍王様の低い声は、蒼真の脳裏に深く食い込んでいくようであった。

沙竭羅龍王様が、蒼真の夢の中で片手を上げたのが合図となったように、蒼真は自身の夢の中で目を閉じていた。それと同時に、夢の中にいる蒼真の周辺からは、幾つもの小さな鈴の音

が鳴り響き、更に深い夢の中へと引き込まれていくような感覚がした。

蒼真はそれがきっかけとなり、自身が前世で辿ってきたという生涯を、走馬灯のように思い起こすことになったのだ。

しかしそれは、いつの時代の過去世であるのかまでは、分からなかった。

だが、自身が経てきた前世とは幾つかあり、その中には遥か遠い昔と思えるような時代もあった。そして、そのどれもが随分昔の過去世であったということは、自身の頭の中に思い起こされてきたその記憶の光景から、蒼真にもすぐに理解できたことだった。

蒼真が知った前世とは、全部で三つあった。

その三つの過去世は、そのどれもが自分が世の中の人々のために生き抜き、その人生を送っていたというものであったのだ。

一つ目に思い起こされた記憶とは、その中で最も古い記憶であった。それは、むかし、むかし、遥かむかしのそんな遠い記憶であった。

その時代は、荒れ果てた殺伐とした世の中だった。

それは、近隣の村同士の抗争、野に蔓延《はびこ》る賊《ぞく》の襲撃に、強盗や略奪も当たり前に起こる世の中でもあり、更には隣国の王国同士の争いなども日常的に活発に起こっているという時代でもあった。

人々が領土や食糧を奪い合うという争いが、まさに頻繁に繰り返されていた時代であり、そんな争いが絶えない世の中に、蒼真は生まれていた。

そこには、名もない小さな村があり、村全体がひどく貧しく、蒼真はこの村にある、貧しい農家の長男として生まれていたのだ。

この時代で生きた蒼真は男性であり、名はヤマトといった。

ヤマトは村人たちを守るために、村にいた師匠の下で剣術などを身につけると、東の祠《ほこら》の龍神様のご加護を受けて、三種の神器の一つでもある、神剣・むらくもを授かっていた。

世の中に降り立っているという三匹の悪魔に苦しめられている人々を救い、龍神様が告げられた、三つの試練を果たすためにヤマトは旅立っていった。

ヤマトは、村落の人々を救うために、ロックアーミーとヘルブレスという二匹の悪魔を倒すことには成功した。そして、イサナギ王国という大国で開催されるトーナメント戦に紛れ込んでいるという三匹目の悪魔を倒すために、トーナメント戦に参加したのだが、決勝戦でも悪魔と思える存在はなく、トーナメント戦に優勝した。

だが、その勝利も束の間であり、そのトーナメント戦の闘技場にある舞台には、新たにこの世のものとは思えない奇怪な獅子が現れ、その怪物との戦いになったのだ。

飢えていた獅子は、舞台と観客席とを隔てていた高い壁を飛び越えると、観客席にいた人々を次々に襲い始めた。

だがヤマトは、舞台に隔離されたままとなり、観客席の一人の老兵の助力で舞台から出るまで、観客席にいる人々の様子さえ知ることもできなかった。

ヤマトはその後、王国の人々を守るために獅子を倒し、三匹目の最後の悪魔であったディスガーを倒すことにも成功したのだが、そのディスガーによって深手を負ってしまったヤマトも命を落とすと、ヤマトはその世の中を去っていた。

そして、この時代のヤマトには、イサナギ王国のお姫様であった、イザナ姫という心惹かれた女性との出逢いがあった。

二つ目に、蒼真に思い起こされた前世の記憶とは、古い記憶ではあるが、一つ目の記憶よりまだ新しい、むかし、むかしの記憶であった。

この時代の人々は、自然災害や得体の知れない病気によって苦しめられている世の中であり、また多くの人々が、貧困な暮らしを強いられていた時代だった。

この時代で生きてきた蒼真は男性で、名は彦星《ひこぼし》といった。

家族もいない彦星は、ある山の中で、たった一人で生きていたのだ。

この世の中では物々交換が主流であり、彦星は毎日の生活のために、山の中にある畑で農作業に励みながら、流行る病《やまい》に薬も得られず貧困な暮らしが続いている世の中の人々のために、自身にも何かできることはないかと考えていたのだ。

ある日、彦星は村の夏祭りへと向かう途中の山道で老人を助けるが、その老人は、実は天狗様であった。天狗様は悪魔と戦い負傷して、二つあるうちの片方の黒い勾玉《まがたま》を奪われてしまったという。

彦星は、負傷した天狗様の代わりに、スワ村に起こるという災いを全て払いのけるため、村へと出かけることを引き受けた。天狗様の予見では、悪魔が奪い去った黒い勾玉の力を悪用して、スワ村に大災害をもたらすのではないかということだった。

彦星は、天狗様からもう片方の白い勾玉を授かると、スワ村に住んでいる人々を助けるために村へと向かった。

だが、その勾玉は本来、神が所有する持ち物であり、もし人間が使用すれば命を失うといわれていた。その勾玉は、白色と黒色とが一つとなり、合わさることで初めて対《つい》となる、三種の神器の一つであったのだ。

災いは、スワ村で行われる星祭りというお祭りの最中《さなか》に起こった。

人間に化けた悪魔が黒い勾玉の力を使い、大地震と噴火を起こしたのだ。人々は、それによる津波の危機にも襲われた。

しかし、彦星はそれを白い勾玉の力で抑え、人々を救った。

ところが正体を現した悪魔は、今度は得体の知れない疫病を発生させたのだ。

彦星は、勾玉の力を使うことで自身の体力が消耗していることにも気づきながら、その白い勾玉の力を使って黒い勾玉を持っていた悪魔と戦い、最後には悪魔を、猿《さる》田《た》山《やま》という山の亀裂の中に封じ込めた。

彦星は悪魔に打ち勝ったものの、疫病が治まることはなかった。

そこへ、どこからともなく老人が現れ、悪魔が持っていた黒い勾玉を手渡されると、彦星は、その白と黒とが対となった勾玉が持つ本来の力を使うことで、スワ村の人々を恐るべき病から守ったのだった。

だが彦星は、その勾玉の力を得ることと引き換えに、その世を去ることになった。

この時代では、織姫《おりひめ》との出逢いがあった。たった一人で生きてきた彦星が心惹かれた、たった一人の女性であった。

三つ目に、蒼真に思い起こされた記憶とは、二つ目の前世の記憶より新しいものであり、むかし、少しむかしの記憶であった。

その世の中は、世界中の国々が欲と金に塗《まみ》れ、戦争を繰り返していた時代であった。世界中の多くの人々が貧困に喘《あえ》ぎ、飢えや病に苦しんでも、それより優先されたのは、戦争に使うための武器や兵器の製造だったのだ。

国々が起こす戦争と、人々の貧困な暮らしが長く続くことにより、人の心は荒《すさ》んでいた。人々は、他人を気遣うよりも、個人が生き残るための考えで行動を起こすことが優先され、自分の家族や生活を守るために争い、人々の暴動や蹴落とし合いも続いていた。そんな世の中に、蒼真は生まれていた。

この時代で生きてきた蒼真は女性であり、名は十和子《とわこ》といった。

十和子は、そんな暗い世の中でも、いつも明るく、人を思いやる心を持っていた女性であり、遊女として働くことで、その時代を生きていたのだ。

十和子には、いつか小説家になりたいという夢を持った光《ひかる》との出逢いがあり、一匹の亀との出逢いもあった。しかし、十和子が助けた亀とはカッパであり、そのカッパによって二人は、湖の底にある竜宮城と呼ばれる場所へと招かれることになった。

竜宮城には、龍王様と姫君様がおり、龍王様が座る奥の台座には、琵琶《びわ》を奏でる、天女のような女性が一人座っていた。

龍王様はしばらくの間、二人を静かに見つめた後、カッパを助けてくれたことに感謝するとともに、二人の望みを尋ねた。

二人の望みは同じで、その世の中が平和になることであった。

龍王様が言うには、この世の中にはいつの時代からか、人の心を惑わすという小悪魔たちが人間に取り憑いて、その人々の心を蝕んでいるという。よってこの世の中から争いをなくすためには、それらの小悪魔たちを消滅させることが必要であり、そして平和な時代へと移り変わっていくためには、人々が昔のような清らかな心を取り戻していく必要もあるのだということだった。

しかし、この世の中では、もはや二人が望むような平和な時代を迎えるには、手遅れだということ。

それでも、銅鏡を使うことにより、小悪魔たちは収束し、善が光を取り戻すことはできる。だが、それもほんの一時、戦争を少しの間、止めることくらいが今は精一杯であるということであった。

そして、銅鏡を扱うには、その銅鏡を扱うことのできる資格者でなければならず、また、その人間の命が代償になるという。

しかし、銅鏡を扱える資格を持つ者は十和子ではなく、十和子が理想の人と思いを寄せていた光の方であったのだ。

十和子は、その役目を引き受けると言った光の答えに、猛反対した。

しかし光は、この荒廃してゆく時代において悲惨な生活を送っている多くの人々のために、僅かでもその夢や希望がかなえられるというのなら、己の命を失おうとも遣《や》り遂《と》げるという覚悟を、既に決めていたのだ。

銅鏡とは、三種の神器の一つであった。

光は、人に取り憑く小悪魔たちを一掃するために、龍王様の指示を仰ぐと、その竜宮城から、その世の中の戦争を止めるための舞台となる次元へと、銅鏡が放つ輝きとともに姿を消した。

光が次元を超えて移動したであろう別の世界において、小悪魔たちを消し去るために、どのような戦いを繰り広げたのかまでは、十和子には知る由もなかった。しかし十和子は、無事に光が役目を遂げたことを知らされると、湖の底にあった竜宮城からもとの地上に戻されて、そこで戦争が終結していることを知ることになるのだった。

湖畔に立ち尽くしていた十和子の前に、龍王様の座る奥の台座に座り琵琶を奏でていた天女が姿を現すと、十和子はその天女から、一つの玉手箱《たまてばこ》を受け取った。

天女は十和子に、「この玉手箱を開けることは、この世に人間として生まれ、そして人間にしかできない、人の試練である」と告げていた。

そして、戦争のない穏やかな世の中は百年ほどしか続かず、また百年経てば小悪魔たちが世の中に蔓延《はびこ》り、世界を制圧していくというのだ。

天女は、時を進ませ、次の時世を早く迎えることで、この世に到来した太平の世が、百年後の後世にわたって受け継がれ、それを存続させてゆくことができるという、一つだけ残されていた玉手箱という、人々の未来へと繋がる希望を、十和子に伝えに来たのだ。

しかし、玉手箱を開くと時間は進んで、玉手箱を開いた人間は急速に年を取り、その命を失うということだった。

十和子は、自分たちが望んだ平和な世の中が次の時代に受け継がれ、人々の幸福な未来が長く続くことを願いながら、玉手箱を開けた。

十和子の体は、玉手箱の中から出て来た真っ白な煙に包まれると、瞬く間に十和子の時は進み老女となって、十和子はその世を去っていた。

この時代での十和子には、小説家を夢見た光という、心惹かれた男性との出逢いがあった。

蒼真は、それらの一通りの前世での記憶が夢の中で思い起こされると、布団の中で静かに目を覚ましていた。

目を覚まし、蒼真が上体を起こしても、蘇った前世の記憶は、蒼真の頭の中から消え去ることはなかった。

だが、蒼真の頭の中には、その蘇った過去世とは異なる別の感覚があった。蒼真の前世であるという三つの記憶が蘇ったところで、同時にある神様の存在が過《よぎ》っていたのだ。

それは、蒼真の前世の記憶に深く関わっていると思われる存在であった。その名は毘沙門天《びしゃもんてん》という男の神様であった。

毘沙門天とは、天界において帝釈天が率いているという十二神将の中にいる、軍神の一人だった。

そして、蒼真には、三つ目の過去世を知ることにより、そこには蒼真自身も驚くことがあったのだ。

その三つ目にあった蒼真の最後の前世とは、三つの過去世の中で今の時代に最も近く、蒼真自身が住んでいる現在の世の中に、最も深く繋がっているのではないかということだった。

天女は十和子に、この世に到来した太平の世が、百年後の後世にわたって受け継がれ、それを存続させてゆくことができると言い、玉手箱を手渡していた。

つまり、十和子が生きた時代とは、蒼真たちがいる今の時代から、およそ百年前の時代を指していることになるのだ。

天女が十和子に向けて告げていた言葉は、他にもあった。

「そなたは、その箱を開けてしまうことで命は落とすが、その魂は生き続ける。次の新しい時世を迎えた世に、そなたはその時の中で再び、生を受けることとなるでしょう」

蒼真は、天女の言葉の中にあった、次の新しい時世とは、それからおよそ百年後でもある、今の蒼真たちがいる世の中を指している言葉であるとともに、十和子の魂は今、自身の中にあることを知ることになった。

十和子の魂は生き続け、その時の中で再び生を受けるということから、蒼真自身の前世が十和子であるなら、必然的に、蒼真は十和子という魂を持つ生まれ変わりであるということが知れたのだ。

しかし、この頃の蒼真は、まだ四神たちと出逢う前でもあり、建築業に携わる一人の職人として、普通に働いていた頃の話でもあった。当然、蒼真自身が神々を運ぶことができるという、その器を持つ人間であるということも、この頃はまだ明確には知らされてはいない頃でもあった。

蒼真は、虚空蔵菩薩様が示された天音という女性に出逢い、そしてその後、沙竭羅龍王様によって、蒼真の前世が思い起こされることになったのだ。

だが蒼真には、その自身の三つの前世に深く関わっていると思われた、毘沙門天という神様の存在が、自身の前世にどのようにして関わっているのかが、全く分からなかった。毘沙門天という名前さえ、三つの前世の記憶からは知ることができなかったのだ。

だが、それでも蒼真は仕事の休憩中や就寝前の時間などを使って、その三つの前世の記憶を一つ一つ丁寧に思い返しながら、毘沙門天という神様の手がかりを、懸命に記憶の中から探し出そうとした。

しかし、自身の過去世の記憶をどう探ってみても、どの過去世にも毘沙門天の手がかりはなく、毘沙門天という名前さえ、記憶の中の誰もが口に出すことはなかったのだ。

沙竭羅龍王様が蒼真の夢に現れてから、数日後の夜のことだった。

毘沙門天という存在が気になっていた蒼真の夢の中に、今度はすげ笠を被った僧侶が現れたのだ。

僧侶は、蒼真に向かってこの時初めて、蒼真自身が神々を運ぶことができるという器を持つ人間であることを告げた。

そして、蒼真の中には今、二人の神の御霊《みたま》がとどまっているのだという。

二人の神には、それぞれに役目があり、その役目を果たすために蒼真の中にとどまり続けているということであった。

その神のうちの一人が、毘沙門天であるという。

蒼真の三つの前世とは、今は蒼真自身のものともいえるのだが、正確に言うなら毘沙門天の前世でもあるのだと言った。そして、「全てを思い出せば、蒼真自身も次第に理解できるようになる」と、僧侶は自らが手に持つ錫杖《しゃくじょう》を鳴らしながら蒼真に告げていた。

夢の中に現れていた僧侶が静かに姿を消してゆくと、蒼真は布団から飛び起きていた。額には汗が滲《にじ》み、僧侶が鳴らしていた錫杖の音が、蒼真の耳にはまだ残っていた。

それと同時に、蒼真の脳裏には、毘沙門天としての記憶がゆっくりと見えてきたのだ。

蒼真自身、今思えば、沙竭羅龍王様と僧侶は、『思い出す』ということを急いでおられるようにも思えた。そして、それがどういうことであるのかを蒼真は今、知ることになったのだ。

毘沙門天は、吉祥天という女神様を追い求めて、人の世の時代を旅していたということが分かった。

毘沙門天と吉祥天の二人は、仲睦まじい恋人同士であったのだ。

毘沙門天はそのために、人の世である四つの世界の時代へと、降り立つことになった。それが、沙竭羅龍王様が毘沙門天に与えた試練の一つであり、また同時に毘沙門天には、新しい時代の扉を開くという役目も与えられていた。

蒼真の頭の中には、毘沙門天の記憶が、全て蘇っていた。

吉祥天とは、大宇宙の中において、消えゆく最後のあらゆる次元や空間、そして滅びや終わりを迎える、最後のあらゆる世界や時代に降り立つ女神様であった。

吉祥天は、それらのあらゆる最後となる一つの時の中で、それらの星や空間などが、再び存続するにかなうにあたるか、もしくはその再生が可能にあたるかどうかなどを見定める役目を持つ、裁きの神様だった。

蒼真の前世として蘇った、あれらの三つの過去世とは、まさにそのどれもが、時代の終わりを迎えようとしていた一つの世の中であったのだ。

そして、蒼真たちがいる十一回目の最後の時代とは、滅びゆく一つの世の中を示しており、この時代を最後にして、毘沙門天は吉祥天を追い求めて、再び現代に降り立つことになった。

蒼真は、毘沙門天の記憶が蘇ると、毘沙門天が持っているその意識や視野が、まるで蒼真自身と同化し一体となったかのように、遥か遠い昔にあった毘沙門天の過去の出来事を知ることになった。

その出来事とは、なぜ毘沙門天が数回にわたってこの星の時代に降りて来ることになったのか。そして、なぜ自身と相愛でもあった吉祥天を追い求め、彼女を捜し出さなければならなくなったのかという、その訳であった。

そこは、大宇宙の中にある数多《あまた》なる星々から、遥か遠く離れた次元にある、創造主である神々が住まう、天界や天上界とも呼ばれている一つの世界でもあった。

その世界とは、美しく柔らかな色彩によって彩られた、輝きという光のみで満たされている世界であり、豊富な水源と緑豊かな大自然によって満ち溢れている、幻想的で光り輝く美しい

世界であった。

毘沙門天と吉祥天は、幻想的な美しいその天界において、他の神々が立ち寄ることもない場所を見つけては、他の神には見つからないようにこっそりと、よく逢瀬《おうせ》を重ねていた。

だが、そんなある時、大宇宙に存在している東西南北に位置する、四つの柱に収まっていた四人の守護神が、途方もない時を経てその役目を全うすると、柱の守護神を交代する時期を迎えたのだ。

東西南北に位置するその四つの柱とは、大宇宙のあらゆる生命体を導くために、神々が創造したものであった。

柱に籠《こ》もる神は「柱の守護神」と呼ばれ、ただ一人で柱の中に収まることが定められていた。四人の守護神は、それぞれが与えられた四方の柱の中に一人きりで籠もり、その定められた時まで、大宇宙の中にある惑星や星々、そこに生息する生命体の監視者ともなり、そこで時空の歪《ゆが》みなどを修正しながら、大宇宙のあらゆるバランスを取るための力を促す存在となるのだ。

しかし一度、柱の守護神となり柱の中に籠もることになれば、その役目を全うするまでは、柱の外には出られなくなる。唯一、その柱と守護神を護衛する役割を担《にな》った、一人の定められた護衛神だけが、自らが守る柱の中を自由に出入りすることが許されており、また柱の中に鎮座する守護神とも自由に会話をすることが許されていた。

その柱の守護神が交代する時期とは、柱に入った守護神の魂が向上し、自らの神としての力も更に増した時が、その交代時期と定められている。

だが、その魂を向上させ、自らの内なる力を強力に高めていくということは、決して簡単なこととはいえず、何千何億ともいうような長い時を要するものでもあった。そしてそれには、神々がそれぞれに持っている神格が高くなるほど、気が遠くなるような長い時間が必要であった。

そのために、柱の守護神としての役目を果たすに至るまでは、途方もなく長い間、柱の中に籠もる必要があるのだ。

その役目をようやく果たし終えた、柱の守護神の交代の時期が、その柱と守護神を守り続けていた護衛神の交代時期でもあった。

東西南北にある四つの柱には、長い時を経て守護神の交代時期を迎えると、また新たな柱の守護神と護衛神が選ばれることになった。

守護神として選ばれるに相応《ふさわ》しい神とは、強大な力を持つ神格の高い神であるということはもちろんだったが、あらゆる生命の息吹に呼応できる能力に、最も長《た》けた神でなければならなかった。

その四方に収まるべき柱の守護神の一人に、沙羯羅龍王様の三人の娘のうち、一番末の娘であった吉祥天が選ばれたのだ。

吉祥天が、神々から収まるべきと定められた柱は、東西南北の四方のうち、北の柱であった。

だが吉祥天は、北の柱に収まることを、頑なに拒んだ。

もちろん、自らの立場を考えても、それを拒むということは、大宇宙を司《つかさど》る神として許されることではないということは、吉祥天自身にもよく分かっていたことだった。

しかし、北の柱に身を投じることになれば、吉祥天は途方もない長い間にわたり柱の中に籠もることになり、そうなれば毘沙門天に会うこともかなわなくなる。頑なに拒んだのは、吉祥天が苦悩の末に判断した結果だった。

毘沙門天は、吉祥天とは身分も異なる、ただの軍神であったため、他の神々からも身分違いと言われ、その伴侶として添い遂げるどころか、二人の恋仲も、決して天界で認めてはもらえない関係であったのだ。

吉祥天は毘沙門天よりも、遥かに身分やその神格も高い存在だった。そのため、毘沙門天は吉祥天には相応《ふさわ》しくないと、長い間にわたって二人のその関係は、神々から猛反対を受け続けていた。

それで二人は、他の神々の目には触れないところでこっそりと逢瀬を重ねてきたのだ。

だが、吉祥天は今回、新しい北の柱の守護神として選ばれた。

そして、神格が低く身分も低い家柄であった毘沙門天は、北の柱とその守護神となる吉祥天の護衛神の候補にも、選ばれることはなかったのだ。

北の柱の護衛神として選ばれたのは、毘沙門天の友であった、契此天《かいしてん》だった。神々は、その身分も神格も吉祥天と相応《そうおう》であるといい、契此天を今回の護衛神として選んだのだ。

契此天は、その護衛神という役目に、複雑な顔をしたまま黙り込むと、一瞬だけ悲しげに、その顔を歪《ゆが》めた。しかし、その表情は一瞬であったため、他の神々の目に触れることはなかった。

毘沙門天は、十二神将の中では力強く勇ましい、軍神としては申し分のない有能な存在であった。

最前線で配下を指揮して戦う闘神《とうじん》としては、毘沙門天は力もあり勇猛ではあったのだが、二人が持つ身分や神格が二人の邪魔をしていたのだ。

天界において、神同士の関係に影響し最も重視されていたのは、神々が持つおのおのの身分、つまりその神格であった。

それは単に権威ということではなく、身分違いは互いに持つ、その力の均衡を崩す恐れもあり、また互いの魂が向上してゆく過程においても、互いの力が引き合うことで、伸び悩んでしまうということが考えられたからだった。

神とは皆、創造主である。それぞれの神が、その身に秘めた力を使い、数多《あまた》ある惑星や星々と、そこに息づく生命体を導くための力となり、大宇宙を司っている。

そのため、自らが内に秘める、その力の均衡は自らで保ち、その力を高めてゆくことも必然的に求められることであり、それに努めていくことを神々は、決して疎《おろそ》かにしてはならないのだ。

自らの魂を向上させていくということは、自らの力を高めてゆくことに直結する。神々が持つ、おのおのの力が高まれば高まるほど、それは大宇宙の中にある、数多の星々や惑星、そしてそこに生息するあらゆる生命体の存在を守るとともに、それらを導くための大いなる力に繋がる。創造主である神々は、大宇宙の中で自らが作り出した存在を中心に考え、皆、動いているのだ。

それがゆえに神々は、身分違いの契《ちぎ》りを認めず、それを最も禁忌なものとした。だから吉祥天は、この柱の交代時期を境にして、今度こそ毘沙門天との仲を、神々によって完全に引き裂かれてしまうのではないかと、一抹の不安に駆られたのだ。

「ねぇ、毘沙門天。妾《わらわ》がこのまま柱に入ることを拒み続けても、きっと時が来たら、柱の中に入らなければならない時が来るわ。だから……そうなる前に、どこかの下界に二人で逃げましょう」

吉祥天の思いもよらない突然の言葉に、毘沙門天は目を見張った。

吉祥天の瞳は、憂いのある輝きを帯びて、毘沙門天を見上げていた。

もちろん、毘沙門天は愛する人の傍《そば》に、ずっといたかった。吉祥天と離れたくないと思う気持ちは、他の誰よりも強いものであったのだ。

しかし、毘沙門天は、すぐに己自身の立場と、吉祥天の置かれている立場という現実に苛まれると、葛藤した。

毘沙門天は、吉祥天の言葉にすぐには返答することができず、戸惑うばかりであった。

二人はその後も、他の神々がいない場所や時間を見計らっては、逢瀬を重ねてはいたものの、しかし会う度に、互いの口数はどんどん少なくなっていった。

毘沙門天は、自分たちが置かれている立場を考えるあまり、まだ迷っていたのだ。

吉祥天の寂しそうな表情が、毘沙門天にはかなり堪《こた》えている。

だが毘沙門天は、このまま黙っていても時ばかりが過ぎてしまうと、その心の中では焦《あせ》りを感じていた。

吉祥天が、いかに己自身の考えをしっかりと持った女性であったとしても、他の神々から告げられる数々の言葉の重圧に、彼女も次第に耐えられなくなり、その最後には自身にさえ何も告げることもなく、北の柱に黙って行ってしまうのではないかと感じたのだ。

東西南北に位置する四つの柱とは、それほどに大宇宙を支えるための重要な役割を持っている。柱の守護神として選ばれた時点で、吉祥天の肩には既に、その重責がかかっているのだ。

吉祥天は、あまり余計なことを口に出さない女性ではあったが、父である沙竭羅龍王様のお叱りを受けているのではないかということは、毘沙門天にも分かっていたことだった。

吉祥天は、少し気が強く、自らの確立した考えを持つ気丈な女性ではあったのだが、美麗でありその品位も高く美しい、とても優雅で優しい女性でもあった。

毘沙門天は、天界から直接下界を見渡して、大宇宙の中に存在する星々や生命体を監視する役目も与えられていたことから、下界の監視をするために、今日も一本の巨大な大樹の上に登っていた。

下界は、「命の木」と呼ばれる一本の巨大な大樹の上から、その全てが一望できた。

大宇宙に小宇宙と、自由自在に視点や角度を変えながら、数多《あまた》ある星々や惑星、そこに生息する生命体を、そこから全て監視しているのだ。

命の木の上から見える、一つの星を拡大することで、その地上における一つ一つの生命体の活動さえも容易に確認することが可能であり、更には星の内部に至る隅々まで観察することができた。

毘沙門天は、吉祥天の言葉に思い悩みながら、一人きりで下界の監視を続けていた。

優秀で真面目《まじめ》であった毘沙門天が、悩みながらも的確に自らの役目を熟《こな》していると、やがて己の役目を終えた帝釈天と契此天が命の木を訪れた。

二人は、毘沙門天ととても仲の良い友人であり、そして三人は、命の木の上から見渡す、美しい下界の風景がとても好きだった。そのため、友人である二人も暇を見ては度々、命の木を訪れていたのだ。

木の枝に座って、下界の監視を続けている毘沙門天の近くにあった木の枝に、帝釈天と契此天も腰掛けると、いつものようにたわいない話をしながら、三人は共に下界を眺めていた。

しかし、ほんの僅かな合間だが、毘沙門天の表情には、時々陰りがかかるのがうかがえた。

その様子に、いち早く気がついたのが、二人の友でもあり、兄のような存在でもある帝釈天であった。帝釈天は、毘沙門天が人に対して不器用なところがあり、自身の思いを表現することも、あまり得意ではないことを知っている。二人よりも、少し年齢も離れている帝釈天は、少々お節介なところがあるものの、二人の良き理解者でもあり、とても友人思いでもあった。

もちろん毘沙門天は、帝釈天の右腕として活躍する、有能な軍神でもあるのだ。

帝釈天は、先ほどから何かを言い淀《よど》んでいるような毘沙門天の様子を見て、毘沙門天が話をうまく切り出せるように、その場を和ませていた。

三人は、つきあいが長い友人同士でもあったため、互いの性格をそれぞれがよく理解している。

しかし、毘沙門天が思い悩み、打ち明けたその内容とは、かなり深刻なものであった。

だが、どこかの下界に二人で逃避行したいと願う吉祥天の思いは、帝釈天も契此天も分からなくはなかった。

二人はずっと以前から、毘沙門天と吉祥天が仲睦まじい間柄であり、相愛であることも知っている。無論、他の神々から長い間その関係を認めてもらえず、猛反対されていることも知るところであった。

そして、吉祥天が危惧するように、彼女が北の柱に身を投じれば、長い間にわたって会えなくなるということは必然であり、他の神々がこれを機に、二人を引き裂かないという保証も、どこにもなかった。

「愛しているからこそ寄り添っていたい……そして、愛しているからこそ添い遂げたいと願うのだ。それだけを純粋に考えた時、自分たち二人の、どこがいけないというのか？」

その言葉は、神として決して口に出してはいけない言葉だった。そのことは、毘沙門天が一番理解していることでもあった。だが、心を許す友人の前であったからこそ、その想いも自然と、毘沙門天の口から溢れたのだ。

自分たち二人が、周囲の神々によって少しずつ確実に追い詰められてゆく苦しさに、毘沙門天は苦悶の表情を浮かべながら悲痛な声を絞り出すと、その顔を更に悲しげに歪《ゆが》めていた。だが毘沙門天も、いつかは覚悟を決めなければならない時が来ると思っていた。しかし、己の立場を考え、吉祥天の立場も考えた時、自分自身がとるべき行動に戸惑いを覚えるのだと、毘沙門天は二人に告げる。

帝釈天と契此天は、毘沙門天の話を聞き、真剣に考えていた。今までの二人の関係が、これから先もずっと続くとは、確かに帝釈天と契此天にも思えなかったのだ。

しかし帝釈天と契此天は、他の神々が賛同した、身分違いの契《ちぎ》りを禁忌とした側に同意する立場ではなかった。むしろ、偏《ひとえ》に想い続ける二人の愛に共感すら覚え、毘沙門天と吉祥天を応援する立場にいた。

毘沙門天が、ここまで恋に身を焦《こ》がし、これほど愛した人もいなかった。たまたま愛した人が、神としての位や身分が高位であっただけなのだ。

そして毘沙門天が心惹かれた吉祥天も、自らの身分などには関係なく、毘沙門天を慕っている。

天界における、この実情だけを言うならば、神々が自ら持つその身分や神格とは、二人のように互いに慕い合う神々にとっては、邪魔な禁忌でしかないのだ。

帝釈天と契此天の二人は、他の神々が唱えるように、身分違いなどの問題が神々にとってそれほどの障害となり、そこまで重要なことであるとは考えてはいなかった。

帝釈天と契此天には、ある想いがあった。

それは、この二人のように、ひたむきに互いを想い続け、ただ一途《いちず》に互いを信じて二人で進んで行こうとするそんな純粋な想いが、双方が持つ力の作用によって互いの力がぶつかり合い、悪影響を与え合うようなものとなるだろうかと考えたのだ。

これほどまでに互いを思い合うことができる二人ならば、互いの力を強力に高め合うことをより可能とし、そして互いの存在があればこそ、二人の魂ももっと向上しやすくなるのではないかという、他の神々とは真逆の想いを、ずっと二人は心に持っていたのだ。

帝釈天と契此天は、いつか二人が結ばれることを願いながら、そのことを信じてやまなかった。

「おいらが……毘沙門天と代わってあげられたら良かったのに……。そうしたら、いつでもまた会えたのにね……」

契此天が、どこかくぐもった声でしょんぼりと告げると、その表情を曇らせている。

「なーに、そなたのせいじゃないさ。柱の守護神もそうだが、護衛神も自分がなりたくてなれるものじゃないからな」

帝釈天は、しけた顔をしている契此天の肩を軽く叩くと、励ますように笑んだ。

契此天の気遣いに、その傍《かたわ》らにいた毘沙門天も微笑《ほほえ》むと、頷いている。

いつも、ぼんやりとした印象を醸し出している契此天だが、少し天然ボケなところもあるものの、物静かで優しい性格であった。

毘沙門天が吉祥天を離したくないという気持ちは、二人は無論、理解はしている。

しかし、二人で下界に逃げるというのは穏やかな話ではないと、帝釈天と契此天は腕を組み、難しい顔をしていた。

だが、どんなに難しい顔をして考えたところで、悠長に考えている時間がないことだけは確かであった。吉祥天は既に、北の柱の守護神として定められているのだ。

帝釈天は、時間もないことから、とりあえず二人で下界に降りて行くことで、話をまとめ上げた。後のことは、また下界で機会を作り、良い方法を皆で考えることにしたのだ。

そうと決まったところで三人は、命の木の上でこっそりとその手筈《てはず》を話し合うと、誰にも気づかれないように、下界に降りる準備を整えていった。

二人が下界に移動する手段としては、命の木に隣接する空間移動ゲートを使用することに決めた。

この場所は、三人が好んでよく足を運ぶ場所であったため、当然監視者以外の神々が訪れることも少ない場所であったということを熟知していたからだった。

この計画を手際よく成功させていくためには、どうしても他の神々の存在が邪魔であった。だが、空間移動ゲートの前には必ず、数人の護衛兵が配置されている。その護衛兵たちの気を引きつけるのを帝釈天と契此天の役目とし、その隙に毘沙門天と吉祥天はゲートの扉を開き、下界へと瞬間移動する手筈であった。

毘沙門天はすぐに、そのことを吉祥天に伝えた。

すると、彼女の寂しそうだった表情は、一瞬にして華やいだ。

毘沙門天は、自身に向けられた吉祥天の愛くるしい笑顔に、すまなそうに吉祥天を抱き締めると、返答に時間がかかってしまったことを、すぐに詫《わ》びた。

だが、吉祥天は、毘沙門天の腕の中で静かに首を左右に振ると、微笑みながら一回頷いただけであった。

吉祥天は、毘沙門天が不器用であり、彼の真面目な性格も当然、理解していた。そんな彼が、すぐにそんな答えを返せるとは、吉祥天も思ってはいなかった。自身の突飛な発言を考えれば、真面目な彼が出すその答えには、多少なりとも不安はあったのだ。だが吉祥天は、毘沙門天を心から信じていた。

それから数日も経たないうちに、二人が下界に降りる時はやって来た。

無論、この計画は、吉祥天の父である沙竭羅龍王には秘密であった。

吉祥天ももちろん、それを承知の上でこっそりと頃合いを見計らい、約束の場所であった命の木の前に訪れていた。

彼ら四人は、決行前に巨大な木の下で、いつものように雑談に花を咲かせ、笑い合った。そしてその場が和やかになると、いよいよ計画が実行に移される時も来たのだ。

吉祥天は、帝釈天と契此天にお礼を告げると、にっこりと嬉しそうに微笑んでいる。

「気にすることはないさ。でも必ず、みんなでまた会おうね」

契此天は、吉祥天に満悦した笑顔を向けると、とても嬉しそうに彼女に微笑んだ。

「二人の勝利を祈っている」

帝釈天も口角を上げて笑むと、二人の幸せを願いながら、下界に旅立つ二人の肩を優しく叩いた。

三人の男たちは、互いの拳を突き合わせると、計画成功を願うように拳を重ね合わせた。

そして、手筈通りに計画を開始した。

だが、事態は思わぬ展開となり、計画はすぐに失敗した。

帝釈天と契此天が振り向いた先には、護衛兵によって既に捕らえられている、毘沙門天と吉祥天の姿があった。そして、空間移動ゲートがある入り口やその近辺にも、予想以上の護衛兵が続々と集まっていたのだ。

帝釈天は、予想外の出来事に眉をひそめた。

契此天は、未だに事態が呑み込めず、帝釈天の傍らでへたり込んでいる。

しかし、あれは紛れもなく、沙竭羅龍王が差し向けた護衛兵に違いなかった。

そして、捕らえられてしまった二人の手は、それでも固く結ばれたまま、離れることはなかった。そこには、二人の絶対に離れまいとする、強い意志が感じられた。

「おいらに、これを覆《くつがえ》すことができるほどの力があればよかったのに……」

事態をようやく理解した契此天の瞳からは、大粒の涙がボロボロと零《こぼ》れていた。その悲しみによって呟《つぶや》かれた契此天のその小さな声は、ただ静かに天界の空へと消えていった。

天界で、神々のあらゆる固い掟《おきて》を全て覆《くつがえ》すことができる存在とは、神々の頂点に立つ最高神、ただ一人であった。絶対神とも呼ばれる最高神は、あらゆる掟を判断し、独自で神々の定めを取り決めることも許されている、天界で神々をまとめ上げる唯一の存在だった。

その神々の頂点に立つ最高神にもまた、その魂が向上し自らの内なる力が増した時には、大宇宙の更なる大きな力となるために、最高神としての交代時期も存在していた。しかしそれもまた、途方もないほど遥か遠い先のことである。

そして今まで交代してきた最高神においても、神々の身分や神格の関係性を肯定的に位置づけており、その定めを根本から見直し、新しく変えようとする存在はいなかったのであった。毘沙門天の友であった二人は、神としての位や身分が異なる者同士の苦悩とその悲しみを、ずっと近くで見て来た。帝釈天と契此天は、決して添い遂げることが許されない、毘沙門天と吉祥天の二人の苦しみやつらさに、ずっと胸を痛めてきたのだ。

帝釈天は、自身の傍らで堰《せき》を切ったように泣く契此天を見て困ったように眉尻を下げると、また励ますように契此天の頭をポンポンと数回、軽く叩いていた。

帝釈天の耳に、契此天の囁《ささや》くように小さな声が聞こえたかまでは知れない。しかし、それ以外の他の誰にも届くはずのない、契此天のそんな小さな呟きであった。

いずれにしても毘沙門天と吉祥天は、沙竭羅龍王の護衛兵に捕らえられてしまったのだ。

「いや、私たちの行動が、随分前から監視されていたということなのか？」

帝釈天は、ただ悔しそうにしてそう呟くと、唇を噛《か》んだ。

しかし、時はもう既に遅く、護衛兵に捕らえられてしまった以上、二人にも手出しはできなかった。

今はただ、沙竭羅龍王の護衛兵に連行されてゆく二人の後ろ姿を、帝釈天と契此天も見送る以外になかったのだ。

連行されてゆく毘沙門天と吉祥天の耳には、契此天の泣き崩れる大きな声が、いつまでも響いていた。

帝釈天は、連行されてゆく二人を見送りながら、遠い自身の過去の記憶を思い出していた。

それは、自身が妻と出逢った頃の話だった。

帝釈天は、一つの惑星の人類が誤った進化の道を辿っているということから、神々の命を受けて、死滅の道へと進む惑星の軌道修正をするために、その惑星に向かうことになった。

それはアーシュレイズという惑星であり、その惑星を統治する王は、阿修羅王《あしゅらおう》と呼ばれていた。

惑星アーシュレイズは、様々な機器が基盤となり、人工知能が主体となって管理や整備がされている惑星であった。

惑星に住む人類もそれと同様に、その大半の人々が部分的な身体の機械化による肉体改造を行っており、頭脳にも人工知能を埋め込んでいる数多くの人々の存在が見受けられた。その惑星は、行き過ぎた機械化によって科学的な汚染も進み、ひどい有様であった。

アーシュレイズを統治する阿修羅王には、三人の娘たちがいた。二人の娘はまだ幼子でもあったため、帝釈天は長女である王女の人柄を知ると、その王女にまず接触を図ることを試みることにした。

長女である王女は、当時の名を音姫《おとひめ》といい、心優しく大変おしとやかな女性であった。そして、音姫が琵琶を奏でて歌を歌う姿は大変麗しいものであり、帝釈天ですらその類《たぐい》まれなる美声には、思わず心が引きつけられてしまうような感覚を覚えた。

帝釈天は、音姫に接触を図るために、遥か惑星の高みにある自身の宇宙船から、地上にいる音姫が一人になる機会をうかがっていた。

ある日、音姫が馬に乗り、谷間の方へと護衛を連れて出かけて行く姿を確認した。しかし帝釈天は同時に、高みに停止させていた自らの船から、谷間に潜む三匹の悪魔の存在も目視していた。

その悪魔たちは、ロックアーミーにヘルブレス、ディスガーといい、神々に刃向かうような非常に危険な存在でもあった。

帝釈天は、船から谷間の方へと瞬間移動すると、既に三匹の悪魔たちによって取り囲まれている音姫たちを助けるために、自らの力を使って雷を起こし、三匹の悪魔たちを一瞬にして、どこか遠い次元の彼方《かなた》へと吹き飛ばしていた。

その後、音姫が飼っていた白いオオカミが帝釈天に敵意を示さないのを見て、音姫の護衛たちも武器を下ろし、帝釈天は音姫に警戒されることなく音姫との接触を図ることに成功した。

音姫は、神である帝釈天の言葉を素直に受け入れると、惑星と人々の未来を案じた。そして、この惑星が誤った進化の道へと進んでいるということから、音姫はアーシュレイズに住む人類の心ともいえる魂を、どうしたら正しい方向に導くことができるかを考えたのだ。

音姫が、人々のためにすぐにでもできることといえば、自分自身が得意であった、詞に曲をつけて、琵琶を奏でながら、それに合わせて歌を歌うことであった。

音姫が公衆の面前に姿を現すことは滅多になかったのだが、自らが奏でる調べによって人々の心を少しでも動かすことができればと、多くの人々が行き交う街中で、惑星アーシュレイズと人々の未来を想い、琵琶を奏でながら歌を歌い続けた。

音姫が繰り返し琵琶を奏でて歌を歌う美声に、多くの人々が次々と足を止めると、その心に染み入るような旋律に、誰もが心を奪われるように、その場に立ち尽くして聞き入っていた。

帝釈天は、音姫の弾き語りには、人々の心に説き聞かせる力と、そして人が辿るべき道を正しく修正し導いていくための力があるということを、確信していた。

しかしある時、音姫は街中で繰り返している自らの素行を、父である阿修羅王に咎《とが》められ、王はしばらくの間、音姫に外出を禁じ自室で過ごすようにと告げたのだ。

阿修羅王は、今まで一度たりとも父に向かって口答えすらしたこともなかった音姫が、自身に意見してくるとは思ってもいなかった。阿修羅王は、音姫にこそきつい言葉を返すことはなかったものの、その内心では激怒していた。それは、帝釈天が自身に断りもなく音姫に会い、帝釈天に音姫がそそのかされたと思ったからであった。

アーシュレイズに住む人類は、自分たちが作り上げてきた文明や進化の過程に絶対的な誇りを持っていた。そのため、この惑星を統治する阿修羅王も、華々しい進化を遂げているアーシュレイズの未来に死滅の危機が迫っているという音姫の話を、到底信じることもなく、耳を貸すこともなかったのだ。

音姫は外出を禁じられたため、自室に籠もることになった。

音姫は、自室の窓辺から夜空を見上げ、星空に向かって祈るように両手を合わせると、その瞳は悲しげに揺れ、大粒の涙が絶え間なく零《こぼ》れていった。

帝釈天は、一連のそんな出来事を、宇宙船から全て見ていた。

やがて、それを見かねた帝釈天は、音声回路を使い自身の船から直接、阿修羅王に説得を試みた。

その音声回路と一体となっているモニター画面には、阿修羅王の姿が映し出されていた。機械化による肉体改造により、阿修羅王には頭が三つあり、腕が六本もあった。

この惑星に住む人類の原形の姿とは、頭部が一つに腕が左右合わせて二本、足も同じように二本という人型の形であったはずなのだ。

だが、アーシュレイズの人々は日常的な便利さを求めるあまり、大自然と共に生きることを忘れ、人工的に身体を機械化していった。それにより人としての退化が始まり、その寿命すらも縮めていることにすら気づいていなかった。

誤った進化の過程を辿っている惑星や星に住むそうした多くの人類が、自分たちの便利で快適な暮らしを飛躍的な進歩や発展などと称し、より良い人類の進化を遂げていると信じて疑おうともしないのだ。

惑星アーシュレイズには、肉体改造をしない人々も存在していたのだが、それは少数であり、稀《まれ》なことであった。阿修羅王の娘である三姉妹も、肉体改造には全く興味を示さなかった。

帝釈天は阿修羅王に説得を試みたのだが、阿修羅王は帝釈天の言葉に、少しも耳を貸すことはなかったのだ。それどころか、モニター越しで向かい合って映る阿修羅王の三面は、怒りを湛《たた》えた表情で、帝釈天に鋭い眼差しを向けている。

「戯言《たわごと》をぬかすな、若造が。私の娘をそそのかした貴様の言うことなど、誰が聞くか。私は、徹底して戦うのみだ！」

ずっと押し黙っていた阿修羅王が、怒気を含んだ声で帝釈天に言葉を返すと、帝釈天は目を見張った。阿修羅王は、音姫がそそのかされたと勘違いして、その怒りに任せて軍事用の端末装置のスイッチを押したのだ。

惑星アーシュレイズの軍事基地では、すぐに軍事用に作られた機械仕立てのアンドロイドなどが起動すると、帝釈天の宇宙船を狙ってレーザー砲が発射された。

帝釈天の阿修羅王への説得は失敗し、それが幕開けとなってアーシュレイズと創造主である神々との戦争が勃発《ぼっぱつ》した。

しかし、神々が有するテクノロジーは、惑星アーシュレイズが持つ技術よりも遥か先を進んであり、一気にアーシュレイズを追い詰めていった。神々の宇宙船は、アーシュレイズの上空に数隻ほどいただけであったが、短時間でアーシュレイズの惨敗で決着がついた。

神々との戦争で大敗を喫することになってしまったアーシュレイズだが、それにより阿修羅王の怒りは急速に静まると、冷静さを取り戻していった。

自らの怒りに任せ、神の宣告を無視して戦った結果、惑星アーシュレイズは神々の足元にも及ばなかった。アーシュレイズのテクノロジーが、これほど進歩し発展していても、上には上があったのだ。

惑星アーシュレイズでは、今まで人々の暮らしが豊かであるとともに、楽な日々を人々が過ごせる環境作りを基準として、その便利さや快適さを中心に求めて考えられてきた。

しかし、アーシュレイズでは、人体の機械化が進むにつれて未知の病が増えただけでなく、突然死も増えていたのだ。人工知能であるＡＩに至っては、確かに便利なものではあるのだが、人々があまりにもＡＩに頼り過ぎて、自分自身で物事を考えることが少なくなっていた。

帝釈天にそれらを指摘された阿修羅王は、惑星アーシュレイズやこの惑星に住む人々のことを誰よりも真剣に考えた。

生命を持った、生きた脳が考えることをやめたなら、どうなるのか。そして、人々にとって便利とされ今まで追求されてきた、それらの様々な身近に溢れる器械やテクノロジーの開発によって、人類の脳や身体は徐々に衰退し、長い歳月をかけて惑星と共に生きている人々は退化していくことに繋がると言うが、それは本当なのか。

アーシュレイズは、死滅を迎えるために、今まで努力してきたわけではなかった。この惑星も人々も、このまま退化が進み、滅びを迎えてしまうことなど、誰も望みはしない。この惑星に住む人類も、惑星アーシュレイズをこよなく愛しているということは、間違いないことなのだ。

平静さを取り戻した阿修羅王は、これからの惑星アーシュレイズや人々の先にある未来を真剣に考えた末、帝釈天の宇宙船に向けて通信を送ると、和解案を申し込んだ。

双方は、すぐに和解が成立した。

阿修羅王は、神々に謝罪するとともに、これまでの人類としての生き方を悔い改め、これから先の惑星アーシュレイズと人々の未来のために、誤った進化を正すことを誓った。

神々は、改心した阿修羅王を歓迎すると、阿修羅王を自らの下に受け入れた。

阿修羅王は神々から、千手観音菩薩《せんじゅかんのんぼさつ》という新たな名前と力を授かり、創造主である神々の仲間入りを果たしたのだ。

しかし、千手観音菩薩としての役割とは、非常に過酷なものであった。

それは、あまねく一切衆生を救うため、その身に千の手と千の目を持った姿である。更に、千とは満数であり、天界では無限であることを意味しているのだ。その目と手は、慈悲と救済の働きの無量無辺を表していた。

阿修羅王は、惑星を死滅へと向かわせ、人類の体に機械化による肉体改造などを促した張本人であり、その罪は重かった。更には、己の怒りに任せ、創造主に戦いを挑んだその罪は、大罪に値するものであったのだ。

そのために阿修羅王は、無限にある手と目を使い、無量無辺の力であまねく一切の衆生を救い、慈悲をもって衆生を導いていかなければならないという、千手観音菩薩としての力と名前を授けられたのだ。

それが、神々が阿修羅王に科した贖罪《しょくざい》でもあった。

千手観音菩薩となった阿修羅王は、己の罪を素直に認め、己の罪を深く悔いると、創造主である神の一人としてのその責務を担い、自らの菩薩としての役目に進んで精進して打ち込み、つぶさにそれを全うしていった。

更に、千手観音菩薩となった阿修羅王は、あまねく衆生を救いながら、自らの力を高めるための修行にも率先して励んでいた。

天界には、「十三《いさ》の神行《しんぎょう》」と呼ばれている、神々が自身の神格を高めるための厳しい特別な修行を行える空間があった。十三の神行は、神々の許しを得て、己の力を高める時期が相応であれば、何度でも繰り返して行うことが可能であった。

千手観音菩薩となった阿修羅王は、あまねく衆生を救いながら、更により多くの衆生を救済することを願い、十三の神行を繰り返して行うことにより、己自身の力を高めることにも集中すると、自らが進んでその厳しい修行を重ねた。

千手観音菩薩となった阿修羅王ではあったが、本来は長きにわたる十三の神行を、早い段階であるところまで成し遂げると、神々からは満足がいく千手観音菩薩としての役目も見事に果たしてきたというお言葉があった。また、十三の神行にも自らが進んで身を置きながら、創造主としての役目も怠ることなく、一切の衆生のために精進してきたことが神々から認められたのだ。

千手観音菩薩となった阿修羅王は、神々からお許しが出ると、創造主として中枢の担い手ともなる、八大龍王の中の一人としての地位を獲得した。その力も神行によって遥かに高まっていた千手観音菩薩は、今度は八大龍王の一神である沙竭羅龍王という新たな名前と力を授かったのだ。

神々により定められた龍族が持つ力には、自らの思いのまま、あらゆる次元や空間を飛び越えて、自由自在に次元を行き交うことができるという、他に例がない特別な力もあった。

沙竭羅龍王としての力を得た阿修羅王は、その神格が高位に高まったことから、その身分も更に高位なものとなった。当然、阿修羅王の娘であった三姉妹にも、父である阿修羅王が千手観音菩薩から沙竭羅龍王として、その身分や神格も高位となったことから、父である沙竭羅龍王と同等の身分と神格が授けられた。

三姉妹の長女であった音姫は、弁財天《べんざいてん》という新たな名前と力を授かった。

次女であった娘は、善女龍王《ぜんにょりゅうおう》という新たな名前と力を授かった。

三女である娘は、吉祥天という新たな名前と力を授かったのだ。

当時、阿修羅王が千手観音菩薩として、創造主である神々の仲間入りを果たし天界へと迎え入れられた頃、帝釈天は幾度かにわたって音姫に会う機会を作っていた。

帝釈天は、音姫が琵琶を奏でて歌を歌う美しい姿と、麗しいやわらかな美声が忘れられなかった。帝釈天はそんな心情を音姫に寄せ、音姫によく琵琶の演奏を頼むと、琵琶を奏でて歌を歌ってもらっていたのだ。

だが、いつの頃からか二人は惹かれ合い、恋仲となっていた。

音姫は、惑星アーシュレイズの地上において、三匹の悪魔の手から救われた時に、帝釈天に密かに一目惚《ひとめぼ》れをしていたのだと言った。今は妻となった音姫こと弁財天のそばには、あの時にいたハクという名の白いオオカミが、変わらずに彼女に寄り添っている。

しかし当時は身分違いが障害となり、帝釈天も音姫との関係を公にすることはできなかったのだ。

帝釈天は、身分も神格も高位であった。

二人は、恋仲であることを隠し通して、琵琶の演奏という口実を作っては、他の神々に悟られることがないように逢瀬《おうせ》を重ねた。

やがて、十三《いさ》の神行《しんぎょう》を繰り返し行っていた千手観音菩薩が、神々からの許しを得て、八大龍王の一人として新たに沙羯羅龍王の名前と力を授かると、身分や神格が高位となった。

その父の働きにより、音姫も弁財天という新たな力と名前を授かり、瞬く間に帝釈天と同等の身分と神格を手にしたのだ。

帝釈天と弁財天は、頃合いを見計らい沙羯羅龍王のもとに挨拶に行ったのだが、沙羯羅龍王は不機嫌そうな表情で、娘の隣にいた帝釈天を静かに見つめている。

帝釈天には、沙羯羅龍王がなぜ不機嫌であるのか、一つだけ思い当たることがあった。

それは、惑星アーシュレイズの一件である。

あの時、帝釈天は阿修羅王に、惑星に住む人類の軌道修正を促すための説得を試みた。しかし阿修羅王は、娘をそそのかしたということに激怒し、その怒りに任せたまま軍事用の端末装置のスイッチを押してしまったのだ。

帝釈天は、そのことに対して自身にも非があると感じていた。

帝釈天は、阿修羅王の娘である音姫を、そそのかしたつもりは全くなかったのだが、それは阿修羅王にはうまく伝わっていなかった。それに気づかず、隠れて音姫との逢瀬を重ねてきたことも、それを肯定するような結果になっていたのだ。

あらぬ誤解を解くために、帝釈天は沙羯羅龍王に弁明すると、あの時の非礼をまずは詫びた。

そして、その後二人は恋仲にはなったが、あの時はそそのかすつもりなど本当になかったと理解を求めた。

沙竭羅龍王は、その口数は少ないものの寛大な父であった。娘をそそのかしたという事実が誤解であったということを知ると、娘の弁財天が幸せになることを思い、目を細めて嬉しそうにして、二人が添い遂げることをすぐに許してくださったのだ。阿修羅王であった沙竭羅龍王とは、大変な娘思いであることがうかがえた。

そうして、帝釈天と弁財天の二人は円滑に、他の神々からの祝福を受けて夫婦となった。

帝釈天は、遠い自身の過去を思い返すと、自分たちが夫婦となるに至るまで、いかにその障害となるものが少なく、また苦難も少なかったかということを思い出していたのだ。

帝釈天は自分たち夫婦のことを考えればこそ、毘沙門天と吉祥天が長い間にわたって受けている、その心身の苦しみを、少しでも和らげてあげたかったのだ。

だが、そんな二人を下界に降ろすという計画は失敗し、二人は沙竭羅龍王の護衛兵によって連行されてしまった。

帝釈天は、遣《や》るせない思いに駆られていたのだ。

帝釈天と契此天は、連行されて行った毘沙門天と吉祥天の後ろ姿が見えなくなっても、しばらくの間、それぞれが物思いに耽《ふけ》るようにして、その場にただ立ち尽くしていた。

一方、沙竭羅龍王は、自身の末娘である吉祥天が、北の柱の守護神として選ばれたものの、それを頑なに拒んでいるということから、吉祥天が何か不穏な行動に出るのではないかと心配して、それを見越して先手を打っていたのだ。

三女の吉祥天は、三姉妹の中で少し気も強く、己自身の確立した考えを持つ気丈な娘であった。

それがゆえに、なかなか不抜なところも見受けられる娘であったため、沙竭羅龍王も少々手を焼いていたのだ。

案の定、空間移動ゲートを使って、二人で下界にでも降りて行くつもりではないのかという沙竭羅龍王の予感は当たった。

しかし、沙竭羅龍王は、事が大きくなる前に、自身の護衛兵に毘沙門天と吉祥天の二人を捕らえさせ、龍宮御所に連行するように命じたのだ。

無論、沙竭羅龍王も、毘沙門天と吉祥天の関係は、随分前から知っている。

その龍宮御所とは、沙竭羅龍王や娘たちが普段暮らしている竜宮城の本殿にあった。

二人は護衛兵によって連れられ、朱色の大門を潜《くぐ》ると、色とりどりの美しい珊瑚《さんご》や海藻が揺らめく水の中を進み、また更に一つの大きな朱色の扉を通り抜けると、その先にある竜宮城へと連行されて行った。

吉祥天は、護衛兵に連行されてゆく中で、普段住み慣れているはずの美しい竜宮城の景色を、遠い別のものにさえ感じていた。

連行されてゆく二人が朱色のアーチ状の大きな橋を渡ると、橋の真下に流れている大きな川の中にいた魚たちが、心配そうに水面から顔を覗かせていた。

大きなアーチ状の橋の上からは、巨大な三つの高楼がそびえているのが見えており、二人がその橋を渡り終えると、竜宮城内を行き交う美しい天女たちや虹色の人魚たちなども皆、何事があったのかと心配そうに二人を見つめている。

二人を連行する護衛兵たちは、橋を渡った先にある巨大な大神殿の中へと入ると、北殿ともいわれているその大神殿の中を通り抜けて、池にかかる小さな橋を渡ると、その先の奥にある本殿を目指していた。

本殿には、右側に祈りの場へと続く扉と、左側には龍宮御所へと続く扉があった。龍宮御所は普段、父である沙竭羅龍王が自らの創造主としての務めを果たすために鎮座している場所でもあった。

当然、護衛兵が向かう先は一つしかなかった。護衛兵たちは、迷うことなく左側の扉を開き、長い回廊に敷かれていた華やかで美しい刺繍《ししゅう》が施されている絨毯《じゅうたん》の上を歩きながら、二人を連れて奥へ奥へと進んで行った。

吉祥天は普段、通り慣れた龍宮御所への道のりも、途方もなく長い道のりに感じていた。毘沙門天も重い足取りで、絨毯の上を歩いている。

やがて、行き止まりの奥にあった重厚な扉が開かれると、二人は龍宮御所へと連行された。

龍宮御所の広間には、美しい壁画やステンドグラス、細かな細工が施された黄金の像などが並んでいる。広間の絨毯の中央には、一定の間隔で黄金像が両側に並び、それは一直線に沙竭羅龍王が座る玉座へと連なっていた。

　黄金像の間を通り、沙竭羅龍王が座る玉座の前まで護衛兵に連れて来られた毘沙門天と吉祥天は、ようやく護衛兵の手から解放されて自由になった。

　そんな自由になった二人だが、その互いの手が離されることはなく、しっかりと結ばれたままであった。

　しかし、下界への道が閉ざされ呆気《あっけ》なく計画も失敗し、突然の連行によって心が張り詰めているせいか、二人の表情はとても硬いものだった。

　沙竭羅龍王が座る、その玉座の両脇には、長女である弁財天と次女の善女龍王も立っており、二人を心配そうに見つめている。

「妾《わらわ》は、もう天界の仕来《しきた》りなどうんざりです！　なぜ、神々は身分違いばかりに拘《こだわ》り、他に前例がない別の道も考えてみてはくださらないのですか?!　それは父上とて同じです。父上は今、妾《わらわ》たちを連行し、強引に引き離そうとなさるおつもりなのですか？」

　吉祥天は、父の護衛兵に連行されてしまったという、その思いもよらなかった出来事で、いよいよ切羽詰まった思いに駆られると、耐えきれずに思わず啖呵《たんか》を切っていた。龍宮御所の広間には、吉祥天の悲しみを帯びた声が木霊《こだま》している。

「仕来りとは、神々が定めた掟。そしてその神である我々は、大宇宙を司る創造主である。創造主とはその大宇宙を守り導くのが大切な務めなのだ。それらの神の掟とは、全て神々のため

に存在するものには非《あら》ず、大宇宙の中にある数多《あまた》の星々や惑星、あまねく一切衆生のためにあるものだ。吉祥天よ、それを乱すものは、いかなる者であろうと許されぬ……」

父の口から淡々と告げられた言葉は、神である吉祥天も当然のことながら理解していることだ。しかしそれがゆえに、そのことだけを通され続けて告げられれば、当然ながら他の神々からも告げられている言葉と同様に、返す言葉さえも見つからなかった。創造主としての務めは、二人も分かっているのだ。その創造主としての役目を欠くことを、二人も決して望んでいるわけではなかった。

だが、互いを慕い合うという自身たちの中にある感情は、創造主としての務めとは全く別のものなのだ。だからこそ、二人は神々の反対を押し切って、他の神々には見つからないようにしながら、長い間こっそりと逢瀬《おうせ》を重ねてきたのだ。

吉祥天は、切ない表情で俯き、沈黙した。

「お父様……」

弁財天が、悲しげな面持ちで、傍らにいる父を見ていた。

次女である善女龍王の瞳も、かなわぬ二人の想いを察するように、悲しげに揺れている。

二人の姉は妹思いであり、末の妹である吉祥天をとても可愛がっていた。

しかし、どんなに妹思いの二人の姉であっても、神々から身分や神格が異なる者同士の関係性を、その定めにより禁じられている以上は、父に対して姉が言えるような意見ではなかったのだ。

沙竭羅龍王は、毘沙門天と吉祥天の繋がれたままの手を、ずっと見つめていた。

「……そのまま二人は離れることもできず、どうしても共にあることを望み続けるか？」

「許されることであるのなら、私はすぐにでも姫様と添い遂げたい所存であります。私は吉祥天……いえ、姫様を他の誰の手にも渡したくはありません。姫様を幸せにできるのは他の誰でもなく、生意気な言葉ではありますが、私一人しかいないと固く信じております」

静かなる沙竭羅龍王の問いに、すぐに答えたのは毘沙門天であった。

毘沙門天は、自身よりも遥かに神格の高位な沙竭羅龍王に対して、どれだけ自身が出過ぎた口を利いているかということも無論、理解していた。しかし、沙竭羅龍王とはそれ以前に、自身が愛する吉祥天の父君だった。毘沙門天は、沙竭羅龍王様の御前《ごぜん》で緊張しながらも、吉祥天に対する自身の偽りのない真っすぐな気持ちを、吉祥天の父君である沙竭羅龍王様には、他の誰よりも理解してほしかったのだ。

毘沙門天が目を逸らすことなく、沙竭羅龍王様に自らの想いを伝えると、沙竭羅龍王は毘沙門天の言葉に、微かに目を細めて頷いた。

「なれば、試練を与える。どうしても二人が共にありたければ、その試練を乗り越えてみせよ」

父の言葉に、弁財天と善女龍王の二人の姉は、目を見張った。

吉祥天も、思わぬ父の言葉に驚いている。毘沙門天は、固唾《かたず》を呑《の》んで沙竭羅龍王様の次の言葉を待っていた。

しかし、その試練の内容とは、決して容易なものではなかった。

沙竭羅龍王様はまず、試練を行う場として、下界を選んでいた。

そして、その定めた下界において、二人は人類として生まれ変わり、再び下界で巡り合った二人のその愛が本物であるかを見定めるという内容だった。

だが、その試練を下界で行う上での条件が幾つかあり、それらはかなり厳しいものであった。

一つ、下界で二人が人として生まれ変わることのできる人生は、四回まで与えられる。

二つ、人として生まれ変わる吉祥天のその間の記憶は、四回ともに全てなくすものとし、毘沙門天の記憶だけを残す。

だがこの時、下界に降りた記憶のない吉祥天に対して、毘沙門天は天界での試練の話や、自身との天界での関係などを含めた一切の話を、人として生まれ変わった吉祥天に話すことを禁じる。

この約束を破り、毘沙門天が吉祥天に話してしまった場合は、毘沙門天は強制的に天界に戻されて、毘沙門天という神である存在そのものが、泡と化して消え去ることになる、というものだった。

また、これでもし下界に降りた時代から、吉祥天が無事に天界へと戻らない場合は、その下界が全て滅びてしまうという内容であった。

そこには、吉祥天が滅びを迎える次元や空間、その終わりや最後を迎える時代に深く関与する女神であるということが関係しているという。

そのため、吉祥天が下界で生まれ変わる人の世の時代とは、そのどれもが終わりを迎えようとしている時代か、滅びを迎えようとしている最後の人の世になるということだった。

吉祥天が無事に天界へと戻らない場合に、その下界が全て滅んでしまうというのは、吉祥天が最後の時代を左右する、裁きの女神であるからであった。

毘沙門天はそのために、吉祥天の健全な人としての心を守らなければならないのだという。

人の世で生まれ変わった吉祥天の心が、万が一その時代の波によって荒《すさ》んでゆくようなことがあれば、裁きの女神である吉祥天の力が暴走し、下界を全て滅ぼしてしまう危険性があるというのだ。

だからこそ毘沙門天は、記憶のない吉祥天の、人としての人生を必ず守らなければならず、沙竭羅龍王様は、そのことは肝に銘じて、毘沙門天には決して忘れてはならないということを告げた。

沙竭羅龍王様は更に、それらの試練の他に、毘沙門天にある役目を一つだけ与えた。

それは、毘沙門天が降り立つ下界において、次の新しい扉を開くための役目であった。

吉祥天が生まれ変わる、それらの時代とは、終わりや滅びを迎える時代となる。

吉祥天は人の世で生まれ変わるが、その記憶が失われているために、自らの役目に大きな支障を来《きた》すことが考えられるという。吉祥天が降り立つことがかなわなかった空間や世の中などは、女神の裁きを受けることもできず、そのまま滅びの道へと進んでしまうという理《ことわり》があるのだ。

毘沙門天には、それを補うために、終わりを迎える時代においては特に、下界に住む人類の助けとなる力となり、そこに住む人々が次の新しい時代の扉を自力で開いていくことができるように、その時代で生きる人々にとって力を促す存在になる必要があるということであった。

それは、終わりの時代や滅びの時代を迎えるその世の中には、必ず悪魔の存在が人の世に深く関わってくるということも要因だった。

毘沙門天は、下界に住む人々が自らの力で前に進んで行ける道を、下界の人々のために切り開いて行かなければならないということであった。

神が記憶を失い下界に降りるということは、それなりの危険も伴うという。

しかし、下界に降りた毘沙門天が、人々を救うための道を切り開くことによって、下界の人々は滅びの道へと進むことはなくなり、必ず救われ、早い段階で時代の終わりを乗り越えられれば、人々が次の新しい時代の扉を開いていくことにも繋がってゆくのだということであった。

だが、三回目までに二人が人として生まれ変わり、その試練が達成されない場合は、次は二人の最後の機会ともなる四回目の生まれ変わりとなる。

しかし、この四回目となる時代は、終わりを迎える時代ではなく、滅びを迎える最後の時代となるのだという。その滅びを迎える四回目の最後の時代には、より多くの神々がその下界を救うために動き出し、その時代の下界に降りてゆくことにもなるという。

そこで沙竭羅龍王様は、この四回目の最後の時代で生まれ変わることを万が一にも二人が余儀なくされた場合は、二人までを限定とした他の神の力を借りることを容認した。

そして、二人の生まれ変わることのできる回数を四回までと定めたのは、吉祥天が北の柱に収まらなければならない期限を、限界まで引き延ばした回数であるということでもあった。

沙竭羅龍王様は、四回目という約束された最後の試練の機会が終了した後には、試練の結果がどういう形で終わっても、吉祥天を北の柱の守護神として鎮座させるために、毘沙門天は必ずや吉祥天を天界に連れて戻るようにと告げた。

毘沙門天は、沙竭羅龍王様にしっかりと承知はしたものの、その表情は硬く強張《こわば》っていた。

沙竭羅龍王様は最後に、試練を受けるかどうかの判断は、二人でよく話し合ってからでよいと告げた。

そして、二人が試練を受ける際は、沙竭羅龍王様の玉座の真後ろにある空間移動ゲートから、試練の場である下界に旅立つようにというお言葉であった。

沙竭羅龍王様の真後ろには、分厚い大きなカーテンで閉ざされている、空間移動ゲートの扉がある。

毘沙門天はその分厚いカーテンを見つめた後、沙竭羅龍王様に深々と頭を下げて一礼した。そして龍宮御所から立ち去る前に、心配そうに自身たちを見守ってくれていた、吉祥天の姉君様である弁財天と善女龍王に頭を下げると、吉祥天の手を引きながら龍宮御所の重厚な扉の方へと向かって静かに歩いて行った。

毘沙門天と吉祥天は、龍宮御所のある本殿から出ると、池の上にかかる小さな橋の上を渡って、護衛兵によって連れて来られた道のりを竜宮城の外へと向かって引き返した。

二人の姿を再び目にした、竜宮城内で行き交う天女たちや魚たち、虹色の人魚たちなどは、護衛兵もいなくなり、手を繋いで竜宮城を歩いて行く吉祥天と毘沙門天の姿に、安堵《あんど》したように二人を見送っていた。

毘沙門天と吉祥天は、竜宮城から離れたところで、まずはホッと肩の力が抜けた。

二人はずっと護衛兵に連行されながら、その胸中では、とうとう自身たちの関係も強引に引き裂かれてしまうのではないかという不安や恐れを感じていたのだ。

しかし、沙竭羅龍王に告げられた言葉とは、二人にとっては想定外の言葉であり、その代わりに与えられたものが、二人が乗り越えなければならないという試練であった。

その与えられた試練を成し遂げるための機会は四回あるということだったが、その試練を乗り越えるための難易度は高く、二人にとってかなり厳しいものであったのだ。

下界に降りて人類に生まれ変わると、吉祥天の天界での記憶は全て失われることになり、下界に降りた先の二人の運命は全て、記憶が残される毘沙門天の手に委ねられることになる。その条件が更に厳しく、毘沙門天は早速思い悩んでいた。

しかし、それを乗り越えて試練を達成することができなければ、二人が離れ離れになってしまうということは、もはや明白なものとして示されたようなものであった。

そして、それは二人で乗り越えなければならないという試練ではあったものの、実際には明らかに、その身分や神格が低い毘沙門天が沙竭羅龍王によって試されるような、毘沙門天にとって猛烈に過酷な試練でもあったのだ。

毘沙門天と吉祥天は、竜宮城から離れた誰もいないところで、寄り添うように座っている。沙竭羅龍王が二人に提示してきた試練とは、二人にとっては良い機会でもあったのだが、決して喜べるような内容ではなかったのだ。

寄り添う二人の表情は、かなり深刻なものであった。

「妾《わらわ》は……記憶を奪われてしまうけれど……ここで諦《あきら》めたくはないわ。それに、これが妾《わらわ》たち二人に与えられた、最初で最後の機会なのだと妾《わらわ》にはそう思えてならないの……。今、それを諦《あきら》めてしまったら、妾《わらわ》たちはどちらにしてもこの先……きっと離れ離れにされてしまうわ」

毘沙門天に向けられた吉祥天の瞳は切なげに揺れ、切実な思いを告げていた。

「吉祥天……それは俺も姫と同じように感じている」

「四回目の最後の機会は、誰か他の二人の神の力を借りてもよいという父上のお言葉もあったわ。人選はそなたに任せる。妾《わらわ》は……いつだって毘沙門天、そなたを信じてるわ。されど毘沙門天、妾《わらわ》は……」

毘沙門天は、その先の吉祥天の言葉を遮るように、愛しい姫を抱き締めていた。

毘沙門天には、吉祥天のその後に続く言葉を聞かずとも、姫の言葉の続きが痛いほど分かっていた。

吉祥天は、人類として生まれ変わると、その全ての記憶が失われるために、下界においては、自分が少しの力にもなることができないということを気に病んでいるのだ。

だが毘沙門天は、吉祥天が自分のことを忘れてしまうというその寂しさは感じたとしても、生まれ変わる吉祥天の記憶が試練によって失われるということは、もう気にしてはいなかった。

吉祥天が、どのような形で下界に生まれ変わろうとも、毘沙門天にとって愛する姫を守るということは、当然のことでもあったのだ。それに、沙竭羅龍王様が課した試練に、今更条件の変更などありはしないということは、毘沙門天にも分かっていることだった。

そして、自身たちが今、置かれている立場も、試練を達成させなければ、今までと少しも変わることはないのだ。

試練を受けた結末によっては、二度と会うことがかなわなくなるかも知れない。

しかし、自身たち二人だけの力では、今もどうすることもできない状況にある、その心中にあるつらく苦しい思いは、口に出せばその苦しさもまた募るだけなのだ。毘沙門天は、いつも正直で真っすぐな思いを伝えてくる吉祥天に、今以上に苦しんでほしくはなかった。

毘沙門天は、吉祥天を抱き締める腕に、更に力を込めると強く抱き締めていた。吉祥天を包み込む毘沙門天のその腕は姫を労《いたわ》るように優しく、吉祥天にはとても優しい温もりであった。

「吉祥天、試練を受ける前に、俺にもう少しだけ時間をくれないか」

毘沙門天は、吉祥天を強く抱き締めたまま、その耳元で囁くように告げた。

吉祥天は、無言のまま毘沙門天を見上げると、いつになく慎重そうな彼の眼差しを目にして、ゆっくりと頷いていた。

二人は、隣り合わせに座り片手を絡《から》めるように繋ぎ合うと、しばらくの間寄り添ったまま、美しく柔らかな色彩によって彩られた光り輝く天界の上空を、ただ静かに見つめていた。

毘沙門天は、吉祥天と別れた後も、考えに耽《ふけ》っていた。

吉祥天は正直であり、自身の考えをしっかりと持った気丈な女性であるため、己自身が進む道もいつも誤魔化《ごまか》すことなく、努力しながら真っすぐに進んで行こうとするような女性であった。

毘沙門天は、そんな吉祥天とは違い、人に対しては不器用なところがあり、自身の思いを表現するということも、あまり得意ではなかった。

軍神として有能であるという毘沙門天の誉《ほまれ》は、彼自身が持つその軍神としての生真面目《きまじめ》さが支えとなり、神々の高い評価に繋がっているという部分も確かにあった。だが毘沙門天は、その真面目さゆえに、物事を進めていく上でとても慎重でもあったのだ。

しかし、今回の試練については、いつも以上に慎重に考える必要があった。

毘沙門天も無論、吉祥天と離れ離れになりたくはなかった。だからこそ、毘沙門天はいつもよりも慎重に、試練について深く考え込んでいたのだ。

だが、今回の試練については、軍神としての戦略とは異なり、いくら考えを巡らせても不安だけが残り、頭の中は既に空回りしていた。流石《さすが》の毘沙門天も頭を抱え込んでいる。

このまま時間だけがただ過ぎ去れば、吉祥天に寂しい思いをさせるだけではなく、姫を怒らせてしまうかも知れないと毘沙門天は思っていた。

いつも正直で明瞭《めいりょう》な答えを示す吉祥天は、いつまでも煮え切らないような、はっきりしない曖昧な男の態度を嫌うのだ。

吉祥天とは今までにも、長い間にわたって逢瀬を重ねていく中で、毘沙門天が慎重過ぎるあまり即答できずに、口論になったことが幾度もあった。

そんな二人の初めての出逢《であ》いは、天界の、とある小さな湖畔であった。

毘沙門天は、自らの役目を終えて時間も空いたことから、その日は気分転換も兼ねてその小さな湖畔まで、たまたま足を延ばした。

その時、その畔《ほとり》の翡翠《ひすい》石に、一人静かに腰掛けている女神の姿が目に留まったのだった。

女神は、自分の身近な宙の空間に書を映し出し、それに何かを夢中で書き込んでいる様子であった。自動書記は使わずに、しなやかな細い右手に筆を持ち、真剣に黙々と書き続けているその女神は、毘沙門天には全く気づいていないようだ。

それが、毘沙門天が初めて目にした吉祥天の姿であった。

毘沙門天は、その美しい女神の横顔に、すぐに心を奪われていた。

小さな湖畔には、他の誰の姿も見受けられず、毘沙門天は静まり返った湖畔に立ち尽くしたまま、ただ茫然《ぼうぜん》と女神の横顔に見惚《みほ》れていたのだ。

毘沙門天の胸は、これまでのどの女神にも感じたことのない強い衝動に激しく揺さぶられた。

しかし、女神のその装いから、その身分は高位なものであると気づき、湖畔に誰かがいなくとも、高位な女神に声をかけるのはとても憚《はばか》られるものがあったため、その場から立ち去ることにしたのだ。

だが毘沙門天は、その女神のことを、それからずっと忘れられずにいた。

毘沙門天はあの湖畔に行けば、あの女神をまた一目でも見られるかとも思い、幾度にもわたって湖畔に足を運んではみたものの、女神は二度と現れなかった。

毘沙門天は、それからも女神の横顔を思い出しては、焦《こ》がれるように想い続けていた。

たった一度目にしたきりの女神に、こんなにも自身の心が惹かれてゆくことに動揺し、戸惑いを覚えてはいたのだが、もはやその想いは、毘沙門天自身にも止めることができなかったのだ。

毘沙門天はそれからも、女神に会うことはかなわなかった。だが、たとえいつか再び女神に会えたとしても、あの高位な装いでは自分とはあまりに身分違いであり、かなわぬ恋であることは分かっていた。

それでも、そんな現実を無視したように、毘沙門天の女神への想いは、日増しに募るばかりだった。

毘沙門天は、かなわぬ恋であると知りつつも、そんな寂しい現実の気持ちも胸に抱えたまま、もう一度だけでも会いたいと、密かに焦《こ》がれ続ける日々を送っていた。

そんなある日のこと、帝釈天が毘沙門天に声をかけてきた。

帝釈天は、毘沙門天を含めた十二神将を束ねる統率者ではあったが、職務を離れれば毘沙門天の良き友人でもある。

帝釈天は、念願であった妻を娶《めと》ると、神々を招いてお披露目式を行ったのだが、二人の友人には自らの愛妻を改めて紹介したいと考え、毘沙門天と契此天に声をかけたのだ。

帝釈天と妻のお披露目式は、多くの神々が見守る中で大々的に行われたのだが、お披露目式とは思いの外《ほか》、他の神々への挨拶回りや祝杯を酌み交わすなどといったことで忙しく、帝釈天は二人に妻を紹介してゆっくりと言葉を交わす暇さえなかった。

そこで帝釈天は数日と空けず、愛妻と共に住んでいる自らの御殿に、改めて二人を招くことにしたのだ。

毘沙門天も契此天も、無論、友人である帝釈天の誘いを喜ばないはずはなく、美しい大輪の花束を手に、嬉しそうに帝釈天の御殿へと向かった。

毘沙門天と契此天は、真っ白な大きな大門を潜《くぐ》ると、帝釈天の住まいがある城内へと入って行った。

城内もまた、美しい光のみに満ち溢れており、雲の上を歩いているような城内の道は、四方へ分かれて長く続き、道より少し高みにある雲の上には、一つの大きな大神殿がそびえ、数ある殿堂が点々と立ち並んでいた。

二人は、立ち並ぶ幾つかの殿堂を通り過ぎると、帝釈天の御殿がある城内の奥へと進んだ。やがて、格段に大きな雲の上にあった巨大な御殿に辿り着いた二人は、広々とした客間へと案内された。

帝釈天は、客間へと迎え入れた二人に、改めて愛妻を紹介した。照れくさそうにする帝釈天の隣では、妻となった弁財天がしとやかに挨拶をすると、にっこりと微笑んでいた。

すると、その様子を見ていた一匹の白いオオカミが、その尻尾を振りながら颯爽と駆けてくると、真っ白な大きな体を擦り寄せて、毘沙門天と契此天に挨拶にやって来た。

そして、帝釈天の住まいには、帝釈天の妻の他に、毘沙門天が見知らぬ女神が二人いた。

契此天は二人の女神と、久しぶりだと言うように挨拶を取り交わしていることから、二人の女神には面識があるようだった。

毘沙門天はぼんやりとしながら、懐いてくるハクという名の白いオオカミの頭を、優しく撫でていた。

二人の女神に面識があった契此天に、帝釈天も少々驚いた様子だったが、契此天は、妻となった弁財天とも、どうやら顔見知りの間柄であるようだった。

だが帝釈天は、毘沙門天の様子から、毘沙門天の方には彼女たちに面識がないことが分かると、改めて二人の女神を紹介することにした。妻である弁財天は、夫の大切な友人であるならば、自身の大切な妹たちを紹介したいと、弁財天のもとの住まいでもあった竜宮城から妹たちを招いていたのだ。

弁財天は、二人からお祝いにもらった色とりどりの大輪の大きな花束を手に、改めて妹を紹介した。

弁財天の二人の妹たちも、長女である弁財天と同様、麗しく優美な女神であった。

次女である善女龍王は口数も少なく、氷のように凍てついたその美貌から、少し冷たい印象を受けたのだが、反面、大変賢そうにも見えた。

弁財天から紹介があると、善女龍王は、軽やかな動きで優雅に、そして慎み深く一礼を済ませると、その口元は綻《ほころ》んでいた。善女龍王の凍てついた美貌は、その微笑みで一変すると、華やぐように限りなく美しく、そしてとても温かで優しいものになっていた。

三女であるという吉祥天は、艶《あで》やかでその品位も高く、美しい花が咲き誇ったような絢爛《けんらん》たる美しさを持つ、とても美麗で優雅な女神であった。吉祥天もまた丁寧に二人に一礼すると、慎みながらもはっきりとした口調で挨拶を済ませ、微笑みを浮かべていた。

だが、毘沙門天は、吉祥天の横顔を垣間見《かいまみ》た次の瞬間、その目を見張った。

吉祥天こそ、見紛《みまご》うことなく、あの小さな湖畔で出逢った、あの時の女神であったからだ。

毘沙門天は、そうと分かると、自身の高まっていく緊張を隠すように、二人の女神の方を向いて一礼すると、簡単な挨拶を交わした。

帝釈天は、訪問してくれた友人や、家族になった妻とその妹たちに、改めて嬉しそうに頬を緩めると、無礼講であると告げ、早速、酒盛りを始めた。

毘沙門天は、未だに体に走った緊張が解けず、強張ったままでいた。

帝釈天と集まった皆は、そんな毘沙門天の様子に気づくことなく、酒盛りをしながら話に花を咲かせていった。

そこで、帝釈天も契此天がなぜ、妻である弁財天や妹たちを初めから知っていたのか、その理由を知ることになった。

契此天が三姉妹に出逢ったのは、それはもう随分昔の話であるという。それは、契此天も年《とし》端《は》の行かぬ、まだ幼い頃の話であった。

吉祥天と同じ年頃でもあった契此天は、神々の習わしや創造主としての務めなどを学ぶため、「学部殿堂」と呼ばれる学問所に通っていた。たまたま契此天と同じ、その学部殿堂に通っていたのが、吉祥天であったのだ。そして、まだ幼かった吉祥天を学部殿堂に送り迎えしていたのが、姉であった弁財天と善女龍王であったという。

久しぶりに会った四人は、本当に懐かしそうにしながら、当時のことを思い出し、その思い出を語らっている。

毘沙門天は、美麗な吉祥天にもそんな幼い頃があったのかと思うと、皆の話に耳を傾けながら淡く微笑んでいた。しかし、皆で語らい合っている最中《さなか》に吉祥天が時折見せる笑顔は愛らしいものでもあり、毘沙門天には誰よりも眩《まぶ》しく感じられた。毘沙門天は、再び会いたいと思い続けていた女神に、思いもよらぬところで会えたのだ。その女神であった吉祥天は、やはり美しい女神であり、毘沙門天の心もまた再び強く惹きつけられていた。

だが、あの湖畔で女神の装いを見た時に感じた通り、自身が心惹かれた吉祥天は、やはり自身よりも、その身分も神格も高位な女神であった。

今まで、毘沙門天が密かに思いを寄せ、焦《こ》がれ続けていた女神ではあったのだが、そんな現実を間近で見ることになると、やはり自身の想いはただの片思いに終わり、失恋は免れないというつらい現実がまざまざと感じられた。

毘沙門天は、暗く沈んでゆく自らの胸中を皆に悟られまいとして、酒盛りで賑わっている席を一人離れると、窓辺の脇にあった長椅子に腰掛けた。そこで早く自身の平常心を取り戻そうと、雲の上に浮かぶ御殿の窓辺から、光り輝く雲が流れてゆく光景を静かに眺めていた。

「具合でも悪くなさったのではないですか？」

ゆったりとした長椅子に座り、光り輝く雲の景色を眺めていると、毘沙門天はすぐに後ろから、声をかけられた。毘沙門天が振り向くと、そこには吉祥天が立っていた。そしてそれが、吉祥天が初めて自分にかけた言葉でもあったのだ。

毘沙門天の胸は、思いもしなかった吉祥天の姿に、すぐに高鳴った。

「大丈夫ですか？」

返事のない毘沙門天に、更に心配そうに女神は声をかけてきた。

「いえ、私なら大丈夫です」

毘沙門天は、我に返ったように、長椅子から吉祥天を見上げて答えた。それまで毘沙門天は、驚きのあまりその言葉さえ失っていたのだ。

毘沙門天が、酒盛りをしている他の皆の姿を見ると、皆ほどよく酔っていた。

契此天は既に酔っぱらってしまったようで、広間の床の上に転がるようにして眠っている。

そこへ弁財天が酒壷《さけつぼ》と杯《さかずき》を持ってやって来た。そして妹の吉祥天にそれを渡すと、

「どうぞ遠慮はなさらず、ごゆっくり寛《くつろ》ぎながら、存分に楽しんで行ってくださいね」

毘沙門天にそう言い残して、帝釈天の下へと寄り添うように戻って行った。毘沙門天は、吉

祥天から杯を受け取り、空いている長椅子の隣を女神に勧めてみると、吉祥天はゆっくりと長椅子に腰掛けた。隣に座った吉祥天の姿に、毘沙門天の胸は、更に高鳴っていった。

平静を取り戻すために長椅子まで来たはずの毘沙門天だったのだが、思わぬ展開になった。

吉祥天は、手にした酒壷を傾けると、毘沙門天の杯に酒を満たした。毘沙門天は畏《かしこ》まりながらも、その満たされてゆく杯を見つめた。極度の緊張に支配され、焦《こ》がれた女神に今、一体何を話したらよいのかも分からなくなっていた。

しかし、毘沙門天は、これが身分の高位な吉祥天との、最後の機会になってしまうかも知れないと即座に思い、ずっと気になっていたことを女神に尋ねることにした。

まず、実は以前、あなたを湖畔で見かけたことがあると告げた。

すると吉祥天は、あの湖畔には、たまに一人で出かけるのだと言った。だが、いつも誰もいないはずの湖畔に、毘沙門天が居合わせていたことがあることを知ると、吉祥天ははにかむように笑った。

女神のそんな、恥ずかしそうにして笑う姿も、毘沙門天にとってはとても可憐《かれん》なものに感じられた。

「あの時、何かを書きに、夢中で書き込んでいたようですが、一体何を書かれていたのですか？」

次に、毘沙門天が気になっていたことを聞いてみると、その瞬間、女神の頬が桜色に染まった。

それと同時に、毘沙門天の鼓動もドキドキと激しさを増したのだが、毘沙門天は懸命に平静を装った。

すると、吉祥天は急に身を寄せて、毘沙門天に耳打ちした。

今はまだ、二人の姉にも秘密であるというその書は、女神自身が心に思い描き、少しずつ考えながら書いているという、一つの空想でもある物語なのだと言った。

毘沙門天は、自身が想像していた書とは異なる、意外なものでもあったことに驚いていた。

それは、それぞれの神々が創造主としての務めを円滑に行うために、事前にカリキュラムのようなものを書に記すという神々もいたことから、恐らくそういった類《たぐい》の書であるかと思っていたのだ。

毘沙門天は、意外でもあった書の内容に新鮮なものを感じると、女神の香《かぐわ》しい香《かお》りと自身の間近に寄せられたその美しい顔に、頬を紅潮させていた。

吉祥天は、頬が朱色に染まってゆく毘沙門天の表情を見て目を丸くしたのだが、特に気にした様子も見せずににっこりと微笑むと、自らが持つ杯を口元へと運んでいた。

そんな時、帝釈天たちがいるそばで、転がって眠ってしまっていた契此天が、急にむっくりと起き上がった。

「おいら、このままだと深い眠りに就いちゃいそうだよ。毘沙門天、おいらたち、もう帰ろう？」

　客間に座り込んだまま、契此天は自身の頭を左右に振って、懸命に酔いを醒まそうとするのだが、その瞼《まぶた》は重そうに垂れ下がっていた。毘沙門天は、酒に弱い契此天が、強い眠気に襲われているのだということを知ると、仕方なさそうにして立ち上がった。

「相変わらず酒に弱いな。まだなめる程度しか飲んでないだろうに」

　帝釈天がそう言いながら、酔い潰れて、またようやくその眠りから覚めた契此天に、肩を揺らして笑っていた。

　神は、無類の酒好きな者たちがほとんどであった。そのため、神々には酒豪が多く、お酒に弱い神は滅多にいないのだ。

「せっかく招待してくれたのに……おいら、場を壊しちゃうみたいで、みんなごめんね……」

　いつも物静かで、ぼんやりとした印象を持っている契此天ではあったが、お酒が入ったことで、更にぼんやりとした雰囲気を周囲に醸すことになっていた。

「全く……そなたは相変わらずね。大人になってもそんなにぼんやりとした印象を持っていたら、みんなに置いて行かれちゃうわよ」

　吉祥天が、少し溜め息交じりで長椅子から立ち上がると、困ったように眉尻を下げて、契此天にその片手を優しく差し出している。

「君だって相変わらず、優しいね。けれど……これでもおいらも頑張ってるつもりさ」

契此天は、吉祥天の手を握《にぎ》り締《し》めると立ち上がった。しかし、酔った覚束《おぼつか》ないその足取りは、契此天の平衡感覚を奪っていた。契此天の体が吉祥天の方へと倒れるように大きく傾いてゆくと、毘沙門天はその横から咄嗟《とっさ》に、契此天の大きな体を支えに入っていた。

「ほんに、契此天は相変わらずのようね。あれで本当に妹を守ってくれるのかしら？」

二人のそんなやり取りを見ていた弁財天が、冗談めかしたようにそう言うと、口元に手を当てて慎ましやかに笑った。その横顔は、遠い過去の何かを思い出し、それをとても懐かしんでいるようであった。

帝釈天は、妻のその言葉の意味が分からず、それはどういうことかと尋ねた。

すると妻である弁財天は、口元に人差し指を立てて、他の誰にも聞こえないように小さな声で囁いた。

それはこんな話だった。契此天は、二人がまだ学部殿堂に通っていた幼い頃、天然ボケしたようなところが少しだけあり、物静かでいつもぼんやりとした印象であったという。そのため、契此天は学部殿堂にいた他の幼子たちからも、変に誤解されてしまうことが多かったのだ。

しかし、物静かであった契此天は、他の幼子たちから言われるまま、自身の誤解を解くこともせずに、ただぼんやりとしたまま、いつも黙り込んでいたという。

その頃、同じ学部殿堂に通っていた吉祥天が、それを見かねて、他の幼子たちにちょっかいを出されている契此天をよく庇《かば》っていた。そしてある日契此天は、いつも自身を庇ってくれる吉祥天に、『いつかはおいらが吉祥天を守るね』と胸を張って告げていたことがあったという昔話だった。

しかし、それは二人にとって、もう遠い過去の幼い頃の昔話なので、契此天も吉祥天もそのことは、今は覚えてはいないかも知れないと弁財天は笑った。

「ほーぅ、そんなことがあったとはな。では契此天は、今もなんら変わらんということか」

帝釈天は、そう言って苦笑した。

創造主である神々とは、幼子から成長してある一定の年齢に達すると、若くして歳《とし》を取らなくなるのだ。そして、その外見も神格により、本来自らが持って生まれた容姿から、自らが望む姿や形へと、自由自在にその容姿を変化させることができるようになるのだった。

弁財天は、契此天が庇われていたという内容までは話さなかったが、それは恐らく本人の神としての今の名誉のためであるということは、帝釈天にも分かっていた。

「契此天は、幼い頃よりあまり代わり映えしないようだが、あやつはあやつで精一杯やっている。ぼんやりしているようで、己の考えもあれでしっかり持っているようだしな。しかしそれはもしかすると、あやつがそなたの妹の影響を受けたことがあったからかも知れないな。だが、それはそれで良いことでもある」

帝釈天は、目を細めて笑んでいた。

「契此天も幼い頃とはいえ、男の子ですもの。誰かを好きになることだってあったと思います」

「そうだな。もしそうだったら、それは契此天の淡い初恋だったのかも知れぬな」

帝釈天と弁財天は、互いに囁くように話しながら、毘沙門天に支えられている契此天を、穏やかな瞳で見つめていた。

やがて、酔ってしまった契此天の足元が、いつまでも千鳥足のまま定まらないと判断した毘沙門天は、契此天を自らの背に担ぎ上げていた。

「本日はお招きいただきましてありがとうございました。恐縮ではございますが、私たちはこれで失礼させていただきます」

契此天を背に担いだ毘沙門天は、申し訳なさそうに皆に向かって一礼すると、御殿の扉へと向かった。

毘沙門天は、誰にも気づかれないように、最後に何気なく吉祥天をチラリと見ると、その別れを名残惜しそうにしながら、その場を後にした。

「彼は律儀で、かなり有能そうね」

「ああ、毘沙門天は真面目な男だ。有能で軍神としても優れている。残念なことにまだ身分や神格は低いが、私の自慢の右腕でもある」

毘沙門天が歩いてゆく少し後に続いて、帝釈天と弁財天が二人を見送るために、御殿の扉の外へと向かって歩いていた。無論、帝釈天と弁財天の夫婦の会話は、毘沙門天の耳には一切届かぬものになっていた。

毘沙門天は、扉の外で夫婦に振り向くと、再び丁寧に一礼した。

「またいつでも、お越しになってくださいね」

弁財天が、毘沙門天を見送りながら微笑んだ。

毘沙門天の背中には、既に寝息を立てている契此天の姿があった。

「毘沙門天、すまぬが契此天のこと、頼むな」

帝釈天の言葉に、契此天の間の抜けたような些細《ささい》な失敗もいつものことであるというように、
毘沙門天は気にした様子もなく、契此天を背負いながら頷いている。

そこへ、客間にいたはずの善女龍王と吉祥天も姿を現していた。

「姉上、妾《わらわ》たちも本日はこれで失礼いたします。兄上様も、本日はお招きいただきましたこと、
誠にありがとうございました」

善女龍王がそう告げると、弁財天は少し寂しそうにしながら頷いていた。

「姉上様も、たまには兄上様を連れて竜宮城に遊びにいらしてくださいね」

吉祥天が、姉の弁財天を励ますように、最後に笑顔でそう伝えると、帝釈天が寂しそうにし
ている妻の代わりに頷いた。

「そなたは、私に気兼ねすることなく、いつでも好きな時に竜宮城へ行き来すればよい」

帝釈天は、沙竭羅龍王の娘たち三姉妹が、とても仲が良いことを知っている。妹たちとの別

れを寂しそうにしている妻に、優しく声をかけると笑んだ。

弁財天は、しとやかな微笑みを浮かべると、夫となった帝釈天に、にっこりと花咲くように笑った。二人の妹たちも、帝釈天の言葉に嬉しそうに微笑んでいる。

やがて、その場もお開きとなり、それぞれが帰路へと歩き出そうとした時、少し先を歩いていた毘沙門天に、吉祥天が声をかけた。

「本日は妾《わらわ》の話だけで終わってしまいましたが、いつか機会がありましたら、そなたのお話も聞かせてくださいい。お強いのでしょう？　兄上様がそのように申されておりました」

毘沙門天が驚いて振り向くと、吉祥天はにっこりと笑んだ。

毘沙門天の背中に負《お》ぶさったままの契此天は、スヤスヤと心地よさそうに熟睡している。

「あのっ！　いつかの機会とはいつ頃かと……俺……いや、私はいつでも構いません」

自身の前からすぐに立ち去ろうとした吉祥天の姿に、毘沙門天は慌てたように声をかけた。

だが、すぐに己のその行動に羞恥《しゅうち》した。

吉祥天は、毘沙門天の呼びかけに、少しだけ驚いたように目を丸くすると、小声で囁くように言葉を返した。

善女龍王が呼ぶ声に、吉祥天が今度こそ風のように去って行くと、毘沙門天は、吉祥天が最後に残していった言葉と、屈託《くったく》のないその愛くるしい笑顔に、再び胸を熱く高鳴らせていた。

毘沙門天が後ろ姿を見つめていると、吉祥天は善女龍王のそばへ戻り、話をしながら楽しそうに笑っていた。やがて、善女龍王の翳した片手が、目の前の一部の空間を歪《ゆが》めると、二人の女神はそこにポッカリと開いた穴の中へと瞬く間に消え去っていった。

善女龍王が空間を自在に操る光景を目にした毘沙門天は、女神たちが龍族であり、そしてその龍族の中でも最も高貴な存在であったということを思い知ることになった。神々により定められ、特定された龍族のみが持っているその特別な力こそが、自らの思いのままに次元や空間を自由自在に行き交うことができるという力だったのだ。

毘沙門天にとって、そんな女神たちの存在とは、決して手の届かない高嶺《たかね》の花であった。茫然と立ち尽くしそれに驚愕しながらも、その光景を見ていた毘沙門天だったが、その足はすぐに動き出していた。女神の身分や神格が高位であるということは、毘沙門天には初めから分かっていたことだったのだ。

皆の帰路を御殿の高楼から見送っていた帝釈天と弁財天も、その一部始終を見ていた。そして弁財天の表情が、何かの予感を感じたように、急に曇ったものになっていった。

「……大丈夫でしょうか……何事もなければよいのですが……」

帝釈天の隣で、弁財天は不安げに呟いた。

弁財天は見送る最中《さなか》で、吉祥天に対する毘沙門天のぎこちなさそうな態度が、とても気になったのだと言う。

弁財天は、自身と帝釈天の馴《な》れ初《そ》めを思い出していたのだ。弁財天は自分たちの経験から、身分違いの恋とは息が詰まるようにつらく、また罪悪感という苦しさにも苛まれるものだということを知っている。弁財天は毘沙門天を心配するとともに、大切な妹のことも思っていた。自身たちが身分違いの逢瀬を重ねてきたという経験から、毘沙門天のぎこちなさそうな態度を、別の感覚で敏感に捉えていたのだ。

帝釈天も、妻が意図した言葉の意味に、なんとなく気づいたところはあった。それは普段、友人以外の前では浮《うわ》ついたところはなく、控えめな姿勢を崩すこともない毘沙門天の態度が、なぜか吉祥天を前にして狼狽《うろた》えていたように見えたのだ。

しかし、二人がそう感じたことは、単なる思い過ごしということも考えられた。毘沙門天のちょっとした態度だけで、そうと断定できるものではない。

「恋とは、本人すら意図しないところで自然に生まれるものだ。私たちがそうであったようにな。もしもそなたが思うような結果に繋がってしまうことになったとしても、無理に離そうとすることはできない。そうなってしまった時は、私たちだけでも応援してやればよいのではなかろうか？」

帝釈天は、この時は特に深く考えることはせず、心配そうにする妻の肩を引き寄せると、既に遠くなっている毘沙門天の後ろ姿を見送りながら、思ったままの気持ちを素直に口にしていた。

弁財天は、帝釈天に寄り添いながら一つだけ頷くと、遠く離れてゆく毘沙門天の後ろ姿を、心配そうにいつまでも見送っていた。

それから数日が経ったある日、毘沙門天は、女神と初めて出逢った、あの小さな湖畔を訪れていた。

吉祥天との別れの際に、夢中でかけた言葉への吉祥天の返答が、今日という約束の日であったのだ。毘沙門天は、今までに感じたこともなかったあの時の羞恥心を、今でもよく覚えていた。

毘沙門天は、まだ湖畔に吉祥天の姿がないこともあり、そんな自分自身のことを思い返しながら大きな翡翠《ひすいせき》石の上に腰掛けると、今日こそ失態がないように、自身なりに話すことを考えていた。

すると突如、毘沙門天の目の前の空間が揺らめき出すと、吉祥天が姿を現したのだ。毘沙門天の姿を見つけた吉祥天は、ゆっくりと歩み寄ってきた。

女神は、今日も眩しいほどに美しかった。毘沙門天が先ほどまで、何を話そうかとあれこれ巡らせていた思考は、既にどこかへ吹き飛んでいた。焦《こ》がれる女神の姿を目にした毘沙門天は、また極度の緊張状態に陥っていたのだ。

そうとは知らない吉祥天は、毘沙門天が座る大きな翡翠石の目前まで来ると、にっこりと微笑んでいる。

毘沙門天は自らを奮い立たせるように、その緊張を即座に押し殺し、女神に対して無礼がな

いように一度立ち上がったが、吉祥天はそれを制止するようにして、毘沙門天が座っていた翡翠石の隣へ腰掛けた。

そして吉祥天は、身分違いとはいえ、窮屈なだけの堅苦しい挨拶は必要ないと言った。帝釈天と同じように、今日は一人の友人として楽しく話をするために湖畔を訪れたのだと言う。そして吉祥天は、毘沙門天が軍神として活躍している世界をほとんど知らないから、今日はその話を楽しみにして来たのだと興味津々に告げた。

毘沙門天は緊張して恥ずかしそうにしながらも、軍神としての話であるのならば、あれこれ考える必要もなかったため、すぐに話すことができ、女神の問いにも即答できた。毘沙門天と吉祥天はひとしきり、その話題で語らい合った。

二人きりで語らい合う時間は、毘沙門天にとって夢のようであり、満ち足りた幸せを感じていた。

しかし、だからこそ時の過ぎるのは早く、もう別れの刻限《こくげん》が迫っていた。

毘沙門天の胸は、また切ない思いに締めつけられた。かといって、毘沙門天には吉祥天を引きつけられる、次に会う口実になるような話題など、すぐには浮かんでこなかった。

だが、このまま女神と別れてしまえば、次はもうないかも知れないという強い思いが、毘沙門天の暗く沈んでいく気分を取り払い、その重くなってゆく心を再び駆り立てていた。共有する接点も何もない二人が、このままただ別れてしまえば、二人で話をするという機会そのものが、本当になくなってしまうと毘沙門天は思ったのだ。

だから次に会う口実を考えるよりも、次の約束を取りつける方がより確実だと思い、毘沙門天は勇気を出して声にした。

「また、私に会ってはくださいませんか?」

以前のように、慌てたような口ぶりではなかったものの、その態度は以前にも増してぎこちなく、不自然なものであった。それは、その誘いを断られてしまうことも覚悟した上での言葉であったから、ぎこちないのも仕方のないことではあった。

やがて、すぐに刻限《こくげん》となり吉祥天は、そんな毘沙門天にクスリと笑いながら一つ頷くと、座っていた翡翠石から立ち上がった。

吉祥天の頷いたその答えに、心の中が瞬く間に晴れ渡った毘沙門天だったが、次の機会は毘沙門天が決めてよいという吉祥天の言葉には、身分違いであるという抵抗感が強く働き、日時はやはり女神に委ねることにした。

吉祥天に会う度に、自らが恋の深みにはまってゆくということは、毘沙門天にも分かっていることではあった。だが毘沙門天は、吉祥天の屈託《くったく》のない笑顔を思い返す度に、自らの内にある真面目な心の部分が、まるでどこかに消え去ってしまうかのように、ただ一途《いちず》な想いだけに心が囚《とら》われ揺さぶられていくのであった。

天界には夜という、世界が暗闇となる時はなく、また眠りに就かなければならないという観念も初めから存在しなかった。神々が眠る時は、自らの内に秘めている力の不調を感じた時だけなのだ。

眠りに就くことが多いのは、もっぱらお酒に弱い神だった。天界とは、その毎日が、まばゆく美しい光のみに包まれた世界である。

眠ることの少ない毘沙門天は、常に吉祥天のことだけを考えていた。その焦《こ》がれる想いは、もはやとどまることなく、心の中で渦を巻くようにその激しさを増してゆくばかりだった。

それでも毘沙門天は、その胸中を誰にも悟られることがないように、帝釈天の右腕として出陣すると、軍神としての務めを見事に果たしていた。

毘沙門天は、自らの役目に着手しそれに集中している時だけ、溢《あふ》れ出るような吉祥天への想いをなんとか抑制することができていた。毘沙門天が持つ健全たる真面目さが、自らの役目を違えることなく遂行させていたのかも知れない。

やがて、数日の時が経過すると、毘沙門天が待ち望んでいた時は訪れた。

毘沙門天と吉祥天の二人は、再びあの小さな湖畔で会っていた。湖畔には、今日も誰の姿も見受けられず、小さな湖面が天界の上空で輝いている美しい光を受けて、キラキラと光り輝いているだけだった。

毘沙門天の胸の内を知らない吉祥天は、今日も友人のように毘沙門天の傍らに座って、毘沙門天の話に耳を傾けていた。

　そんな語り合う二人に、瞬く間に刻限《こくげん》が迫っていた。

　毘沙門天はそれに焦《あせ》りを感じて、次に会う約束を取り交わそうとしていたのだが、緊張して言葉に詰まり、うまく声に出せないでいた。迫りくる吉祥天との別れを惜しみ、その苦しさで息が詰まるような感覚を覚えていたのだ。吉祥天への想いが募れば募るほど、その苦しさは毘沙門天の中で格段に増していた。

　無論、毘沙門天に常につきまとっている身分違いの懸念や迷いが、そうさせているということもあった。

　吉祥天は、腰掛けていた翡翠石から徐《おもむろ》に立ち上がって言った。

「そなたは慎重で、とても真面目な方のようですね」

　吉祥天は、毘沙門天に視線を向けると、静かに微笑んでいた。

「いえ、私自身にはそんな自覚は全くありません。ですが、そのように言われることが多いのは確かです」

　毘沙門天は話題が変わって一呼吸置いたことで、なんとか後に続く言葉だけは繋げていた。だが、切なさで揺れる胸中は、その苦しさに押し潰されそうなほどであった。

　吉祥天はその笑みを崩すことなく頷《うなず》くと、やがて静かに片手を上げていた。吉祥天のその仕草は、毘沙門天も既に何度か見ている、女神が竜宮城に帰る空間を開くための動作であった。

毘沙門天は、自身の苦しい思考そのものを切り捨てるように、吉祥天のその片手を、無我夢中で握り締めていた。

「一目見たあの日から、ずっとお慕い申し上げておりました」

一途《いちず》な想いだけが、零《こぼ》れていった。

毘沙門天は、とうとう自身の募る想いを抑え切れなかったのだ。

吉祥天は、その言葉に驚くと、大きく目を見開いていた。

「私は、人に対して不器用なところがあるともいわれ、自分自身の思いを表現するということも……このようにあまり得意ではありません。しかし、あの時から姫様をお慕い続けてきた私の気持ちに嘘はありません」

毘沙門天は、吉祥天の片手を握り締めたまま、竜宮城へと繋がる空間の出現をまるで阻止するかのように、焦《こ》がれ続けてきた吉祥天に、切なる自らの想いを告げていた。

無論、吉祥天の片手を握り締める毘沙門天の手は緩く、とても優しいものであった。

「そなたは……本気で、それを申しておるのか?!」

吉祥天は、毘沙門天の手から逃れるように自らの片手を引くと、驚愕したような視線を毘沙門天に向けながら、はっきりと問うた。

毘沙門天は我に返ったようにハッとしたものの、自身の中の何かが吹っ切れたように澄んだ瞳をしていた。毘沙門天は、吉祥天の問いかけに惑うことなく、自らの固い意志を貫くように、その視線から目を逸らすことはなかった。

「身分違いの恋は決して結ばれぬ。心に抱《いだ》く想いだけであるならば自由ですが、現実にはそうはゆきません。それはそなたにも分かっていることであろう？」

吉祥天は毅然《きぜん》とした態度で、まるで自身のことは早々に諦《あきら》めるようにとでも言うように、毘沙門天を困ったような顔で見つめた。

「私は既に姫様を諦《あきら》めることなどできません。姫様のご友人の一人としてでもおそばに置いていただければ、それだけでも私は幸せに存じます。されどかなうならば……その前に姫様には私のことをもっと知っていただきたいのです」

今、ここで引いてしまったら、吉祥天と二度と会うことがかなわなくなってしまうということは、吉祥天の雰囲気から毘沙門天にも察せられた。毘沙門天は、このようなことには不慣れであり、自らの考えが強引で浅はかであるということを知りつつも、思いつく精一杯の限りを口にしていたのだ。

吉祥天は、毘沙門天の思いもよらない言葉に、目を丸くして絶句すると、二人は見つめ合ったまま、しばしの沈黙に身を委ねた。

毘沙門天は既に諦《あきら》めることができないと言いながら、そうかといって友人の一人として共にあることだけでも幸せだと言う。自身の友人であり続けるためならば、初めから想いを口にする必要などなかったのだ。なんとも支離滅裂とも思える言葉ではあったものの、吉祥天は、そこに毘沙門天の自身に対する誠実な想いを読み取っていた。

そこには、吉祥天をなんとかして繋ぎとめようとする強い意志のみが感じられ身分違いの隔たりを感じさせるものなどなかったのだ。それが、毘沙門天が一途《いちず》に吉祥天を想い続けてきたという、純粋な愛の形でもあった。

毘沙門天と吉祥天は、それからも度々機会を作っては、会うようになっていった。

そうした日々を重ねながら、二人は互いのことを深く理解し合ってゆくと、やがて会う機会も増えて、二人は自然に恋仲になっていたのだ。

そしてそこから、他の神々の目を免《まぬが》れ、隠れるようにして会わなければならないという、毘沙門天と吉祥天の長い間にわたる、苦しくつらい身分違いの逢瀬《おうせ》の時も始まってゆくことになった。

毘沙門天は、美麗で優雅な吉祥天の姿にも惹かれたが、その内面にあった気丈な美しさにも心惹かれていった。

吉祥天は、初めて毘沙門天に会った時、端整で凛《りん》とした顔立ちでもあった毘沙門天のその容姿が、実はとても自身の好みであったのだと、はにかむように微笑んでいた。そして逢瀬を重ねる度に、軍神としての強さや優しさの他にも、姫自身が持っていない内面も次第に好きになっていったという。

本来ならば、「俺」という言葉を、その身分や神格が高位の神に使うことは、とても無礼な

ことであった。しかし吉祥天は、自分の前ではいつも、変わらぬありのままの毘沙門天でよいと言い、毘沙門天という存在の全てを愛してくれている。

だが、毘沙門天には一つだけ、吉祥天に受け入れてもらえない部分があった。それが、毘沙門天が真面目であるがゆえに、いつも物事を慎重に考え過ぎてしまう結果、すぐには即答できずに返答が遅れてしまうという部分であった。

吉祥天は、自らの確立した考えを持つ気丈な女神であったため、いつまでも煮え切らない、曖昧な毘沙門天のそんな態度を嫌い、二人はそれでいつも口論となっていたのだ。


毘沙門天は未だに頭を抱えたまま、沙竭羅龍王が与えた差し迫る試練について考えを巡らせていたが、頭の中は空回りしたまま一向にその思考も進まず、必ず試練を乗り越えられるという、さしたる名案も浮かんではこなかった。

しかし、試練を達成することができなければ、今度こそ自身たちは引き離されてしまう。そのことだけを考えれば、毘沙門天は試練を達成することができる答えを今、なんとしてでも見つけ出したかったのだ。毘沙門天はそれほど、吉祥天と離れ離れになりたくなかった。

言葉にする神こそいないものの、吉祥天に恋焦《こ》がれる神は、他にも大勢いるのではないかと、毘沙門天はずっと思ってきたのだ。自身と離れてしまった途端に、誰かが横から吉祥天をさらってしまわないとも限らない。そんな怖《お》じ気《け》づいたような気持ちが入り混じる毘沙門天の気持ちが、更にその考えを迷わせている。

「おう、無事に釈放されたようだな」

急に誰かが、毘沙門天に声をかけてきた。

「そうだよ、おいらたち、随分心配してたんだ」

毘沙門天が徐《おもむろ》に振り向くと、そこにはなぜか、帝釈天と契此天の姿があった。

毘沙門天は、足を止めると考えに耽《ふけ》り、そしてまた考えながらその歩みを進めているうちに、いつの間にか命の木の目前まで、無意識に来ていたのだ。毘沙門天の目の前には、巨大な命の木が天高くそびえている。毘沙門天は、大樹の下で歩みを止めたまま、自らの考えに耽っていたのだ。

命の木の上から見渡す美しい下界の景色が好きであった二人も、偶然この場に居合わせており、沙竭羅龍王から釈放された毘沙門天の姿を大樹の上から見つけた二人が、嬉しそうに声をかけてきたというわけであった。

「また随分と、しけた顔してるな」

帝釈天は、毘沙門天がいつも以上に黙り込み、一段と難しい顔をして沈んでいる様子から、連行されて行った沙竭羅龍王の下《もと》で、何か特別な取り交わしがあったのではないかと察した。

「ねぇ、吉祥天はどうしたのさ。……っ！　……まさか……」

「よさぬか、契此天。間の抜けた話なら後で聞いてやるから。今は毘沙門天の話が先だ」

いつもぼんやりとしている契此天が急にオロオロとし出したことから、帝釈天は天然ボケでもあった契此天の不穏な発言を避けるために、その言葉をすぐに遮断した。

毘沙門天は、その二人の姿にホッとしたように、少しだけ肩の力が抜けていた。そして、意を決したように自身の悩みを話し始めたのだ。

それは、沙竭羅龍王から下されたという、厳しい試練の話であった。しかし、毘沙門天はどうしても吉祥天と離れたくないという気持ちがまさり、試練を受ける前に、その提示された試練の内容について迷い、どう乗り越えたらうまく達成できるかということを悩んでいたというのだ。

毘沙門天は自身が抱《いだ》いていた、その想いの全てを恥も外聞もなく、二人の友人に向けて素直にさらけ出していた。

帝釈天と契此天は、まずその試練の内容に目を見張った。そして、それらのことを必死で自身たちに伝えようとする毘沙門天の様子が、精神的にかなり追い詰められているということも知ったのだ。

その試練とは、二人が人類として下界に生まれ変わり、その時代で再び巡り合った二人の愛が本物であるかを見定めるという、内容だけは単純なものであった。

だがその条件には、かなり厳しいものがあった。

二人が生まれ変わることができるという回数こそは四回までということだが、人として生まれ変わる吉祥天の記憶が、四回ともに全て失われるというところが、この試練を更に難しいものに感じさせた。

尚且《なおか》つ、生まれ変わったその吉祥天に、天界における一切の話をすることを毘沙門天に禁じている。毘沙門天が、天界での一切の話を吉祥天にできないということは、記憶が失われた吉祥天の記憶に、毘沙門天という存在がいることすらも一切、働きかけることができないということなのだ。

その約束を、毘沙門天が破り吉祥天に話した場合、毘沙門天は天界へと強制的に戻されて、その存在そのものが泡となって消えてしまうという内容には、帝釈天も契此天も愕然として息を呑んだ。

それに加えて、毘沙門天が人類として降り立つことになる下界では、毘沙門天は次の新しい扉を開くための役目まで与えられている。

沙竭羅龍王が下界を選ぶことになったのは、二人を見定めるという試練の内容から、その試練を行う上で最も下界が適した場所であるからということはすぐに知れた。だが、二人が生まれ変わることになるその時代については、吉祥天が裁きの女神である影響を大きく受けていたのだ。

吉祥天が創造主として関わる下界の世とは、終わりを迎える時代や滅びを迎える世の中となる。そして、それらの時代には悪魔たちが深く関わってくるため、二人が生まれ変わって試練を果たさなくてはならない時代は、下界にある人の世の中でも最悪な時代でもあったのだ。

高位な位に就く神が成すべき役目には、他の神々が代わりに担《にな》うことができないものが多い。吉祥天がもし、裁きの女神でなかったら、生まれ変わる時代だけは、このように女神の力の影響を受けることもなく、こんなに厳しいものにはならなかったのではないかと、帝釈天と契此天は痛感していた。

だが、沙竭羅龍王は、四回目となる最後の滅びを迎える時代については、二人までを限定とした他の神の力を借りることを容認したという。毘沙門天のその最後の言葉には、二人も少しだけ安堵した。

毘沙門天は、帝釈天と契此天の二人に話したことで、自らの迷いや悩んでいた思いが薄らいでいた。吉祥天との繋がりばかりを考えていた毘沙門天は、己自身が臆病になっていたことにも同時に気づいたのだ。

毘沙門天にとって、沙竭羅龍王様から与えられた試練については、それを受けてみなければ、確たる試練の方向性を掴むことができないということは分かっていたことでもあった。

確かに、先の不安を拭うことはできないが、毘沙門天も今ここで諦《あきら》めて、引くわけにはいかなかった。

「その試練の行方《ゆくえ》が四回目となった時の、万が一の出番は、私たちでよいのか？」

「もちろんだ。頼めるか？」

帝釈天は、毘沙門天に口角を上げて笑むと、力強く頷いた。

「うん。おいらもそうなったら絶対、頑張る！　難しい試練だけど……でも、毘沙門天ならきっと大丈夫さ」

契此天が、力強く胸を張って告げると、毘沙門天は微笑んだ。

毘沙門天は、友人たちの力強い言葉に励まされるように頷くと、二人に感謝していた。

毘沙門天から迷いがなくなり、すっかり晴れやかとなった表情を見た帝釈天と契此天は、一安心した。帝釈天も契此天も、毘沙門天の四回目の試練に加勢できるということは願ってもないことではあった。

だが問題は、毘沙門天が力を借りることができるという二人の神も、下界に降りる際は、人類として生まれ変わる可能性が高いという内容でもあり、その時は吉祥天と同様に、帝釈天と契此天も自らの記憶を全て失うということである。

無論、帝釈天も契此天も、試練のために下界に降りるという毘沙門天の力となり、その助けとなるために引き受けたことなのだが、全ての記憶を失ってしまうことには不安はあった。自分たちが、人として生まれ変わった毘沙門天に何も感じることがなく、また何も思い出すことができなければ、率先して毘沙門天の力になることができないからだ。

しかし、帝釈天と契此天は、友である毘沙門天のために、既に腹を据えていた。

肝心なことは、下界に降りてからなのだ。そして、試練の回数は四回ある。早々に、毘沙門天が試練を達成することができれば、そこでけりはつく。

　帝釈天と契此天はまず、自身たちの最後という出番が必要ないことを願った。二人は、毘沙門天と吉祥天の二人が、早い段階で試練に打ち勝ち、結ばれることを願っているのだ。

　しかしながら、最後の試練となる四回目の時代は、滅びを迎える最後の時代でもあるため、帝釈天と契此天も毘沙門天の試練に加勢するということもあるのだが、またその時代を救うべき創造主ともなるため、毘沙門天が下界に降りる際には、三人同時に下界に降り立たなければならないという毘沙門天の話であった。

　契此天は、ぼんやりと何かを考えている様子だった。

　帝釈天は、契此天のそんな様子を見て、肝心なところで間が抜けないように緊張でもしているのかとも思い、契此天の緊張を解《ほぐ》すために、契此天の肩を軽く叩いてから笑んだ。

　それから三人は、下界に降りる日取りを決めると、竜宮城がある朱色の大門の前で落ち合うことに決めて解散した。

　毘沙門天は早速、その日のうちに吉祥天に会うと、試練を受ける、数日後という時が来るまで、吉祥天との時間を、より大切なものにすることにした。

　契此天は、自身が失敗することがないように、それまでは気晴らしに行くと言い、美しく煌《きら》めく大海がある東の方へと、早速、向かって行った。

　帝釈天も弁財天が待つ御殿に戻ると、妻との時間を大事にしながら、いつも通り軍神たちの統率者としての責務を果たしていた。

弁財天は、夫である帝釈天から一連の話を聞き、困惑した表情は浮かべたものの、特に驚いた様子もなく冷静であった。父である沙竭羅龍王の下に吉祥天と毘沙門天が連行された際、弁財天もその場に居合わせていたこともあり、二人が試練を受けるのではないかということは予感していたと言う。

そしてそうなれば、毘沙門天は最後の試練において力を借りるために選ぶ二人の神に、友人である帝釈天と契此天を選ぶということは、自ずと分かっていたと弁財天は言った。

「なれば、下界に降りた際には、私がそなたを見つけ出して、そなたに力を授けることにいたします」

弁財天は、帝釈天の記憶までは、父の言葉があるために戻すことはできないが、帝釈天が人類として生まれ変わった下界において、帝釈天がその時代で必要としている物質的な要素をかなえる力になりたいと告げた。

「よいのか?」

「もちろんです。私は、妹たちにも、私たちのように幸せになってもらいたいのです」

弁財天が二人のことを想い、悲しげに顔を歪《ゆが》めると、帝釈天はそんな妻を抱き寄せながら、遠い過去にあった、一つの記憶を思い出していた。

それは、妻となった弁財天を友人に紹介するために、毘沙門天と契此天を自らの御殿に招いた時の話であった。

その時、吉祥天に対する毘沙門天のぎこちなさそうな態度を弁財天は気にしていたのだが、妻の予感は当たった。そして、あの時は深く考えることもせずに、そうなれば自身たちだけでも応援してやればよいのではないかと帝釈天が自ら言った、その微かな遠い過去の言葉の記憶を、帝釈天は思い返していたのだ。

あの時は、帝釈天も心に思ったままの素直な気持ちを口にしていたのだが、現実に今、帝釈天と弁財天が二人を本当の意味で応援しなければならないという時も間近に迫っていたのだ。

帝釈天は、弁財天を励ますように、ただ無言のまま妻の顔を覗き込むと、優しく微笑んでいた。

竜宮城へと繋がる約束の場所に、三人が集まる日も目前に迫っていたが、帝釈天は弁財天とゆっくり夫婦で過ごしていたかったこともあり、その日も御殿にいた。

すると突然、部下から通信が送られてきた。

それは、帝釈天の部下からの通信だった。

その部下たちが乗る宇宙船は、帝釈天が管轄している星の上空に現在、浮かんでいた。その星も、誤った進化が進んでいる星の一つではあったが、しかし現在はまだ観察中という星でもあり、神々が積極的に手を打っていかなければならない段階の星ではなかった。

そんな星に停泊している宇宙船からの通信も珍しいものではあったが、帝釈天は何事かと思い、御殿の空間に通信回路を開くと、すぐに応答していた。

部下からの報告とは、知らせを受けていないはずの龍族が突然、星に姿を現したということだった。部下はその龍族に、どのように対処したらよいものかと、その指示を帝釈天に仰いできたのであった。

帝釈天は、部下の知らせを受けてモニター画面をすぐに開くと、その画面に鮮やかに映し出されている龍族をまず目視した。

その一匹の青い龍は単独であり、次元や空間を飛び越える力を持った、青龍であった。

青龍は、普段は東の方角を守護しているはずの龍だったのだが、その青龍とは、弁財天の妹でもある善女龍王であったのだ。

弁財天もモニター画面を見てそれを認めると、なぜ善女龍王があの星に向かったのかという理由までは分からないという。

その子細《しさい》は、後で善女龍王に聞くとしても、帝釈天はどうも善女龍王が苦手だった。

それは、帝釈天の遠い過去に遡《さかのぼ》った出来事にあった。

帝釈天は遥か昔、無類の女好きであると言われ、その浮名《うきな》を流していたことがあったのだ。

当時、千手観音菩薩として沙竭羅龍王が天界に初めて召された時から、帝釈天のそんな良くない噂話は既にあった。

帝釈天の浮名話は全く嘘とはいえなかったが、しかし無類の女好きであるというのは事実無根であった。帝釈天は、自分自身が心から愛せるただ一人の女性を求め、探し続けていただけだったのだ。それが、帝釈天の良くない浮名となって流れてしまった。

だが、弁財天の父である沙竭羅龍王と、その末の妹であった吉祥天は、そんな噂話が残る中でも、事実無根であるならばよいと言い、帝釈天の悪い噂話に耳を傾けることはしなかった。

無論、浮名が流れてしまったことに対しては、多少なりとも問題はあるが、帝釈天のただ一人探し続けていたという女性が弁財天であり、その弁財天が幸せになるのなら、他に言うことはないと、沙竭羅龍王と吉祥天の二人は帝釈天の気持ちを理解してくれたのだ。

しかし、次女であった善女龍王だけは違っていた。善女龍王の凍てついたような鋭い視線は、最後まで帝釈天を認めず、帝釈天を射抜くように敵意を持って見つめていたのだ。

善女龍王は、浮名を流した帝釈天を疑い、姉の弁財天をただ一人の女性として本当に愛しているのかということさえも、ひどく疑っていたのだ。

帝釈天と弁財天が夫婦となったことで、帝釈天の悪い噂話も自然と消えてはいったものの、善女龍王が帝釈天を兄として認めるまでには、それから更に時がかかったのだ。

現在では、家族として普通に共に笑い、帝釈天も善女龍王とも自然に会話ができる関係になったのだが、帝釈天は今でも、自身を認めず自身の全てを拒絶するような、善女龍王の凍てついた、あの鋭い眼差しが忘れられなかったのだ。

帝釈天は、自身が愛する弁財天の家族とは仲睦まじい間柄でありたかった。

善女龍王との関係が改善するに至るまでには、かなりの時間がかかったため、自身が善女龍王に特に何かを問わなければならなくなった時は、いつも帝釈天は心の中で戸惑いのようなものを感じていたのだ。

そんな帝釈天の気持ちを察してか、妻の弁財天は、そんな時はいつも助け船を出してくれる。弁財天は今回も、あの星に向かった善女龍王の子細《しさい》については、下界に降りてゆかなければならない帝釈天に代わって、次女が戻り次第、弁財天の方から尋ねてみてくれるということになった。

しかし、あの星に佇《たたず》んでいた青龍が、瞬く間にモニター画面からも姿を消したということから、弁財天は、善女龍王が更に別の次元に飛んで行った可能性があるということを帝釈天に示唆した。飛んで行った次の次元の先が、過去であるのか、未来にある次元であるのかは、弁財天にも今は分からないという。いずれにしても善女龍王は、あの星では、星の様子をただ見ていただけの感じがしたのだと言った。

高貴な龍族である弁財天たちには、あらゆる次元や空間を自由に行き来することができる特別な能力がある。しかし、善女龍王が悪さをするために星に向かうことは、まず帝釈天にも考えられないことであった。

帝釈天は、弁財天の言葉に頷《うなず》いた後、通信先の部下に向けて、青龍ならば問題はなく、無視して構わないということを伝え、任務の続行のみを命じると通信回路を閉じた。

それから少しばかりの時が経った頃、沙竭羅龍王が鎮座する龍宮御所の広間へと、吉祥天は一人で足を踏み入れていた。

広間には、父の他にも弁財天や善女龍王の姿もあった。

吉祥天は、家族である皆が龍宮御所にいる時間を見計らって、この広間を訪れたのだ。だが、帝釈天のことは、それに関わる事情から、吉祥天は初めから除外していた。

吉祥天は、沙竭羅龍王が座る玉座の前まで足を運ぶと、一呼吸置いてから静かに顔を上げた。

「父上。妾《わらわ》たちは試練を受けることに決めました。されど妾《わらわ》は、己のこの決心が固いうちに下界へと参じとう存じます」

吉祥天の急な言葉に、善女龍王は面《おもて》を上げて驚き、そして弁財天の表情は悲愴《ひそう》によって崩れた。

弁財天には、吉祥天の気持ちが分かるような気がした。自らの決意が、この天界で毘沙門天と会う度に緩むことになれば、天界で毘沙門天と離れられなくなる。そして、天界で毘沙門天と離れられなくなるということは、試練を受けられなくなってしまうということを指している。試練を受けることができなくなってしまえば、二人はその機会を失うことにもなり、永遠に結ばれる機会もなくしてしまう。

弁財天は、自らの姿勢を崩さぬようにそれに耐えようとしている吉祥天の姿に、心底、その胸を痛めていた。妹は、それほど毘沙門天を愛しているのだ。

沙竭羅龍王は、吉祥天を静かに見据えたまま、一つだけ頷いた。

それから吉祥天は、呟くように言った。

「姉上様に姉様……妾《わらわ》はしばしの間、姉上様たちに会えなくなることが寂しくてなりませぬ……」

吉祥天の潤んだ瞳は、切なげに弁財天と善女龍王の姿を見つめた。

無論、父がいかなる試練を下そうとも、自らの父であることに変わりはない。そしてそれは、身分違いの自身たちが互いに別れることができなかったことが原因であるということも、吉祥天には分かっている。

最後に沙竭羅龍王を見つめる吉祥天のその瞳は、深い悲しみに揺れていた。

善女龍王は、吉祥天のそばに駆け寄ると、その両手で愛おしむように妹を抱き締めていた。

吉祥天の肩に顔を埋《うず》めた善女龍王の瞳からは、一筋の涙が零《こぼ》れていった。

沙竭羅龍王が玉座から立ち上がると、後方にあった大きなカーテンがゆっくりと自然に開かれてゆき、空間移動ゲートの扉も既に自動で開かれていた。

吉祥天は、自身を抱き締める善女龍王を切ない思いで抱き締め返すと、消え去ることのない悲しい眼差しを向けたまま、善女龍王に懸命に微笑んだ。

吉祥天は、善女龍王から徐《おもむろ》に離れてゆくと、開かれたゲートの前でもう一度足を止め、家族を静かに顧みた。自らの頬に流れる雫《しずく》の存在を感じた時、吉祥天はそれを悟《さと》られまいとその

瞬間、空間移動ゲートの中へと飛び込んでいった。

「吉祥天！」

弁財天と善女龍王は、堪《たま》らず同時に声を上げると、吉祥天の後を追うようにしてゲートの扉まで駆けていた。

ゲートの扉の向こうには、暗闇に浮かぶ数多《あまた》の煌めく星々が見渡せるだけで、吉祥天の姿はもうどこにもなかった。

「ならぬ！」

妹を一心に思う、弁財天や善女龍王を制した沙竭羅龍王の一喝するような声が、龍宮御所に響き渡った。

その声に、残された二人が振り向いて垣間見た父の横顔は、一瞬ひどく寂しそうに見えた。

沙竭羅龍王とは、大いなる威厳に満ち溢れた大変厳しい父ではあったが、子供たちがもともと知る父とは、阿修羅王であった昔から、子供思いの優しい父親でもあったのだ。

弁財天と善女龍王は、沙竭羅龍王の横顔に表れた瞬間的な表情ではあったものの、そんな父が、吉祥天がいなくなり寂しくないはずがないと思ったのだ。父が、自分たち以上にその別れを悲しんでいるということは考えるまでもなく、二人はそう理解した。

弁財天と善女龍王は、父の心情に理解を示すように気持ちを改めて父に従い、再び吉祥天の後を追うようなことはしなかった。

毘沙門天は、吉祥天がいつになっても約束の場所に姿を現さないことから、自身よりも先に下界へと旅立ってしまったのではないかと、そんな予感がしていた。

毘沙門天には、それを予感させるような前触れがあったのだ。

それは、天界の時間における、昨日という日の別れの刻限《こくげん》が迫った時の話であった。

吉祥天は、別れの際に、まるで毘沙門天の体温を確かめるように、その細い両腕で毘沙門天の大きな体に腕を回すと、その胸に顔を埋《うず》めたのだ。

「そなたの温もりだけは、忘れたくない……」

吉祥天は、滲《にじ》み出そうになる涙を堪《こら》えるように、潤んだ瞳で毘沙門天を見上げると、最後に毘沙門天の温もりを確かめてから、毘沙門天の前から姿を消した。

毘沙門天は、とうとう約束の時が過ぎても姿を現すことのなかった吉祥天を想いながら、その寂しさで揺れる心を抑えるように、ただ静かに上空を仰いでいた。

そんな時、ある一つの星に、一人の神が舞い降りていた。

その神が舞い降りた先とは、残された寿命が尽きようとしていた、ある一人の年老いた僧侶の下《もと》であった。

老いた僧侶は、自らに刻々と迫っている、消えゆく命の灯《ともしび》を嘆いていたのだ。

年老いてしまった僧侶には、星に住む人々やこの世の中のために、成すべきことがあった。

その成すべきことを果たすために、僧侶は今まで全国を旅して回りながら、その務めに没頭してきた。しかし、その寿命とはあまりに短く、いつの間にか僧侶は年老いてしまい、その寿命も尽きようとしていた。

だが、老いた僧侶には、自身が死を迎えるまでに、どうしても果たさなければならない務めが、まだ少し残っていたのだ。僧侶は、自らの人生のほとんどをその務めに捧げ、この世の中の人々のために尽くそうと、その心に空しさを抱えながらも、懸命に努力してきた。

しかし、あと少しというところで、老いた体は動かなくなり、僧侶は自身が果たせなくなってしまった務めを嘆き、そしてこの世の中の未来のことを切に憂え、それを深く悲しんでいたのだ。

年老いた僧侶は、動かなくなった体を引きずりながらも、それでも自らが日々行っていた祈りだけは、決して欠かすことはなかった。だが、晩年となった今の僧侶は、縋《すが》るような気持ちで天高く夜空に輝いている星々に向かって、毎日のように世の中の未来のことを思いながら、その祈りを捧げるようになっていたのだ。

そんな僧侶の前に突然降りてきた神は、驚く僧侶に告げた。

「そなたは、この世の中の行く末を案じ、その生涯を人々のために精進し励み、それに尽くしてきた。されど、己が果たすことができなかったゆえの無念は残されたままで、さぞつらかろう。その願い、我が聞き届けることができぬことではあらぬ。しかしながら我には一つだけ条件があるのだ」

神はそう言って、静かに僧侶を見つめていた。

老いた僧侶は、神の姿にも驚いたのだが、その言葉にも驚愕していた。神仏様に縋《すが》るように祈りを捧げ続けてきた、寿命が残り少ない僧侶にとって、それはまさに、有り難い神の御言葉《みことば》であったのだ。

その神が僧侶に提示した条件とは、僧侶の寿命が尽きた後、自身の手足となる神の式神《しきがみ》になることであった。

神には、天界において自身が果たしたい務めがあるという。しかし、この星の人々を慈しむ、僧侶の想いもよく分かってくれていた。自身の式神になることとは、神が自ら果たしたい務めを天界で進めながら、この世に残る僧侶自身と連携した繋がりを持つことであった。それは、この世の中の未来を切に思う、僧侶自身の力にもなれるということを模索してくれたような神の言葉でもあったのだ。

老いた僧侶は涙を浮かべながら、大地に膝をついて神を拝み、神に心から感謝した。

僧侶は神に向けて、自らの死後は神の式神になることを約束すると、その誓いを立てた。

「そなたには間もなく迎えが来るであろう。されど、そなたが我の式神となる日を迎えるには間がある。しばしの間、この世で待つがよい」

神は、優しい眼差しで僧侶に告げると、瞬く間にその姿を消した。

それは、この世の中の未来を案じ、そして世界に住む人々の先を憂えた、そんな老いた僧侶を救うべく神と僧侶が取り交わした、静かなる約束のようでもあった。

それからもう少し時が経つと、毘沙門天が下界へと降りる日がやって来た。

毘沙門天は、三人の約束の場所でもあった朱色の大門の前に、早々に到着していた。大門の先へ行けば、竜宮城への入り口もすぐである。しかし、毘沙門天は刻限《こくげん》よりも少し早く大門を訪れたため、まだ帝釈天と契此天の姿はなかった。

毘沙門天は、約束の場所であった大門へと向かう前に、自身が好きな場所でもあった、命の木がある場所を訪れた。毘沙門天は、本当ならば刻限《こくげん》まで、自身が好きであった下界の美しい風景を、命の木の上から一望しようと訪れたのだが、その場所にはなんと、毘沙門天を待つ沙竭羅龍王様の姿があったのだ。

沙竭羅龍王様は、毘沙門天が試練を受ける前に、必ずこの地を訪れるということを見越して、先に毘沙門天を待っていた。毘沙門天は、まさかの沙竭羅龍王様のおでましに驚き、目を見張った。

そして、毘沙門天はそこで、沙竭羅龍王様から、ある一つの箱を手渡されたのだ。

「その箱は、己以外の人を救うことのできる箱である。困った時にただ一度だけ、願いをかなえることができるであろう」

沙竭羅龍王様は、毘沙門天に箱を手渡すと、「竜宮城で待っている」とも告げ、その姿をすぐに消していた。

毘沙門天は、沙竭羅龍王様が自身たちに試練という機会を与え、その厳しい試練を受けることを決めた自身のために、その箱を用意してくれたのだと思った。毘沙門天は、沙竭羅龍王様の自身に対する気遣いに感謝した。

だが毘沙門天は、少しだけ考え込むようにその箱を見つめると、その箱を下界には持って行かないことを決め、命の木の根元に隠したのだ。

毘沙門天の覚悟は既にできている。これから待ち受けている試練は、自分自身が乗り越えなければならないのだ。今ここで甘えてしまえば、また己自身の気が緩むかも知れないと考えた、毘沙門天の判断であった。

しかし、その一部始終を見ていた影があった。

その影は当然、命の木の根元に隠した、箱のことも知っていた。

毘沙門天はその後、すぐに大門へと向かった。毘沙門天は、思わぬ沙竭羅龍王様の出現により、その身が更に引き締まると、命の木に登るのはやめにして、刻限《こくげん》前ではあったのだが、大門へと向かうことにしたのだ。

毘沙門天が、影の存在に気づくことはなかった。影は人知れず、毘沙門天が立ち去る後ろ姿を、ただ静かに見つめていた。

大門に来た毘沙門天が二人の到着を待っていると、すぐに刻限《こくげん》となり、帝釈天と契此天が姿を現した。

集まった三人は早速、朱色の大門を潜《くぐ》ると竜宮城の中へと進み、沙竭羅龍王が待つ龍宮御所を目指した。毘沙門天は、城内をキョロキョロと見渡しながら先へと進んだが、捜している姿はなかった。

やがて三人は、既に開かれていた龍宮御所の扉を通り、沙竭羅龍王が鎮座する広間に入ったが、毘沙門天が捜していた吉祥天の姿は、やはりどこにも見受けられなかった。

沙竭羅龍王は、既にその玉座から立ち上がり、真後ろにあった大きなカーテンも開かれていた。沙竭羅龍王のそばには、弁財天と善女龍王の姿もあった。

三人が、黄金像が連なる間を通り、沙竭羅龍王の御前まで来ると、空間移動ゲートの扉もポッカリと開かれていた。

「毘沙門天よ、覚悟はよいな？　帝釈天に契此天、この試練に参ずることができるのは四回目のみである。おのおの方も、良いな？」

沙竭羅龍王は三人に向けて、重厚な声で念を押すようにそう告げた。

三人は、迷うことなく、しっかりと頷いた。

契此天は、少し緊張していたものの、その背筋を伸ばし、今日はいつになくしゃんとしている様子であった。帝釈天は、契此天のそんな様子を横目に、微かに口角を上げて笑むと、その口元をすぐに引き締めた。

「吉祥天は、先に下界へと旅立ちました」

弁財天は寂しげに、そして心配そうに毘沙門天に告げた。

毘沙門天は、自身にもそんな予感があったことから、やはりそうであったのかと心中で思いながら、弁財天に頭を下げた。

「妹のこと、くれぐれも頼みましたよ」

善女龍王も一言、毘沙門天に伝えると、その瞳は心配そうに毘沙門天を見つめている。

毘沙門天は善女龍王の目を逸らすことなく、自身の限りを尽くすとだけ告げた。

弁財天は、帝釈天の姿を無言のまま、寂しそうに見ていた。

「神々が守りし下界へ降《くだ》り、そなたたちが申す愛を見事全うし、この試練を乗り越えてみせよ」

火蓋が切られたような沙竭羅龍王の重々しい声が広間に木霊《こだま》すると、毘沙門天は迷うことなく空間移動ゲートの扉の中へとその身を投じた。そして一心に吉祥天を追い求めた。

毘沙門天の後に続き、帝釈天と契此天もゲートの中へと飛び込んだ。二人はこの時、万が一、四回目の試練が巡った際は、下界へ降りた先で大切なことを思い出せるようにと、自身にそう念じながら下界へと旅立っていった。

夫の帝釈天を無言で見送った弁財天は、不安な気持ちと寂しげな表情を浮かべたまま、父が弁財天に向けて告げた言葉を思い出していた。それは、吉祥天が下界に旅立ってしまった後、弁財天を気遣うように言った言葉でもあった。

毘沙門天が、四回目の試練において力を借りる神の中に、弁財天の夫は選ばれた。

弁財天の夫である帝釈天も、四回目の滅びの時代において人類として生きるために、神であった時の記憶は全て失うことになる。しかし人類となっても、帝釈天は人として、その世の中の人々のためにやるべきことがあるのだという。それが、人として生まれ変わる帝釈天の創造主としての役割を担う、その務めでもあると言った。

だが、降りる先の下界とは、既に悪魔に取り憑かれた人間が多く、己自身の身勝手な考え方を是とし、人々を平気な顔で騙し惑わせ、自らの心に芽生えた我欲に取り憑かれている者が多いという。

その悪魔に取り憑かれた者たちから、人から人へと伝染するように、健全な正しい人の心を持つ人々がそれに染まってしまい、悪影響を与えられることがある。そのために、正しい心を持っていたはずのその人の考え方が、途中でそれを見失い、誤った方向へと変わってしまうことも多いというのだ。

また、悪魔に憑かれた人の心とは、健全な正しい心を持っている人の言葉を、次第に聞かなくなるようにもなってしまう。

帝釈天の御霊《みたま》は、生まれ変わった人が持つ、その考え方に大きく左右されるのだ。そのため、毘沙門天が力を借りる二人の神は、人として生まれ変わりはするが、神としての御霊は自由に人の器を変えることができるようにしたのだと、父は告げる。

二人の神としての記憶は失われるが、創造主として刻み込まれた自らの御霊は、その役目を決して忘れることはないのだと、沙竭羅龍王は最後にそう告げたのだ。

それは、神が生まれ変わったその人が持つ考えが途中で荒《すさ》み、利己的な考えや我欲に取り憑かれてしまった場合、創造主としての自らの役目を果たすために、神である二人の御霊は、別の人の体へと移ることができるということであった。

その時、父の言葉を聞いた弁財天は安堵した。悪魔に取り憑かれた穢《けが》れた考えを持つ人の中で生きるのは、神にとってはとても苦しく、つらいものでもあったからだ。

だが弁財天は、夫に力を授けることを約束している。

弁財天は父のその言葉を思い出し、自らの創造主としての役目を果たしてゆくとともに、人として生まれ変わる帝釈天をまず、捜し出さなければならなかった。そしてまた、その人が持つ心が穢れてしまった場合、帝釈天の御霊は、邪《よこしま》なる心に変わってしまった人から善なる心を持つ人へと移動するということから、弁財天は夫の御霊の行方《ゆくえ》を、しっかりと見届けていく必要があった。

弁財天がそんなことを考えていると、夫と離れる寂しさと、夫が旅立った下界への不安は次第に薄らいでいった。帝釈天と離れた形にこそなってしまうが、弁財天が人として生まれ変わる帝釈天に寄り添うことで、二人はいつでも共にあることができるのだ。それを考えると、弁財天にはもう不安もなくなり、その寂しさも消え去っていった。

毘沙門天に帝釈天、そして契此天は、そうして空間移動ゲートの中へと姿を消した。

弁財天と善女龍王、そして沙竭羅龍王はしばらくの間、開かれているゲートの扉を見つめたまま、沈黙していた。


毘沙門天の過去の意識がそこで途絶えると、蒼真の意識が浮上した。

毘沙門天の過去の意識を介して蒼真が見た毘沙門天の記憶は、とても生々《なまなま》しい感覚となって蒼真自身に残っていた。

沙竭羅龍王様によって蒼真に思い起こされた三つの前世とは、自身のものではあるものの、間違いなく毘沙門天のものであった。

そしてあの時、沙竭羅龍王様やすげ笠を被った僧侶が、蒼真自身に思い出すことを急《せ》かすように思えたのは、蒼真自身の中にある毘沙門天の記憶を完全に呼び起こすためであったということも、蒼真は同時に知ることとなった。

毘沙門天は、人として生まれ変わる転生を順調に三度繰り返してきたのだが、今回の転生では自らの記憶そのものに支障を来《きた》していたのだ。そこで、毘沙門天の中途半端な記憶を完全に呼び覚ますためにも、蒼真自身の中にある毘沙門天の御霊に、直接働きかけたということでもあった。

蒼真は、僧侶が言っていたように、全てを思い出したことにより、その全貌を次第に理解できるようになっていった。

　蒼真自身が、神々を運ぶことができるという器を持っている唯一の人間であることは、蒼真自身もすげ笠を被った僧侶から知らされている。だが、蒼真の中には現在、それぞれの役目があり、その役目を果たすために二人の神の御霊がとどまっていて、その一人が毘沙門天であるということだった。

　蒼真自身は、四度目に生まれ変わった毘沙門天でもあるということではあったのだが、しかし本来、人として生まれ持つ、己自身の御霊とは一つだけのはずである。長い間、毘沙門天の御霊と同じようにとどまり続けている、もう一人の神の御霊の存在が誰であるかというところまでは、この頃の蒼真にはまだ分からなかった。

　それは、自身が神々を運べるという器をたまたま持っていたために、このような形になってしまったのだろうか。しかし蒼真は、自身がそのような器を持って生まれてきたということには、他にも何か意味があって、そんな器を持った人として生まれることになったのではないかと、そんなふうにも思えてならなかった。

　毘沙門天は、沙竭羅龍王様に与えられた試練を達成することがなかなかかなわず、最後の人としての転生を繰り返してしまうことになった。

　毘沙門天と吉祥天が、人として生まれ変わることができる回数は、全部で四回である。

　毘沙門天が人として四回目に生まれ変わったのは、蒼真という人間であり、今回で人に転生できる機会も最後であった。

蒼真は、そこで深く考えていた。全てを思い出した蒼真は、三つの過去世をもう一度振り返り、思い返していたのだ。

毘沙門天が一回目に過ごすことになった人の世では、ヤマトという男性に生まれ変わり、二回目の人生でも彦星という男性に生まれ変わった。しかし三回目は、十和子という女性に生まれ変わった。

そして、それらのどの時代においても、毘沙門天には吉祥天との出逢いが、確かにあったのだ。

むかし、むかし、遥かむかしの遠い過去の前世では、ヤマトとして生まれ変わった毘沙門天には、イサナギ王国という大国で、イザナ姫という姫との出逢いがあった。

一つ目であったこの時代では、吉祥天はイザナ姫として生まれ変わっていたのだ。

むかし、むかしの古い前世では、毘沙門天が生まれ変わった彦星は、天狗様の代わりに出向くことになったスワ村で、村長の娘でもあった織姫と出逢っている。

二つ目の時代では、吉祥天は織姫として生まれ変わっていたのだ。

むかし少しむかしの前世では、十和子という名の女性として生まれ変わった毘沙門天ではあったのだが、いつか小説家になりたいという夢を持つ、光という名の男性との出逢いがあった。

三つ目のこの時代では、吉祥天は光という男性として生まれ変わっていたのだ。

三つの前世で、吉祥天と巡り合ってきた毘沙門天は、どの時代においても吉祥天に恋焦《こ》がれた。しかし、毘沙門天は、ヤマトであった時代も彦星であった時代の時も、吉祥天であったイザナ姫と織姫には結局、その目的でもあった試練を果たすというところまでは届かず、時代の人々を救うために悪魔と戦い、あえない最期を遂げていた。

また、毘沙門天が女性として生まれ変わった時代においては、その時代を嘆いていた光自身が、自身が望んでいた小説家という夢を捨て、その世の中の人々が夢や希望を持つ機会を与えられたことにより、光は人々の良き未来を願い、小悪魔たちと戦うことを選んだ。

毘沙門天は、光が銅鏡の資格者であったということもあり、必然的に試練を果たすという機会さえ完全になくしていた。銅鏡とは、人の身で扱えば、その命を落とすといわれていたのだ。

そして、光を失った十和子の最期も、光と同じように、人々の未来の先にある世界の平和を願いながら、次の時世を早く迎えるために玉手箱を開くと、その生涯を閉じていた。

しかし、光が銅鏡の資格者であったということだが、それは吉祥天が北の柱の守護神として収まらなければならないという定めを持っていることが関係していた。吉祥天が生まれ変わった光という人間は、銅鏡を扱うことのできる資格者となる「方角の印《しるし》」という、印《しるし》を待って生まれてきたのだ。方角の印とは、東西南北と四つあり、吉祥天の方角の印は北である。そして、方角の印は、その印を持つ人の御霊に刻み込まれているような印でもあるので、人の目で目視することも、また人がそれを感じ取るということもできない印であったのだ。

当然、人として生まれ変わった毘沙門天にも、方角の印を持って光が人として転生していたということまでは、気づくことができなかったということだった。

三回目までの前世では、毘沙門天と吉祥天は想いを遂げ合い、試練を果たすという結果にはならなかった。しかし、毘沙門天は、沙竭羅龍王様より与えられた、次の新しい扉を開くという役目だけはしっかりと熟《こな》し、また吉祥天の生まれ変わりであるイザナ姫や織姫を守ることにも成功している。

三回目の生まれ変わりでは、毘沙門天は十和子という女性であったため、男性であった吉祥天の心に寄り添うことで、吉祥天の心を毘沙門天が尊重するという形で光を守ったのだ。吉祥天の心は、時代の波に呑まれることもなく、三つのどの時代においてもその心が荒《すさ》むことなく、沙竭羅龍王様の言葉通り毘沙門天によって守られてきた。

だが、全てを思い出し、その全貌を理解していった蒼真は、その記憶の中で、あることに気がついた。

それは、どの時代においても、人として生まれ変わった毘沙門天に、神の助力があったということだった。

一つ目のヤマトであった時代では、イサナギ王国のトーナメント戦に参加した際、決勝戦でヤマトが勝利を掴んだ直後に、闘技場の戦場であった舞台に、奇怪な獅子の化け物が姿を現した時のことであった。

戦場であった舞台は、観客席へと続く全ての扉が閉鎖されており、ヤマトと獅子は孤立状態となっている舞台で戦うこととなった。しかし舞台にいた獅子は、観客席にいた人々を狙って、舞台全体を取り囲んでいた壁の上に飛び上がると、観客席の方へと向かってしまったのだ。ヤマトの神剣も観客席の方へと飛ばされ、舞台にただ一人閉じ込められることになってしまったヤマトには、成《な》す術《すべ》が何もなかった。

そこに、観客席の一人の老兵が姿を現すと、観客席に飛ばされてしまった神剣・むらくもを、再び舞台に落としてくれたのだ。老兵は、神剣を早く拾えとヤマトに急《せ》かすように合図を送ると、ヤマトはその老兵の様子を見て、観客席で大変な事態が起こっているということを察知した。

更に老兵は、閉ざされている舞台の一つの扉を開錠して、ヤマトを観客席へと促してくれた人物でもあった。

二つ目の彦星であった時代には、悪魔は猿田山の亀裂に封じ込められ、二度とスワ村に姿を現すことはなかったものの、天狗様が彦星に伝えていた、黒色の勾玉を使って悪魔がもたらすという最後の災害が、スワ村の人々の生命を確実に奪おうとしていた時のことであった。

その最後の災害が、未曽有《みぞう》の恐るべき病だった。彦星は立ち上がり、自身の手の中にある団扇《うちわ》を、渾身《こんしん》の力を込めて力強く大きく振ったのだが、恐るべき病を団扇によって払うこともできず、なんの変化も起こらなかったのだ。

この時の彦星の体力は、既に限界を超えていた。白色の勾玉でもあった団扇の力とは、彦星の体力ともいえるその命を削り、自らの体力と引き換えにすることで力を得ることができる団扇であった。

彦星の体力は思うようにすぐに回復するはずもなく、彦星は何度も自分自身を責め続けていた。しかし、そんな時にいつ来たのか、一人の老人がフラリと彦星の前に現れて、彦星の前でその歩みを止めると、もう片方の黒色の勾玉を彦星に手渡してくれたのだ。

対である白色と黒色の勾玉が一つとなることで、勾玉が本来持つ力を使うことができるようになるが、それを使えば彦星の命が失われてしまうことにも繋がってしまうという。

彦星が、黒色の勾玉に目を落とし、次に老人に声をかけようと面《おもて》を上げた時には、既に老人の姿はどこにもなかった。

そして彦星は、その老人のおかげで、対となった勾玉の本来の力を使うことができ、自らの命と引き換えに、スワ村の人々を未曽有の病から無事に救うことがかなったのだった。

一つ目の時代に、ヤマトに手を貸してくれた老兵であった人物と、二つ目の時代に、彦星に黒色の勾玉を手渡してくれた老人であった人物こそ、沙竭羅龍王様であったのだ。

三つ目の十和子の時代では、亀を助けた十和子と光がカッパに案内されて竜宮城へ行くと、二人の前に、艶のある長い黒髪と、それと同色の長い髭を蓄えた年配の龍王様がその姿を現した。更に、龍王様が座っている玉座の脇には、青緑色《せいりょくしょく》の美しい長い髪を頭上で束ねた姫君様の姿もあり、玉座の後ろには、天女のような女性が台座に座り、琵琶を奏でている姿があった。

十和子たちを竜宮城へと招いた龍王様とは、沙竭羅龍王様であった。そして、青緑色の美しい長い髪を靡《なび》かせていた姫君様とは善女龍王様であり、琵琶を奏でている天女は弁財天様であったのだ。

更に、光が小悪魔たちと戦うための舞台となった次元においては、光が窮地に追い込まれた際に、稲妻が発生し次元の空間に亀裂が走ると、すげ笠を被った僧侶が舞い降りて来て、光の戦いに加勢した。また、東の方角を守護する青龍も姿を現すと、小悪魔たちと戦い続けている僧侶と光に力を貸していたのだ。

すげ笠を被った僧侶とは、歴史の本の肖像画などでよく知られる僧侶のお姿であり、蒼真の夢の中にいつも現れるすげ笠を被った僧侶と、紛れもなく同一人物であった。青緑色の美しい鬣《たてがみ》を靡《なび》かせていた青龍は、人の姿から龍へと姿を変えた善女龍王様のお姿であったのだ。

毘沙門天は、試練を成し遂げることはできなかったものの、三つの時代において、確かに神によって助けられていた。しかし、吉祥天が生まれ変わる時代は、終わりを迎える時代であったため、悪魔たちが蔓延《はびこ》る勢力もまた強く、人として生まれ変わった毘沙門天には、どの時代においても、人々を救うという与えられた役目を果たすだけで精一杯だったのだ。

人という生身の体を持って生まれた毘沙門天には、限界があった。相手は悪魔なのだ。強い精神力を持つ毘沙門天は、人として生まれ変わっても悪魔の囁きにこそ惑わされることはなかったものの、悪魔との戦いともなれば、人間の体の毘沙門天には限りなく不利であったのだ。

そのため毘沙門天には、記憶を失っている吉祥天の心を自身に惹きつけるような余裕などほとんどなく、下界において時間をかけて二人の愛を育んでゆくという、その段階に達するところまでにも至らなかった。

毘沙門天は、生まれ変わった先で出逢った吉祥天との別れは、つらく悲しいものではあったものの、しかしたとえ試練を遂げることができなくても、人として生まれ変わった大切な吉祥天が守れたらよいと、どの時代でも最後は己自身にそう言い聞かせるように決断を下すと、次の時代に希望を託すようにその命を散らしていったのだ。

神が、どの時代においても毘沙門天に助力したことには、その世の中を手助けするという一貫した使命もあるのだが、しかし蒼真には、沙竭羅龍王様や弁財天様、善女龍王様も、毘沙門天が試練を成せるところまで事が運ばなかったことは、きっと残念に思っていたに違いないと、そんなふうにも思えてならなかった。

そして、三つの時代で使われていた、神剣・むらくも、勾玉に銅鏡というそれぞれの三種の神器は、その役目を終えると、真っ白いフクロウが降りてきて、人知れずどこかに持ち去っていた。

あの真っ白いフクロウは吉祥天の使いであり、あれらの神器を天界に戻すために、フクロウが三つの神器を回収していたということが、毘沙門天の記憶からすぐに知れた。

蒼真は、遠い過去の毘沙門天の三つの前世という記憶に、思いを馳《は》せた。

毘沙門天は、人としての転生を繰り返してきたことで、四回目の転生では人としての自らの記憶に不具合を起こし、その記憶が今まで中途半端な目覚めであった。

しかし、沙竭羅龍王様とすげ笠を被った僧侶が、毘沙門天の記憶を完全に呼び覚ましたことで、蒼真も全てを思い出すことになったのだ。

沙竭羅龍王様であった仙人様が、『我が娘を、連れて参れ』と告げた時、蒼真自身の心の中は何かの強い衝動に駆られたものの、あの時はなぜ自身の心の中に哀しみや不安、畏怖などにも似た混沌とした感情ともいうべき思いが錯綜し、あんなにも自身の心が締めつけられたのか、蒼真には分からなかった。

しかし、今の蒼真には理解できた。あの時、自身の心の中に込み上げるように湧いてきた、あの感情ともいうべき思いの全ては、毘沙門天のものだったのだ。

あの時、蒼真と毘沙門天との思いが深く重なったところは、天音と離れたくないという強い想いであった。毘沙門天の心の中には、吉祥天と離れたくないという強い気持ちが常にあった。

毘沙門天の中途半端な記憶の目覚めは、あの時の仙人様のお言葉が、毘沙門天には自身たちを引き離そうとするような、別の意味を持った言葉として聞こえていたのだ。

蒼真の中で起こったあの時の出来事とは、そんな毘沙門天の感情が乱れた瞬間の出来事でもあった。

そして実際、仙人様の言葉が意味したこととは、そういうことではなかった。

二人の試練は、今回で四回目となる最後である。試練の結果がどういう形で終わろうとも、毘沙門天は吉祥天を北の柱の守護神とするために、沙竭羅龍王様の下に連れて戻らなければならないという沙竭羅龍王様との約束があったのだ。

仙人様である沙竭羅龍王様は、そのことを毘沙門天が忘れないよう、再度蒼真の夢の中に現れて、それを伝えに来たというのが本当の理由であった。

蒼真は、虚空蔵菩薩《こくうぞうぼさつ》様のお導きによって天音に出逢うと、その生涯を通して天音を守るようにと告げられている。天音は、沙竭羅龍王様の娘である吉祥天であったのだ。

蒼真は、天音と初めて出会った時に、不思議な雰囲気を感じたのと同時に、妙な懐かしさを感じたことを覚えている。それは、毘沙門天が吉祥天と長きにわたり共に過ごしてきたという毘沙門天の感覚が、蒼真には妙な懐かしさとなって伝わっていたということだったのだ。

毘沙門天と吉祥天は、天界では身分違いであったため、他の神々の目を避けて、長い間にわたって逢瀬《おうせ》を重ねてきた。しかし、幾ら逢瀬を重ねようとも、二人の関係は決して認められることはなく、添い遂げることも決して許されることはなかった。

それでも、互いに想い合う二人は離れようとはせず、その想いは報われることもないまま、そうして試練という最初で最後の機会を与えられた二人は、二人の先の明暗を分かつともいうべきその試練を受けることになった。天界での想いを遂げるために、毘沙門天と吉祥天は人として生まれ変わり、毘沙門天は吉祥天をずっと捜し続けてきたのだ。

遠い過去にあった天界での二人の経緯《いきさつ》を知った蒼真だったのだが、毘沙門天が人として生まれ変わり、その時代を巡ってきたという時も、気が遠くなるほど長いものであった。

二人の想いを遂げるために、その試練を果たそうとする毘沙門天は、既に三つの時代に生まれ変わり吉祥天を捜し続けた。吉祥天は下界において、記憶は失われてはいるものの、ずっと毘沙門天を待ち続けているに違いなかった。

蒼真は、めくるめくような長い時を経ても、二人の愛を全うすることがかなわなかった試練でもあった過去世に、胸が締めつけられるような痛みと切なさを覚えていた。

そうして蒼真は、自身の前世と、毘沙門天がなぜ数回にわたってこの星の時代に降りてくることになり、なぜ相愛でもあった吉祥天を追い求めて彼女を捜し出さなくてはならなくなったのかという、その訳を知ることになったのだった。

しかし、この頃の蒼真は、天音の友人であった芙美《ふみ》ちゃんがきっかけを作ってくれたことであり、天音とはまだおつきあいし始めた頃に見た、そんな前世という出来事であり、その記憶でもあった。

だが、毘沙門天は既に四回目の生まれ変わりであったため、真実を知るに至った蒼真の心には、張り詰めたような感覚があった。

毘沙門天と吉祥天に与えられた試練を遂げるには、今回の時代で最後となる。もう二人には、希望を託せる次の時代は残っていないのだ。

二人が、沙竭羅龍王様の試練をこの時代で達成することができなければ、毘沙門天と吉祥天は永遠に結ばれることはなく、離れ離れになってしまうことになる。

だが、沙竭羅龍王様の試練の条件は厳しく、天界の話を一切してはならないということから、滅多なことは天音には話すこともできなかった。

蒼真は日々、建築業であった自らの仕事にも懸命に励みながら、どのようにして天音の心を掴もうかと、あれこれと考える日々も続いていた。

しかし、毘沙門天の試練が四回目となってしまった場合は、二人の神の力を借りることができるということもあったため、蒼真は変に焦《あせ》ったような考えだけは起こすまいとも思い、少しずつ慎重に物事を考えていこうと思っていた。

帝釈天の御霊《みたま》は、蒼真よりもずっと先の人の世で、人類として生まれ変わっていた。

しかし、帝釈天の御霊は人として生まれ変わったものの、しばらく経つと人の持つ考えが穢れてしまうため、その人との調和が取れず、幾度にもわたって人から人へと移り、善なる判断を下せる人の器を求めて、その御霊は彷徨《さまよ》い続けていた。

契此天《かいしてん》の存在は、まだどこにもなかった。

契此天の御霊は、もう少し先の世で、人として生まれ変わることを指しているのだ。

しかし、蒼真がいる四回目の時代とは、毘沙門天の試練を遂げる最後の機会ともなるのだが、この世の中とは、滅びを迎える十一回目の最後の時代でもある。

当然、終わりを迎える時代と同様に、滅びを迎える時代においても、悪魔たちとの衝突は免れることはできない。

だが、滅びを迎える最後の時代には、その星を救うために、より多くの神々が動き出し、その時代に神々が降りてゆくことになるということでもあった。

蒼真は、幼い頃より不思議なことは多々あったものの、この頃はまだ天空の護人を目にする前でもあったため、滅びを迎えるという時代に関して、あまり深い関心はまだ持ってはいなかった。

この頃の蒼真は、いつも自身の夢の中に現れる、すげ笠を被った僧侶や虚空蔵菩薩様、そして仙人様であった沙竭羅龍王様の御言葉《みことば》によって導かれるという日々を送っていたのだ。

沙竭羅龍王様は、この最後の時代においても、まるで毘沙門天に助力するような形で、蒼真の夢の中に姿を現していた。

だが、少し時が経った頃、妙な出来事があった。

それは蒼真が天音から聞かされて、初めて分かったことだった。

ある日蒼真は、天音に自身のことを勝龍《しょうりゅう》と名乗ったのだという。そして勝龍は、ずっと龍姫を捜し続けてきたのだと言い、ようやくその龍姫を見つけたのだと言った。

それはほんの短い時間ではあったものの、それからも何度かにわたって、蒼真は勝龍として天音に話しかけてくるようになったという。

ある日、勝龍は、ある一つの悲恋に終わる恋物語を天音に語った。天音が言われた通りにその物語を簡単に書いて勝龍に見せたところ、勝龍は頷いて、天音のことは自身が守るから、自分でも何か物語を書いてみなさいと促されたということだった。

しかし天音には、なぜ蒼真が自分のことを勝龍などと言い、奇妙なことばかり言ってくるのか不思議だった。

そして、もっと不思議だったのは、勝龍と名乗った蒼真自身の雰囲気や言葉遣い、その口調などが、今まで会話をしてきた蒼真とは全く異なっていたということだった。

天音は不思議そうに首を傾げながら、その理由を蒼真に聞いてきたのだ。

しかし、蒼真自身にも、そんな話をしたという記憶は全くなかった。

しかし勝龍という名前には心当たりがあった。それは当時、蒼真自身が自宅で祀っていた龍神様のことであったのだ。それで蒼真自身も天音にどう答えを返したらよいか分からず、この時は苦笑いを浮かべるしかなかった。

だが、蒼真は心の中で、もしかすると勝龍とは、名前を借りて天音の前に現れた、毘沙門天自身だったのではないかと、そんなふうに感じていた。

蒼真は、物語のことに関しては書いてみることを勧めてみたものの、今度は天音が苦笑いを浮かべていた。

この頃の二人は、互いに自身の仕事を持っており、毎日の忙しい日々の中で互いに時間を作って会っていた頃でもあったのだ。

しかしこの時が、天音には折を見て、蒼真自身が今まで体験してきた不思議な出来事を、少しでも多く話していこうと、迷わず心に決めた瞬間でもあった。

この世の中には、目に見えない不思議な出来事は信じないという人と、それでも信じるという人がいる。信じないという人の多くは、蒼真のことを気味悪がったり、嘘つき呼ばわりしたりするのだ。

しかし、不思議な出来事とは、実際にそれを体験した人にしか分からないものである。だから多くの人は、自分の目で見て体験したことしか信じないと言うのだ。

だからこそ、その視界が開かれて、今まで見えなかったものが見えるようになれば、人の意識も変わるのかも知れない。

現実的な思考が強そうに思える天音が、自身のそんな不思議な出来事をどこまで信じてくれるかは、蒼真にも定かではなかった。だが、全く否定されるということもないのではないかと、なぜか蒼真にはその時、そんなふうにも思えたのだ。

やがて、勝龍が蒼真を口寄せとして天音の前に現れるということもなくなっていった。

それは、天音が安定した健やかな日々を送っているということに関係しているのではないかと蒼真は思った。

蒼真自身は、勝龍として天音の前に現れていた存在は、蒼真が自宅で祀っている勝龍の名を借りた、毘沙門天だったのではないかと思っていた。

毘沙門天の生まれ変わりが蒼真自身であっても、毘沙門天が勝龍としてあのような形で現れることになってしまったのは、毘沙門天と吉祥天の二人が人の世で受けることができる試練がこの時代で最後であり、そして最後のこの時代で人として生まれ変わった吉祥天の心を案じ、毘沙門天が直《じか》に介入したくなってしまったのではないかと、蒼真はそんなふうに感じていたのだ。

毘沙門天とは神であり、そして毘沙門天が吉祥天を愛する気持ちとは、それほど深く強いものであった。それは、蒼真自身の中にある、毘沙門天の御霊《みたま》が無意識に起こしていた勝龍としての行動であり、それを見届けるように安堵した毘沙門天の御霊は、勝龍として現れることがなくなったということなのかも知れないと、蒼真にはそんなふうにも思えてならなかったのだ。

蒼真と天音は、それからも互いに忙しい毎日を送り、勝龍が言っていた物語を書くというあの記憶も、次第に薄れていった。

更に月日は流れ、蒼真はようやく天音と結婚するに至った。

蒼真たち夫婦は、都市にも近い町中で二年ほど暮らし、その後、田舎町へと移り住んでからも、数年ほどは蒼真も出張とは縁遠い、穏やかな暮らしを送っていた。

そんなある時、蒼真の夢の中に現れたすげ笠を被った僧侶が、数匹の猫を飼うことを蒼真に促したのだ。その猫たちはいずれ、神が遣わす式神《しきがみ》や結界にも似たような役割を果たすことになり、その存在が天音の助けになってゆくのだと、僧侶は告げていた。

しかし、蒼真は猫が苦手であった。蒼真は僧侶の言葉に迷い、かなり悩んだものの、引っ越してきた先は動物が飼えない環境ではなかったので、そのことがいずれ天音のためになるのならと悩んだ末に、まず猫を一匹だけ飼うことに決めた。そして間を置いて何匹かを加えていくことにしたのだ。

だが、その飼わなければならないという猫とは、僧侶が告げた特徴を持ち、その仕草を見せる猫のみに限られていた。蒼真はそんな猫を見つけなければならなかった。

ところが天音の方が、動物を飼うことに前向きではなかったのだ。

天音自身、動物は好きであり、その中でも猫は特に好きということだったのだが、大好きな動物ほどその別れがつらく悲しいものになるので、動物を飼うことには賛成できないという答えであった。それは彼女自身、幼い頃から自身の実家で飼っていた動物たちとの別れを、何度か経験していたからだった。

それを聞いた蒼真は再び迷うことになったものの、程なくして親しい友人から可愛い猫がいると声がかかり、蒼真はその猫を見に行くことになってしまったのだ。蒼真の脳裏には、まだ天音の言葉が残されており、猫を飼うかどうかの判断に迷いながら猫を見に行ったのだが、その猫とはまさに、僧侶が告げていた通りの仕草をする子猫であった。

蒼真はその子猫を目にした瞬間、胸中にあった迷いが一瞬にして消え、その猫をもらい受けた。

そして半ば強引ではあったものの、友人からの贈り物なのだと言い、その子猫を家に連れて行き早速、飼うことにしたのだ。

天音は呆気《あっけ》に取られたものの、贈り物なら返すこともできず渋々《しぶしぶ》最後は猫を飼うことを了承した。

そんな形で子猫を飼うことになってしまったものの、蒼真が心配するようなことは何もなかった。

その子猫は、その日のうちから家族の一員として天音に大切にされた。彼女は猫が本当に好きであり、蒼真は引き続き、僧侶から告げられている猫たちを、更に探していくことができるようになったのだ。

この頃は、穏やかな夫婦の田舎町での暮らしも続いていた頃でもあったのだが、すげ笠を被った僧侶から告げられる御言葉《みことば》もまた、少ないものとなっていた。

だが、少なくなったとはいえ、猫たちのことの他に、僧侶から繰り返し告げられてくる、ある一つの御言葉があったのだ。それが、天音に小説を書くことを催促する御言葉だった。

蒼真は、そのことも気になっていたため、これが良い機会かとも思い、天音にその話も含めて、自身の夢の中に現れるすげ笠を被った僧侶の話も伝えていくことにしたのだ。

天音はその小説の話を聞いて、忙しい日々を送る中で忘れていた、あの記憶を思い出していた。それは、以前に勝龍に物語を書くことを促された時のことだった。

天音は、なぜ自分に書くということをそんなにも促してくるのか、かなり不思議に思っていた。それに天音にとって、それはほんの少しのただの趣味であり、人に見せるつもりもなかったのだ。

だから勝龍だという蒼真にそう言われ、勝龍ではないという蒼真にも書くことを勧められたが相手にしなかった。それを今度は蒼真の夢に出て来る僧侶も言っているということに驚いたのだ。

蒼真は、天音が結局、書くということに関しては、恥ずかしがって頷いてくれなかったのは残念だったが、不思議な僧侶の存在を否定せず、信じてくれたことに安堵した。

やがて蒼真たち二人は、すげ笠を被った僧侶のことを、「笠ぼうし様」と呼ぶようになっていった。

時は流れ、笠ぼうし様がまた蒼真の夢の中に頻繁に現れるようになると、その時期と重なるように蒼真の仕事先も、地元から遠く離れた単身赴任の出張が徐々に多くなっていった。

地元には、時々帰省することができるという年はあるものの、蒼真の地方への出稼ぎの歳月は長く続き、蒼真自身もどんどん年を取っていった。

そんなある時の出来事だった、蒼真たち夫婦は、度重なる人の嘘に振り回されることになり、ひどい裏切りとも思えるような人々の行為によって苦しめられ、翻弄されることになったのだ。天音は次第に元気がなくなってゆくと、度々塞ぎ込むようにもなっていった。今まで善意でしてきたはずの行いが、結果的に人々によって欺《あざむ》かれてしまうという、最悪な結果になってしまったのだ。

その原因や、その時の人々の心情を考えてみようとしても、その答えなど出るはずもなく、天音の心は悲しみに深く沈んだ。他人の言動やその心の動きなどは結局、どう想像しようと、当の本人以外には知り得ない胸の内なのだ。

天音は、とうとう人に対する疑念を持つようになっていくと、人との関わりを避けて、人との距離を置くようになっていった。

天音は、人に対して不信感を抱《いだ》くようになったのだ。

この頃の蒼真は単身赴任で出張が多く、出張先から地元に帰ったとしても、暗く塞ぎ込む天音の姿を見ると多くを話すこともできず、蒼真はそばで天音を見守ることしかできないでいた。天音が受けた心の傷は、蒼真以上に深いものだったのだ。

人々が持っていた心の醜《みにく》さを嫌《いや》というほど知った天音の心は、まるで荒《すさ》んでゆくように、誰も信じられない状態にまで陥っていた。天音は自身の周囲にいる人々に対しても、この先どのように接してゆけばよいのか分からなくなっていたのだ。

周囲を気遣う気持ちや優しさを持っていたはずの天音は、蒼真の目の前で人に対する見方が少しずつ冷めたものに変わっていった。それは天音自身が、人に対して関わるその全ての物事を諦《あきら》めてしまったように、蒼真の目には映っていたのだ。

しかし蒼真は、天音を守らなければならなかった。

そこには以前、虚空蔵菩薩様に告げられたお言葉があった。

そして沙竭羅龍王様は、万が一その時代の波によって、吉祥天の心が荒んでゆくようなことがあれば、裁きの女神である吉祥天の力が暴走し、下界を全て滅ぼしてしまう危険性があるから、それを肝に銘じて決して忘れてはならないと告げられていた。

先の三つの前世では、人として生まれ変わった吉祥天の心は荒むことなく守られたが、四回目の最後の時代において、まさかの事態となってしまったのだ。

蒼真は、記憶のない吉祥天の人としての人生を守らなければならなかった。

だが、天音の心は虚無感に襲われたように、氷のような冷めた心に染まっていくと、蒼真の気持ちからも遠く隔たるものとなり、二人の間にも深い溝のようなものが生じていった。天音は、ただ一人でいる静かな時間を望むだけで、蒼真の存在もどこか遠い目をして見るようになってしまったのだ。

天音が遠い目で蒼真を見つめる、感情すらも見えなくなってしまったその空《うつ》ろな瞳が、蒼真にはとても悲しかった。天音はもう、蒼真の前で笑うことさえなくなっていたのだ。

蒼真は、あのような心無い人たちと関わりなど持たなければ良かったという自責の念に駆られた。

天音の意見も聞きたくて、人の相談事に幾度となく天音を立ち会わせてしまったのは、紛れもなく蒼真自身であった。天音は立ち会うことを了承してくれたものの、蒼真はそれを善かれと思い、その人たちの事がうまく運ぶように手助けするつもりで、出張先から自宅に戻ると時間を作り、その人たちの声に耳を傾け続けたのだ。

蒼真はこの時、その人たちのことがとても気がかりで、自身の家庭を顧みることも忘れており、その人たちとの関係がこんな結果に至るまで、その関わりを断つことができなかったのだ。それが、最終的に天音を苦しめてしまうという結果に繋がってしまった。

しかし時は既に遅く、まさか蒼真自身もあのような形で、人々から手痛い仕打ちといえるような、ひどい裏切りを受けることになろうとは、露ほども思っていなかったことであった。

もちろん、天音自身も、その人たちが自身さえも繕った形で、そこまで嘘を並べ立てるとは思っておらず、しまいには、人がそこまで人を欺けるのかというほどの行為に至るとは思いもよらなかった。

こんな結果になってしまったが、天音は人を責めることもせずに必死に耐えていたのだ。蒼真にはそれがつらく、かえって苦しかった。

だが、蒼真がどんなに自責の念に駆られ後悔しようとも、時間は取り戻すことはできないのだ。

そして、あの時の蒼真自身も、そんな彼らの助けとなり、少しでも力になれることがあれば と、真剣にその人たちの行く末を考え、その人たちの声に耳を傾けてきたこともまた事実だっ た。

しかし、蒼真自身にどんなに人々の助けとなり、人々のために力を尽くしたいという思いが あったとしても、蒼真が一番に守らなければならなかったのは、天音のことだったのだ。

そのことに、蒼真自身がもっと早く気がつかなければならなかった。人々の態度が豹変《ひょうへん》し、 それが脅威となることに、気がつくのが遅すぎたのだ。

蒼真は胸中で、彼女を守ることができなかったことを悔やみ、自身が気づいた時には手遅れ であったという、自らの失態とも言うべき判断を責め続けた。

蒼真は、天音の氷のように冷めてしまった心が、どうすれば以前のような健全で温かな心を 取り戻せるかということを懸命に考えた。

それが蒼真にできなければ、自らの過ちを正すこともできず、またあのような人々に対して 下してしまった、自身の見誤った判断のために傷ついた天音の心も、ずっと閉ざされたままと なってしまうのだ。

閉ざされてしまった天音の心を開かなければ、自身たちの試練も中途半端な形で終わり、最 後まで成し遂げることは困難になることも間違いなかった。

更に、滅びを迎える最後のこの世の中においては、大変なことが起こってしまうということも予測された。それが、沙竭羅龍王様が告げられていた、その時代における風潮やその時代の人が持っている思念の波によって、吉祥天の心が万が一にも荒んでゆくようなことになれば、裁きの女神である吉祥天の力が暴走して、この下界という時代そのものを滅ぼしてしまうということを指していたのだ。

蒼真は、そうならないために深く考えては悩み、懸命にその考えを巡らせていた。そしてその苦渋の末に、ある考えが一つだけ思い浮かんだ。

しかし、その考えとは、蒼真自身にとっても一か八かの賭けでもあった。

それは天音自身が、笠ぼうし様の話や、蒼真自身の過去にあった不思議な出来事などを聞き、それらを信じてくれたらということが前提にあった。

蒼真が、苦渋の末に出した一つの考えとは、天界に関する話だった。

そもそも吉祥天は、試練を受けるために、人として生まれ変わったのだ。

そして、四回目という最後の滅びの時代で生まれ変わることになってしまった吉祥天には、この時代の人々のために、人として果たさなければならない新たな役目が生まれてしまったのだと、蒼真は思っていた。

吉祥天が、四回目に人として生まれ変わることがなければ、穢《けが》れた心を持つこの世の中の人々とは、直接あのような形で関わることなどなかったのだ。

天界にはそもそも、この世の中の人々が持つような、人が人を欺き、人が人を陥れるというような穢れた観念そのものが存在しない。

蒼真は、荒んでゆく天音の心を、そのことを話すことで食い止められるのではないかと考えたのだ。

だが、もし万が一、天音が天界での話を全く信じてくれなかった場合、蒼真が話すことにはなんの意味もなかった。人として生まれ変わった吉祥天には、天界そのものの記憶自体が全くないのだ。

更に、その天界や神という存在は、下界で生きる人々には目視することがかなわないため、この時代に生きる人々の通念では、天界とは一つの尊い空想の世界であり、神も信じる人はいるものの、それは実体のない、空想でしか表せない存在として捉えられていた。

そのため、現代に生きる天音が天界の話を聞いても、それをどう受け取るかが鍵になってしまうということもあった。

そして、蒼真がそのことを天音に話してしまうということは、それだけには終わらず、沙羯羅龍王様の試練の条件として禁じられている約束を破ることにもなった。それにより自らの御《み》霊《たま》は、強制的に天界へと戻されて、毘沙門天という存在そのものが、泡となって消えることにもなるのだ。

そして同時に、二人の試練もそこで終わってしまうということであった。

しかし蒼真である毘沙門天は、なんとかして天音を守りたかった。

天界での話を天音に話したことにより、試練の先も断たれ、自身も泡となって消え去ることになったとしても、毘沙門天は天音のこの先の人生と、その心をなんとしてでも守りたかったのだ。

吉祥天は、時代の裁きの女神でもある。このままいけば自分のせいで、この世の中も取り返しのつかない大変な事態になってしまうと感じた毘沙門天は、その覚悟を決めたのだ。

しかし、四回目という最後の試練を迎え、この時代でも再び試練を諦《あきら》めなければならなくなってしまった毘沙門天の胸中は、自身が泡となって消えることよりもつらく苦しかった。毘沙門天は、天界での話を彼女に話すことを選択することで、最愛の人とはそこで、永遠の別れとなってしまうのだ。

だが、人として生まれ変わった吉祥天の心を、氷のように冷たい心にしてしまったのは、毘沙門天自身の、人々に対する誤った判断が招いてしまったことであった。毘沙門天は、己が犠牲になったとしても、温かであった健全な人が持つべき心を、天音には取り戻してほしかったのだ。そのためならば、自身が泡となって消え去ろうとも悔いはなかった。

天界の記憶が失われている吉祥天は、人として生まれた時点から、彼女自身の意識の中には、この世の中の人々と自身も同じ人間であるという記憶のみが根付いているのだ。

そのため、今の吉祥天は、神々が当たり前に持っている、生きとし生けるものたちは全てにおいて平等であるという考えとも無縁なものとなっている。数多《あまた》に息づく生命に神々が送る、大いなる温情や配慮、神としてのその慈愛すらも、人として転生した吉祥天にとっては、神々が持つ観念ともいうべきそれとは遠くかけ離れたものになっているのだ。

しかしそれは、人として生まれた吉祥天の心が、温かであり健全であるならば、吉祥天は人々に対する優しさを決して失うこともなく、その時代は吉祥天の力が暴走して起こるという滅びの脅威もなくなるということでもあった。

だが、氷のように冷めた心となった吉祥天が、この世の中の人々をどのような冷めた目で見つめているのか、それは毘沙門天にも一目瞭然であったのだ。

この世の中の人々は、自らの体裁ばかりを気にする人たちが多く、更に自分本意の身勝手な気持ちだけに凝り固まり、自らの本意を遂げるためなら、何食わぬ顔で他人に近寄り、あざとく利用してやろうとするような人たちがまさに多かった。

この滅びを迎える最後の時代には、悪魔に取り憑かれている人々も限りなく多く、そしてその人々の心とは、毘沙門天が想像していた以上に穢《けが》れたものであった。

毘沙門天は、人と人との心の通じ合いをなくし、人が人を思いやるという優しさなどもほとんど感じられなくなってしまったような、この時代のその人々へと向けられる吉祥天の裁きとは、限りなく冷めた無情なものになろうということを切に感じていた。

沙竭羅龍王様が、吉祥天が人として生まれ変わる時代においては、吉祥天の人としての健全な心を守らなければならないと言ったのは、吉祥天の心が荒《すさ》むことで、その時代や人々の行いに嘆き悲しんだ吉祥天の御霊が、悲しみのあまり己が持つ力を無意識に解放し、この下界という時代そのものを、全て滅ぼしてしまうということを毘沙門天に告げていたのだ。

毘沙門天のその覚悟と想いの全ては今、愛する人の心を、必ず取り戻そうとするためにあった。そして同時に、冷めた心を持った吉祥天がこの時代を嘆き悲しみ、その力が暴走することで、この世の中をことごとく滅ぼしてしまうという破壊のみの脅威から、この世の中の人々を守るための毘沙門天の決意でもあったのだ。

悪魔たちがひどく横行するこの世の中では、人々の心に取り憑いたその悪魔たちは、人々の心を蝕《むしば》み、邪《よこしま》な心を持つ人々へと変貌させ、闇の心を持つ人々を数多く生んでゆく。

だが毘沙門天は、悪魔が蔓延《はびこ》るこんな世の中においても、人情に溢れる人間らしい健全で優しい心を持った人々も、この時代にいることを知っている。そんな善なる正しき心を持った人々は、ごく少数ではあるかも知れないが、毘沙門天は残されているそんな人々を、邪《よこしま》な魔の手から助けたかったのだ。

また毘沙門天は、自身がこの世を去った後の天音のこれから先の行方《ゆくえ》が、とても気がかりでならなかった。

しかし、滅びを迎える最後の時代では、二人の友が自身に力を貸してくれるはずであった。毘沙門天は、友である帝釈天と契此天に、吉祥天の今後を委ねられるようにと固く念ずると、天音に向き合い、一つずつ天界の話を語っていった。

それは、彼女自身が吉祥天という裁きの女神の御霊《みたま》を持って世の中に生まれてきたという話から始まった。毘沙門天である蒼真は、自身の中にある毘沙門天の御霊の存在を明かし、天界では自身たちが身分違いの恋仲であったことも告げた。

天音自身がこの世界に生まれてきた理由とは、沙竭羅龍王様から与えられた、毘沙門天と吉祥天の試練を果たすことにあり、そして滅びを迎える最後の時代では、二人に与えられたその試練の他に、この世の中の人々を助力するための力ともなるために、天音という人として生まれ変わってきたのだと、蒼真は伝えた。

天音は、突拍子もないあまりの話の内容に、唖然《あぜん》とした様子であった。

だが蒼真は、そんな唖然とする彼女の様子を見ても、尚も懸命に話し続けた。

自身たちは既に、その試練を成すために、三つの時代を巡ってきたという過去世の話や、更には吉祥天の父である沙竭羅龍王様の話、姉である弁財天様や善女龍王様の話なども含めて、毘沙門天が知る、天音の気質と同一でもあるという天界での吉祥天の人柄についても、一つ一つ天音が理解できるように話して聞かせたのだ。

話の初めは唖然とした様子で聞いていた天音だったが、話の途中からは次第に不思議なおとぎ話の物語でも聞くように、蒼真の話に耳を傾けてくれていた。毘沙門天は、そうして天界であった全ての話を、包み隠さず天音に話したのだ。

天音は、半信半疑の様子ではあったものの、その全てを否定することはなかった。

今後、彼女がそれらの話をどこまで信じてくれるかということだが、毘沙門天にはそれを見届けるまでの時間がないということは、自《おの》ずと分かっていたことでもあった。

これから先、強制的に自身の御霊は天界へと戻されることになり、毘沙門天の存在自体、泡となって消える運命が待っていた。

毘沙門天は、すまなそうな表情で、天音を静かに見つめていた。

「ずっとお慕いしている」と、毘沙門天は彼女に向かって優しくそう告げると、名残惜しそうに天音を抱き締めた。そして、毘沙門天は最後に、

「あなたは多くの神々によって守られているということを忘れないでほしい」

と、そっと微笑みながら天音に伝えると、毘沙門天の意識は、まるで全てを話し終えたとでもいうように、そこで完全に途絶えた。

毘沙門天は、天界での一切の話を、人として生まれ変わった吉祥天に話すことを、沙竭羅龍王様によって禁じられていた。毘沙門天の御霊は、それらを話したことにより、それ以降は天界へと戻されることになり、泡となって消え去ることになる。だが蒼真自身には、それから先の毘沙門天の御霊の行方《ゆくえ》が、全く分からなかった。

ただ、蒼真の人としての意識は、今までと何も変わったところはなかった。

しかし、蒼真の胸中はしばらくの間、この四回目という試練を最後に二人の試練は幕を閉じ、結局、二人の想いもかなうことはなかったという悲しくもつらい結果に、胸がひどく締めつけ

られた。

この星の時世は、一回の周期が千二百年という歳月に定められていた。

この星にある一つの世界とは、千二百年という時が経つと滅びを迎え、また千二百年前に遡ると、この世界が創世された初めから、新しい時世を繰り返していた、そんな世の中だった。

この星にある世界は、そんな繰り返しの世界を十回にわたって繰り返してきており、今ある時世は十一回目の世界となり、もう繰り返して新しい世界を創《つく》り直すことができないという、最後の世界でもあったのだ。

毘沙門天は、最後の十一回目となる千二百年前に、この星の幾つかの時代に生まれ変わってきたのだ。そして、毘沙門天が四回目に生まれ変わることになった時代が、まさに世界が滅びを迎える最後の時代の世の中であった。

毘沙門天が生まれ変わる度に、悪魔の数も、人に取り憑く悪魔の質も変化していった。この最後の時代の人々に取り憑いた悪魔たちの数は、あまりにも多い上に、これまで以上の穢れた質を持っており、人々の心の深い闇となって根を張るように浸食し、心のより深い部分から蝕んでいたということから、毘沙門天はそのことに気づくのが遅くなり、最悪の結末を選択することに繋がってしまったのだ。

毘沙門天が、試練を諦《あきら》めなければならないということを余儀なくされ、愛した吉祥天と二度と会うことがかなわなくなってしまったという毘沙門天の無念の思いと、引き裂かれそうなほどつらく切ない胸の痛みは、蒼真の中にいつまでも残されていた。

蒼真は、天音に無理をさせるのではなく、天音の心が自然に癒やされていくためには、歳月が必要だと考えていた。

蒼真は、これから先も彼女を見守り続けてゆく中で、時の流れが少しずつ天音の塞ぎ込む気持ちを取り払い、自宅で彼女自身が可愛がっている猫が助けともなり、天音の心が癒やされていくということを信じることにしたのだ。

それと同時に、蒼真は天界の話を天音にしていくことを、そこでやめようとは思わなかった。蒼真は、出張先から帰っては折を見て、度々その話を繰り返しては、天音に話し続けていくことに決めていた。

蒼真の中には、毘沙門天が最後まで吉祥天を深く想い続けていたことや、また、試練を成し遂げられずに今生の別れとなってしまった、痛恨の悲しい思いが、いつも胸中にあったのだ。吉祥天を愛した彼自身が望んだ想いを、蒼真自身の中に残されている毘沙門天の記憶とともに、天音には一番に彼のことを理解していてほしかったのだ。

どの時代にも彼女のそばには、ずっと毘沙門天がいた。天音を守っているという多くの神々の存在も確かにいるのだろうと、蒼真も感じるところがあった。

そして蒼真には、彼女にこの滅びを迎える最後の時代において、人々のために果たしてもらいたいことを実行させる務めがあったのだ。それは、笠ぼうし様が言っていた、ある物事にもとづいた散文体の小説を、いつか元気を取り戻した天音に書いてもらうということであった。

笠ぼうし様は、今後、それが大切なことに繋がっていくのだと告げられていた。

滅びを迎える最後の時代には、より多くの神々が動き出し、この時代に神々が降りてくるのだと沙竭羅龍王様も告げている。

笠ぼうし様もその中の神の一人であり、その笠ぼうし様のお言葉が、滅びを迎えるこの最後の時代で間違いなく必要な、天音の役目であるということを示しているということは、蒼真には歴然としたことでもあったのだ。

この最後の時代で、天音が役目を果たしその生涯を無事に終える時、彼女を今度は北の柱に戻すために、沙竭羅龍王様の下《もと》に必ずや天音を還《かえ》さなければならないということも、自身の最後の務めとして蒼真は理解していた。


地元から遠く離れた蒼真の出稼ぎの生活は、相変わらず続いていた。

蒼真のたった一人きりの車内で送る生活は既に当たり前のようになり、また全国各地をその軽自動車で移動しながら、一人親方として仕事を熟《こな》してゆく日々も忙しく、蒼真にとっては日常となっていた。

だが、それから程なくすると、今まで順調だった仕事が大不況により、どこを探しても仕事がなくなると、蒼真は出稼ぎの二重生活で経費もかさむことから、あえなく自宅へと帰ることになった。

天音の様子に目立った変化はなかった。

しかし、大不況は経済的に夫婦を苦しめ、天音には二重の苦しみとなって襲いかかった。

その不況は一年近くにも及び、蒼真には全く仕事も見つからず、ただつらく苦しい日々の生活のみが続いた。

ある日のことだった。蒼真は夜に、一人きりで自宅から外へと出ると、田舎町の夜空に美しく浮かんでいる、満天の星空を静かに眺めながら、これから先の生活のことや、全く見通しが立たなくなった仕事について、これからどうしていこうかと煩悶しながら考えていた時だった。

それは、蒼真が見上げていた夜の上空で、確かに起こった出来事だった。

夜空に浮かぶ星が突然、動いたのだ。星が動き出すという、その不思議な出来事から始まった。これが、光の存在である天空の護人との最初の出逢いであった。

それからは、蒼真の夢の中に告げられてくる御言葉《みことば》も、より具体的なものになっていくと、白いアブや白いセミ、金色のてんとう虫など、今までに見たこともない不思議な色をした虫たちとの出逢いがあり、蒼真のスマートフォンには次々と、神仏様のお姿や、様々な不思議なものが写り込むようになっていった。

天空の護人とは、創造主であった。

蒼真はそうして一年近くもの間、不思議な出来事を体験しながら、地元での生活を送った。

そして再び仕事先から仕事の依頼が舞い込み、蒼真は遠く離れた土地へと赴くことになった。しかし、今回の笠ぼうし様のお告げにより、蒼真と共に行動する資格者を探し出す使命が与えられた。

笠ぼうし様は、蒼真は、四神の中の青龍の資格者であると告げる。

蒼真は笠ぼうし様や神仏様たちを信じ、仕事に打ち込んだ。やがてあるラジオ番組に出演したことがきっかけとなり、四神たちとの出逢いに繋がっていくことになったのだ。

その四神の中の一人が、帝釈天の御霊《みたま》を持つ資格者だった。

帝釈天は長い時をかけて、ようやく自身の御霊にかなった、善なる判断を下せる人間の器を見つけたのだ。

帝釈天の妻である弁財天は、帝釈天と交わしていた約束通りに、移り替わる夫の御霊をすぐに捜し出しては、来たるべき時に備えて、帝釈天の御霊を持った人間がある一定の段階を経る度に、物質的な力を徐々に授け続けていた。

弁財天は、この世の未来の人々のために白虎の守護する力となった、帝釈天の御霊を持つ人間に寄り添いながら、いつも四神たちを優しく見守っているのだ。

その頃から蒼真のスマートフォンの動画や写真には、それを示唆するように、琵琶の音や弁財天様と思える神が写り込むことになった。

滅びを迎える最後の時代において、神々である創造主は、この世の中の人々を救うために、四神という存在を介して、この世の中の人々に救いの手を差し伸べている。

蒼真たち四神は、創造主である神々からこの星にいる人々を救うために、その機会を与えられた人間であるとともに、この世の中の人々が創造主から救われてゆくためにも、神仏様の御言葉を人々に伝えていかなければならないという大切な役割も担っているのだ。

神仏様が告げるその御言葉の中には、四神たちが人々にそれらの御言葉を説き続けてゆくことで、その神仏様の御言葉を謙虚に受け入れ、それを聞き続ける人々の心に憑いた魔を徐々に解いてゆき、解放していく力があるという。

それが、悪魔に憑かれてしまった人々が持つ邪《よこしま》な闇の心の部分を払うということであり、最後には人の心に憑いた悪魔そのものが浄化されるという、人類が救われるための唯一の手立てでもあった。

神仏様の御言葉の下に集った四神たちとは、多くの人類が創造主によって救われるために、人として正しく進まなくてはならない人の道を人類へと指し示し、人々を手助けできるという唯一の存在だった。

四神たちには、神仏様の御言葉を懸命に説いていくという大切な役割の他にも、人々の未来を繋げていくために成さなくてはならないことも数多かった。

四神たちは、自身たちが成すべきことを神仏様の御言葉から一つ一つ知り得ていくとともに、これから先の未来の人々のために、初心の気持ちを忘れることなく、それぞれの使命を果たすべく精進してゆくことを固く決意した。

人として生まれ変わった帝釈天には、やはり天界での記憶は全くなかった。

しかし帝釈天には、この世の人々のために、人としてやるべきことがあったのだ。

それが、この滅びを迎える最後の時代において、四神の中の一人としてその役割を担い、共にその務めを果たしてゆくということであった。

帝釈天の御霊に刻み込まれている創造主としての役目を、帝釈天は決して忘れることはなかった。

そしてそれは、毘沙門天の御霊を持って生まれた蒼真を助ける力とも繋がり、帝釈天も毘沙門天と同様に、この世の中の人々を救うための道を共に切り開いていく仲間として、この世の人々が未来へと進むべき正しい道を、共に示してゆくことに繋がっていたのだ。

毘沙門天の御霊が泡となって消え去ったとしても、創造主としての帝釈天の御霊の役目は変わらないものであった。

だが帝釈天にもまた、吉祥天と同様に、天界のことや毘沙門天の記憶は全く残されてはいないのだ。

帝釈天は、己が御霊に刻み込まれた、自らの務めに精進する役目にある。

帝釈天は四神としての白虎の役割を果たし、他の四神たちと共に、この世の中の人々に明るい未来の選択が一人一人に与えられているということを、時代に生きる一人一人に広く伝えながら、この世の中で生きる人々がそれに向けて進んでいく、その選択するべき正しい道の教えを、示してゆかなければならない一人でもあった。

この四回目の最後の滅びの時代では、多くの神々がこの時代に降りてくる。

四神として生まれた人々とは、そんな神々の御霊を持って生まれてくるのだ。

青龍に白虎、そして朱雀に玄武は皆、それぞれが神の御霊を持ってこの世の人々を手助けするために、人間として生まれてきた。

四神の中で、帝釈天の御霊を持った白虎とは、青龍が神仏様から受け取る御言葉を聞き、他の四神を一つに束ねながら、間違いない道へと四神たちを前進させていかなければならないという、大変な役割も持っていた。それは、帝釈天が長い間にわたり、天界で軍神たちを率いて束ねてきたという統率者であるからに他ならなかった。

蒼真と出逢い、資格者として集まった四神たちは、笠ぼうし様の計画を遂行してゆくための準備を始めると、青龍の資格者であった蒼真が見る、神仏様のお告げをもとにして、これから先の計画を立て、壮大なプロジェクトを打ち出していった。

四神たちはまず、神仏様から蒼真に送られてくる、その御言葉の中に隠されているパズルのような謎を解き明かしていくために、全国各地を巡ることになった。

一方、天音もまた、蒼真が四神たちと出逢ったのと時機を同じくして、笠ぼうし様が蒼真に告げられていたという小説を書くことに専念してみようと、ようやく決心を固めていた。

そこには、帝釈天の御霊を持つ白虎が、蒼真を通じて天音の背中を熱心に押したという要因もあったのだが、天空の護人に出逢ったことにより、天音の心にも少しずつ変化が見られるようになっていたのだ。

蒼真は、天音が天空の護人を目にするようになってから、少しずつではあるが彼女が自分自身を再び取り戻していくことに繋がっているのではないかと感じていた。

この頃になると、蒼真が地元に戻っても、塞ぎ込む天音の姿は、もうどこにもなかったのだ。

蒼真は、そんな天音の様子を見て、少しだけ安堵した。

天音自身、不思議な光の存在である天空の護人を目にしたことで、もしかするとこの先、何か大変なことが起こるのではないかという不安を覚えたという。

しかしいつの日からか、ある場所にいつも二つの光となって現れるようになったという天空の護人は、猫と同じように自身に寄り添ってくれているようでもあり、自分に元気を与えてくれているような、そんな不思議な感じがすると、蒼真に告げたのだ。

蒼真は、天音のそんな言葉を聞いて、彼女の荒んでゆく心を、なんとかここで食い止めることには成功したのかも知れないと感じた。

そこには、笠ぼうし様の存在も天空の護人の存在と同様に、天音の心に関わっていた。

そして、毘沙門天は自らを犠牲にして、吉祥天を守ろうとした。

そしてそこには、笠ぼうし様が言っていた、いずれ天音の助けとなるという猫の存在も、大きく関わっているように蒼真には思えたのだ。笠ぼうし様のお告げにより、家にやって来ることになった、子猫たちは立派に成長し、最初に家に来た先住猫は、昼も夜も天音にずっと寄り添っているようで、その猫がまるで胸を張り、僕が一番に天音を守っているとでも言うように、蒼真の目には映し出されていたのだ。

毘沙門天は、吉祥天の生まれ変わりである天音を守るために、天界という、もとは自身たちが住んでいた穢れのない世界の話に、望みを託した。蒼真と同じように天音もまた、毘沙門天が長い時を経て時代を巡っても、その試練を果たすことができなかったということに、その胸を痛めていたようであった。

天音の中で、毘沙門天の存在が、どういう形となって捉えられているのかまでは、蒼真にも分からなかった。しかし確かなことは、天音の心の中には、毘沙門天の存在は勝龍という存在として残されているということであった。

天音はただ、記憶があればまた違った形だったのかも知れないと、夜空に浮かぶ天空の護人を見上げながら、切なげにその表情を曇らせていた。

天音が人に対して抱《いだ》いてしまった不信感は、簡単に拭い切れるようなものではなかった。

それでも彼女自身、自分の中に生まれてしまったそんな気持ちを克服することができたらと、色々なことを日々考えているようであった。

それを示しているかのように、天音は今、笠ぼうし様が告げられていた、ある物事にもとづいた散文体の小説を、人々のために書き始めている。その物語とは、それを読んでくれる人々にある大切なメッセージを伝えるとともに、物語に書かれていることを人々が知ることにより、そのことに気がついてほしいという、人々の未来に向けた思いが込められているものでもあった。

無論、ある物事にもとづいたものとは、笠ぼうし様がこの世の全ての人々にその思いを伝えるために、メッセージとして蒼真に伝えたものでもある。

蒼真は、時の経過が更によい結果となり、以前のような元気な彼女自身を取り戻してくれたらと、それを心から願った。蒼真自身もまた、以前にあった天音の温かで健全なその心を取り戻す力になることを、この先も決して諦《あきら》めようとは思わなかった。

蒼真には、毘沙門天が吉祥天を最後まで守ろうとした記憶と、この世の中の人々を守るために下した毘沙門天の記憶が、いつまでも残されている。

そこには、沙竭羅龍王様が、娘の吉祥天が人として生まれ変わった心の行方《ゆくえ》を案じ、その心の変化により時代が左右されるという、その世の中にあった破壊という滅びの結末と、更には千二百年という十一回目の周期を迎えた最後のこの時代で、未来における人類の行く末を憂えた想いもあったのだ。

虚空蔵菩薩様も、多くの人々の未来を案じている。そして、笠ぼうし様も時代の安寧《あんねい》の時を願うとともに、この世の中の人々が神々によって救われることにより、次の新しい未来へと向かって、多くの人々が進んでゆけることを切に願っているのだ。

蒼真は、時代の人々の身を案じる、そうした多くの神仏様の想いを知っていくことにより、この世の中の人々を救おうと優しく手を差し伸べてくれる、そんな神仏様の御言葉に、人類に対する慈悲と、大いなる深い慈愛を感じた。

神仏様が、この世の人類を慈しむその想いを達成させるためには、四神たちが人々のために、使命をやり遂げていくということこそが、四神の大切な役目でもあるのだと蒼真は感じていた。

そのために、四神は諦《あきら》めることなく皆が一丸となって、最後まで揺るぎない決意の下に、この最後の滅びの世界で生きる人々のために力を尽くす必要があるのだ。

神仏様は、人類が救われるための道の導《しるべ》を、数々の御言葉として、既に人類へと向けて指示している。人類は、神仏様の数々の御言葉を、四神の言葉から知っていくことで、自らの人としての生き方を真剣に考えて、自らの人としての在り方を正してゆく必要があるのだ。

この滅びを迎える十一回目の最後の時代には、次に続く世界ではなく、この世界の新しい別の扉が開かれてゆくことになる。

四神たちは、世の中の人々を手助けすることができるという最後の時代において、より数多くの人々にその機会を与えるべくそれに精進し、この世の人々が一人でも多く、四神たちの言葉に耳を傾けてくれることを願っている。また四神は、一人でも多くの人々の前に、光の扉が開かれることを望んでいるのだ。

そして、自身たちもそれぞれの役目に身を投じながら、確実に前に進んでいかなければならず、四神たちは神仏様の御言葉から、それを切に感じていかなければならないということでもあった。

しかし、四神たちが人類の心に憑いている悪魔たちを払うために、人々に懸命に説いている神仏様の御言葉に、耳を傾ける人々が一人もおらず、その役目を四神たちも途中で果たすことができなくなれば、この星は人類と共に、その全てが滅びを迎えることになる結末もあるという。

四神たちは、世の中の人々のことを思い、目指して進む道は一つであった。

四神たちは神仏様の御言葉に沿って全国各地を巡りながら、笠ぼうし様が告げられる物事を遂行させるために、神事《かみごと》ともいうべき務めに勤《いそ》しむ日々を送っていた。

蒼真は再び全国各地を巡る旅に出ることになってしまったが、天音のそばには今、彼女が可愛がっている猫と共に、二つの光の形となって現れるという天空の護人の存在がある。猫と天空の護人は、彼女にきっと元気を与えてくれている存在であり、天音の心も少しずつその優しい光によって癒やされているのだと、蒼真自身も天空の護人を見ると、そんなふうに感じるところがあり、そう信じていた。

しかし蒼真自身、そうは思いながらも、全国各地を巡る旅が長いものになると、地元に残してきた天音のことが度々気がかりになるようになっていた。

天音の心が冷めてゆくことは、食い止められたように蒼真は思っているのだが、しかし天音はまだ本来の心の調子を取り戻したわけではなかった。そう考え出すと蒼真は、残してきた天音のことが、日々心配でならなくなってしまったのだ。

だが、今の蒼真には、神仏様の御言葉に沿って、四神たちと共に全国各地を巡り、成さなくてはならない大切な務めがあった。

蒼真は、そんな気がかりな思いを胸に抱えたまま、その務めに励んでいたのだ。

しかし、そんなある日の夜のことだった。

蒼真の夢の中に笠ぼうし様が現れると、蒼真の日々の不安を察してか、自宅にいる猫たちが、ゆっくりだが確実に天音の助けになっているということを伝えてくれたのだ。

笠ぼうし様は、猫を飼うということを蒼真に促された時も、自宅で飼うことになる猫たちは、いずれ天音の助けになってゆくのだと、確かにそう言っていたことを蒼真も思い出していた。

笠ぼうし様は、初めに蒼真の不安を拭うように、まずそのことを夢の中で蒼真に告げてから、天音のそばにいる数匹の猫たちの存在について詳しく語り始めた。

天音のそばにいる猫たちとは今、邪心を持つ者たちなどから、天音を守るための結界にもなっているのだと笠ぼうし様は告げた。

そして、その猫たちにもそれぞれの役割があり、それが、天音が本来持っていた人としての心を取り戻してゆくことに、大きく関わるということであった。

猫たちの役割とは、「道徳」と「友愛」、そして「縁切《えんぎ》り」を天音に伝えていくことにあるという。

「道徳」とは、天神様となった菅原道真公が、かつての時代で作り出した数ある昔話や伝説などの話の中に、未来に向けた世の中の人々へのメッセージを隠して、道徳という言葉として残したものでもあった。

人々が、人としての正しい道を進み、それに反することなく生きてゆくために必要な人としての道でもある、人の心を学ぶための天神様の道徳であると、笠ぼうし様が告げる。

「友愛」とは、神田明神様となった平将門公が、かつての時代より、その勝利を掴むために閉ざされた門を人々が開くためには、多くの人々が協力して助け合っていくことが必要であるということを、人々に説いていたという言葉でもあった。

人との交流から生まれる、人に対する親愛、そして人と人との繋がりの大切さを示しているのが、神田明神様の縁結びの言葉であるのだと、笠ぼうし様は言う。

「縁切り」とは、金比羅大明神《こんぴらだいみょうじん》様となった崇徳《すとく》天皇が、かつての時代、人と人との間で歪《ゆが》んでしまった関係やそれに絡んだような欲望、そして荒《すさ》んでしまった人間の卑《いや》しい感情を、個人が明るい未来へと進む前に、自らが切り捨てて、人としての道をまた新たに純粋な心を持って歩んでいくということを、人々に望んでいたという言葉であった。

人との関わりによって生じてしまった最悪な結末に心を痛め、心が荒んでゆくようなことになったとしても、それらを送ってきたつらく苦しい日々の出来事であった、そのものの人生を記憶にとどめることなく捨て去り、そこにあった意識とともに自らがそれを全て切り捨てることにより、また人としての純粋で温かな心を、人は新たに取り戻すことができるのだということを、金比羅大明神様は縁切りの言葉として残しているのだと、笠ぼうし様は蒼真に告げたのだ。

蒼真が見つけてきたという猫たちの内なる体の中には、天神様や神田明神様、そして金比羅大明神様が宿っているということであった。

しかし、猫たちは動物として生まれているため、言葉として天音にそのことを伝えることはできないが、それぞれが固有に持ったその行動や仕草で、それを天音に地道に伝えているのだと笠ぼうし様は言う。

だが蒼真は、そういうことであるならば、それらを伝えていくためには、言葉で伝えていく方が早いのではないかと、心の中で率直に思っていた。

笠ぼうし様は蒼真の夢の中で、そんなふうに心の中で蒼真が率直に思った疑問を、まるで見透かしていたかのように、蒼真に一つ頷いていた。

そして笠ぼうし様は、天音の結界ともなり、それらを成すべき存在が、なぜ動物として生まれることになってしまったのか、更に言葉を続けた。

しかし、その話の内容とは、笠ぼうし様自身が人間として生きていた時代の話であり、遥か遠い昔にあったという、ご自身の話であった。

笠ぼうし様もまた、千二百年前のいつの時代かに蒼真と同じ星で生まれ、この星に住んでいた人間であったということは、蒼真も同じ星の生まれということもあり、よく覚えていた。

そして、その笠ぼうし様が人間であった当時、今の蒼真と同じように、天より初めて御言葉を授かったというところまでは、昔、笠ぼうし様が蒼真に告げられていた話でもあった。その話から、笠ぼうし様が人間であった当時、天より初めて授かったという御言葉とは、創造主である神々のものであったとともに、神仏様たちから受け取っていた声であったということまでは、蒼真にもすぐに知れたところではあった。

笠ぼうし様は、千二百年前にこの星に生まれた、弘法大師《こうぼうだいし》という名の一人の僧侶であったという。

そして、笠ぼうし様も人間であった頃、蒼真と全く同じように天空の護人を目にしていた。この星の未来に訪れる危機を、神々から千二百年前に知らされたという笠ぼうし様は、星に住む人々を救うために、立ち上がった。

笠ぼうし様は、創造主である神々から御言葉を授かった日より、夜空に浮かぶ星々や大宇宙と交信するようになったという。

笠ぼうし様は未来の人々を救うために、神々である創造主の御言葉や神仏様の声を聞き、その御言葉をもとにして、それらの物事を遂行させてゆくための方法を自らで考えていくとともに、その準備も進めていった。

しかし、神々から告げられた、笠ぼうし様がその時代で完成させなければならなかったという、未来の人々へと向けたその準備ともいえる務めには、全部で二十三通りの準備が必要であったのだという。

だが、笠ぼうし様が考えたという、その物事を成していくためには、全国各地を巡り歩かなければならないという課題が残されており、その物事を推し進めていくための準備そのものが、それを解決しない限りは、途中で滞ってしまうのではないかと笠ぼうし様は思ったのだ。

笠ぼうし様が、神々の御言葉をもとにして考えたという物事を遂行させていくための方法は、最善ではあった。だが、二十三通りもあるその準備が、間に合うかということを考えると、笠ぼうし様はそれに頭を悩ませたという。

笠ぼうし様は、自身の残りの生涯だけでは、その準備を全て達成することはかなわないのではないかと思い悩んでいたのだ。

千二百年前の時代には、蒼真の時代にあるような自動車などの便利な乗り物もなく、また自身の足ともいえる牛車《ぎっしゃ》なども高価なものであったため、徒歩が一般的であったのだと笠ぼうし様は告げる。当然、たった一人きりで務めを果たしながら、徒歩で全国各地を巡り歩かなければならないということは、過酷な旅ともいえた。

しかし、そこで笠ぼうし様が悩んでいた時、神々が笠ぼうし様の悩みに応えてくれたのだという。

それは、人間であった弘法大師を守る結界ともなる役割を持ち、更には弘法大師の力となる法力も扱うことができるという数人の式神《しきがみ》を、神が笠ぼうし様の下に遣わしてくれたということであった。

その式神とは無論のこと、天音のそばにいる猫たちとは異なった役割を持つ式神であり、笠ぼうし様が当時の悩みを解決するための式神としての人間たちであった。

弘法大師の旅の身の安全は、その式神たちによって固く守られ、更にその式神の持つ法力は、旅する僧侶の体の疲れを癒やすとともに、更なる活力を与えてくれたという。

笠ぼうし様は、神々が授けてくれた式神たちのおかげで、なんの支障もなく順調に物事の準備を進めてゆき、旅する中でも疲れ知らずであった。

しかし、神々が授けてくれた式神といえど、弘法大師と同じ人間であったため、おのおのが持つ考え方の違いから、やがて互いにぶつかり合うようになっていくと、次第に意見も合わなくなっていったという。そのことが要因となり、物事は徐々に進まなくなると、その役目を終える前に皆、散り散りになってしまったということだった。

長い間にわたり、共に旅を続ける中で、仲間たちと互いに様々なものを分かち合って助け合ってきたという日々も確かにあったのだ。笠ぼうし様は人であるがゆえに、ある哀しみともいうべき空しさを、そこで人々に感じたという。

しかし、その空しさを心に抱え、正しき人の道を進まなければならないのも、また人として生まれたがゆえであるからなのだと告げる。

神が遣わしてくれた人々もまた、人であった弘法大師と同じように人間だったということには変わりはないのだ。人として互いに出逢うことになった式神とは、結界という人を守るべき力と、法力という不思議で特別な力が身についていた以外は、普通の人間であったという。

そこには、笠ぼうし様が人間であった時代に、共に旅をしてきた、その仲間たちとの切ない別れを哀しんだ、弘法大師としての想いがあったのだ。

それは、式神がおのおの考えを持った人間であったために、言葉を交わせたことで生まれてしまった一つの障害でもあり、最後には皆の意見もまとまらなくなり、その物事の準備が整う前に決別という形で終わってしまったという、笠ぼうし様の遠い過去の話であった。

蒼真は、笠ぼうし様の言葉に、強く胸を打たれていた。

同じ人間として、笠ぼうし様の前に現れた式神たちが、笠ぼうし様と同じ言葉を話せたことで生まれてしまった、自らの過去にあった仲間たちとのつらく悲しい結果が、笠ぼうし様の心中には、今も尚ずっと残されていたのだ。この世の中とは、どの時代においても、人間が悪魔たちに憑かれやすいという結果でもあったのだということだった。

笠ぼうし様は、自身の過去にあったそんな悲しい式神との間で起こった経験から、同じことが再び起こることがないように、天音の助けとなる式神には、人間とは言葉を交わすことができない動物を選んだということであった。

その猫たちはいずれ、自らのその役割を果たし終えると、天音が心に抱えている、人に対する疑念から生まれた不信感も自然に解けていくことになるのだ。笠ぼうし様はそう告げた後、蒼真に向かってにっこりと微笑んでいた。

蒼真は、笠ぼうし様から話を聞いたことにより、全国各地を巡る日々の中でずっと気がかりであった不安も解けて、すっかり胸のつかえが下りていた。

この最後の時代で失敗を避けるためにも、蒼真自身も青龍としての役目をしっかりと果たし、世の中の人々のために最善を尽くさなければならなかった。

笠ぼうし様が語ってくれた話により、胸のつかえがすっかり取れた蒼真は、自らの役目を果たしてゆくことに集中できる心構えを、再び取り戻すことができたのだ。

しかし、当時の権力者の人々によって、その存在が三大怨霊《おんりょう》としてこの世に伝えられている、菅原道真公、平将門公、崇徳天皇もまた、自身たちと同じように天より御言葉を授かり、この世の中の未来の人々のために、尽力してきた三人であった。

彼ら三人の先駆者たちもまた、弘法大師の志を引き継ぎ、その物事である計画を成し遂げていくための準備に関わっていたのだと、笠ぼうし様は言う。

彼ら三人が残した言葉とは、この最後の時代で生きる人々を救おうと、今ある現世の人々に向けて残した言葉であり、人として正しく生きてゆくためには、最も大切なことであるのだと、笠ぼうし様は告げた。

彼らはいつか、この未来の現世で生きる人々の手によって、自身たちが残したメッセージが紐解かれ、この未来で生きる多くの人々にメッセージが伝えられていくことを願っていた。

そのために、邪《よこしま》な心を持った人々に、途中で大切なメッセージが消されてしまうことがないように、暗号のような形で封印し、メッセージそのものを隠したのだ。

道徳や友愛、縁切りは、それらの言葉を人が正しく理解できるかどうか、そしてそのことを正しく理解できたその個人の人間の行いにより、これから起こる神々の人類への篩《ふるい》に、最も深く関わってくるのだという。将来、人類に開かれる未来の扉は、一人一人が神の篩によって、定められてゆくということである。

自身たちと同じように、天より御言葉を授かった先駆者たちは、時代の陰に隠れるように、他にも数多く存在した。しかし、邪《よこしま》な心を持った人々の手により、その多くの事実が隠され、握り潰されてきたということもまた真実であるのだと、笠ぼうし様は寂しげに目を伏せていた。

そこには、そんな邪《よこしま》な心を持った人々だけが、この最後の時代で創造主である神々から救われ助かろうとする卑しいもくろみがあり、この世の中の内部にもそんなもくろみを持った人々の存在が隠されているということだった。

だが、どんなもくろみを人々が持とうとも、多くの人々を踏み台にして、自分勝手にそれをかなえることなど皆無に等しいとも笠ぼうし様は告げる。

神々とは、全ての人類に平等ではあるが、人々が共に助け合い、互いに思いやりを持てないような人の心を持つ人類を、最も嫌悪しているのだともいう。創造主である神々には、人の世で行われている、個人にとって有利に事を進めるといったような駆け引きなどは存在しないということだった。

神々から救われる道は、人類が大自然と共存して生きてゆくことの大切さを知るとともに、己自身の人としての正しい生き方のみが大切なことであり、それが全てなのだという。

この世の中に、四神たちという存在が生まれたのも、悪魔に憑かれたそんな人々の心の中にある、邪《よこしま》な闇を解くことがまずは必要条件であるとともに、それによって悪魔から心が解放された人々の救われていく道を、そこから指し示してゆくための重要な存在として、この世に四神は必要であったからなのだと、笠ぼうし様は告げた。

創造主である神々から人類が救われるべき、その光の扉へと続く正確な手段を知る者とは、神々の御言葉を聞く、四神以外にその導《しるべ》を知る人々がいないのも事実なのだという。

だからこそ人類は、四神の声を数多く聞き、己自身の生き方やその考え方が間違っているならば、人類は皆それを謙虚に受け入れて、そのことを正してゆく必要があるのだと告げる。

それがゆえに、四神としてのそれぞれの役目とその存在は、この星の人類を手助けするために必要であり、より多くの人々に光の導《しるべ》へと続くその道を切り開いてゆくためには、とても重要な存在であるのだと笠ぼうし様は言った。

蒼真は、この星が千二百年の周期を迎えると、この世界が繰り返されて創世されてきたという十一回目の人類であった。そして、この十一回目の世界とは、もう繰り返して新たな世界を創り直すことができない、最後の千二百年という世界でもあったのだ。

笠ぼうし様は、その前の世界であった十回目であるこの星の世界で、生を受けていた。

弘法大師という名の僧侶であった笠ぼうし様はその十回目の時代において、神々から授けられたという式神であった仲間たちと出逢った後に、神々の御言葉をもとに考えたという物事を、未来に向けて遂行させるための準備に取りかかっていたのだ。

しかし、仲間たちと離れ離れになってしまった後も、笠ぼうし様は一人で残った準備を推し進めていたのだが、老いてゆく体は次第に動かなくなると、途中で務めを果たすことができなくなってしまったという。笠ぼうし様は懸命に務めに励んだものの、年を取るのはあっという間であり、あと少しのところで自身の寿命の方が先に来てしまったのだと告げる。

未来の人々を救うために、弘法大師という自身が達成しなければならなかった務めは、二十三通りあったうちの二通りのみが残され、笠ぼうし様は物事の準備が間に合わなかったことを無念に思った。その準備が達成できなかったということは、それは未来の人々への希望も断たれたということに等しいことでもあったのだ。

弘法大師であった笠ぼうし様は、未来の人々の行く末を思うと、夜も眠れずに嘆き悲しんだという。

それでも、人々の明るい未来を捨てきれなかった弘法大師は、それからも動かない体を引きずりながら、この星に住む人類が救われることを願い、天空の護人へと縋《すが》るような想いで、毎日その祈りを捧げ続けていたのだと言った。

そんなある日の夜、弘法大師のもとに神が舞い降りたのだと笠ぼうし様は言う。

神の名は、布袋《ほてい》様という神様であった。

布袋様は、この世の中の未来を案じ、そして世界に住む人々の先を憂えた弘法大師自身をも救うべく、ある条件と引き換えにして、弘法大師に手を差し伸べてくれたのだと言った。

布袋様には、天界で果たしたいという務めがあった。

弘法大師には、この星の未来の人々を救いたいと願う、強い思いがあった。

天界で果たしたい務めがあるという布袋様が、弘法大師の願いを聞き届けるためには、弘法大師は寿命が尽きた後に、布袋様の式神《しきがみ》になる必要があったという。

布袋様は、この世に布袋の式神として残る、弘法大師自身と連携した繋がりを持つことで、互いに事を進めることができると提案してくれたということだった。

弘法大師が布袋様の式神になると、弘法大師の御霊《みたま》もまた、その意識とともにこの世の中にとどまることが許されることにもなり、新たなる別の力となって、再びこの世の中の人々を救うための導《しるべ》ともなる存在になれるということであった。

笠ぼうし様には願ってもない、布袋様からの嬉しいお言葉であったという。

弘法大師は自身の死後、布袋様の式神になる誓いを立てた後、老い先短いその命が尽きるのを待った。だが、迫りくる自身の死を待ち続けている間に、布袋様をこの星に連れて来たという大きな龍が、弘法大師の前に現れたのだという。

その龍は布袋様を背に乗せて、遂げられなかった自身の務めを無念に思い、そして世の中の人々の未来に心を痛めていた弘法大師のもとに、共に舞い降りてきた龍であった。

大きな龍は次元の空間を遡り、この星の時代で助力するために舞い降りた、青緑色の鬣《たてがみ》を持つ、善女龍王である青龍だった。

青龍は、布袋様の伝言でもあった、弘法大師の最期の時は即身仏となってこの世を去るがよいという言葉を弘法大師に告げると、その時を迎えるまで、青龍は弘法大師の力となるために、この世界を共に見て回り、時代の先駆者たちに働きかけることも手伝ってくれたのだとも言った。

青龍は、この頃に笠ぼうし様のよき友になったという。

やがて、命の灯《ともしび》が尽きようとした時、弘法大師は青龍から離れ、自身の弟子たちに手伝ってもらい、布袋様の伝言通り即身仏となってこの世を去った。

弘法大師は即身仏となることで、死しても尚、その肉体が星に残されることにより、自身の御霊が星を遠く離れることになったとしても、星に残されている自身の肉体を思うだけで、一瞬のうちにその肉体が、離れている弘法大師の御霊を繋ぎ、この星へと自身の御霊は舞い戻ることができるようになったのだという。

即身仏として星に残った自らの肉体とは、この星に自身の御霊が容易に戻るための目印のような役割を果たしているということであった。笠ぼうし様・弘法大師が人の世で弘法大師であった時に、即身仏となってこの世の中を去ることには、意味があったのだ。

弘法大師が即身仏となってこの世を去ると、布袋様は約束通り、自身の御霊を自らの式神にしてくれたという。

布袋様は、自身の式神となった弘法大師に、大龍王という名前とともに新たな力を授けてくれたのだと告げる。

大龍王となった弘法大師は、星が十一回目の最後の世界を迎えるのを待ったという。

肉体を失い、この世の人間ではなくなってしまった弘法大師は、世の中に二つ残ってしまった自身の務めを、もう果たすことはできなかった。大龍王は、神として人間を導くことは許されていたが、やり残した二通りの物事や、計画した物事を世の中で達成させてゆくことが許されるのは、この星で生きている人間だけに限られていたからだった。

人類の生きる道は、その星で生きる人々が切り開いて前に進む以外にないということである。その星に住む人類が、その道を自らの手で切り開いていくという手段でしか、先の未来の扉を開いていくことが許されないということでもあった。

弘法大師が、生涯をかけて没頭し人類のためにやり残した二つの物事は、そうして人々の明るい未来へと繋がる希望として残された。

そして、この世の中の最後の行く末を知った弘法大師は、この星に住む人類が救われることを願いながら、千二百年という時の中で、ある計画を立てていた。

弘法大師の計画とは、様々な時代において多くの先駆者たちの血の滲むような努力と苦労があった上に、現代に生きる人々が成り立たせることができるように備えられてきた計画でもあった。

大龍王は、その計画を遂行させていくために、最後の時世に現れる、神々である創造主と神仏様の御言葉《みことば》を自身と同じように授かることができる人間を、更に待ち続けた。

その人間が、四神の中の青龍の資格者であった。

大龍王は待ち続けて時を迎えると、青龍の資格者をすぐに見つけて、その夢の中で接触した。

そして初めは順調に物事が進んでいたのだが、その青龍の資格者は、途中で我欲に取り憑かれ、金に溺れて豪遊した末に、青龍の資格を失ってしまったのだ。

その結果、四神たちが集うこともなく、その計画も果たされることもないまま、失敗に終わってしまった。

大龍王は、そこから再び、二人目の青龍の資格者となる人間を待ち続けた。

もし、二人目となる青龍の資格者が失敗した場合には、時間が尽きてしまうため、用意された計画も間に合わず、もう次の機会も人類に与えられることはなかった。

それは、この星の千二百年という周期がこれで最後であり、この世界が最後の星の世の中であることが示されていたからであった。この星の時世は、手を尽くさなければそれで完全に終わり、大龍王が目指した人類が救われる道も断たれてしまうということでもあった。

しかし大龍王は、二人目の青龍の資格者の出現を、次こそはという思いで待ち、この星に住む人々の命運を最後の資格者に賭けていた。

そして大龍王は、二人目の資格者であった蒼真と出逢ったのだ。

大龍王は、この世の中の人々が救われるための導《しるべ》への道を蒼真に説き、既に準備された計画を遂行させるために全国各地を巡り、その役目をそれぞれが果たしてゆくことも、集った四神たちに促した。

更に、全国各地を巡る中で、大龍王が人であった時に成し遂げることができなかった、残された二つの物事を達成させることも、四神たちに同時に促したのだ。

計画を成就させるためには、笠ぼうし様が千二百年前に果たすことができなかった、その二通り残ってしまった物事を達成させる必要もあるのだということだった。

笠ぼうし様は、仲間であった式神との別れから、当時、笠ぼうし様が危惧した通り、二十三通りあった物事の準備が二つ残ってしまい、それを蒼真に引き継がせる結果になってしまった。

だが、もはやそれは準備ではなく、既に解放した形として、四神たちが全国各地を巡って行く中で、残りの二つの務めも果たしてゆくことに繋がったのだ。

笠ぼうし様が人の世でやり残したという二つの務めは、ここで四神たちが弘法大師であった笠ぼうし様の無念を晴らすような形となって、無事に受け継がれたのだった。


四神たちは、千二百年を巡る星の周期が、現世であるこの世の中で最後であるということも知り、この世の中に住む人々の危機をも知ると、弘法大師であった大龍王の御言葉や神仏様の御言葉などを聞き、全国各地を巡ってその務めに一層励んだ。

だが、それらの計画を遂行させていくためには、宇宙的な真理のもとで物事を行っていく必要があり、寸分もずれることなく成し遂げなければならなかった。その計画が少しでも狂うと、未来における人類の着地点が変わってしまうからであるという。

着地点が変わるということは、人々が救われるための手段が大きく変わってしまうことを意味しているのだ。蒼真たち四神は、寸分の狂いもないように、大龍王が立てたという計画を、慎重に推し進めてゆく必要があった。

四神たちは、その計画を実行に移してゆくために、笠ぼうし様や神仏様の御言葉を聞きながら、全国各地を巡った。だが、それらの多くの御言葉を理解していくためには、その御言葉の中にパズルのように隠されている謎を解き明かしながら、御言葉の中にある本当の神意を知った上で、その計画を一つずつ実行に移していかなければならなかった。

それは、そのパズルのような謎を解き明かした先に、計画を実行に移すための場所や土地、そしてそこで何をすればよいのかといった、物事を達成させるための内容でもある、その答えが隠されているからであった。

笠ぼうし様は、蒼真たち四神に、自らの思いを託したのだ。

笠ぼうし様は、どんなに布袋様と遠く離れることになろうとも、自身という弘法大師の意識はいつでも布袋様の意識と繋がったものであるのだと言った。

天音の式神は、過去に人であった時の弘法大師の苦い想いから、布袋様にお願いをして、笠ぼうし様が特別に用意してもらったということだった。

笠ぼうし様は、老いてその寿命も尽きようとしてきた時に、布袋様の式神になれたことに心から感謝していると言う。布袋様は、弘法大師が望んだ人々を救うための大きな光ともなり、また弘法大師は大龍王として、新たにこの星の人類を救うべく導《しるべ》として尽くすことができるという思いが、かなったのだと言った。

千二百年前、未来の人々の危機を知った笠ぼうし様は、世の中の人々の行く末を案じ、それを憂えた。

だが、ようやく蒼真たち四神が集ったことにより、それは新たな人々の希望として大龍王の目には映ったのだと笠ぼうし様は言う。

世の中の人々がこれにより、より良い人としての正しい道を選択し、一人でも多くの人々が救われてゆくことを願っているのだと、笠ぼうし様は長年の想いを胸に、夢の中で蒼真にそう告げると微笑んでいた。

大龍王は、すげ笠を被った僧侶の姿となって、幼い頃からいつも蒼真の身近に存在していた。その蒼真が青龍の資格者になることは、大龍王は知っていたのかも知れない。

蒼真のそばには、いつも笠ぼうし様という大龍王が寄り添ってくれており、四神たち皆を導く御言葉を授けてくれるとともに、四神たちと人類皆を見守ってくれているのだ。

蒼真は、今まであまり見えなかった、人々を深く想い慈しんだ笠ぼうし様の優しい人柄を知った。笠ぼうし様は、自らが持つ世の中の人々への願いを、蒼真たちに託するように、蒼真をいつも見つめている。

蒼真は、この頃になると、体も大きくなり体格がふっくらと肥えたものになっていた。既に壮年の年の頃となっていた蒼真は、自身の体質や年齢のせいかと思いつつも、腹を揺らしながら懸命に、四神たちと共に務めに励む日々を送っていた。

全国各地を巡りながらの謎解きは、大変に困難なものではあったものの、笠ぼうし様や神仏様の御言葉やお導きもあり、なんとか一つずつ達成されて、計画も順調に進んでいた。

また同時に、四神たちの拠点ともなる施設も建てられていた。

施設は、大宇宙との繋がりを深く重んじる施設であり、北斗七星や北極星を重視した造りにもなっている。

それは、大宇宙の法則を定めたという創造主が語り、下界に住む人類へと向けて発信されている、大宇宙の中で人類が存在するための教えと、創造主が行う人類への導きを人の世に伝えている施設であった。

更に、既に悪魔によって憑かれてしまった、この星に住む人類の心を解放するために重要な事柄である、神仏様の御言葉を人々に説いていく施設として開放されていた。

施設は、カルト的な集団のものとは無関係なものであり、四神たちの言葉を聞いた人々が、個人的に自らの生き方を改め、その個人が考える場でもあり、またその考え方などを手助けする施設でもあった。

人類が救われるためには、手遅れとなる前に、個人個人が人として正しく生きる道を真剣に考えてゆかなければならないということを伝えていくのも、施設が存在する大切な意義でもあるのだ。

人類は決して、最後の滅びの時代を、軽んじて考えてはならないという。

創造主である天空の護人は今、人類に向けて温かな救いの手を差し伸べているということを、人々は四神を通じて、今こそ知らなければならないのだ。

創造主は、誤った進化を遂げている人類を、無条件で救うことはないという。

また、その個人が自らの勝手な思い込みで、人として正しい生き方をしているという、誤った自己判断をもとにした人の勘違いから行われる行動も、創造主に救われるべき篩《ふるい》からは落とされてしまうということを、笠ぼうし様は告げられているのだ。

そして、創造主である神々や神仏様の御言葉をもとに建てられることになった施設とは、世の中の人々のために建てられた施設であるということを、施設に属する人々は特に忘れてはならないと、笠ぼうし様は告げていた。

施設とは、世の中の人々のために存在するものであり、その施設に身を置き、そこに関わる人々が救われるために存在する施設ではないという。

施設はあくまで、創造主が下界の人類へと向けて発信している、大宇宙の中で下界の人類が生きてゆくための教えを説く場所であり、神仏様の御言葉を人々に伝えていくことで、悪魔が憑いた人類の心の闇を解き、その後に人類が救われてゆくために必要な、人としての個人の生き方を正していくためにある施設であるのだと、笠ぼうし様は語る。

施設に携わる人々の中で、もしもこの施設に関わり、その施設に属しているからと安心して、その個人が特別に創造主から救われるという考えを持つ者がいたとするならば、それは個人の勝手な思い込みとなるので、注意が必要であると告げる。

笠ぼうし様は、施設に携わっているという理由だけでは、人は助からないのだと断言していた。

また、人類とは悪魔によって憑かれやすく、その悪魔に憑かれた人の考えは貪欲で邪《よこしま》な考えとなってゆくために、施設に関わる人々の中においても、その人々を見極めていくことが大切なことであるのだと、笠ぼうし様は告げている。

邪《よこしま》な考えを持つ人間とは、その多くが個人的な主張が強く、個人が私腹を肥やすための利益などを求め、他人に対する思いやりに欠けている。人に対して協力することすら渋り、互いに思いやりを持てない人間は、この施設には必要ないとも笠ぼうし様は断言されたのだ。

施設は、世の中の人々に助力してゆくために建てられたものである。そこに携わる人々が、その施設に身を置いているにもかかわらず、仲間同士で思いやりを持てないということになれば、世の中にいる人々のために力を尽くすということも当然、無理な話であると言う。

それは、世の中の人々の未来を開いてゆくために、真剣に物事を考えていくということからも逸れたと同じ行為であり、人に対して思いやりを持って考えながら行動するということが、できない人間であるということを指しているのだと、笠ぼうし様は告げた。

もう一つ注意すべきこととして笠ぼうし様が告げられたことは、個人の勘違いからくる、人類が持つ都合のいい個人の考えであるという。施設に携わっているからこそ、その個人が救われるということは決してないのだと、笠ぼうし様は告げる。

そうした個人の思い込みは、施設に携わる人々すらも混乱させる恐れがあるため、特に注意が必要であると言った。

施設とは、その施設に携わる個人が救われるための施設ではなく、世の中の人々に助力してゆくために設けられた、世の中の人のための施設であるということを、そこに携わっている者たちは、決して勘違いすることなく、そのことを忘れてはならないのだと言う。

世の中の人々のために、蒼真たち四神が計画を遂げていくためには、施設に携わる人々の中で己のための欲やその邪心を抱《いだ》く存在は、この計画を遂行させていく妨げにもなってしまうため、人の行動には注意を払い、必要があれば施設の出入りを禁じることもやむを得ないことであるのだと、やや厳しい口調で笠ぼうし様は告げる。

それは当然、四神たちも同様であり、悲しいことに今までにも四神として共に活躍していた仲間が、途中でその資格を失ってしまったということもあった。

それだけ人類とは、悪魔によって憑かれやすい存在であるとともに、また悪魔によって憑かれた人の心は、その心を蝕まれる闇が深くなってゆくほど、人に対する柔軟性を失っていくということも指しているという。

そのため、その対処を怠れば、世の中の人々を救うための大切な計画に遅れが生じてしまうことにも繋がり、未来における人々の着地点も変わってしまう恐れがある。そうなれば、計画自体が間に合わなくなるという恐れがあるのだと、笠ぼうし様は告げた。

もしも計画が間に合わなければ、世の中の人々は誰も救われることがないということを意味していたのだ。

人類一人一人が救われる道とは、四神たちの言葉から、既に世の中の人々へと向けて伝えられている。

個人が過ごさなければならない自身の居場所とは、特に限られた場所はなく、個人が過ごす場所はどこであっても自由であるのだということであった。人々は様々な事情から、個人が住んでいる土地からは離れることが難しいのは当たり前でもある。そのことは当然、創造主や神仏様はご存じのことであり、個人の居場所については、どこの土地で人々が暮らそうとも、偏見や差別などは全く存在しないと言った。

人々は、人が持つ偏見や人の都合のいい話に囚われることなく、個人に見合った場所で暮らしを立ててよいのだと笠ぼうし様は告げる。

肝心なことは、個人が住んでいる居場所ではなく、四神たちが語る神仏様の御言葉を数多く聞くことで、その心に憑いた闇を個人がまず払うことが重要なことであると言う。

そしてそこから初めて、人としての個人の考えや人としての生きる道を改め、それらを間違いなく正してゆくということこそが、この星の人々が大宇宙の中で存在していくためには必要なことであるのだと、笠ぼうし様は言った。

大切なことは個人の居場所ではなく、創造主が望んでいる正しい進化の道へと、確実に人類が進んでゆかなければならないことにある。

そのために、施設に携わる人々は、それを勝手に勘違いして、施設にいれば救われるなどといった間違った考えを、決して持ってはならないということだった。

もしも、施設に携わる人々の中に、世の中の人々への思いやりの気持ちが持てない人や、人々に力を尽くすという考えを持てないような人たちがいたならば、早急に施設から立ち去ることを、笠ぼうし様は勧めている。施設から立ち去ることになってしまった人々も、個人の暮らしに戻ることで、人としての正しい道を一から学びながら精進していくことを、笠ぼうし様は望まれているのだ。

施設に携わる人々は、世の中の人々を救うために、他人である人々に助力するという考えをいつでも肝に銘じて、その考えから外れてはならないということであった。

創造主である神々や神仏様などの姿が人類の目には見えないからといって、個人の都合のいいように適当に判断して進もうとすることは、ある意味、危険であるとも告げる。これまでの時代の中では、一部の人々の都合のいいように企てられた、改竄《かいざん》された人の世は確かに存在するのだと言う。

しかし、人類が救われるべき導《しるべ》とは、正確なところは四神しか知り得ない話であるのだ。

笠ぼうし様は、神仏様とは人の目には見えないからこそ、人々は個人の都合のいいように物事を考えがちなのだとも言う。だが、天空の護人の存在は、神々である創造主を信じ、きっかけさえあれば、人類は誰しも目にすることがかなうのだ。

しかし、創造主や神仏様たちが救いの手を差し伸べているにもかかわらず、普段は目には見えない存在を信じようとせず、その神々の存在さえも虚言や偽りなどと言い、それを無視して自分勝手な生き方をしてきた人々ほど、自らの身に危険が迫った時に限り、神々に救いを求めてくる者たちが多いのだと言う。

そしてそこには、自分だけが助かりたいという思いで祈りを捧げてくる人々や、自らの命は失われても構わないから、自分の家族や子供たちを代わりに救ってほしいと神々に救いを求める、そんな多くの人々の声があるのだと言った。

だが笠ぼうし様は、人々のそんな都合のいい考えが、一番困るのだと言う。

来たる時に資格を持たない人々は、創造主の篩《ふるい》からも落とされて、一切救われることがないというのが、そんな人々が辿ることになる哀れな末路であるというのだ。

そのために四神たちという存在が、早い段階から人類に助力しようと、懸命に呼びかけているのだと笠ぼうし様は告げる。それを無視した人々に、都合よく神が手を差し伸べるはずもないということであった。

笠ぼうし様の厳しいお言葉や判断ではあるが、しかしこれから先に起こる、世の中の人々の行く末やその先にある人々の未来を考えれば、笠ぼうし様のお言葉には間違いなどなかった。

蒼真は、施設においても、そこに携わる人々の状況や、人に対するその人々の振る舞いを、厳しい目で判断していかなければならなくなった。笠ぼうし様が立てた計画は、この時代で滞りなく遂行させなければならない、四神たちの務めでもある。この最後の滅びの時代で、蒼真たち四神が失敗するわけにはいかないのだ。

創造主は、人類が生まれ育った星と共に、その星にある大自然と人々が生き、人類として正しい人の道を、大宇宙の中で歩んでいくことを望んでいる。それが大宇宙の中の均衡を保つことに繋がり、そしてそれが人類にとって、正しい進化の道を進んでいくことにも繋がるのだということだった。人々が正しい進化の道を歩む時、創造主は初めて個人という人間に、救いの手を差し伸べてくださるということであった。

やがて蒼真の体は、そんなに時が経たないうちに更に大きくなると、その体格もでっぷりと肥えたものになり、太り過ぎのせいで思うように動かなくもなっていた。

蒼真は、年齢や体質などのせいかとも思っていたのだが、流石《さすが》に体が思うように動かなくなってゆくことに関しては、悩んでいた。

笠ぼうし様は、蒼真たち四神の活動を見守りながら、ある夜に蒼真の夢の中に現れた。蒼真の体が急激に太り出し、その体が思うように動かなくなっていくという、蒼真の中にある不安に答えるためであった。

笠ぼうし様は、蒼真の体が急激に太り出したことには、理由があるのだと告げる。

毘沙門天《びしゃもんてん》の生まれ変わりであった蒼真は、毘沙門天の御霊《みたま》が内にあった頃は、筋肉質な体つきであり、その動きも活発であった。しかし、毘沙門天の御霊は既に天界へと強制的に戻されており、蒼真の体にはそれから太り出すという変化が起こり出しているのだと言った。

蒼真には、毘沙門天の御霊が、いつ天界へと戻されたのかは分からなかった。

しかし笠ぼうし様は、毘沙門天の御霊が失われた頃から、蒼真は徐々に太り出しているのだと告げる。

確かに徐々に太り出してきたという感覚こそ蒼真にもあったのだが、そんなに時も経過しないうちに追加の贅肉がどんどんついて、見るも無残にまた太り続けていったのだ。その上、思うように体が動かなくなっていくことに、蒼真は不安を覚えるようになっていた。

笠ぼうし様は、毘沙門天の御霊が世を去ったことで、毘沙門天はその役目を終えて、もう一人蒼真の内にとどまっていた神が、己の務めを果たすために目覚めたのだと言った。その神の目覚めが要因となり、蒼真の体が更に急激に太ることになったというのが理由であると言う。

そしてその神こそが、弥勒菩薩《みろくぼさつ》様となった布袋様であるのだと、笠ぼうし様は笑んだ。

布袋様は弥勒菩薩様とはなったが、神のその姿とは自由自在でもあると言う。だが蒼真の内に、毘沙門天と共に布袋様の御霊もとどまっていた時には、まだ弥勒菩薩様ではなく、布袋様であったのだ。布袋様は、毘沙門天の御霊が天界へと戻されたことにより、蒼真の内で目覚めの時が訪れ、弥勒菩薩様になったというのだ。

布袋様のお姿とは、ふっくらとふくよかであり、蒼真の全体的に肉付きのよい体つきは、まさに布袋様のお姿そのものであるのだと、笠ぼうし様は告げた。

蒼真は、笠ぼうし様の言葉に、ただ驚愕した。

だが、蒼真も以前に、自身の中には二人の神の御霊がとどまっているのだということは、笠ぼうし様から聞いていた話ではあった。その二人の神には、それぞれに役目があり、その役目を果たすために、蒼真の中にとどまり続けているということだった。

笠ぼうし様は、二人の神の御霊が、蒼真の内でとどまり続けることができたのは、蒼真が神々を運ぶことができるという、その器を持った唯一の人間であったからに他ならないと告げる。

蒼真がもし普通の人間であったならば、本来は蒼真として生まれ変わった毘沙門天の御霊のみであったと言う。それはつまり、人類が内に持てる御霊の数とは、本来であるならば個人に一つと限られているということであった。

そして個人が持つ御霊とは、人間の肉体と対《つい》となっているのが、あるべき姿であると言う。人は生まれて、そしてその死ぬまでの間に、自らが持つ御霊のために学ぶべきものがある。人がこの世に生まれてくるのは、自らの内にある、その御霊のために生まれてくるのだと言う。己自身が持つ御霊のために個人という人間が生まれ、その世で個人という人を通じて学ぶべきものを御霊が得ることで、個人という人はその役目を終え、人はこの世を去って逝くものであるのが通常であるのだ。

人間が持っている御霊が辿るべき道とは、本来ならば、一定されたありようなのであるということである。

だが、人の中には稀《まれ》に、神の御霊を持って生まれてくる人間も存在する。

神の御霊を持ってこの世に生まれてくる人々とは、人を通じて学ぶべきことを御霊が得るために生まれた人間とは異なり、その世の中で果たすべき役目があって、人の世に降りてくるのだと言う。

しかし、神々を運ぶ器を持っている蒼真の場合は、どちらの御霊が辿るべき流れとも異なった形であるのだと、笠ぼうし様は告げる。

蒼真が持って生まれた器とは、土地を守護する神仏様たちが、自らが守護しているその土地からよその土地へと自由に行き来することがかなわない、そんな神仏様たちの望みをもとにして、神々を乗せて運ぶことができるという器の存在が生まれたのが始まりであったと言う。

だが、その器を持っている人間とは、神々によって土地に呼ばれることが多いので、そう多くは存在することもなく、またその人間が、自身が器を持つ人間であるということに気がつくこともなかなかないということでもあった。

しかし、器を持つ人間は、神の御霊を自らの内に一度に複数乗せて運ぶことができるということもあったのだが、同時にその人間の内に神の御霊が複数、とどまり続けることもかなうという人間でもあったのだと、笠ぼうし様は告げる。

人として生まれ変わった毘沙門天は、己が試練を果たすために、蒼真としてこの世に生まれた。

一方、布袋様は、蒼真が器を持つ人間であることを知り、蒼真の内にひっそりととどまり続けていたのだと言う。布袋様が蒼真の内にとどまり続けていたことには、毘沙門天を見守りたいという、切なる思いがあったのだと笠ぼうし様は言った。

そして笠ぼうし様は、布袋様が弥勒菩薩様となる以前の本当の名前は、契此天《かいしてん》という名前であったと告げた。


契此天という神様の名前を聞いた蒼真は、すぐに目を見張ることになった。

契此天と帝釈天とは、毘沙門天が蒼真の記憶の中に残していった、毘沙門天の過去世の大切な友人であり、毘沙門天を助力するために共に下界に降りた神であった。

帝釈天は、四神の中の一人として、蒼真たち四神が成すべき務めのために、既に共に務めに励んでいる。しかし、契此天の存在は、今までどこにもなかった。

蒼真自身は、もう少し先の未来で、契此天は下界に降り立つことになっているのかと思っていたのだ。だがまさか、毘沙門天を助力するために、彼らと共に下界に降りた契此天の存在が、自身という器の内にとどまっていようとは思いもよらないことであった。

笠ぼうし様は、それは布袋様の御心《おこころ》の中にずっとあり続けてきたという、その心中にあった切なる深い想いが結果として、そのように結びついてしまったのだと告げる。

笠ぼうし様は少し悲しげに目を細めると、再び蒼真の夢の中で話を続けていた。

契此天という布袋様は、この星に初めて善女龍王である青龍と共に舞い降りた時から、契此天という神の名前を隠していたのだと言う。当時、まだ人であった笠ぼうし様が布袋様と出逢った時も、布袋様は自らを、布袋と名乗っていた。

笠ぼうし様が、布袋様の本当の名前を聞くことになったのは、自身が布袋様の式神になった後のことであったと言う。

布袋と名乗った契此天は、天界において自身が果たしたい務めがあると言っていた。

しかし、それと同時に契此天には、ある強い思いもあったのだ。

それは、どうしても友を助力したいという思いと、どうしても守りたい存在のために、その力を尽くすことにもあったのだと言った。

毘沙門天が沙竭羅龍王の試練を受けるために、天界から下界へと降りる際は、毘沙門天を助力するために、契此天も下界に共に降りることになっていた。

試練が四回目となる下界のその星は、最後の滅びを迎える時代でもあったため、契此天や帝釈天も共に、創造主としての自らの役目を果たすために、早い段階で下界に降りることになったのだ。

契此天と帝釈天の二人には、滅びを迎える時代においての創造主としての役目がある他に、毘沙門天が三回目で試練を達成できず、四回目に転生せざるを得なくなった場合、毘沙門天に助力するという役割もあった。

二人の神が毘沙門天と同時に早々と下界に降りることになったのは、沙竭羅龍王の二人の神に対する、時間という猶予が与えられたということでもあった。

契此天は、毘沙門天が四回目の試練を下界で迎えることがないことを、願い続けていたという。

そして、下界に降りた際は吉祥天と同じように、二人の神も天界で過ごしてきた自らの記憶を失うことになるのは避けられなかった。

契此天はまず、自身が記憶を失う前に、次元を自由自在に行き来できる善女龍王に頼み、その青龍の背に乗せてもらうと、次元を飛び越え、未来に向けて先に進んだり、または過去に遡ったりしながら、この星の様子を見てきたのだと言った。

だが、先の未来にあったこの星の最後の結末とは、誰も救われることもない、星と人々の悲惨な結末のみが残されていたという。

丸い星は、無残な形となって崩壊して、半分以上も砕け散り、星としての機能は既に失われたものになっていた。太陽が大爆発を起こした影響で月が壊滅し、壊滅した月の巨大な残骸が隕石《いんせき》となって、この星に数多く降り注いだのだという。太陽がもたらした自然エネルギーによる月の壊滅と、この星の死滅であった。

布袋様は、その崩壊した星の大地の上で、自身の大切な友人を見つけた。

しかし、未来の星に残されていた大地の上には、人として生まれ変わった友が、吉祥天の生まれ変わりである女性を庇うようにして倒れていたということだった。

布袋様が青龍と共に二人に近づいた時には、毘沙門天にはまだ息があった。毘沙門天は、何か言いたげに、微かに口を動かしたものの、その言葉はもはや、声となって届くことはなかったという。

力なく伸ばされた毘沙門天の片手を、布袋様が握り締める前に、毘沙門天は息を引き取ったのだ。毘沙門天の空《うつ》ろだったその瞳は見開かれたまま、頬を伝って一筋の涙のみが、冷たくなった大地の上に零《こぼ》れていったのだという。

吉祥天は他の人類と共に、既に息絶えていた。

その天空には、空を突き抜けて切り裂くような、青龍の悲しい鳴き声が木霊《こだま》した。

崩壊した星には、帝釈天の御霊《みたま》を持つ人間の存在だけではなく、人として生まれ変わったはずの、契此天という自身の存在すらも感じられることはなかった。

布袋様は、また自身がどこかで失敗をして、なんの役にも立てなかったのではないかということに情けなさを感じ、ひどく落胆したという。

布袋様は、四回目に生まれ変わることを余儀なくされていた二人が、最後となっていた試練の時を成し遂げることもかなわず、非業の死を遂げていたということを、先にあった未来で知ることになった。

布袋様は、この星の半壊した大地の上で、冷たくなった二人の亡骸《なきがら》を、ただ泣きながら抱き締めた。そして、この星の先の未来にあった悲惨な結末を、布袋様が次元を飛び越えた先で知った時、自らが取るべき手段を変えることを決意したという。

布袋様は、天界にある沙竭羅龍王のもとから、友人二人と下界に降りなければならないという刻限《こくげん》が迫る中で、善女龍王と早急に相談をして、すぐに十一回目の最後の星にあった未来の世界から離れると、次は星の次元を過去へと遡り、十回目の星の時代に降り立った。

布袋様は、十回目にあった星の世界で、十一回目に人として生まれ変わっていた毘沙門天の御霊を持つ蒼真と同様に、天の御言葉《みことば》を授かることができる人間を探していたのだ。

最後の世界が十一回目の世の中ならば、千二百年前にあった十回目のどこかの時代で、十一回目の最後の滅びの世界を救おうとする神々が、十回目の過去の世界において、星の人類を救うために何も働きかけないということは考えられないことでもあった。

神である契此天も善女龍王も、神々の御言葉を授かることのできる人物が、千二百年前の世界に存在しているということは知っていたのだ。

そこで布袋様が出逢うことになったのが、年老いた弘法大師であった。

布袋様は、命の灯《ともしび》も既に短くなった、弘法大師であった笠ぼうし様の無念の思いを知ると、全てを悟ったという。

天からの御言葉を授かり、その生涯を通して、星の人類のための務めに懸命に励み続けてきた弘法大師ではあったが、人間に寿命があるがゆえに、その成すべき務めが間に合わず、自身の時代で成さなければならない務めを全て果たすことができなかった。そこに、あの未来の原因があったのだ。

布袋様が先の未来で見た、十一回目の世界の悲惨な人々の末路とは、弘法大師の死に関係していた。

弘法大師が、未来の人類をも慈しみ救おうとする思いは、とても強く勇敢なものでもあった。しかし、人が持つ寿命が弘法大師の務めを妨げる結果となり、弘法大師の死後は、天の御言葉を授かる人間はいたものの、その後継者として弘法大師が残した務めを引き継ぎ、それらを遂行してゆく人々に、やり残した物事自体が全く繋がることがなかったのが原因であると、布袋様たちは解釈した。

それが要因となり、創造主がこの星の人類を見放してしまうという最悪な結果が生じてしまい、十一回目の最後の未来の先にあった世界は、それで無残な星の死滅を迎え、人類も全て残らず凄惨な死を遂げて逝くことになったのだ。

弘法大師は、人類をこれほどまでに慈しみ、人々が辿る先の未来を案じて、切に憂えた人間であった。そして、己自身が務めを遂げられなかったことをひどく嘆き、それを深く悲しんでいたのだ。

弘法大師が人々へと想いを寄せるその優しい信念は、余命が幾ばくもないにもかかわらず微塵も変わることなく、また捨て去ることができない自らの無念の想いは、弘法大師の心を痛烈に苦しめていた。

布袋様は、弘法大師のそんな切なる深い想いを知ると、これから先の未来で必ず起こることになる、この星と人々の悲惨な死を食い止める方法を思案した。

布袋様はそこで、星と人々が辿ることになるという、未来における軌道そのものを変えることを考えたのだという。

布袋様はまず、人の世に深い思いを残す弘法大師の願いをかなえるためにも、弘法大師に条件を提示したのだ。その条件とは、自身の手足ともなって務める、布袋様の式神《しきがみ》になることだった。

弘法大師は、自身の命が燃え尽きようとする、その最期の時まで人類を慈しみ、その生涯を人々のために尽くし捧げてきた。自らが住む星を大切に思う気持ちと、人類に対する思いやりという気持ちが、常に弘法大師の心の中にはあった。

布袋様は、人々に対する分け隔てのない優しさをいつも心に持ち、人々に深い愛情を注ぐことのできる弘法大師は、この星や未来の人類を救っていくためにも欠かすことのできない、必要な存在であると告げられたという。

そして、布袋様の式神になるということは、布袋様自身にとっても、これからは欠かすことのできない存在になってゆくことにもなるのだと言った。それが、笠ぼうし様に併せて告げられたお言葉であった。

布袋様は、どこかの次元の空間には、この星は既に死滅を迎え、そこに住む人々も死に絶えた結末が、事実として残されているのだと告げていた。

しかし、この星の先の未来が変われば、その次元に並行するように、別の次元にもう一つ、この星の新たな未来空間が生まれることになると言った。

星と人々が辿る、星の未来の出来事ともなる次元と空間には、それによってそれぞれ異なった二通りの未来が存在することになり、その二通りの事柄が相応《そうおう》して存在する形として、次元の空間には並行した二つの未来が残されることになるのだという。

だが、新しく創られていく未来が、人々が死に絶え星も死滅を迎えてしまったという、先の未来にあった結末と同じような結果で終わることになった場合、二通り創られるはずであった未来は生まれず、現存している一つの悲惨な未来の結末のみで終わってしまうとも言った。

変わらない未来の先には当然、新しい未来の次元の存在は不要であり、その空間も誕生することがないということであった。

しかし、星の人類によって、新たに築かれてゆく未来の先行きが開けたものとなり、人類が明るい未来へと進んでゆく望みがかなえば、新しい未来の先に残る、別の次元や空間は、先に残されている悲惨な結末を辿った未来空間に並行するような形で、必ず誕生するという。

そしてそこで、人類の先行きが明るく開けた新しい未来空間の誕生がかなったならば、初めから次元に残されている、悲惨な結末を遂げてしまったもう一方の次元に残る未来空間の人々の魂も、それに並行するように浮かばれることにもなるのだと、笠ぼうし様は告げる。

未来の星が死滅し人々が死に絶えてしまったということは、星に住む人類が誤った進化を遂げた証拠でもあるという。大自然と共存することを忘れ、誤った進化の道に進んでいることを認めずに、それを正すことができなかった生命体が住む星は、最期は死滅を迎えるということだった。

しかし、事はそれだけでは済まされず、星の死滅と同時に、数多くの浮かばれない人類の魂が、大宇宙の中にブラックホールを作り出してしまうという。

突如として死を迎えることになってしまった人類は、自身が死んだということさえ認識できないまま、魂という存在になって、大宇宙の空間を浮かばれることもなくさまよい続けるのだ。その浮かばれない魂の数が多ければ多いほど、大宇宙の中に巨大なブラックホールを作り出して、その周辺にある星々や生命体を呑み込みながら、星があった一帯を混沌とさせ、無に帰してしまうということだった。

更に、人々の魂によって作り出されてしまった、巨大なブラックホールの威力が強ければ強いほど、ブラックホールは大宇宙の中で移動を続けながら、そのブラックホールが消滅するまで、星々や生命体を呑み込み続けることになり、大宇宙の中においても、そのブラックホールの存在は脅威となるのだとも言った。

布袋様と青龍が降り立った、悲惨な未来を遂げていた星の次元には、多くの浮かばれない魂がさまよっていたものの、まだブラックホールが作り出されるまでには至っていなかった。

布袋様は、未来の先を変えるという、未来における軌道修正を行う場として、蒼真たち四神が集う、この現世を選んだという。

それらを成してゆくためには、人類一人一人の心を正してゆくことが欠かせないのだ。

人類の誤った進化への道こそが、そもそも星をも滅ぼしてゆくことに繋がる。その星に住む人類の心が変わらなければ、到底、未来の軌道を変えることもできないという。

蒼真たち四神とは、神仏様の御言葉を授かることができる存在でもあり、また神の御言葉に沿って、人々に神のその導《しるべ》を伝えることができるという、唯一の存在であった。

そのために四神たちは、今の世の中に存在する人々を助力し、多くの人類が創造主から救われてゆくことで、先の未来を変えるという役目も担っていたのだ。

それは、この世の中の人々が救われたならば、もう一つの次元に存在する未来も変わることを指していた。

浮かばれなかった人々の魂も救われ、天へと召されることで成仏することに繋がり、ブラックホールの出現は、もう一つ残されている未来においても起こらないということを意味していたのだ。

布袋様が見たという、先の未来にあった、その星や人々が辿ることになってしまった悲惨な次元の空間での出来事は、消滅することなく残されるが、新しい未来空間が残る次元が無事に出現し、四神たちが成すべきことを成功させることで、もう一つ残されている次元の人類の魂は、光によって包まれ成仏するということである。

そして、新たに明るく開かれた次の次元の未来空間が、人類にとって本物の未来の結末へと変わり、大宇宙の中に結びついてゆくことに最後は繋がるのだと、笠ぼうし様は言った。

だが、布袋様が自らに下した決断とは、自らを犠牲にする行為でもあったのだ。

布袋様は、天界において自身が果たしたい務めがあるのだと、笠ぼうし様に告げていた。

それは、蒼真の内で目覚めの時を迎えた布袋様が弥勒菩薩様となり、光の扉へと進む人類を迎え入れるために、自らの姿をミュロー星という星の存在へと変えることであった。

そして布袋様は、弥勒菩薩様から弥勒如来《みろくにょらい》様となり、ミュロー星の如来様として、そこで人類と共にミュロー星がその役目を終える時まで、何億年もの長い時を、一つの星となって過ごすことになるのだという。

しかし笠ぼうし様は、弥勒菩薩様が何億年もの長い間にわたって、自らが星となって過ごすことには、ご自身が天界で果たされたいという務めが、滞ってしまうのではないかと案じた。

だがそこには、布袋様が抱えていたという数々の想いがあり、笠ぼうし様はそれを知った時、痛烈に胸を痛めたという。

布袋様が見ることになってしまった先の未来には、人類が無残な死を遂げていたという悲惨な光景とともに、布袋様がよく知る、人として生まれ変わっていた毘沙門天と吉祥天の二人の死という、最期の光景が残されていた。

二人は、最後の試練の時を迎える四回目となる時代においても、人として転生することを余儀なくされており、最後の試練を果たすこともかなわずに、その世を去っていたのだ。

更には、帝釈天の御霊《みたま》を持つ人間の存在も、人として生まれ変わったはずの契此天である自身の存在すらも、どこにもなかった。帝釈天の御霊の存在が感じられなかったことには、帝釈天は、毘沙門天や吉祥天よりも先に、星の崩壊と同時にその世を去ったことを、布袋様は感じていたということだった。

布袋様は、その未来で突きつけられた光景に、いつまで経っても自身は皆の力になることすらもかなわないのだと、己自身の存在を情けなく感じたという。そして自分は無力であるとご自身を非難し、ご自身をずっと責め続けていたのだと、笠ぼうし様は切なげに告げていた。

この先、布袋様は天界へと戻り、大切な友たちと三人で、沙竭羅龍王の下から下界に降りる。だが、既にこの未来の先の悲惨な状況を目にしていた布袋様は、人類が辿る悲惨な未来を深く哀れんで悲しみ、人として生まれ変わることになってしまった友たちの死に、深く御心《みこころ》を痛めていたのだ。

布袋様はこの時に、一神の創造主として、自身が取るべき進路を定めたという。

それが、数多くの人類を救うことを願い、自らがミュロー星となることであったのだ。

この星は、千二百年の最後の周期を巡り終えると、新たな世界はもう望めなかった。それが、最後の滅びの時代や世界とも呼ばれる所以《ゆえん》でもあるのだという。言うなれば、この星は、星としてての役目を終えたということである。

だが、この星に住む人類が、新たな世界を再び築いてゆくためには、この星の人類の次の受け皿ともいうべき、新たな一つの星の存在が必要であったのだ。

しかし、神々が、一つの星の形に自らが姿を変えて、人類の受け皿となるべく星になるということは、決して簡単なことではなく、その内に秘める大いなる力を注ぎ続けなければならないということから、神々にとってはその身もつらく、大変な務めであった。

この星の人類とは、大自然と共に生きることも忘れ、悪魔によって憑かれている人の割合が非常に多かった。そしてまた、その悪魔によって、人々の心が邪《よこしま》な深い闇にひどく侵されているということもあり、神々の間でもそのことが大きな問題となって議論が続いていた。

人類の新しい未来へと続く星に、この星に住む人類を、自らが新たな次の星となって受け入れたいと承知する神が、なかなか定まらないという問題があったのだ。

神々にとって、一つの星になるということは、どんなに神格が高い神々であっても躊躇《ためら》われるほど、非常に過酷なつらさがその身に伴う役目であり、自らが星になりその役目を果たしてゆくことは、神々にとってそれほどに荷が重すぎる、とてもつらく大変なことだったのだ。

そのために、既に手遅れにも近づく、誤った進化の道を辿り続ける人類を後継する、この星の人類の次の星となる神の存在は、一向に定まることはなかったという。

布袋様は、他の神々が引き受けることを躊躇われた人類の新たな星になるという役目を、自らの意志で志願することで、この星の人類の受け皿となって、その新たな星の役目を担うことを決めたのだ。

　したがって、この星の未来の軌道修正を図るとともに、この世の中の人々が創造主から救われるために人類に働きかけてゆくという四神たちの役割とは、重要なものであり、また、この世界の人類にとっても見過ごしてはならない、とても重要なものであると、笠ぼうし様は告げられていた。

　弘法大師であった笠ぼうし様は、布袋様の式神《しきがみ》である大龍王になった時点で、この星の先にある悲惨な未来をも変えるべく、布袋様からその全ての経緯《いきさつ》や考えを聞くことになったということだった。

　しかし、そのためには、布袋様自身が全ての記憶を失うわけにはいかなかった。

　だから布袋様は、式神となった笠ぼうし様に、自身が下界に降りる時に失われてしまうという記憶を、自身の代わりにとどめておくように、笠ぼうし様に告げたという。

　布袋様の式神となった、大龍王である笠ぼうし様は、契此天という本来の名を布袋様が明かした上で、契此天が持つ天界における記憶と、天界で契此天が過ごしてきたという日々の大切な記憶の断片をも、大龍王が契此天の記憶として、大龍王の中に、全て残したのだと言った。

　笠ぼうし様は、布袋様の式神となったことで、布袋様から知り得た情報や意識、記憶などが大龍王の内に残り、その全てが布袋様と繋がった形で残されているという。

こうした形で双方が繋がりを持てば、布袋様が下界に降りて、たとえその記憶が失われることになったとしても、式神である大龍王を通じて、布袋様はいつでもご自身の記憶を引き出すことが可能になるということであった。

そして、これらの行いは、契此天が下界に降りる際に、沙竭羅龍王から禁じられている行為にも当てはまることはなかった。

しかし笠ぼうし様は、契此天である布袋様の式神になったことで、一つはっきりと分かったことがあるのだと、蒼真に告げる。

それは、創造主である神々とは皆、大宇宙の中に存在する生きとし生けるものたちには全てにおいて平等であり、普段は慈愛に満ち溢れる神という優しい存在ではあるのだが、神にもそれぞれ、その個性があるということであった。

笠ぼうし様はそこで、ある疑問に当たったのだと言う。

笠ぼうし様は、布袋様の式神になった後も、布袋様の人柄が自身にとってはとても心地がよく、自身の居場所とするならば、個人が一番しっくりくる、式神としての居場所でもあるのだと言った。

だからこそ笠ぼうし様は、布袋様の式神である大龍王として、布袋様に心から尽くせることが至上の喜びでもあると言う。

だが、多くの神々がいる中で、自身とこうも相性がぴったりな神との出逢いが、初めからあるのだろうかという疑問を抱いた。そう考えた時に、ある一つの疑問が笠ぼうし様には思い浮かんだのだという。

それは、そこには、そうなるべくしてそのようになった、誰か他の神の考えが働いているのではないかという疑問であり、きっとそうなのだと、笠ぼうし様には思えるのだと言う。

布袋様は、ご自身のことを無力であると言い、友人たちの力にもなかなかなることがかなわない苦しさに、ご自身のことをずっと責め続けていた。

布袋様が、本来の名前を隠して、青龍である善女龍王と共に十回目の世界に降り立つことになったのは、契此天という自身の無力さを己自身が感じることがないように、自らを戒めるために、布袋という新たな名前を名乗ることで、自らを勇み立たせようとしたのではないかと、笠ぼうし様はそのように推察していると言う。

布袋様は、表面では明るく振る舞ってはいるものの、その心中では、今まで何か起こる度に、自らが役に立つことができなかったという己自身に焦《あせ》りを感じ、また自身が思うように挽回することもかなわないということから、少しずつその自信をも失っていったのではないかと、笠ぼうし様は布袋様の式神になった初めの頃、布袋様の様子を見ていてそのように感じられるところがあったのだと言った。

笠ぼうし様からのそんなお言葉を受けて、蒼真も考えてみると、はたと気がついた点があった。

それは、契此天と笠ぼうし様の性格が、正反対ではないかという点だった。

毘沙門天が蒼真の記憶の中に残していた契此天の記憶とは、いつもぼんやりとした印象を持つ神であり、やや天然ボケのところはあるものの、とても優しくおっとりした神様でもあった。

一方、笠ぼうし様は、卓越した豊かな知性と考えに溢れ、その機転も早く、的確な判断を下されるその行動も、いつも俊敏な神様であったのだ。

蒼真自身、笠ぼうし様には幾度となく助けられている。

笠ぼうし様は、布袋様がご自身ですらも気がついていない、自信を喪失してゆく布袋様の心に、誰かが気づき手助けすることで、布袋様の神としての成長そのものを、その誰か他の神が促しているのではないかと思うのだと告げた。

布袋様と、人であった弘法大師が出逢い、自身が大龍王として式神になることには、この星の世の中にある人類の行く末のみに限られたものではなく、もしかしたら、そういった何かしらの特別な理由もあったのではないかというのが、笠ぼうし様の考えでもあった。

笠ぼうし様のそうした見解は、長い間にわたって契此天である布袋様に寄り添うように、どんな時でも布袋様の周囲にも目を配り、布袋様自身のことをよく知った上で、それらを笠ぼうし様が理解することで生まれたものでもあった。

しかし、笠ぼうし様は、たとえどんなことがあろうとも、布袋様が自身へと向けてくれた優しい温情は、決して忘れないと言う。笠ぼうし様が、布袋様の式神として心から付き従うことができるのも、契此天という人柄があってこそということなのだ。

だが、笠ぼうし様にとっては、神々のなんらかの事情が他にあったとしても、それらについてはあまり気にしていないとも言う。それは、創造主である神々たちが過ごす天界には、人の世にある邪《よこしま》な心を持つ穢《けが》れた存在そのものがいないからだとも言い、笠ぼうし様は淡い笑みを浮かべていた。笠ぼうし様は、余談話《ばなし》であったと蒼真に淡い笑みを残すと、笠ぼうし様は自身は布袋様の式神として仕え、必ずその力となり得る存在として精進してゆくことが、自らの今の務めでもあることを固く自負していたのだ。

蒼真は笠ぼうし様の言葉に、契此天と笠ぼうし様との間には、信頼という深い絆があることを感じた。笠ぼうし様にとって、布袋様の式神になったことには深い意味があり、人類の未来を救うべく布袋様と共に歩めることも、笠ぼうし様には満足がいく幸せなことであるということだった。

笠ぼうし様は、人であった弘法大師の想いを汲《く》みとってくれた布袋様である契此天がお望みになり、助力がかなうことならば、布袋様の式神の務めだけに限らず、必ずやその力となり、自身の心を救ってくれた以上の力になりたいのだと言い、自分はいつでもそう思っていると蒼真に告げた。

笠ぼうし様が、蒼真に向けて残したその言葉は、まるで蒼真の中で目覚めることになった布袋様でもある弥勒菩薩様に向けて、自らの内の誠実な想いを伝えているかのように聞こえていた。

弘法大師という人であった大龍王は、布袋様の式神として未来の人々を救うべく、別の形となって、再び人類を手助けするためのその役目を与えられたということだった。

布袋様は、人類をこれほどまでに慈しみ、その優しさに溢れた大龍王であれば、必ずや四神たちが歩むべき道を切り開いてゆけることだろう。そしてまた、人類が辿るべき、新しい未来の先に見えてくるその道も明るく開けたものとなり、多くの人類が光の扉へと向かって進んでゆくことも、きっとかなうであろうと大龍王に告げ、大龍王自身を固く信じてくれたのだと、笠ぼうし様は告げられていた。

帝釈天と契此天が、毘沙門天と共に下界に降りる際、沙竭羅龍王の力によって失うことになってしまうのは、彼らが天界で過ごしてきた日々の記憶はもちろん、天界に関わる全ての記憶だった。

しかし契此天は、人であった笠ぼうし様を自身の式神とすることで、自らの失われてゆく記憶を、大龍王の記憶の中に残すことで、自身の記憶を別の形としてとどめたのだ。

蒼真は、自身の内に存在するという、もう一人の神の存在が契此天であったことに驚愕した。だが、契此天の友人でもある毘沙門天の記憶からは、契此天が役に立たない存在であるといったような、彼を非難するような気持ちは、やはり少しもなかった。

毘沙門天の中にあった契此天への気持ちとは、いつも物静かであった彼のことを心配する思いと、少し天然ボケでもあった契此天が、自身の思いとは裏腹な間の抜けたような返答を誰かに繰り返してしまい、いつかひどく落ち込むことがないかということを案じていた、毘沙門天が契此天に対して感じていた、そんな記憶であった。

しかしまさか、契此天が役に立てない己自身に無力さを感じて、そんなにも自身を責めていたとは、毘沙門天の記憶を知る蒼真でさえ、その過去世にあったどの記憶の中からも微塵も感じられなかったことだった。

笠ぼうし様から伝えられた言葉があったからこそ、弥勒菩薩様となった契此天が、下界や友人たちを、そんなふうに深く想っていたという気持ちを、蒼真も今初めて知ることになったのだ。

しかし、契此天がいつまで経っても役に立てないという己自身の存在を責める度に、本人でさえも気がつかないうちに、同時にその神としての自信まで徐々に喪失させているのではないかということを、笠ぼうし様は危惧されていた。

笠ぼうし様である大龍王は、下界に降りた契此天に、失った記憶を大龍王から読み取ることを、すぐに促したと言う。

自身の失われた記憶を知った契此天は、人として生まれ変わることは望まれなかった。そして、人として生まれ変わっていた毘沙門天の御霊《みたま》を持つ蒼真という存在が、神を運ぶ器を持っていることを大龍王から聞いた契此天は、蒼真の内に自らの御霊をとどめることを選んだという。

それは契此天が、先にあった悲惨な未来の出来事を知っていたからであった。契此天は、次の次元に現れるその未来が変わることを信じてはいたものの、下界に降りることになった現世においても、契此天は友人たちを案じたまま、そこから離れることができなかったということだった。

契此天は、なかなか力になることがかなわないという己自身が、今度こそ何かの役に立つために、その間近でこれから先の毘沙門天の行方《ゆくえ》を見守るために、その形を選んだのだ。

しかし笠ぼうし様との話の中で、契此天である布袋様が、天界において自身が果たしたい務めがあるとも言っていたことを蒼真は思い出していた。契此天は、その務めを果たしてゆくために、天界に自らの御霊を残し、蒼真の内にも自らの御霊を残していたのだと、笠ぼうし様は告げた。

契此天という布袋様は、来たるべき時が訪れるまで、毘沙門天を静かに見守りながら、天界においても自身の務めをコツコツと果たしていくつもりであったのだという。

蒼真は、神の一つの御霊とは、自由自在に分かれて、自らが望んだ場所へと散らばることもできるのかと驚いた。

神々とは、その神としての身分や神格が高く、その力のある神に限っては、己自身の御霊を分散することが可能となる力を持つというのが、笠ぼうし様の答えであった。

だが、笠ぼうし様にも未だに、布袋様がその天界で果たされたいという務めが、一体何であるのかまでは知らされてはいないという。

ただ布袋様は、そのことはいつになるか分からない話でもあり、そしてまた、それが形を成すか成さないかは、その時が近くなるまで分からないのだと、笠ぼうし様に告げられたという。

しかし布袋様は、時が満ちれば全てを話すと、大龍王に静かに言葉を残された。そして今は、星の人類を救うために、共に力を尽くしてゆこうと伝えられたということであった。

蒼真は、自身が悩みや疑問を抱えている時、いつも笠ぼうし様が自身を気遣うように夢の中に現れては、その心を晴らそうと努めてくださる温情を、常に身近に感じている。

蒼真が四神としての務めに、揺るぎない気持ちを持って安心して励んでゆくことができるのも、そんな笠ぼうし様の存在が身近にあり、いつも蒼真たち四神を見守ってくれているということがあるからに他ならない。

蒼真は笠ぼうし様とは、夢の中で実に様々な話をしてきている。そこには、数多くの人類が明るい未来へと進んでゆくための大切な話が一番に多いのはもちろんのことではあるが、笠ぼうし様が知る神々の話や、たまには余談も交えた話を蒼真に聞かせてくれることもあった。

蒼真たち四神が進むべき道を逸れれば、笠ぼうし様からお叱りを受けることも度々あるものの、着実に計画を遂行してゆく蒼真たち四神を、褒めてくださる時もあるのだ。

笠ぼうし様は、四神たちが物事を進行させていく判断を見誤った時などは、それらを修正するために、いつも考えを巡らせてくれていた。笠ぼうし様は、そうして四神たちに手を差し伸べながら、人類の行く先を見守り続けているのだ。

笠ぼうし様が夢の中で、蒼真を通じて四神たちにも語りながら、四神たちを手助けしてゆくというその関係は、この世の中の人々の篩《ふるい》の時が訪れる日まで、きっと続いてゆくことだろう。

笠ぼうし様という大龍王の存在は、蒼真たち四神にとってなくてはならない、かけがえのない存在であり、厳しい中にも優しさに溢れた、そんな神様であった。

蒼真は笠ぼうし様の話から、自身が急激に太り出した原因が、自身の内にあった契此天の影響であったことを知り、少しばかり安堵した。

しかし、動きづらくなった自らの巨体は、蒼真にとっていつも負担となり、毎日の日々を送る中でも、その苦しい現実は残されていった。

それからしばらく経ったある日の夜、毘沙門天の御霊を既に失っていた蒼真の夢の中に、また新しい気配のような感覚が走った。

蒼真の夢の中には、まずある映像が映し出されていた。

蒼真は、神仏様などが夢の中で蒼真に見せるそれらの映像を、「ビジョン」と呼んでいる。

その時に映し出されたビジョンは、先の未来にあったという、この星の人類の出来事にまつわるビジョンであった。そしてそれは、笠ぼうし様から以前に聞いていた内容に繋がるビジョンでもあった。

　しかし、そのビジョンを見せられた蒼真は、心に強い衝撃を受け、絶句した。

　蒼真たち人類が住んでいたはずの丸かった星は、原形を失って半壊状態になっており、既に人類も死滅しているという悲惨な光景が、そのビジョンの中にはあったのだ。

　蒼真の夢の中に生々《なまなま》しく映し出されたビジョンは、笠ぼうし様から聞いていた出来事以上に凄惨な光景であり、蒼真自身も恐怖のあまり、その身が震えた。

　だが蒼真には、自身の夢の中に新たに現れ、そのビジョンを見せる神様の正体がすぐに知れた。

　その神とは、自身の内で目覚めることになった、契此天である弥勒菩薩様であった。

　蒼真の夢の中に現れた弥勒菩薩様は、その未来で起こった、現実に起こることになる未来そのものを変えたいのだと、まず蒼真に伝えた。

　未来に現実となって残っている事実とは、その話を聞いて知ることも大切なことではあるが、その目で実際にビジョンを目視する方が、時には早いこともあるという。

　蒼真にとっては残酷なことでもあるのだが、この星の先の未来は、そのように凄惨な事態となって滅んでゆくという、人類の結末でもある未来そのものの光景を見た方が、人の記憶にはより残りやすいと弥勒菩薩様は判断したのだ。

　弥勒菩薩様が、あえて蒼真にビジョンでその光景を見せたのは、この星の未来に起こる事の

重大さを、蒼真に伝えるためであった。

そして、そのビジョンで見せた未来を変えるためには、今の現世に生きる、四神たちの存在とその役目が、とても重要であると断言したのだ。

蒼真は、笠ぼうし様が以前に言っていた、人類が辿ることになってしまったという、先の未来にあった悲惨な結末の話を、すぐに思い返していた。

蒼真たち四神にとって、身が引き締まる思いと同時に、自らの役目の重大さと大切さを、改めておのおのの心の中に深く刻みつけることになった、弥勒菩薩様の話であった。

弥勒菩薩様は、蒼真にビジョンを見せた後、一旦話をそこで区切ると、蒼真に向かって更に言葉を続けていた。

本来ならば、蒼真の内において契此天の目覚めはなく、蒼真という人間を見届けるためにのみ、自身の御霊《みたま》は蒼真の内にとどまることになっていた。

しかし、契此天が己の御霊を分散して毘沙門天を見守りながら、天界でも自身の務めを果たしていた際に、再び思いもよらなかった、まさかの出来事が起こったのだと言った。

この下界で、人として生まれ変わった毘沙門天と吉祥天の二人は、無事に添い遂げるというところまでは行き着いていた。その後、二人に残されていたこととは、毘沙門天が吉祥天の心を掴んだまま、その人としての生涯を終えるまで、二人の愛を全うすることで試練も無事に成就するはずであったという。

だがある時、慎重であるはずの毘沙門天が、悪魔によって憑かれた人々に、ひどい裏切りを受けることになった。そしてそのことが原因となり、吉祥天の心が人類から遠ざかってゆくようになると、吉祥天の心は氷のように冷たくなり、その心は閉ざされてしまった。

二人は、契此天の御霊が見守る中で、試練を達成することができない状況に陥ってしまったのだ。

そして、このままゆけば、星の人類が辿るべき未来も、最悪な結末になることが予想された。

吉祥天は、世界の終わりや滅びの時代に現れる、裁きの女神である。吉祥天の温かであったその心が、人々が持っていた悪意によって無残にも失われ、吉祥天の冷たくなってしまった心が、この滅びを迎える時代の人々をどう見据えているのか、そのことは契此天にもすぐに理解できたことでもあったという。

吉祥天の御霊が抱える、弛《たゆ》むことのないその人類への深い悲しみが、この世界を無意識に滅びの道へと裁いてしまうのだ。

契此天は、蒼真の内で青ざめた。契此天は、善女龍王と共に見た、先にあった未来の惨事を、すぐに思い出していたのだ。

このままでは、人類の明るい未来を開いていくどころか、毘沙門天と吉祥天の二人の試練を成し遂げることも、またかなわなくなってしまう。

そうなれば、先の未来の結末は、何一つ変わることはなかった。

この現世において、未来を変えることができなければ、当然、もう一つの明るい未来も生まれることはないのだ。

契此天は、自らの動揺を打ち消すように、手立てを考えたという。

だが、契此天よりも先に、毘沙門天は心正しき人類を守るためにも、吉祥天の温かな心を取り戻させようと、あってはならない決断をしてしまった。

毘沙門天は、沙竭羅龍王から禁じられていた、その約束事を破ってしまったのだ。

毘沙門天の御霊は、試練を果たすことができないまま、強制的に天界へと戻されることになった。

契此天は、試練を果たした毘沙門天たちを、今度こそ見届けるつもりで、蒼真の内にとどまり続けていたという。そしてそうしながら、この滅びを迎える最後の時代において、自らが果たさなければならない創造主としての役目が来る日だけを、蒼真の内にとどまることで、契此天は静かに、待っていたのだとも言った。

だが毘沙門天は、沙竭羅龍王との約束事を破ったことで、天界においても、もう二度と会うことのかなわない存在になってしまった。毘沙門天は、泡となって消えたのだ。

契此天の心は、再び砕かれたように深く落ち込んだ。そして同時に、その悲しみによって沈んでいく吉祥天の苦しそうな顔が、契此天の頭の中には浮かんだという。

そもそも、吉祥天が時代の裁きの神に選ばれたのも、彼女が持っている気質に関係している

ことでもあったのだと、弥勒菩薩様は蒼真に告げる。

吉祥天とは、個人の確立された強い意志を、常に持っている女神であった。それは、他の神々と比べても秀でたものであり、吉祥天の確立されたその物事に対する考えは、揺るぎないものであった。

また吉祥天は、神の位も高かったため、その役目を担う力も十分に備わっていたともいう。

下界の世で善悪を見定めていくためには、より厳しい神の目と、その判断力が必要とされた。

吉祥天が、裁きの神に選ばれることになったのは、それらに最もかなった気質を持つ女神であったからに他ならなかった。

しかし、吉祥天もまた他の神々と同様に、数多《あまた》に存在する星々の中で生息する、生きとし生ける全ての生命体に、深い慈愛と優しさを持っている。だからこそ、裁きの神の役目とは因果な役目でもあるのだと、弥勒菩薩様は告げる。

吉祥天は、裁きの時を迎えた時代の終わりや世界の滅びを迎える人の世で、多くの人類が裁きによって失墜してゆく成れの果てを、数多く見てきた女神の一人でもある。そこには、自身が裁かなければならないという深い悲しみがいつでもつきまとうことになり、吉祥天はその悲しみを背負いながら、裁きの女神としての役目を果たしてきたのだという。

今の世の中に生まれ変わっている、天界での記憶がない吉祥天の心が、人類の手痛い仕打ちによって冷たく閉ざされ、それによって無意識に力が暴走して起こってしまうという人々への脅威とは、その背負っている悲しみゆえに引き起こされてしまうことであるのだと、弥勒菩薩様は告げる。

悪魔によって憑かれた人類の変わらぬ邪《よこしま》なる世界に、神の救いの手は差し伸べられることはない。

自ずとそれを知っている吉祥天の御霊《みたま》は、そんな人々を哀れに想い、下界の人類が苦しみや悲しみを深く抱える前に、いち早く邪《よこしま》な世界を終わらせようと、無意識の中でも裁こうとするのだということであった。

だが、そんな吉祥天が、毘沙門天との試練が失敗に終わっていたということを知り、更には想い続けてきた毘沙門天が、泡となって天界から既に去っていることを知った時、痛ましいほどの悲しみに伏せる吉祥天の姿が、弥勒菩薩様には予見されてならないのだと言った。

蒼真は、弥勒菩薩様が吉祥天をとても案じているということは、その話からもすぐに理解できていた。

そして弥勒菩薩様は、大龍王に対する自らの想いも口にしていた。

人類の未来を切に憂える弘法大師の存在とは、弥勒菩薩様にとっても深く信頼を寄せるに相応《ふさわ》しい存在に感じたという。弥勒菩薩様自身にとっても、布袋として十回目のこの星に降りた際に、下界を共に導くに値する力強い存在として、弘法大師の姿がこの目に映ったのだと告げた。

笠ぼうし様と弥勒菩薩様は、やはり深い信頼関係によって結ばれているのだと、蒼真は改めてそう感じていた。

だが、弥勒菩薩様は、弥勒菩薩の想いだけとするならば、人類の未来のために、あれほどまでに自身を犠牲にして人々に尽くしてきた弘法大師を、その無念が果たされる時まで、人間としてあの世の中で生かしてあげたかったというのが、本当の想いでもあったのだという。

しかし、人としてのその寿命は、神であっても引き延ばすことはできなかったのだ。

下界に住む生命体に定められた、個人の寿命を変えることは、たとえ神であっても、決して許されないことであった。それが創造主に定められている、神の掟でもあるという。

だが、自身の式神という別の形となって、弘法大師が世の中の未来の人々のために再び助力するということであるなら、弘法大師が望めば、それは可能なことであった。

人類をこれほどまでに慈しみ、その優しさに溢れた大龍王であれば、必ずや四神たちの道を切り開き、人類が辿るその道も切り開いていくことに繋がると、契此天であった弥勒菩薩様は固く信じ、弘法大師に大龍王として自身の式神となる道を、条件として問うたのだということだった。

契此天は、四神の中の青龍として生まれ変わっていた毘沙門天の後を引き継ぐような形で、蒼真の内にとどまることを決意していた。

そのために、契此天は蒼真の内で目覚めの時を迎えると、早い段階で弥勒菩薩様となったのだ。それが、泡となって消え去っていった友を想う、契此天の気持ちでもあった。

毘沙門天が四神として成そうとしていた役目を引き継ぐことで、契此天は毘沙門天と共にその成すべき物事を進めるように、この星の人類のためにも役に立ちたいと思ったのだ。

そこには、天界での記憶は失ってしまったものの、いつもの頼もしい仲間でもある、帝釈天の存在があった。

帝釈天の存在とは、契此天であった弥勒菩薩様にとって兄のような存在であり、友人でもあるのだ。その帝釈天の御霊と共に、皆で務めを進めてゆけるというのは、弥勒菩薩様にとって引き締まるものがあり、また限りなく安心する場でもあるという。

布袋が見た、あの先の未来にあった悲惨な結末と、今の現世である世の中との結びつきは、まだ遠く離れている。

そして、この世の中の人類が神の篩《ふるい》にかけられる日は刻々と迫ってはいるものの、まだしばしの猶予が与えられているという。

四神たちが、成すべき物事を達成させてゆく中で、人々が心の中に憑いている悪魔を払い、人類が正しい進化の道に進んでゆくには、十分に時間も間に合うということであった。

四神とは、この星の人類が救われていくためには、この星にいる人々にとっても自らの心に憑く悪魔を取り払うためには、なくてはならない存在でもあるのだという。また、四神たちに課せられている務めは、この最後の時代での失敗は絶対に許されないことなのだと、笠ぼうし様と同じように弥勒菩薩様も告げた。

　四神が万が一、悪魔によって憑かれた人々の心を解き放つことができなければ、人類は誤った進化への道を正すことができず、神の篩《ふるい》から落とされることになり、人類の未来が明るく開けたものに繋がる確率も低くなるということであった。

　人類が、創造主によって救われてゆく人数により、先の未来が幸福であり明るいものとして残されるか、それとも、本当の幸福を得るところまでは届かないものとなるかは比例するともいう。創造主により救われていく人類の数が多ければ多いほど、先の未来は明るい未来ともなって残され、救われた人類の心もまた幸せというその心地の良さと喜びで、満たされてゆくのだと言った。

　布袋が見てきたという、先の悲惨な未来が変わらなければ、たとえ創造主によって僅かな人々が救われたとしても、その心には常に寂しさがつきまとい、ミュロー星への扉が開かれても、決して心から幸福な時を迎えたことにはならないのだということだった。

　それが、先の未来で悲惨な結末を遂げ、最悪な末路を辿ったその人類の報いを受ける形として、結果的にこの現世の人類に残されてしまうということでもあったのだ。

　神仏様から告げられる御言葉《みことば》とは、蒼真たちが住んでいる世界とは遠くかけ離れた話でもあり、蒼真たちにとっては現実的に理解してゆくことが難しいことも多々あった。

　しかし、蒼真たちが知らないどこかの次元には、蒼真たちが住む世界と同じような世界が、もう一つあるということだった。そしてまたその世界には、蒼真たちの現在の世界とはその形が異なった人類の社会が、別の世界空間となって存在し、今の蒼真たちがいる星の世界とその世界が、並行するように存在しているということであった。

その二つの世界とは、最終的に見えない形となって、最後はどこかで繋がったものになるのだという。だが、その言葉が指している最終的な言葉の意味することとは、その星の最後の未来の行く末は、結局最後は一つしか残されることがないということであった。

蒼真たちが住む世界とは異なる、もう一つの別の人類の世界は、未来の行く末が悲惨な結末として終わることが、既に示されている。

悲惨な結末を迎えることになる彼ら人類の魂を救い、この星の人類が辿る最終的な未来を変えるためには、蒼真たちが住む世界の人類が、彼らの世界とは真逆の道を辿るしか方法がないということである。

四神たちはそのために、弥勒菩薩様や笠ぼうし様が促されている、人類が別の未来を進むことに繋がることになるという、明るい未来が望める方向へと、蒼真たちが住む世の中の人類の進むべき道を変え、新たにもう一つの明るい未来へと繋がる、世界の新しい空間を誕生させせなければならなかった。

そのためにも星の人類は今、四神の声に耳を傾ける必要があるのだ。そして、星の人類が、人類を生かすも殺すも、最後は全てが一人一人の人類に委ねられているということでもあった。

蒼真たち四神は既に、神仏様の御言葉《みことば》に沿って物事を着実に進めていくのと同時に、人類に向けて、創造主たちの大切なメッセージを送っている。

この世の中の人々が、本当の意味で救われてゆくためには、先に残されていたという悲惨な結末を辿った、未来そのものを変える必要があるのだ。蒼真たちは、その悲惨な未来を新たに大きく塗り替えるためにも、この現世にいる人々を数多く手助けしてゆかなければならないのだ。

だが、人類が創造主である神々から数多く救われていくためには、この星に住む人類の一人一人こそが、創造主という存在を意識していく必要がある。

創造主である神々の存在とは、下界の人類にとっては、その姿こそはっきり見えない存在ではあるが、いつも人類を優しく見守っているのだ。

人類は誰しも、先の見えない未来には不安を抱えるものでもある。

しかし、人類は創造主を謙虚に信じ、誤った進化へと進むという難局にある今の人類の道のりを正してゆくことで、人類の先の未来は明るく開けたものへと修正されるということであった。

蒼真には、自身を支えてくれる仲間がおり、笠ぼうし様もいる。そして今度は弥勒菩薩様が、この星の人類と四神たちのために手を差し伸べてくださるという結果に繋がった。

蒼真にとっても、自身の務めを果たしてゆく中で、これほど心強いものはなかった。心に芽生える不安を拭い去るように、そうして四神たちも皆、前に進んでゆくのだ。

星に住む人類とは、人々が互いに思いやりの気持ちを持ち合い、そして互いに協力し合っていくことで、星の上で生きてゆくことが成り立ってゆくのだと、弥勒菩薩様は言う。

今の世の中の人々は、個人の体裁や己の欲に憑かれた人類が多く、それが普通にできなくなってしまった人々がほとんどであるのだと、弥勒菩薩様は寂しげに蒼真に告げている。

だが、人が人を信頼し合い、互いに想い合って生きていくということこそが、唯一人間が、人としての道を共に楽に進むことがかなうという、人の道であるのだとも言った。

人類にとって、あるべき正しい進化への道を人類が再び自覚した時、星の大地に存在する、緑豊かな大自然と共に生きることの意味も、自ずと理解することにも繋がってゆくということであった。

弥勒菩薩様は、ここまで来てようやく、ある神が、多くの物事に深く関与していることを知ることになったという。

その神とは、沙竭羅龍王であった。

だが、その沙竭羅龍王にも当然、十一回目の最後の滅びの時代を迎えているこの星の人類のために、創造主として成すべき役目はあるはずであった。

しかし、それとは別に、沙竭羅龍王は、ある明確な意志を持って行動しているように、ある頃から弥勒菩薩様には感じられるようになったのだと言う。

無論、沙竭羅龍王のその真意までは、弥勒菩薩も現段階では明確には知ることはできない。だが、沙竭羅龍王の行動を忖度《そんたく》し考えた時に、沙竭羅龍王の中にある一つの想いが、弥勒菩薩様には浮かんでくるのだと言った。

弥勒菩薩様はまず、帝釈天がいつか天界で言っていたという、ある言葉を思い出した。帝釈天の妻は弁財天《べんざいてん》であり、沙竭羅龍王の娘であった。

帝釈天は弁財天と夫婦となったことで、沙竭羅龍王の娘たちに対する、その深い愛情を知ることになったと言った。帝釈天が知った、父としての沙竭羅龍王とは、大変な娘思いであるということだった。そして、沙竭羅龍王の娘である弁財天と同様に、吉祥天もまた沙竭羅龍王が大切に思っている娘の一人であった。

契此天が、神を運ぶことができるという、毘沙門天の御霊《みたま》を持つ蒼真の内に降りた際に、それは初めて、契此天が沙竭羅龍王より感じられるようになった、ある出来事が初めのきっかけであったという。

契此天は、蒼真の内にとどまっていた際、蒼真の内にある毘沙門天の過去世の記憶を、全て蒼真と共に見ていたのだ。だがそれは、沙竭羅龍王が人として生まれ変わった毘沙門天の試練の行く末を、どれも厳しい目で見定めていくという雰囲気のものとは違い、三つのどの時代においても沙竭羅龍王自身が毘沙門天を手助けしていたという、毘沙門天の三つの過去世であった。

その事実は当然、契此天も初めて知ったことだった。

契此天は、沙竭羅龍王の思いもよらないその行動を知った時、とても驚いたという。

吉祥天の記憶を奪い、毘沙門天と吉祥天の二人に厳しい条件つきの試練を与えたのは、紛れもなく沙竭羅龍王本人であるからだった。

だが、弥勒菩薩様は、そのことを初めて知った時に、次元を自由自在に行き交うことのできる、青龍のことをまず思い出したのだと言った。

善女龍王もまた、沙竭羅龍王の娘である。

弥勒菩薩様が思い出したことは、自身が契此天として友人たちと三人で、沙竭羅龍王のもとから下界に降りることで、自らの記憶が失われてしまう前に、善女龍王に頼み、この星の過去や未来にある次元を、共に行き来した時のことであった。

そこで、最後に善女龍王と共に見た、先の未来の次元にあった、十一回目の星に残されていた人類の最後の結末とは、誰も救われることのない悲惨な人類の最後だった。人として生まれ変わっていた毘沙門天と吉祥天の二人は、四回目という最後の試練を全うすることもかなわず、星は死滅し人類と共に二人も息絶えてしまうという、これから現実ともなる先の未来の末路が、露わとなって残されていた。

この星の先の未来にあった悲惨な結末を、善女龍王と共に次元を飛び越えて行くことで知った弥勒菩薩様は、この時、自らが取るべき手段を変える決意をした。

天界にいる沙竭羅龍王のもとから、友人たちと下界に降りなければならないという刻限《こくげん》が迫る中で、弥勒菩薩様はこの時、焦《あせ》りを感じながら、善女龍王に相談したのだと言った。

善女龍王は、毘沙門天が二人の試練を果たすことがかなわず、人として生まれ変わっていた妹の吉祥天が、既に息を引き取っていた姿に涙を流し、悲しんでいた。

しかし、契此天であった弥勒菩薩様が、焦《あせ》りながら善女龍王に相談したことに対する答えが、まるで予測されていたように早かったというのだ。

あの時の善女龍王は、確かに二人の死を悼み、自分と同じように深く悲しんでいた。

そんな深い悲しみによって見舞われていた善女龍王が、こんなに早く即答できるだろうかと考えた時に、あれは事前に用意されていた答えだったのではなかったのかと、弥勒菩薩様には思えたのだと言う。

契此天自身もあの時は、悲しみの中で頭の中は混乱し、また刻限も迫る中でひどい焦《あせ》りを感じ、すぐには考えがまとまらなかった。

そんな最中《さなか》、善女龍王が契此天に向けたその言葉とは、十回目の星の世界まで次元を過去へと遡り、蒼真と同じ天の御言葉を授かることができる人物と接触することであったという。

しかし、千二百年前の世界に、神々の御言葉を授かることのできる人物が存在していたことを知っていた契此天は、特にこの時はその提案に違和感を覚えることもなく、悲惨な未来となった世界の打開策を見つけるために、善女龍王と共に、急いで十回目の星の世界まで過去を遡った。

そこで出逢うことになったのが、年老いた弘法大師であり、自身の式神となった大龍王であったという。契此天であった布袋が、十回目の世界で弘法大師に出逢ったことにより、十一回目の世界の人類が辿ることになる悲惨な末路が、弘法大師の死に関係していたことが知れたのだ。

契此天は、星の人類の未来を切に案じる弘法大師を自身の式神にすることで、大龍王としての力を与え、この星にいる人類を導くための即戦力として、現世にとどめることにした。

契此天は、人であった大龍王と初めて出逢った際に、自身が信頼を寄せるに相応《ふさわ》しい存在に感じたと言う。

そして大龍王は、契此天が思った以上の働きをする優秀な式神となり、今では自身にとってもなくてはならない、とても頼りになる力強い存在であると、弥勒菩薩様は告げた。

いつもぼんやりとして、思うような働きができない自身を、大龍王は陰ながら支えてくれているのだと言う。そんな大龍王の存在があればこそ、弥勒菩薩自身が弥勒如来として、星の人類を受け入れるべくミュロー星になることには、迷いすら生まれることもなく、また自らの固い決心も揺らぐことはないのだと言った。

沙竭羅龍王は、そうなるべくしてそうなることを予見していたのではないかと、弥勒菩薩様は蒼真に語る。

弥勒菩薩様が幼い頃より知る善女龍王とは、三姉妹の中で、沙竭羅龍王の厳格な部分を、最も色濃く受け継いでいる娘でもあるのだと言う。

そんな厳格さを兼ね備えた気質を持つ善女龍王が、次元を行き来し、契此天自身の目で星の行方《ゆくえ》を見てみたいという、思いついたように浮かんだ、あやふやでもあった頼み事を、その理由を問うこともせずに、あの時すぐに引き受けてくれたことは、感謝とともに、今でも非常に不思議に思っているのだと、弥勒菩薩様は恥ずかしそうに笑っていた。

しかし、沙竭羅龍王もまた、善女龍王と同じように、次元や空間を自由自在に行き来することができる存在である。

沙竭羅龍王は、契此天たちよりもずっと前に、先にあった未来を既に見てきているのではないかと、弥勒菩薩様は感じているという。

そして、その心の中にある沙竭羅龍王の想いとは、契此天よりもずっと深い想いを抱《いだ》き、あらゆることを想定しながら、ずっと以前から行動していたのではないかということであり、弥勒菩薩自身がそれらを感じてゆく中で、沙竭羅龍王が別の形となって動いているのではないかということを理解するまでに至ったという。

契此天であった自身が、なかなか役に立てない自身にふがいなさを感じていることを、沙竭羅龍王は気づいていたのではないかと、弥勒菩薩様は告げる。

そこにはまず、人であった弘法大師との出逢いがあった。

契此天は、大龍王との出逢いがあったことで、喪失しそうな自らの自信を再び取り戻してゆくとともに、以前にも増して、内なる力がみなぎっているとも言った。

人類を救うべく、星の如来となることは、神の秘めたる力を大いに使わなくては成し遂げ続けてゆくことがかなわないという、過酷なつらさを伴うことになる、神の大きな一つの役目であったのだ。

善女龍王が、あの時に出した提案とは、実は沙竭羅龍王が伸び悩む契此天の良き道を開くために、次元の中でその導《しるべ》を見つけ出して、善女龍王に契此天を弘法大師のもとに誘《いざな》わせたのではないかと、弥勒菩薩様は言う。

そう考えれば自然と、沙竭羅龍王の真意が、本当は別のところにあるのではないかと強く思えてくるのと同時に、これまでの辻褄《つじつま》も合ってくるのではないかと思ったということだった。

弥勒菩薩様から話を聞いていた蒼真は、そこであることに気がついた。

善女龍王と契此天が、共に過去や未来に向けて次元を行き交ったという話の中には、善女龍王の姉でもある弁財天の話が一切出てこなかったのだ。

しかし弁財天もまた、善女龍王と同じ力を持つ存在でもある。

蒼真の記憶の中では、三姉妹はとても仲の良い姉妹でもあった。記憶の中の善女龍王が、弁財天に隠し事をするとは、蒼真にはとても思えなかったのだ。

そうなると、沙竭羅龍王と善女龍王は、そのことを意図的に弁財天には隠したのではないかと、蒼真には思えた。

弁財天は、帝釈天の妻である。

弥勒菩薩様の話からも、この時はまだ彼ら三人が、沙竭羅龍王のもとから下界に降りる前の話でもあった。

弁財天がもし、その時にその事実を知り、下界に降りる前に帝釈天の耳に入れば、契此天を案じたであろう帝釈天がまた考えを巡らせ、事がそれ以上に大きく変わることを、沙竭羅龍王様が事前に防いだのかも知れない。

彼ら三人は、とても仲の良い友人同士である。蒼真の記憶の中にある彼ら三人が、もしその事と次第を知ったとするならば、それを知った三人は必ず下界に降りる前に、それについて話し合っていたのではないかと、蒼真は彼ら三人のそうしたやり取りを思い起こして考えていたのだ。

だが、もしもそうであるとするならば、弥勒菩薩様が感じているという沙竭羅龍王様の想いとは、それで正解なのではないのかと、蒼真には思えてならなかった。

蒼真の夢の中に、いつも仙人様の姿となって現れる沙竭羅龍王様とは、その口数は少ないものの、優しい印象を持つお方でもあったのだ。

弥勒菩薩様は、自身という契此天が今まで抱《いだ》いてきた想いを、沙竭羅龍王がどこまで知っているかは分からないとも言う。

しかし、天界に残してきたという弥勒菩薩様の半身でもある御霊《みたま》は、他《ほか》の神々が反対する意見もないまま、その務めを着実に果たしているのだとも告げた。

もしかすると、契此天の想いを知った沙竭羅龍王が、いつか天界で成そうとしている契此天の想いをかなえるために、弥勒菩薩となった自身にも、毘沙門天の時と同様に力を貸してくれているのではないかと思うところがあるのだと言った。

そこには、沙竭羅龍王の末の娘である、吉祥天の存在があった。

沙竭羅龍王は、毘沙門天と吉祥天に試練を与え、その試練を受けた二人の行方《ゆくえ》を見定めると言ってはいたものの、本当は二人を心配し、陰ながら助力していたのではないかと、弥勒菩薩様は感じているのだと言う。

毘沙門天が生まれ変わってきた、過去に三つあったどの時代においても、沙竭羅龍王は下界に降りている。そして、毘沙門天が四回目となる最後の試練を迎えることとなった現世にも、沙竭羅龍王は姿を現していた。

そして、毘沙門天の生まれ変わりであった蒼真自身がまだ若い頃より、沙竭羅龍王は仙人の姿となって蒼真の夢の中に現れては、蒼真を導くために、数々の御言葉を残してきたのだ。

沙竭羅龍王が下界に降りた理由とは、人として生まれ変わった毘沙門天や吉祥天を案じ、そんな二人を見守るためでもあり、毘沙門天を手助けすることを目的として、下界に降りてきていたのではないかというのが、弥勒菩薩様の考えだった。

弥勒菩薩様は、沙竭羅龍王が自身に助力してくれることには、そこに理由があるのではないかと察していると言う。

弥勒菩薩様が天界で成そうとしていることとは、いつか天界を変えることにあるという。

それは、創造主としての神々が、大宇宙の中でそれぞれの役目をより良く果たせるような考えをもとにした変革であり、またそのための変革という考えであった。

だが神々とは、一人の神が単独で何かを思案し成そうと考えるような事柄を、とても嫌うということだった。それは、変革という考えを持っていることも含めれば、同じことを指すという。

沙竭羅龍王は、八大龍王としても力があり、また創造主として中枢を担《にな》う存在でもある。その沙竭羅龍王が、他の神々へと確たる呼びかけをしたとするならば、それに賛同する神々が立ち上がることは当然、想像できることでもあると言った。

古き良きものも大切だが、変革という新しい風、そしてその新しい光を取り入れてゆくことも大切な時があるという考え方を、密かに持っている神々もまた、大勢存在しているということでもあった。

しかし、弥勒菩薩様が天界で果たされたいという務めに対して、他の神々から抗議の声がないのも、そうした力を持った神が自身の考えに賛同し、また助力してくれていなければ、弥勒菩薩様が考えている天界での務めとは、何事も支障なく円滑に進むような物事ではないということだけは、確かなことであるということだった。

だが、弥勒菩薩様が天界で成そうと考えている変革を、ミュロー星となる己自身が今後、天界で成せるか成せないかは、まだまだ先の話であると、弥勒菩薩様は夢の中で蒼真を見つめて告げると、静かに笑っていた。

しかし、この星の人類には近い将来、神の篩《ふるい》の時が、必ず訪れる。

それは、個人一人一人の人間を、創造主が選別するという神の篩であった。

弥勒菩薩様は、来たるべき時が来た時、己が半身ともいえる御霊が大龍王と共に采配を担い、この星に住む人類を篩にかけることになると言った。

現段階では、この星の人類に用意されている道は三つある。

一つ目の道は、世の中の人々の心が全く解放されない場合、この星自体が太陽フレアなどの自然エネルギーによる大爆発などといった作用によって崩壊し、この星の人類は皆、死滅を迎えることになるという道。

二つ目と、三つ目にある道は、創造主である天空の護人からその証が与えられた人のみ、創造主から導かれて救われるという道。救われる人類の行く先には、夢創門《むそうもん》がある。

創造主より証が与えられない人類は、黒いキューブの中に閉じ込められて、その人類の魂は再び転生することも許されず、地獄のような苦しみをキューブ内で受け続けながら、未来永劫にわたって、暗い異空間を漂い続けることになる。

しかし、三つ目の道へと人類が進むことになったならば、人類には三つの扉が用意されており、篩《ふるい》にかけられた人類には、おのおのが進むべき扉が開かれ、最後はそこに行き着くことになる。

一つの扉は、暗い異空間を漂い続ける、黒いキューブへの入り口となる扉。

一つの扉は、スフレイへの入り口となる、地獄門へと向かう扉。

一つの扉は、人類にとって、最上の光の扉となるミュロー星へと向かう、夢創門の扉。

これが、三つ目の道に進んだ人類に用意されている、三つの扉である。

各三つある扉とは、人類である個人が勝手に選ぶことはかなわず、全ては個人という一人一人の人間の行いにより、一人一人の扉が定められてゆくことになるのだと、弥勒菩薩様は告げる。

人類が辿ることになる道も全て含めて、弥勒菩薩様たちが人類の行いを見定めてゆく上で、最終的に人類へと下してゆくことになるという、それが篩という選別でもあった。

弥勒菩薩様は、創造主への想いを欠いた人類に対する弥勒菩薩と大龍王の篩とは、決して人類にとっては優しいものではなく、とても厳しいものになると、蒼真にそんな厳しい言葉も残している。

だが、弥勒菩薩様は、大龍王と共に人類を篩にかけている最中《さなか》に、天界に残されている半身でもある自身の御霊で、どうしても成し遂げておきたいことが一つだけあると言った。

この星の人類を選別する篩を終えた後では、それはとても間に合わないことでもあった。弥勒菩薩様がその篩《ふるい》を終えた後には、この星で選別された清らかな人の心を持つ人類を迎えるために、夢創門の先にあるミュロー星という一つの星に姿を変えて、弥勒如来にならなくてはならないという、大切な役目が残されているのだ。

契此天でもある弥勒菩薩様には、自身が弥勒如来となる前に、かつて吉祥天と交わした、果たしたい約束があると言う。

今、自身がそれを果たすことができなければ、もう二度と吉祥天との約束を果たすことができなくなってしまうように思えてならないのだということであった。

無論、そのことは、弥勒菩薩様の大切な友でもある、毘沙門天のためでもあると言った。

弥勒菩薩様の心の中には、己自身が友人たちのために、今までほとんど役に立つことができなかったという強い思いが、常にあったのだ。

弥勒菩薩様が、ミュロー星という星に姿を変える前に、天界で成し遂げておきたいこととは、ある一つの箱を開けることにあると言う。

それは、沙竭羅龍王のもとから三人で下界に降りる前に、毘沙門天が沙竭羅龍王より手渡されていた、一つの箱であるということだった。

毘沙門天は、試練のために下界に降りる日、三人で待ち合わせをしていた竜宮城の朱色の大門がある場所へと向かう前に、自身が好きであった場所へと立ち寄ったのだと言う。

その場所とは、帝釈天や契此天も好きな場所であり、美しく広がる下界を一望できるという、命の木がある場所であった。

毘沙門天がその場所を必ず訪れることを見越していた沙竭羅龍王は、その地で毘沙門天が訪れるのを待っていたのだと言った。

そこで沙竭羅龍王が毘沙門天に手渡したという箱が、弥勒菩薩様が開けたい箱であると告げる。

沙竭羅龍王は、その箱は、箱を開けると自身以外の誰かのためであるならば、誰かを救うために一度だけ、その願いをかなえることができる箱であると告げ、毘沙門天に箱を手渡していた。

蒼真は、毘沙門天の過去世を知っていることもあり、弥勒菩薩様が示している箱が、一体なんの箱であったかは、すぐに思い出すことができた。

しかし、蒼真の中にある記憶では、毘沙門天は沙竭羅龍王様が手渡してくれたその不思議な箱を、下界に持参しないことを決めると、命の木の根元に隠したはずであった。

蒼真は、弥勒菩薩様がなぜ、そのことを知っているのか不思議に思っていた。

蒼真の記憶の中でもあの時、沙竭羅龍王様以外の姿は、命の木がある付近にも、どこにも見受けられなかった。

だが、弥勒菩薩様がそのことを知っているということは、あの場に居合わせていなければ、決して知ることはできない、毘沙門天と沙竭羅龍王様のやり取りでもあったのだ。

しかし弥勒菩薩様は、あの場に居合わせていたことを、蒼真に告げる。

弥勒菩薩自身である契此天は、天界から下界へと降りる日、毘沙門天と同じように、命の木の上から下界を一望してから、三人の待ち合わせ場所に向かう予定であったと言う。

下界に降りれば、自身が好きであった場所から、しばらくの間は美しい下界を見渡すことができなくなるということもあった。しかし、契此天は、待ち合わせ場所に行く前に、己自身が失敗しないように、まず自らの気持ちを落ち着かせてから竜宮城の大門に向かおうと、命の木がある地へと立ち寄っていたのだと言う。

契此天が立ち寄った時には、まだ誰もいなかった。

だが、程なくすると、沙竭羅龍王がその姿を現したということだった。

沙竭羅龍王は、普段は滅多にこの地に来ることがない存在でもあった。

そして当日は、沙竭羅龍王のもとより、三人が下界に降りる日でもあったのだ。

契此天は咄嗟《とっさ》に、何かあるのではないかと思ったという。

既に、命の木の上に登っていたという契此天は、木の枝に生い茂っている葉の中に自身の体を夢中で隠すと、木の葉の間から、沙竭羅龍王の様子をこっそりとうかがっていたのだと言った。

すると、それから間もなくして毘沙門天が現れた。

契此天は結局、途中で姿を見せるわけにもいかなくなり、沙竭羅龍王と毘沙門天の一部始終のそのやり取りを、木の葉の中に身を潜めながら、その陰からうかがうことになってしまったのだということであった。

弥勒菩薩様は、毘沙門天がなぜ箱を下界に持参せずに、命の木の根元に隠したのか、それは毘沙門天の持つ気質が、そうさせてしまったのではないかと思ったと言う。

真面目であった毘沙門天は、これ以上の甘えを自身に許さず、己自身が乗り越えてゆかなければならない試練であると、固く考えた結果ではないかと弥勒菩薩様は告げた。

友人として、毘沙門天と仲の良い契此天は、毘沙門天のことを、とてもよく理解していた。

弥勒菩薩様は、今となって考えた時、自身があの時に、沙竭羅龍王と毘沙門天のやり取りでもあった、あの一部始終の様子を見ていたこと、そして毘沙門天が、命の木の根元にあの箱を隠して行ってくれたことが幸いであり、心底良かったと思っていると言った。

弥勒菩薩様は、命の木の根元に隠してある、あの箱を掘り起こして、自身の願いを箱にかなえてもらうのが、目的であったのだ。

それが、沙竭羅龍王の禁を破り、泡となって消え去ってしまった毘沙門天を、唯一、復活させることができる方法であるのだと、弥勒菩薩様は告げる。

弥勒菩薩様は、契此天であった自身が、まだ年端も行かぬ幼い頃に、神々の習わしや創造主としての務めを学ぶために、同じ年頃であった吉祥天と、同じ学部殿堂に通っていたことがあった。

契此天は幼い頃より、他の幼子たちとは少し違う、天然ボケしたようなところがあるともいわれ、いつもぼんやりとした印象なども持たれていたために、学部殿堂にいた他の幼子たちからも、そのことが原因で、度々ちょっかいを出されて嫌な思いをすることが多かったのだと言う。

まだ幼かった、契此天であった自身は、なぜ同じ学友同士でもある皆が、少しばかり他の子とは違うだけで、そんなにも自身のことを責めるのか分からなかった。

契此天は、そんな皆の様子を見ているだけで、とても悲しい気持ちになり、言葉さえも発することができなくなり、ただいつも皆を黙って見ていることしかできなかったという。

そんな時、他の幼子たちを一喝して、自身を助けてくれたのが吉祥天であった。

吉祥天は、他の幼子たちから、契此天がちょっかいを出されている姿を見かけては、いつも自身のそばに駆けつけて、よく庇ってくれていたのだという。

契此天は、いつも自身を庇ってくれる、吉祥天に約束したのだと言った。

それが、契此天である己自身が、いつか吉祥天を守るという約束であった。

吉祥天はその時、そんな自身の言葉が思いもよらないことだったのか、はにかむように笑っていたのだと、弥勒菩薩様は懐かしそうに目を細め、微笑んでいた。

幼い頃に契此天が、幼い吉祥天に向けて交わしたという約束を、弥勒菩薩様は今でもはっきりと覚えていたのだ。無論、その約束を吉祥天が覚えているかは分からない。しかし、ずっと

果たせずにきてしまったというその約束を、今、ようやく果たせる時が来たのだと、弥勒菩薩様は穏やかな声で蒼真に告げる。

それが、泡となって消え去ってしまった毘沙門天を、天界に取り戻すことであるという。

弥勒菩薩様のその口調は、大変穏やかなものではあるものの、蒼真が夢の中で見ている今の弥勒菩薩様のその面差しは、悲しげでもあり、また厳粛に引き締まったものにも見えていた。

沙竭羅龍王の提示した試練とは、条件がとても厳しいものであった。

毘沙門天と吉祥天は恋仲として、天界で長い間にわたって逢瀬《おうせ》を重ねてきた。だが二人は、どんなに長い時が経とうとも、身分違いの恋に終止符を打つことはせず、互いに離れ離れとなる別れの結末を、最後まで決して望まなかった。だから毘沙門天と吉祥天は、先行く二人の望みを託するように、試練を受けたのだ。

しかし、その試練を受けるために下界に降りていた吉祥天が、人の世の試練を終えて天界に戻って来た時、二人の試練の話どころか、毘沙門天の存在自体が既に失われているという現実を知れば、心に強い衝撃を受けることは間違いないことだった。

弥勒菩薩様は、毘沙門天の存在自体が泡と化して消えたという、その事実を吉祥天が知ることにより、毘沙門天を失ってしまったという現実を、受け入れることができずに、その深い悲しみによって塞ぎ込んでしまうことになるということを案じていた。そのことは、長い間にわたって二人を見てきたからこそ、弥勒菩薩様には目に見えるように、それが分かっていたのだ。

心に強い衝撃を受けた吉祥天が塞ぎ込めば、神としての吉祥天の意識も薄らいでゆき、竜宮城に引き籠もってしまうことが懸念されるという。そうなれば当然、北の柱の守護神として収まることもできなくなってしまうということが、弥勒菩薩様には予想されたのだ。

吉祥天は、北の柱の守護神となることで、その神格も更に上がり、妙見菩薩《みょうけんぼさつ》になるという。

妙見菩薩は、他の東と西、南の柱に鎮座する三人の守護神と共に、大宇宙という宇宙全体の調和と、その大宇宙の中に存在するあらゆるもののバランスを取るための力を促してゆく、とても大切な存在なのだ。

そして、その北の柱で、守護神としての役目を全うした妙見菩薩は、新たに妙見如来《みょうけんにょらい》となり、如来としての大きな力を授かることになるという。

その力は、大宇宙の星々や、そこに息づく生命体が良き進化を遂げてゆくための、別の新たな大いなる力となって、大宇宙の中に注がれてゆくことになるということだった。

神々にとっても、神の成長とは喜ばしいことであり、吉祥天が妙見如来として成長してゆくことは、神々も皆、それを一番に望んでいるということであった。

だが、蒼真の記憶の中では、北の柱に吉祥天が籠もることを拒んでいたのは、毘沙門天と会えなくなるというのが理由の一つでもあったことを記憶している。毘沙門天の身分と神格が低いこともあり、毘沙門天は北の柱やその守護神を守るための護衛神にも選ばれることはなかったのだ。

弥勒菩薩様には、そこにある考えがあるのだと、まず蒼真に告げる。

それを、より確実なものにするためにも、弥勒菩薩様は人として生まれ変わった吉祥天の御《み》霊《たま》を持つ天音を、蒼真に最後まで守り続けてほしいと告げた。

それは、天音が人間として生まれ持っている人としての心を守ることであり、心身ともに健やかに暮らせるように、天音の人生を、生涯にわたって守ってほしいという意味であった。

弥勒菩薩様が、蒼真の内にとどまることにしたのは、毘沙門天と吉祥天の御霊を持つ二人を見守ることにあった。しかし、人類の篩《ふるい》の時が近くなれば、弥勒菩薩様は蒼真の内から離れ、人類を見定めてゆくために、確たる準備に取りかからなければならないと言う。

その準備のために、弥勒菩薩が、蒼真から離れることになったとしても、蒼真には、最後までその信念を曲げることなく、天音を守り続けてほしいということを弥勒菩薩様は告げたのだった。

天音を守り続けることで、吉祥天の御霊《みたま》を固く守り、いつか人としての生涯を閉じた吉祥天の健全なままの御霊を、天界に戻してほしいというのが、弥勒菩薩様の願いであった。

弥勒菩薩様が告げられたその言葉とは、いつか虚空蔵菩薩様が告げた言葉と同じものであり、そして沙竭羅龍王様が示されていたこととも同じものでもあったのだ。

無論、天音のことは、今度こそ自身がしっかりと守らなければならないと、蒼真が常に思い続けていることでもあった。

蒼真の心の中には、泡となって消えて逝った毘沙門天の想いや、沙竭羅龍王様たちの様々な想いが、常にあるのだ。

弥勒菩薩様は、夢の中でしっかりと頷いた蒼真を見ると、それに満悦し安心したように、にこやかに微笑んでいた。

弥勒菩薩様は、弥勒如来となってミュロー星にその姿を変える前に、毘沙門天が沙竭羅龍王様から渡されていたという、一つの箱を開けるという。その箱とは、箱を開ける当人以外の誰かを救うために、ただ一度だけ、箱を開ける当人の願いをかなえることができるという箱である。

弥勒菩薩様にとって、その一つの箱は、毘沙門天が生きて再び蘇《よみがえ》るという望みをかなえる、ただ一つの希望の箱でもあったのだ。

弥勒菩薩様は、人としての生涯を終えた天音が、吉祥天の御霊となって天界へと戻り、毘沙門天と再会する時を、心から願っている。

弥勒菩薩様は吉祥天を守りたかった。

吉祥天を守るためには、どうしても毘沙門天の存在が必要だったのだ。

弥勒菩薩様のその願いを、箱が唯一、かなえてくれる。

そして、弥勒菩薩様はもう一つ、ある考えを巡らせていた。

それは、毘沙門天が天界で復活を果たした際に、自らの神格を毘沙門天に与え、毘沙門天が持つ位を、一気に引き上げようという考えであった。

弥勒菩薩様は、ミュロー星になることで弥勒如来となり、身分も神格も更に高位なものとなる。

そこで弥勒菩薩様は、自身が今持っている菩薩としての位を、自身が星になるのと同時に毘沙門天に委ね、そして同時に自身は更なる弥勒如来としての神格を身につけるということが、その目的にあると言う。

通常であるならば、自身が持つ身分や神格とは、己自身で高めてゆかなければならないものではあるのだが、それには例外もあると弥勒菩薩様は告げる。それが、神格が高位な神は、自身よりも神格が低い神へと、その位を委ねることが可能であるということであった。

それを行うためには、その正当な理由が必要であることはもちろんだが、その神格が高位な神が、位を委ねる神を認めた場合だけに限られるということだった。

弥勒菩薩様は既に、毘沙門天を正式に認めているので、そこは問題ないと告げる。そして正当な理由は、毘沙門天は、天界において常に軍神として忙しい日々を送っていたため、己の神格を高める暇さえなかったことを、弥勒菩薩様は理由として考えていると言う。

しかし、神格を委ねることは、いつでもできるわけではなかった。他《ほか》の神に自らの神格を委ねることができる機会とは、まさに自らが持つ神格が高位に変わる時機こそが、絶好の機会である。その絶好の機会を逃すことになれば、自らが持つ神格の位を、他の神に委ねることはかなわなくなってしまうと言う。

いかに、高位な位を持つ神が、神格の低い位を持つ神に、己の神格を委ねようと考えても、己自身の神格が空位になることになっては、他の神々も決してそれを認めはしないのだ。

そこで弥勒菩薩様は、まず自身がミューロー星という星になることで、新たに高い神格を自身が得ることを考え、毘沙門天の神格を高めることを考えたのだ。

現在、弥勒菩薩が持つ、菩薩としての神格を得た毘沙門天は、これで北の柱に吉祥天が収まる時、吉祥天の護衛神となって、二人で共に北の柱に収まることができるようになるということであった。

もともと、北の柱の護衛神として選ばれていたのは契此天でもあったので、毘沙門天の神格さえ高まれば、他の神々からも反対されることなく、毘沙門天は北の柱の護衛神として、堂々と円滑に収まることができるようになるということだった。

弥勒菩薩様は、天界に残されている己の半身である御霊で、毘沙門天がその時に、容易に吉祥天の護衛神として収まることができるように、その準備も進めているという。

そして弥勒菩薩様は、沙竭羅龍王が提示した、今回の毘沙門天と吉祥天の試練も、これで無効になるとも言った。

たとえ、二人が最後の試練を成し遂げることがかなわずとも、二人は同等の神格を持つ神同士になるので、二人の関係が身分違いという理由で、他の神々から異議を唱えられることもなくなるということである。今まで二人の関係が妨げられてきた、その身分違いの障害さえ取り払えば、試練自体の意味がなくなるのだと、弥勒菩薩様は優しい目をして蒼真に告げていた。

弥勒菩薩様の心の中には、吉祥天が心が満ち足りた幸せな気持ちを持って、自ら進んで妙見菩薩様となる道を選び、そして更に妙見如来様となって、新たな神としての自らの力を高めていってほしいという願いがあったのだ。

だが蒼真は、弥勒菩薩様がとる行動やその言葉の中に、ある想いを感じていた。

そこには無論、毘沙門天という自身の大切な友人の復活を切に願う、弥勒菩薩様の思いは確かにあった。しかし蒼真には、契此天であった弥勒菩薩様は、その幼き頃より吉祥天のことを慕い、毘沙門天と同じように思いを寄せ続けていたのではないかと感じられたのだ。

吉祥天がこのまま下界から再び天界に戻ったとしても、吉祥天が愛した毘沙門天という存在は、もうどこにもない。吉祥天を愛し続けた毘沙門天は、沙竭羅龍王様の禁を破り、その存在そのものが泡と化して消えて逝ったのだ。吉祥天の苦しみや悲しみを拭える存在は、現段階ではどこにもいないのである。

神が一つの星になるということは、その身に大きな過酷なつらさが伴う、とてもつらい役目でもあり、更にその役目を終えるまでにも、数億年以上ともなる長い時を費やすことになるという。人の世で生きる蒼真にとっては、気の遠くなるような歳月であった。

弥勒菩薩様は、この星に住む人類の幸せと、多くの人々が救われることを願って、自らが光の扉の先にある、ミュロー星になることを判断されたということだったった。

しかし、弥勒菩薩様がそれを決断した理由は、弥勒菩薩様ご自身が毘沙門天を復活させることにより、愛する女神が苦しむ前に、その悲しみや苦しみを拭い去ることにもあり、その愛した吉祥天を事前に、弥勒菩薩様が守りたかったがゆえの結論でもあったのかも知れないと、蒼真には思えてならなかったのだ。

だが蒼真には、それと同時にもう一つ思い浮かんだことがあった。

それは、毘沙門天が沙竭羅龍王様の禁を破り、天界でのことを天音に話すという、その覚悟を決めた時のことだった。

毘沙門天が四回目に人として転生した、滅びを迎えるこの最後の時代では、毘沙門天と吉祥天にとって最後の試練になるということもあり、人として生まれ変わった毘沙門天に、帝釈天と契此天の二人が力を貸すことになっているという蒼真の記憶がある。

毘沙門天が沙竭羅龍王様の禁を破るという覚悟を決めた際に、天音の今後の先行きを見届けることができなくなるという想いから、毘沙門天はその二人の友人に、吉祥天の御霊を持つ天音のことを委ねられるようにと、あの時固く念じていた。

蒼真は毘沙門天の生まれ変わりであると同時に、神々を乗せてどこかへ運んだり、その内に神々をとどめたりすることができる器を持った人間でもあった。

そんな器を持った蒼真が、ここで一つ思い浮かんだこととは、自身の内には毘沙門天の御霊があったが、いつの頃からか、弥勒菩薩様でもある契此天の御霊も、既に蒼真の内にはあったということだった。

毘沙門天の過去世を知る蒼真には、吉祥天をあれほど愛し、焦《こ》がれて想い続けてきた吉祥天を置いて、毘沙門天が先に泡となって消え去ることを選んだということが、どうも釈然としなかったのだ。

二人の試練は、四回目の最後の時を迎えていた。

そしてあの時、毘沙門天の目の前には、人々の悪意によって悲しみを受け、その心を閉ざすことになってしまった、吉祥天の御霊を持つ天音がいたのだ。

いつも慎重であり、考え事に頭を悩ませることが過去世の記憶の中でも多かった毘沙門天が、塞ぎ込む吉祥天を置いて、なぜあの場をすぐに離れる決断をしたのだろうか。そして、今までに自らが築いて大切にしてきたものを捨て去るように、その全てを本当に諦《あきら》めることができたのだろうかと、蒼真の脳裏にはそんな疑問が過《よぎ》っていたのだ。

無論、毘沙門天の判断は、人類を助けようとした毘沙門天の最善な判断であり、天音の冷めてしまった心を取り戻すために選んだ、毘沙門天の確かな行為であったということは間違いないものではあった。しかし、その判断を毘沙門天が下す前に、物事を恙《つつが》なく進めてゆくためにも、毘沙門天と契此天の御霊同士の接触が、蒼真が知らないところで密かにあったのではないかということを、蒼真は考えていた。

蒼真の内には、神の器があるといわれている。

毘沙門天と契此天の二つの神の御霊は、その器の内で、これから先のことについての言葉を交わしていたのではないかと、蒼真は思っていたのだ。無論、そのことは蒼真自身の憶測に過ぎない。

しかし蒼真は、自身が思ったことがもし正解であったとするならば、蒼真自身がなぜ神の器を持って生まれてくることになったのか、自身の中では辻褄が合うようにも感じていた。

蒼真自身が持って生まれてきた器もまた、そうあるべくして、そうであったということである。

そう思うと、蒼真の心の中はほんのりと温かくなり、自然と笑みが零《こぼ》れていた。

蒼真の夢の中に、いつも現れる笠ぼうし様が、そのことをどこまで知っているのかは、蒼真にも分からなかった。

笠ぼうし様は、毘沙門天の御霊が失われた蒼真の御霊とは、その器こそが蒼真の御霊になるのだと言っていた。

そして、蒼真が人としての人生を送っている際に、再び神が器の内にとどまることになれば、その神の御霊が、蒼真の次の御霊に変わるということだった。

しかし、蒼真が寿命を迎えた時、器の内が空であった場合は、神仏様が蒼真の御霊でもある器を引き揚げに来るのだということでもあった。

そして笠ぼうし様は、神の世とは、人の世で生きている人類が知らなくていいことが多々あるのだと言っていた。神の世のことは、己自身が天寿を全うした時に、自ずと知ることになるというお言葉があったのだ。

創造主である神々が行う物事とは、そつがないように考えられているものでもあり、そして自らが創り出した数多《あまた》の星々と、そこに息づいている生きとし生けるものたちを中心とした考えで、その全てが動いているということを、蒼真は改めて身近で感じることになった。

沙竭羅龍王様がもし、契此天でもあった弥勒菩薩様のことを、事前にここまで知っていたとするならば、あの箱とは、毘沙門天に用意された箱ではなく、初めから契此天に用意されていた箱ではなかったのかと、蒼真は不意にそう感じた。

吉祥天は、沙竭羅龍王様の大事な末の娘である。その大事な娘のために尽くしてくれようとする契此天の想いに、沙竭羅龍王様が契此天を手助けするという形で応えたのではないかと、蒼真にはそんなふうにも思えてならなかった。

毘沙門天と吉祥天は、他の神々からその関係を猛反対される中でも、互いに別れることを望まず、長い間にわたって、恋仲としての二人の関係を保ち続けてきた。

沙竭羅龍王様もまた、そのことは当然知っていることでもあり、そんな二人の姿を目にしてきた沙竭羅龍王様も、その内心では、娘のことがとても気がかりであったに違いない。

蒼真は、沙竭羅龍王様には、そんな二人が、近いうちに他の神々によって引き離されるという予見が、既にあったのではないかということを考えていたのだ。

沙竭羅龍王様が、吉祥天と毘沙門天に、厳しい条件つきの試練という機会を与え、その試練を行う場として更に下界を選んだのも、二人が神々に引き離されてしまう時間を、もしかすると沙竭羅龍王様が引き延ばしたという結果だったのかも知れない。

沙竭羅龍王様が与えた試練とは、最終的に二人の未来を変えるためのきっかけとなるように、沙竭羅龍王様が事前に作った時間だったのではないかと、蒼真にはそんなふうにも思えていた。

それが、弥勒菩薩様が沙竭羅龍王様に感じられてきたという、弥勒菩薩様を助力するために沙竭羅龍王様が動いた、本当の理由なのではないかというのが、蒼真の考えであった。

弥勒菩薩様は、蒼真の夢の中で、まるで蒼真の心の中を見透かしたように微笑んでいる。そしてそれを肯定するように、蒼真の夢の中で弥勒菩薩様は、一つだけ頷いた。

弥勒菩薩様のそんな仕草を目にした蒼真は、弥勒菩薩様もまた、蒼真と同じような思いを持っていることを知ることになった。そして、弥勒菩薩様ご自身は、本当はとうに、そうした沙竭羅龍王様の優しい想いに全て気がついていたというような仕草にも、蒼真にはうかがえた。

相愛の仲であった毘沙門天と吉祥天の二人は、神々から身分違いと言われ、伴侶として添い遂げるどころか、長い間にわたってずっと、恋仲としても決して認めてはもらえない関係だった。

それでも二人は、神々に隠れるように逢瀬《おうせ》を重ね続けてきたのだ。互いに想い合う二人の胸中が、どれほど苦しく、どれほどに切ないものであったかは計り知れない。だが、その二人の苦しみや悲しみも、ようやく報われる機会が訪れたのだ。

蒼真は、毘沙門天が最後の機会でもあった試練を果たすこともかなわず、その存在自体が泡となって消え去ってしまうという結末になったことに、ずっと胸を痛めていた。

弥勒菩薩様が夢の中で蒼真に語ってくれた話のおかげで、ずっと曇っていた蒼真の心の中は、すっきりと晴れやかなものになっていた。

蒼真は心の底から、毘沙門天と吉祥天の先行きに安堵していた。そして、それと同時に蒼真の胸中には、喜ばしい思いが温かに広がっていった。

弥勒菩薩様が、ここまで様々なことを蒼真に語るまでに至ったことは、毘沙門天の生まれ変わりであった蒼真が、毘沙門天の過去世を知り、毘沙門天が最後に辿ることになってしまったその結末に、ずっと胸を痛めていたことを気遣って話してくれたことではなかったのかと、蒼真はそう感じていた。

弥勒菩薩様は、自身が星としての役目を終えて、再び天界に戻る日が楽しみでもあると言う。

弥勒菩薩様の脳裏にはきっと、添い遂げた毘沙門天と吉祥天の、幸せな光景が浮かんでいるに違いない。そこには帝釈天もいて、いつもの皆の楽しい光景もあるのかも知れない。

吉祥天は妙見菩薩様となり、弥勒菩薩様の高位を継ぐという毘沙門天と二人で、北の柱に収まるという話からも、吉祥天に次に会った時、彼女が無事に妙見如来様となっている姿を、もしかすると弥勒菩薩様は既に思い浮かべているのかも知れないとも、蒼真は密かに思っていた。

それは、ほんの一部分であるともいえる神々の間で起こった、ある一つの物語のようでもある、神の出来事であった。

蒼真は、人の世では決して垣間見ることのできない神の世界を、少しだけ知るのと同時に、神々の内にあった温かな絆ともいうべき、その思いやりで繋がる、それぞれの神が持つ、深く優しい心の内を知ることになった。

蒼真は、改めて創造主である神々が持つ愛の深さや意味を知り、そしてそれは大宇宙の中に息づいている生きとし生けるものたち全てに、そうした深い慈愛という形になって広がっているのだということを感じていた。

蒼真は、創造主である神々の温かい心を知ることで、人類もまた一人一人がそれに寄り添うように、人としての進化の道を、おのおのが正してゆかなければならないことの大切さを再確認した。

蒼真たち四神は、夜空に浮かぶ創造主である星々に誓う。

それは、四神たちがこの世の中の人類を手助けするために、成すべき務めに精進し、それに向かって邁進してゆく、揺るぎのない決意であった。

そしてそこには、この星の人類が四神たちが届ける声を多く聞き、数多くの人々が真剣にその声に耳を傾けてくれることを切に願う、四神たちの思いもあった。

創造主である神々の篩《ふるい》の時は、必ず訪れる。

その前に人類が成さなくてはならないこととは、人々の心に取り憑くという、闇の根源となっている悪魔を、その心の内から解き放つことである。

そして、大宇宙の中にある、一つの星に守られながら生きている人間として、人としての正しい道を歩み、おのおのが正しい進化の道へと進むことが、創造主である神々が、人類に向けて求められていることなのである。

いつか、人類に開かれることになる未来へと続く扉が、個人にとってより良い扉であること、そして一人でも多くの人々に、最上の光の扉が開かれてゆくことを願っている。


蒼真は、夜空に輝いている数多《あまた》の星々に向かって、その両手を掲げて広げると、星々にその想いを馳せる。

願わくは、一人でも多くの人類が、天空の護人から、その証を授かれますように……。

願わくは、創造主である神々に、多くの人類が救われてゆきますように……。

創造主である天空の護人は、いつも蒼真の想いに答えるように、優しく揺れ動きながら光り輝いている。

蒼真はその後、大龍王様である笠ぼうし様から、正しき人の進化の道へと星の人類皆が進んでゆくことができるように、その正しい方角を人々に指し示すものとして、「光明方示《こうみょうほうし》」という名を授かることになったという。

蒼真たち四神は、創造主である神々によって託されたメッセージを、扉が開かれるその時ま

で伝え続けるだろう。

それは、一人でも多くの人類が、創造主である天空の護人という存在に気がつき、そしてまた数多くの人々が、創造主である神々によって救われていくことを切に願いながら……。


光明方示はのちに、星の人類へと向けて、ある一つのメッセージを残している。


『あなたは、様々に起こる偶然を、奇跡と信じることができますか？』

光明方示

それから天界では、しばしの時が流れた。

時間という概念がない天界とは異なり、創造主が創り出した星々という下界には時間と歳月があり、それは更に進んでいた。

その中の一つの星であった下界の世界から、天界へと無事に戻って来た吉祥天は、自身が試練のために下界へと旅立つことになった空間移動ゲートの扉の中から、忽然《こつぜん》と姿を現すと、既に開かれていたゲートの扉の前に立っていた。

普段ならゲートの扉を覆っているはずの、見覚えのある大きな分厚いカーテンも開かれており、父が座る玉座が吉祥天の目の前にはあった。

吉祥天は、下界で人として生まれ変わることで、失われることになっていた自らの記憶を、天界に戻ったことで再び全て取り戻すと、竜宮城にある龍宮御所では、父である沙竭羅龍王と、二人の姉が待っていた。

吉祥天の姉である弁財天と善女龍王は、大切な妹である吉祥天の無事の帰りをずっと待っており、空間移動ゲートの扉の前に姿を現した吉祥天に、その喜びと嬉しさですぐに駆け寄り、妹を抱き締めていた。

しばしの間、姉たちと会えなかった吉祥天にとっても、二人の姉との再会はとても喜びを感じる瞬間でもあり、その嬉しさによって吉祥天の表情は、すぐに笑顔となった。

しかし、二人の姉の顔色は、次の瞬間には曇ったものに変わっていた。

吉祥天は、二人の姉の憂えたように沈み込む、そんな曇った顔色を見て、不思議そうに首を傾けたのだが、そのことは、父である沙竭羅龍王も同様であり、父の顔色は、吉祥天が龍宮御所に戻った時から、ずっと元気もなく曇ったように見えていた。

吉祥天は、父や姉のそんな表情を見て、すぐに何かがあったのだと感じた。

自身が天界に戻って来たということは、下界での試練は終わったはずであった。

しかし、同じ空間移動ゲートから旅立ったはずの毘沙門天は、未だにその扉からその姿を現すことがなかった。

吉祥天の手は、その瞬間、何かに気がついたように小刻みに震えていた。

父や二人の姉の悲しみに沈み込んだ表情は、毘沙門天は天界には二度と戻ることがない存在になってしまったということを、無言のまま吉祥天に伝えているようでもあった。

そう思った瞬間、吉祥天の瞳からは、大粒の涙が零《こぼ》れた。

後から後から頬を伝い流れる大粒の涙は止まらず、吉祥天はその悲しみに号泣した。

吉祥天の父と姉たちは、泣き崩れてしまった吉祥天に言葉を伝えることもできないまま、深い悲しみに表情を曇らせたままであった。

「吉祥天、すまぬ。力が及ばず、毘沙門天は泡となって消えてしまったのだ……」

泣き崩れる吉祥天に声をかけたのは、龍宮御所に姿を現した帝釈天であった。

弁財天は一瞬、夫である帝釈天の帰りを喜んだものの、その心も顔色も深く沈んだものとなっていた。

無論、吉祥天も試練の条件は覚えている。

帝釈天は、毘沙門天が四回目に人として生まれ変わることになった場合、下界で人として生まれ変わった毘沙門天に、力を貸すことが許されていた神の一人であった。

吉祥天は、そんな帝釈天から、毘沙門天が下界で父の禁を破ることになってしまった出来事があったという、その事実を知ることになった。

毘沙門天は、人として生まれ変わった吉祥天に、天界の話をしてしまったのだという。

そのことを知った吉祥天は、深い悲しみのあまり、その場で塞ぎ込むようにして泣いた。

するとそこに、今は弥勒菩薩となっている契此天が姿を現した。

「吉祥天、遅くなってごめんね。でも、もう大丈夫さ。だからね、もう泣かないでおくれよ……」

吉祥天のしゃがみ込んで泣く姿を見た弥勒菩薩は、その悲しみで眉尻を下げると、吉祥天の傍らに寄り、吉祥天を励ますようにそう言ってから、手にしていた箱を吉祥天に見せた。

「この箱でね、毘沙門天を呼び戻すことができるんだよ」

弥勒菩薩がにっこりと微笑むと、吉祥天は涙を零《こぼ》しながら、ゆっくりと顔を上げた。そして、弥勒菩薩が手に持っている箱へ目を向けてから、弥勒菩薩を静かに見ていた。

現在では、弥勒菩薩へと姿を変えている契此天ではあったが、契此天もまた帝釈天と同様に、毘沙門天の試練が四回目を迎えた場合、毘沙門天に力を貸すことが許されていた神であった。四回目の試練を迎えることになってしまった場合は、毘沙門天は自らが選んだ二人の神の力を借りることが許されていた。

だが、沙竭羅龍王は、弥勒菩薩が手にする箱を目にして、一瞬だけ驚いた表情をしたように見えた。

「沙竭羅龍王、この箱ですが……おいらが……？　じゃなくて！　……私が、箱を使わせてもらってもよろしいですか？」

沙竭羅龍王は、毘沙門天の試練を助けるために、毘沙門天に手渡したその箱を、弥勒菩薩が持っていることに一瞬驚きはしたものの、弥勒菩薩の問いに、すぐに頷いていた。

沙竭羅龍王の箱を開けてもよいという許可が下りた弥勒菩薩は、とても嬉しそうに満面の笑みを浮かべた。

事の次第を知らない弁財天と善女龍王も、毘沙門天を復活させることができるというその箱に、不思議そうな顔をしながら視線を送っていた。

弥勒菩薩は早速、その一つの箱に向かって自らの願いを込めると、箱は淡い光によってやんわりと包まれていった。弥勒菩薩は、淡い輝きによって箱が輝き出すと、更にたった一つの願い事を箱にかなえてもらうために、自らの願い事に思いを込めて、箱へと静かに祈りを捧げた。

すると突然、まばゆい光に包まれた箱の蓋が、自然に開いたのだ。更に、蓋が開いたその箱の中からは、目がくらむほどの強い光の輝きが、勢いよく噴き出していた。

箱の中から噴き出された、目がくらむほどの黄金の光の輝きは、箱の中から飛び出すように、その美しい輝きを鏤《ちりば》めながら、龍宮御所の床の上へと輝きとともに広がってゆくと、一つの大きな光の柱となってそびえ立った。そして煌々《こうこう》と輝いているその大きな柱の光の中心には、一つの影がユラユラと揺らめき始めた。

やがて、黄金色の大きな光の柱とともに、箱の中から放たれていたまばゆい光も徐々に消えてゆくと、光の柱があった中心の場所には、忽然と毘沙門天がその姿を現していた。

吉祥天は、消えゆく光の中心に毘沙門天の姿を見つけると、駆け出していた。

皆、驚きに目を見張っている。

起こり得るはずのない出来事が起こったのだ。

神が下した禁を破り、その存在そのものが泡となってしまった神を、再び復活させることなどできるはずのないことだった。

しかし、一直線に毘沙門天のもとへと駆けていった吉祥天に、毘沙門天は嬉しそうに微笑みを浮かべると、しっかりと吉祥天を抱き締めていた。

一つのただの箱である、あの箱が、いとも簡単に、弥勒菩薩の願い事をかなえたのだ。

泡となって、どこかへ飛散してしまった毘沙門天の体は、すっかり元通りの姿に蘇《よみがえ》り、天界に戻ってきたのだ。

二人の喜びの再会の光景に、弥勒菩薩は目を細めて優しく微笑んでいた。

弁財天や善女龍王も、思わぬ毘沙門天の復活に歓喜の声を上げて喜んだ。

沙竭羅龍王は、うっすらと安堵の表情を浮かべている。

天界に、毘沙門天が無事に戻った姿を見た弥勒菩薩は、今度は帝釈天にその視線を向けている。

帝釈天も毘沙門天の復活に喜びの笑みを浮かべていたのだが、すぐに弥勒菩薩の視線に気がつくと、二人は互いに一つだけ頷き合った。

「沙竭羅龍王、まずは、この度は私を助力していただきましたこと、誠にありがとうございました。貴殿のおかげで、私は絶対神である、次の神々の最高神に選ばれ、無事に最高神になることがかないました」

弥勒菩薩は、沙竭羅龍王に向かって深々と頭を下げると、更に笑みを深くして微笑んでいる。

天界では、更なる力を高めた現在の最高神が、大宇宙の中で別の大きな役目を担《にな》うために、神々の最高神の交代時期を迎えていたのだ。

だが、沙竭羅龍王は、弥勒菩薩の言葉に沈黙していた。

「貴殿が、それを否定も肯定もしないのは、そのお立場からということも十分察しております。ですが、沙竭羅龍王ご自身が、神々の中枢を担う存在であるということは、この場においても誰もが知るところです。私はこの場を借りて、貴殿に感謝の意を伝えたい。

貴殿から、他の神々へのこれまでの働きかけがなかったら、この度迎えることになった今回の最高神の交代時期で、私が最高神になることはかなわなかった……。私は、いつかは必ずなりたいと思っていた最高神の座を、貴殿のおかげで早い段階で得ることができました。これで私は、天界に新しい風を、早い段階で取り入れることができます。それは、沙竭羅龍王……貴殿の助力があったからこそ、私自身が成し得ることが今、かなうのです」

弥勒菩薩は、沙竭羅龍王に感謝の想いを伝えた。

沙竭羅龍王は沈黙したままであったが、沙竭羅龍王が他の神々に向けて確たる呼びかけをし、それに賛同した多くの神々が立ち上がったということに間違いはなかった。

現段階においても、そうした働きかけを容易に行うことが可能な立場でもあり、そうした力を持った神の存在で、弥勒菩薩が考えられる神とは、沙竭羅龍王以外にはいなかったのだ。

そこには、沙竭羅龍王が娘を思う父としての想いがあり、それが沙竭羅龍王を動かしたということが、弥勒菩薩がずっと心に思っていたことであった。

弥勒菩薩が天界で果たしたい務めに対して、他の神々から抗議の声がなかったのも、弥勒という自身の考えに沙竭羅龍王が賛同し、またその神の言葉によって賛同してくれた多くの神々の助力がなければ、決して円滑に進むような物事ではなかったのだ。

今回、最高神の交代時期を迎えた天界で、弥勒菩薩も次の最高神として密かに候補に挙げられていたということを、弥勒菩薩は今、皆の前で初めて告げた。

その場にいた皆は、それを聞いて驚愕していた。

それは、通常であるならば、最高神となるには菩薩では位がまだ低く、本来ならその候補として選ばれることもなかったからであった。

しかし、弥勒菩薩は、他の神々の候補者を退けて、見事に最高神に選ばれた。それは、自分の考えに賛同した多くの神々が弥勒菩薩という名を押し上げ、陰ながら助力してくれていたからなのだと、弥勒菩薩は言った。

龍宮御所に、箱を持って駆けつけるのが少し遅くなってしまったのも、次の最高神の結果を待っていたからだと言う。弥勒菩薩と帝釈天は、吉祥天よりも早く、下界から天界に戻っていたのだ。

沙竭羅龍王は、顔色一つ変えず、沈黙を破ることはなかった。

だが、弥勒菩薩は、それは大切な末娘である吉祥天に力を尽くそうとした、契此天という自身に向けた沙竭羅龍王の深い優しさであり、そしてそこには天界の中枢を担っている、沙竭羅龍王自身としての立場もあるということも、無論よく分かっていたことだった。

その場にいた中で、沙竭羅龍王と帝釈天のみが弥勒菩薩の話に驚くこともなく、また動じることもなかった。帝釈天は、ただ静かに弥勒菩薩の話に耳を傾けている。

「……私はずっと、天界を変えたかった……。それは天界において、まずこれまで一連として考えられてきた神々の神格と身分の上下格差を、全く別なものとして分断する考えから始まります。天界の掟に定められている、神々の身分の上下格差だけをなくし、神々の身分を統一して身分違いをなくすことで、天界に今までにない新しい風を取り入れてゆくという考えです。

そこには、私の式神となった大龍王の存在もありました。大龍王も私と同じように、自らが生まれ育った下界において、人々の貧富の差をなくし、皆が大自然の下《もと》で平等に暮らせる下界の世界を望んでいたのです。私は、これから星の如来となり、如来の位を得た後、すぐに最高神となります。さすれば、それらをかなえてゆくことができるのです」

契此天の頃の、いつもぼんやりとしていた面影は、今の弥勒菩薩には微塵も感じられず、皆に向かって慌てる様子もなく、しっかりとした口調で、自らの思いを告げていた。

弥勒菩薩の話を聞いていた帝釈天は、しっかりとした口調で話をする弥勒菩薩に柔らかな笑みを浮かべている。

契此天である弥勒菩薩が、これから弥勒如来となって最高神になるという事実を、帝釈天は初めから知っていたようであった。

契此天が、ずっと天界で成し遂げたかった務めとは、これまで天界で、最も禁忌とされてきた、掟を変えることにあったのだ。

それにはまず、そのことを成す前に、神々の神格と、神々が持つ身分の上下格差が一つの繋がりを持つという今の関係性を断ち切ることで、全く別なものとしてそれぞれを分断する必要があった。

神々が持つ神格は、大宇宙を守り導いてゆくためには最も関わりが深く、重要な、神の秘めたる力を表す位であるために、決して動かすことはできない。

だが、神々の身分とは、神が生まれたその家柄や、自らが持つ神格などにもとづいて、一人一人の神に与えられるのが、身分という神の格差であった。更に身分の上下格差とは、天界のみで通じる身分でもあり、たとえその身分を廃止にしたとしても、神にとっては創造主としての役目を果たしてゆく上で、神自身がそのことで悪影響を受けたり、支障を来《きた》したりすることがないのではないかというのが、弥勒菩薩の考えであり、また天界のみで通じる身分の格差という、その部分であったのだ。

そこで弥勒菩薩は、神々が持つその神格と身分の上下格差を分断した上で、身分の格差だけを廃止し、その身分を統一することで身分違いをなくそうと考えたのだ。

そうすることによって、神々が天界において、その身分によって左右されることもなくなり、また神としての立場は皆、平等な扱いになる。

弥勒菩薩は、そうして身分違いをなくすことで、より多くの神々が互いに関わりを持ち合うことで、その秘めたる力を更に互いに高め合い、神々の御霊《みたま》も、その互いの存在があればこそ、更に向上しやすくなるのではないかという考えを持っていた。

しかし、弥勒菩薩のその考えとは、これまでの最高神とは、全く異なる考え方であった。

これまでの最高神たちの考えとは、神格と身分の上下格差には深い繋がりがあるものとして、関係づけられた一貫した考え方を持っており、それが身分違いを最も禁忌なものとした理由としてあげられ、神々の重要な掟となって重んじられていたのだ。

その理由こそが、「身分違いは互いに持つ力の均衡を崩す恐れもあり、また、互いの御霊が向上する過程においても、互いの力が引き合うことで伸び悩んでしまう」ことから有意義とはいえず、双方の神々にとって足枷《あしかせ》になる可能性があったからだった。

神とは皆、大宇宙を守る創造主であり、そしてそれぞれの神がその身に秘めた力を使い、数《あま》多《た》の星々やそこに生息する生命を導くための力となって、大宇宙を司っている。

自らが内に秘める、その力の均衡を保ち、その力を高めてゆくことは必然的に求められることであり、それに努めていくことを、神々は損じてはならないのだ。当然、自らの魂である御霊を向上させるということは、自らが持つ内なる力を高めることにも直結していた。

そのために、今までの最高神は、身分違いは神々が成長してゆく中で、最も大きな障害の一つになるものとして、神々が持つ神格と身分の関係は一連に繋がりがあるものとして、これらを身分違いであるということを断定し、その深い関わりや契《ちぎ》りを認めずに、最も禁忌なものとして定めていたのだ。

弥勒菩薩は、これまでの最高神の考えとは、全く真逆な思想を持っていた。

しかしそれこそが、多くの神々がより良く内なる力を高めていくことにも繋がり、そして神々が創造した数多の星々を、よりスムーズに、より良く導いてゆくためにも不可欠であるという、果てしない思いだったのだ。

一人一人の神々が、大宇宙の中で自らの役目を円滑に果たしてゆくためには、より良い環境の下で神々が過ごしてゆくことこそが、神々にとって最も大切なことであり、とても重要なことだというのが、弥勒菩薩のその考え方であった。

弥勒菩薩となった契此天は、身分違いであった毘沙門天と吉祥天の二人の苦悩や悲しみを、ずっと近くで見てきた。二人は、他の神々から長い間にわたり、その関係を猛反対され、それでも隠れて逢瀬《おうせ》を重ねてきたのだ。だが、どんなに逢瀬を重ね続けても、決して二人は添い遂げることも許されない関係だった。弥勒菩薩の心の中には、二人のそんな苦しみやつらさが、ずっと痛みとなって残っていたのだ。

　ただ一途《いちず》に惹かれ合った二人の、純粋に互いを想い続け、互いを信じて進んで行こうとする神同士の行為が、神として双方が成長してゆく妨げになるとは、弥勒菩薩には、そうは思えなかったのだ。

　弥勒菩薩の変革の話を聞いていた毘沙門天や吉祥天、それに弁財天に善女龍王も、いつも間が抜けたようにぼんやりとしていた契此天が、その心にずっと抱《いだ》き続けてきた天界の変革という考えに、とても驚いていた。

　しかし皆、一皮剥《ひとかわむ》けたように逞《たくま》しくなった、今は弥勒菩薩となった契此天の成長に、嬉しそうな笑みを浮かべている。

　最高神とは、神々の頂点ともいうべき立場に立つ存在でもあり、大宇宙と共に神々を導いてゆく存在でもあった。

　そのため、最高神は他の神々とは異なり、唯一独断で天界の掟を変えることを望める存在であり、また唯一、その権限を持つ存在だった。

　最高神の交代時期が近づくと、天界では「恩赦《おんしゃ》」と呼ばれる権限が最高神に与えられる。天界で、最高神にのみ与えられる恩赦と呼ばれる権限とは、最高神だけが唯一、自らの願い事を、独断で望めるという権限である。

　それは、長きにわたって最高神の役目を担ってきた最高神が、その役目を終える時に、初めて恩赦が与えられ、その最後の最高神の役目として、神々の掟を見定めて、それを改革できるというものであった。

途方もなく長きにわたり、最高神を務めて、多くの神々の働きを目にしてきたことで、自身が最高神の交代時期を迎えた時、自らが神々にとってこれから必要だと感じた新しい掟を取り入れたり、または掟を見直したり、廃止することもできるというのが、最高神の最後に与えられる恩赦という権限であった。その恩赦とは、大宇宙を司る神々のためにあるものでもあった。

そのため恩赦には、多くの神々の期待も寄せられた。

神々にとっても、最高神が最後に下す改革は、己の望みを託す場なのでもある。

それぞれの神が、大宇宙の数多《あまた》の星々や、そこに息づく生命体をより良く導いてゆくために、良き掟の転換や良き掟が生まれることを望んでいるのだ。

無論、掟を変える必要がなければ、最高神は交代時期を迎えても恩赦を使うことはない。

弥勒菩薩が考えている今回の変革は、今まで交代してきた最高神の中に、神々が持つ身分や神格の関係性を肯定的に位置づけたまま、その掟を根本から見直して考えようとする、最高神の存在はいなかった。

だが、それを実際に望み、執行させることが許されるのは、最高神の交代時期に限られている。

つまり、弥勒菩薩が天界の掟を変えるための変革を行える時期とは、弥勒菩薩が最高神の役目を終える、交代時期となるのだ。

弥勒菩薩が恩赦を望むことができるのは、自身が最高神の役目を終えた時に限られるので、そこまで行き着くまでには、更に遥かに長い時がかかり、いつになるのかさえも分からなかった。

「神々の身分違いをなくし、天界世界にある神の身分を平等にする……新しい考えね。まだまだ先の話ではあるけれど、身分違いで苦しんでいる神々は大勢いるもの……その時が本当に楽しみだわ」

弥勒菩薩に向けて、弁財天が笑顔を浮かべてそう言った。

「うん。おいら、これから如来になって最高神になるよ。でもね、おいらはすぐにミュロー星にならないといけないから、最高神になって、変革を遂げた後にすぐ、最高神の役目を降りることになってるんだ」

弥勒菩薩の答えに、弁財天は聞き違えたかと、耳を疑った。しかし、その場にいた皆が、驚愕した表情を浮かべている。弁財天の聞き違いではなかったのだ。

だが、弁財天の父である沙竭羅龍王と、夫の帝釈天のみが、その表情を変えることはなかった。

「ね、おいらが去った後のことだけどさ、絶対に後のことは頼むね、帝釈天!!」

弥勒菩薩は、既に約束を交わしているとでもいうような言葉を帝釈天にかけると、それを聞いた帝釈天も、微笑みながら頷いた。

それを目にした弁財天は、どういうことなのかと、その驚きで目を見張った。無論、毘沙門天や吉祥天、善女龍王も皆、弁財天と同じ反応を示している。

そもそも菩薩の位では、次の最高神の候補者に選ばれることも、現状では絶対にあるはずのないことであった。沙竭羅龍王が助力し、多くの神々の賛同もあり、菩薩から星の如来になるということでその条件を満たしたとしても、それさえも今までに前例のないことだったのだ。

しかし、弥勒菩薩が如来となり最高神になったとしても、その恩赦が与えられるのは、最高神がその役目を終えた時と限られている。その最高神の役目を、少しも果たさないまま、その役目を降りるという弥勒菩薩に、恩赦が与えられるのかという疑問が、皆の心の中には残っていたのだ。

すると、帝釈天が口を開いた。

「皆を驚かせてしまったようだ……。実はそこには、私の大昔の出来事が深く関わっていて、私が弥勒菩薩の変革を引き継ぐ形で、それを成してゆく形になったのだ。

それは大昔の話になるが、当時、私も最高神の候補者として、かつて選ばれたことがあったのだ。有力候補者であったという私が、当時の最高神となる決定は、既に内定されていたようなものだったというのが、他の候補者たちから聞いた話だった。

だが私は、最高神の決定前に、最高神の候補から離脱して、大宇宙の中にあった狂った秩序を正したいがゆえに、大宇宙の中へと急に飛び出したのだ。それは、私にしかできないことだと判断したからだ。

無論、そんなことがあったために、最高神は他の候補者たちの中から決まった。しかし、当時の候補者たちは、そんな私の行動を、全て知っていたのだ。

彼らは、突然離脱した私を深く惜しむと、最高神に内定されていたという私が、いつでも好きな機会に、最高神の座を獲得できるという署名を綴《つづ》ってくれた。そして、当時の最高神となった神が、それを正式に定めたということだった。無論、その定めがあるとはいえ、最高神への交代が、いつでも好きな時期にかなうという話ではない。私がそれを望むことができるのは、その時の最高神が交代時期を迎えた時か、或《ある》いは、最高神となっている神が、私を認めた時ということになっていた。

しかし私は、私の勝手で候補者から離脱したのだからな、その私が最高神を望むこともないと考えていた。だが私にも、それを考える時が来たということだ。いや、その時が来たと言った方が正しいかも知れぬ。

私は、契此天であった弥勒菩薩の一つの良き拠《よ》り所《どころ》ともなり、その二人が共通する想いを目的として持っていた、式神《しきがみ》である大龍王の想いもかなえてやりたいのだ。さすれば、弥勒菩薩と大龍王が共に一つとなって、ミュロー星という一つの下界を、共に見守り続けてゆくことがかなうからな」

そこには、大切な友を思う帝釈天の優しい思いがあった。

帝釈天は、弥勒菩薩となった契此天の想いを既に聞いており、全て知っていたのだ。

神々の身分違いをなくすことで、天界にある神々の世界を平等にしたかった契此天の抱《いだ》き続けてきた想いと、弥勒菩薩の式神となった大龍王の想いもまた同じであった。大龍王も、自らが生まれ育った下界の貧富の格差をなくし、その星に住んでいる人類が皆、大自然の下で平等に暮らしてゆける平和な世界を、ずっと望んでいたという。

弥勒菩薩と大龍王が、それぞれ心の中で願い続けていた、神々の世界や人類の世界へと向けられていた、その平等に対する想いとは、その形こそは違えども二人ともに同じであり、そしてそれが最終的な目的として、二人をここまで強く動かしていたのだ。

だが、帝釈天もまた、そのことを口にこそしなかったが、弥勒菩薩と同じように、毘沙門天と吉祥天の身分違いの苦悩やつらさ、そしてその苦しみを、長い間にわたってずっと間近で見て、そのことに心を痛め続けてきた一人でもあったのだ。

天界における帝釈天の身分違いに対する想いは、弥勒菩薩と同じであり、ずっと心に秘め続けていたことだった。

だから毘沙門天と、弥勒菩薩となった契此天という、友であり弟のような二人のためにも、今こそ自らがやるべきことを果たしたいと思ったのだ。

「そういうことだったのね。当時の最高神が既に定められている交代ならば、すぐにでもかなうことにもなりますし、恩赦も与えられることになるわ」

夫である帝釈天から、今までに聞いたこともなかった話を耳にしたが、弁財天の疑問は、すぐに消えていた。

他の皆も、納得し、心の疑問はすっかり晴れた。

弥勒菩薩は、その定められた権限を持つ帝釈天と最高神を交代することで、恩赦が与えられ、変革という望みをかなえようとしていたのだ。

だが、通常であるならば、決してそうはいかなかった。最高神の交代とは、最高神が役目を終えた時に限られていたのだ。

菩薩の位の者が最高神に選ばれるということも前例がなかったが、このような最高神の交代も、今まで天界において前例がないことであった。

「しかし……兄上。妾《わらわ》には一つだけ分からないことがあります。契此天であった弥勒菩薩と同様に、兄上も帝釈天……兄上もまた、最高神の交代となるには位が満ちてはおりませぬ。それがなぜ、大昔にそのような最高神の候補者として選ばれていたのかが、妾《わらわ》にはどうしても解せぬのです」

皆が、そこまでは気にとめることはなかった、心の内に僅かに残った不信感を、帝釈天に厳格そうに問うたのは、善女龍王であった。

だが、その時だった。龍宮御所の天井から、一つの光の輝きが降りてきたのだ。

皆が集っている、その頭上から突然、ゆっくりと降りてきた光り輝く珠は、舞い降りてくる途中で釈迦如来《しゃかにょらい》へと姿を変え、その陰からは梵天《ぼんてん》が姿を現した。

龍宮御所の広間には、釈迦如来を中心として、その左右に帝釈天と梵天が立った。

「兄上は……まさか……」

善女龍王は、その光景に驚くとともに、全てを理解したように息を呑んだ。

他の皆も、思わぬ釈迦如来と梵天の出現に目を見張っている。

釈迦如来と梵天は、帝釈天同様、そのそれぞれの存在が大宇宙の中で要《かなめ》ともいえる役目を担っており、大いなる力を持つ者として、二神の神の名は当然、天界で広く知られている存在であったのだ。

釈迦如来には、いつでも最高神となれる位があった。

皆が驚く中で、弥勒菩薩だけが、釈迦如来たちの出現に喜びの笑みを浮かべている。

「我は、大宇宙の中にある世を救うため、大昔に体を三つに分散させて、今まで狂った世の中を抑え続けてきた。我という一つの体は、物質的なものに魔を封じ込めて、釈迦の力によって、その魔を封じ込めた物質が大宇宙の中に拡散することがないようにしてきたのだ。

梵天という我の一つの体は、大宇宙に存在する星々の監視者と共に大宇宙の秩序を守るため、千二百年の周期を一つの区切りとしながら、大宇宙の星々を巡る旅に出ていた。

帝釈天という我の一つの体は、不完全な星にいる人々の魔を払うために、その星に息づいている人類に幾度となく転生を繰り返してはその星の人類となり、人類の誤った進化へと進む道を正すために、今まで導いてきたのだ。

されど……その役目も、これで終わりを告げる」

釈迦如来が皆に向かってそう告げると、釈迦如来に梵天、そして帝釈天が一つとなって、本来あるべき姿に戻っていた。

「我が名は梵釈天《ぼんしゃくてん》。最高神の座を獲得できる者なり」

今まで分散させていたという三つの体が一つになると、皆が慣れ親しんできた帝釈天でもある、梵釈天がそう告げた。

弁財天は息を呑んだまま、その細い肩を震わせている。

「我が妻、弁財天よ。驚かせてしまったようですまぬ。されど、私の本来あるべき正体を今まで明かさなかったのは、それがそなたと添い遂げる以前の大昔の話であり、いつ本来の姿に戻れるかも分からなかったからなのだ。だが、体が分散していたとしても、私が私自身であることに少しも変わりはない。そしてその心は、どんなに遠く離れていても一つであり、常に繋がっているのだ」

梵釈天が、優しい微笑みを浮かべながら弁財天に言葉をかけると、弁財天はその言葉に頷いた。

「私は、何があろうともあなたの妻です。力のある神ならば、己の御霊《みたま》や体さえ分散できることは、無論、私とて存じております。それが大宇宙の中で必要なことであれば創造主なれば当

然の行いでしょう。私はあなたの本来あるべき神としてのお姿が梵釈天であろうとも、夫を愛する気持ちに少しも変わりはありません。どこまでもあなたについてまいります」

すぐに冷静さを取り戻していた弁財天は、梵釈天となった夫に向けて柔らかな笑みを浮かべると、自らの想いを穏やかに伝えた。

弁財天が、帝釈天の正体に、震えがくるほど驚愕したのは、帝釈天が分散させていた二神の神の存在が、天界において、偉大な神々の存在の中にその名を連ねていたためだ。

妻の変わらぬ想いを聞いた梵釈天は、安心したように笑むと、弥勒菩薩へと目を向けた。

「私が、そなたの想いを受け継ぐ最高神となる。後のことは私に任せなさい」

「帝釈……じゃなく、もう梵釈天だね。本当にありがとう!!」

梵釈天の言葉に、零《こぼ》れんばかりの笑みを浮かべた弥勒菩薩は、大きく頷くと梵釈天に深く感謝した。

そして、互いの拳を軽く合わせてから、二人は固い握手を交わした。

天界で、菩薩が星の如来となることで最高神になるという、前例がない出来事が起こり、そして大昔の最高神が残した異例の定めが、弥勒菩薩の想いを早くに繋ぎ、その実を結んでゆくことになった。

沙竭羅龍王が、そのことをどこまで知っていたのかは分からない。

だが遥か大昔に、最高神に推された梵釈天と神々の間で起こったその出来事を、沙竭羅龍王はいつでも知ることができる立場にあった。沙竭羅龍王が、そのことを知っており、他の多くの神々の賛同が得られ、当時、多くの神々に惜しまれた梵釈天という存在が、弥勒菩薩の想いを受け継ぎ、再び最高神になることを望むことを、沙竭羅龍王はもしかすると知っていたかも知れない。

そう、彼ら、毘沙門天に帝釈天、そして契此天の三人は、古くから固い絆で結ばれた、良き友人でもあったのだ。当然、沙竭羅龍王がそのことを知らないはずがないともいえた。

沙竭羅龍王のその口元には、うっすらと笑みが浮かんでいるようにも見える。

だが、そのことに気づくものは、誰もいなかった。

「吉祥天、おいらが幼い頃に君と交わした約束、ようやく果たすことができたよ」

弥勒菩薩が、毘沙門天と吉祥天の前にゆっくりと歩み寄ると、吉祥天に向けて安堵したように微笑みながら、そう告げた。

しかし、吉祥天は、やはりその約束のことは覚えていないようで、なんのことかと首を傾げた。

だが吉祥天は、弥勒菩薩の言葉の中にあった幼い頃の記憶を辿ると、何かを思い出したように、大きく目を見開いた。

吉祥天は、確かに大昔、契此天と同じ学部殿堂に通っていた頃、幼い契此天が幼い自身に約束したという記憶があった。

しかしそれは、本当に随分昔の話であり、本当に契此天が、それを果たそうとしていたとは思いもよらないことだった。その約束とは、それほど遠い過去の、昔話だった。

「そなた……そんな大昔の約束を果たそうと、今までずっと覚えていたの？　……」

「もちろんさ。おいらが忘れるはずがないよ！　だってさ、あの頃のおいらにとって君は、おいらをいつも庇《かば》ってくれた、たった一人の味方だったから。うん、おいらにとってはね、君は太陽みたいな温かい存在だったんだよ。

けどさ、なかなか君を守ってあげられなくて……随分と遅くなっちゃったんだよ……。だからね、君はもう約束のことは覚えてないかも知れないっていってさ、おいらも思ってたんだ」

弥勒菩薩は、吉祥天が自身の遠い過去にあった記憶を遡り、契此天であった自身が、幼い頃に約束をした、その記憶を思い出したことを知ると、吉祥天に照れくさそうにしながら、そう告げていた。

それを聞いた吉祥天は、首を左右に振った。吉祥天は、幼かった大昔に自身と交わした約束を、ずっと果たそうとしていたという弥勒菩薩のそんな想いに、強く胸を打たれたのだ。

「ありがとう、そなたの想い、妾《わらわ》はとても嬉しい……」

吉祥天のその言葉とともに、弥勒菩薩に向けられたのは、はにかむように笑った彼女の笑顔だった。

弥勒菩薩は、はにかむように笑った吉祥天の笑顔の中に、もう一つの笑顔も見えていた。それは、まだ幼かった契此天が、幼い吉祥天に向けて約束をした時、吉祥天がはにかむように自身へと向けて笑った、あの時の幼い頃の笑顔が、同時に、重なるように見えていたのだ。

弥勒菩薩は懐かしさに目を細めると、優しく微笑んだ。

「吉祥天、おいら約束を守れたよ。それでね、今度は一つだけ君にお願いしたいことがあるんだ」

「それは……どんなこと？」

「それはね、世の中が完成される時代へと移行してゆく前に、君には北の柱の守護神として、早く戻ってきてもらいたいんだよ。そう、できたら……おいらはこれから星の如来となるからね、その後にすぐに柱に収まってほしいっていう、お願いなんだ」

「されど……そのことは……」

「吉祥天、もうあのことはね、気に病むことはなくなったんだよ。毘沙門天とも事前にちゃんと話し合った！　今度は万全さ!!　前みたいな失敗も、もう考えなくていいんだよ。おいらが如来となった時、毘沙門天と君は胸を張って、必ず二人で北の柱に入れるように絶対なるからさ!!」

吉祥天は、最後の弥勒菩薩の言葉に目を丸くしている。だが隣にいた毘沙門天が、吉祥天の手を優しく握り締めると、優しい笑みを浮かべながら、吉祥天に向けて、一つだけ頷いた。

毘沙門天は、本当にそのことを事前に知っていたようであった。

しかし毘沙門天は、どこで弥勒菩薩と話をしたのだろうか。

吉祥天には、それは分からなかった。だが、泡となって去ってしまっていた毘沙門天が、弥勒菩薩と事前に接触できる機会があったとするならば、下界以外には思いつかなかった。

吉祥天は、そんな思いを少しだけ心の中で巡らせたものの、その口元は笑んでいた。

毘沙門天と共に、北の柱に収まることがかなうならば、吉祥天にはそれを断る理由など、もはやどこにもなかったのだ。

弥勒菩薩に視線を向けた吉祥天は、今度は自身の約束として、必ず北の柱に入り、自らの役目を果たしてゆくということを、しっかりと弥勒菩薩に伝えると、とても嬉しそうに微笑んでいる。

二人の話を聞いていた弁財天は、弥勒菩薩へ向けて少しだけ驚いた顔をすると、にっこりと笑っていた。

弁財天は、妹と同じ学部殿堂に通っていた、まだ幼かった契此天が吉祥天と交わしていた、約束を覚えていた。しかし、幼い頃より物静かで、少し天然ボケであったところも見受けられ、いつもぼんやりとしていた印象を持っていた契此天が、幼い頃に吉祥天と交わしていた約束を、未だに覚えていたとは少しも思ってはいなかった。だが、今に至るまで、妹と交わしていた、『いつかはおいらが吉祥天を守る』というその約束を忘れることもなく、妹のために奮闘しながら、その約束を果たそうとしていたということを弁財天は今、知ることになった。

だが、契此天が弥勒菩薩となり、妹を守るために選んだ最後の決断とは、己自身を犠牲にするということでもあったのだ。

弁財天は、弥勒如来となる契此天が、夫である梵釈天に最高神の座を急いで委ねずとも、長い間望んできたという天界の変革を、最高神となった己自身の手で成し遂げてゆくという道も、もしかしたらあったのではないかとも考えていた。

神にとって、一つの星になることは、とてもつらい役目なのだ。

しかし、わざわざ契此天が早急にそうしたことには、妹の吉祥天を守ろうとしてくれた想いの他に、星の人類を思う気持ちや、自らの式神となった神の願いをかなえるためではないかとも、弁財天の胸中にはそんな思いも過《よぎ》っていた。

契此天には、それらを全て成し遂げたいという想いから、それらを早く成してゆく手段を懸命に考えた上で、神々にとって一番、その身に過酷な道を自らで選び、星の御霊になるというつらい役目を引き受けることを急いだと、弁財天は思った。もし契此天の真意が、そこにあったとするなら、最高神として進む道を断念し、梵釈天に最高神の座を引き受けてもらうことで、変革という自身の望みは友である夫に託したのだ。契此天の心にある大切な想いを完遂してゆくために、あえて厳しい道を選んだと、弁財天はそう感じていた。そのことに気がついた弁財天は、契此天が多くの想いを胸に抱《いだ》き続けながら、一つの星になることを早急に決断したのは、それらの己の切なる願いをかなえるために、自らが星となることで己自身が犠牲になることと引き換えにしたと思ったのだ。弁財天は複雑な心境で、ここまで辿り着くまでの契此天の想いを考えながら、その瞳を悲しげに揺らしていた。

次女の善女龍王もまた、幼い頃の二人の約束を知っており、姉の弁財天と同様の想いを感じていた。

契此天は、善女龍王と共に、下界の時代を巡ることで、未来の先にあった別の次元で毘沙門天と吉祥天が四回目の試練を果たすこともかなわず、人の世を去ることになっていたことも知ることになった。しかし、吉祥天との約束を果たそうとしていた契此天は、先にある二人の未来を深く案じて、次元にある過去や未来を行き来することで、そのことを一番に確認したかったという思いが強くあったことを、善女龍王は今、知ることになった。

善女龍王は、契此天があの時、毘沙門天たちと共に下界に降りる前に、自身を連れて次元を飛び、共に行き来してほしいということを、必死に頼み込んできた時のことを思い出していた。自身と共に、次元を行き来することで、契此天は吉祥天との約束を果たすために、先に手を打つことを懸命に考えていたのかも知れない。だが、契此天が考えた末に、己自身に下した判断は、最後は弥勒如来となって一つの星になることであった。

しかし、神が一つの星になることとは、神が星の役目を終えるまで、その内に秘めたる大いなる力を注ぎ、星を支え続けなければならないという、過酷なつらさを伴うことになり、神にとって最も荷が重い責務でもあった。更に、一人の神としても、星になることで自らの行動と自由が拘束されることから、一人の神にとっては死したも同然のつらい役目であることも意味していたのだ。それは、大宇宙の中で、創造主としての働きが全く望めなくなってしまうことを意味した。だからこそ、神々は、一つの星になることを躊躇《ためら》うのだ。

しかし、弥勒菩薩となった契此天は、自らの意志で如来となり星になることを躊躇うこととなく志願した。契此天のおかげで、毘沙門天は箱の力によって蘇り、妹の吉祥天は泣かずに済んだ。そして、毘沙門天と吉祥天の二人が、共に明るい未来を歩いてゆくことができることになった。

契此天は、一つの星となり自らを犠牲にすることで、吉祥天と毘沙門天の先行く二人の未来を、守ってくれたのだ。

善女龍王は、契此天に淡い笑みを浮かべると、契此天が、これまで吉祥天との約束を果たそうと懸命に頑張ってきた、一途《いちず》な切なる想いに、胸が強く締めつけられる思いがしていた。

吉祥天と約束をした弥勒菩薩は、満悦した表情で柔らかな笑みを浮かべると、やがて龍宮御所から光となって消えていった。

弁財天と善女龍王は、顔を見合わせると、契此天への想いが、互いに同じ思いであることを知るように、目に涙を浮かべた。大切な妹を守ってくれた契此天に、弁財天と善女龍王は心の中で深く感謝しながら、契此天であった弥勒菩薩が星の弥勒如来となるべく旅立っていった姿を、いつまでも悲愴な面持ちで、二人は静かに見送っていた。

そして光となって姿を消した弥勒菩薩を見届けた吉祥天と毘沙門天は、互いの手を取り合うと、すぐに龍宮御所から飛び出して行った。

北の柱に向かって嬉しそうに駆けてゆく、毘沙門天と吉祥天の二人の表情は、すっきりと晴れ渡り、幸せに満ち溢れていた。

手を繋いだまま、天界を駆けて行った、絶えることのない二人の笑顔は、やがて北の柱の方角へと、その姿とともに消えていった。

こうして毘沙門天と吉祥天の二人は、長きにわたってずっと悲しみの中で苦悩し、苦しみ続けてきた身分違いという関係から、今ようやく解き放たれ、報われたのだ。

弥勒菩薩が星の如来となったことで、菩薩の位を得ることがかなった毘沙門天は、北の柱の守護神となった吉祥天でもある妙見菩薩の護衛神となり、堂々と北の柱に身を投じることもかなったのだ。

大宇宙の中に、東西南北に位置する守護神が揃ったことで、今まで壊されてきた星々の進化への道が、大いなる力の下《もと》で、急速な勢いで正されていった。

「これより、曼荼羅《まんだら》であった世の中から、ここより先の世は、天上無限《むげん》の世の中に移り変わってゆくことを宣言する」

それは、最高神となった梵釈天様の言葉であった。

天界でいう「曼荼羅の世の中」とは、狂った星々にある下界の世の中を安定させる時代であ

り、その世の中を指す言葉であった。

そして、「天上無限」とは、完成された時代を星々が迎える、真に平定された下界の世の中を指し示す言葉であった。

最高神である梵釈天様の宣言があってから程なくして、どこかの次元に一つの扉が出現すると、その扉は静かに開かれた。

開かれた扉の中は、光によって満ちており、その光に導かれるようにして、扉の奥から続々と多くの下界の人々が出て来る姿があった。その扉から外へと出て来る人々の年齢は様々であり、そこには年老いた老人も数多くいた。

しかし、扉から出て来た人々は、星の大地に足を下ろして前に進んだ瞬間、年老いた人々も含めた全ての人が、十歳くらいの子供に若返っていった。

子供へと若返った人々は皆、その星の大地から、はしゃぎながら空へと舞い上がってゆくと、その星の空を歩き出している。そしてこの星には、二つの太陽があった。

子供たちが、その空の先へ歩いてゆくと、そこには一人の僧侶が座っていた。

子供たちが空を歩いてその僧侶の方へと向かって行くと、僧侶はまるで出迎えでもしているように、星に来た多くの子供たちへ、にっこりと優しい笑みを浮かべている。

空に浮かんでいた雲の上に座っている一人の僧侶のもとに、続々と集まってきた子供たちは、空を歩けるようになったということを自慢げに、そして嬉しそうにしながら、その僧侶に次々と楽しそうに伝えていた。

僧侶は、絶え間ない笑みを口元に浮かべたまま、子供たちへと頷きながら、まるで我が子を愛おしむように、子供たちの頭を優しく撫でていた。

「ねぇ、ねぇ、この星はね、なんていう名前のお星さまなの？」

僧侶に懐いてくる子供たちの中の一人が、僧侶に聞いた。

「この星かい？　この星はね、ミュロー星という名前のお星さまだよ」

僧侶は優しい声で、子供たちに伝えた。

すると、そう言った僧侶の体が突然、光によって包まれたのだ。

そして僧侶は、子供たちの目の前で一筋の光となって、ミュロー星の中へとその姿を消し去っていった。

その光景を見た子供たちは、それに驚くと、ミュロー星の神様に出逢ったのだと、皆が歓喜の声を上げながら、心から喜んでいた。

多くの子供たちを乗せたミュロー星は、これより星としての役目を果たしてゆくことだろう。

下界の人々が光の扉を抜けて、無事にミュロー星へと到達した姿を、天界より見届けていた梵釈天は、満足そうに口角を上げると、柔らかに笑んでいた。

かつて、神々が創造した世において、ある一人の女神がいた。女神は嫉妬や憎しみによって心に迷いが生じてしまい、決して口にしてはならないと神々が禁じていた、禁断の果物を口にしてしまった。

その禁断の果実を口にした女神は、貪婪《どんらん》で我欲が強い邪悪な魂を持つ魔神《ましん》と化して、悪魔たちをばらまく根源となってしまった。

当時の神々は、大宇宙に創《つく》り出してきた数多《あまた》の星々と、そこに息づく生命体が悪影響を及ぼされることがないように、三次元という別の新しい次元を次元の狭間に創ると、その三次元に一つの星を創った。

神々は、魔神と化した女神が再び目覚めることがないように、禁断の果実の魔の力によって魔に染まってしまった女神の御霊《みたま》を、その星に封じ込めることにしたのだ。

だが、次元の狭間に創った星は、いつかは消滅させて、もともとあった大宇宙の中にある神の世に戻す必要があった。

そこで当時、名乗りを上げた多くの神々が、魔神となってしまった女神の御霊を分散させて、おのおのの体内に取り込むことで、女神の邪悪な心を封印したのだ。

邪悪な女神の御霊の欠片《かけら》を体内に取り込んだ神々は、魔という闇の邪悪な気の蔓延を排除し完全に封じるために、その三次元の狭間に創った星に降り立つと、その星の人類となった。

その星には、魔の力を完全に封じ込めるための周期と最終期限が定められていた。

一回の周期が千二百年という時が定められていた星は、その時を迎えるとまた時代を遡り、この星が創世された初めから千二百年の時を繰り返した。

だが、千二百年という時の周期は十一回までと明確に定められており、それが最終期限だった。そしてそれが、この星にとっての寿命でもあったのだ。

神々は、十一回目という最終期限までに、魔を封じ込める必要があった。それまでに神々は、禁断の果実がもたらす魔を完全に封じ込めて、消滅させなければならなかったのだ。

魔神と化してしまった女神の御霊を完全に封じ込めるためには、星とそこに息づく生命体が正しい進化を遂げてゆく必要があった。

神々が、人間という人類となって星に降りた初めの頃は、順調に物事は進んでいた。

しかし、人々が転生を繰り返して、星に住む人間の数が増えていくと、もともと神々が持っていた遺伝子が薄くなり、人類は誤った人間の進化への道を遂げていくようになったのだ。

神々が持っていた遺伝子が薄くなったことで、人類の進化の過程が狂い出すと、邪悪な魔神の御霊が持つ、禁断の果実の魔が再び強くなるという結果になった。その結果、千二百年という周期だけが星に巡り、功を奏するということが、なかなかかなわなかった。

だが、十一回目という最後の周期を迎えていた星は、三次元という次元の狭間で、隔離された星の役目を終える、最終期限の時を迎えることとなった。

しかし神々はようやく、星の寿命が尽きるギリギリのところで、魔神と化した女神の御霊を完全に封じ込めることに成功した。

そして、その星に住んでいた人類が、自らの心に取り憑いていた悪魔を浄化し、その心が闇より解き放たれた人々が、再び正しき人類の進化への道へと進むべく、その心が目覚めることがかなった星の人類を、救い出すことも無事に成就させた。

「天上無限の意をもって、これにて次元上昇の儀を終えるものとするなり」

天界では、最高神である梵釈天様の声が、創造主である神々たちへ向けて、大宇宙の中にある世の中が平定されたことを高らかに告げていた。

それはまさに、大宇宙の創造主である神々たちが、大いなる一つの儀を全うしたということを告げた、その瞬間の出来事であった。


次元の狭間に創られた星は、やがて魔神となった女神の御霊を封じ込めたまま、三次元という次元とともに、消滅した。

大宇宙の中の、神々が創造した神の世は、天上無限の時を静かに迎えると、真に平定された大宇宙の世界へと動き出した。

数多《あまた》ある星々と、そこに息づく生命体は、創造主である神々の加護を受けながら、その導きの下で、正しい進化への道を辿り続けてゆくことだろう……。

人類には姿が見えない創造主という神々は、いつも星の人類に寄り添い、見守り続けているという。

創造主は、一つ一つの星にいる、そんな人類の笑顔の絶えない健全な姿を、ずっと永遠に慈しみ、守りたいと願っているのだ。

そんな神々が見守っている、その大宇宙のどこかに、ミュロー星という星がある。

あの次元の狭間にあった星に住んでいた、光の扉が開かれた人類のみに、ミュロー星へと繋がる道は、確かに開かれた。

ここに至るまでには、数多くの神々の想いも、また一つあった。

それが、かつて魔神となってしまった女神の御霊を分散することで、自らの体内に魔神の欠片《かけら》を封印することを引き受けた、神々たちの存在だった。

自らの体内に魔神の御霊を封じた神々は、次元の狭間に創られた、その星の初めの人類であった。

その三次元の星へと降りた神々の遺伝子は、あれから随分と薄くなったものの、たとえ僅かでも神々の遺伝子を受け継いでいる人類がいるとするならば、神には彼らたちを含めた人類もろとも、星にいる数多くの人類を救い出したいという願いや想いも、また同時にあったのだ。

最後の滅びを迎えていた星の時代に、数多くの神々が星に降り立つことになったのは、そんな神々の想いがあったからなのかも知れない。

ミュロー星へと無事に道が開かれたあの星の人類を、星は優しく抱きながら深く慈しみ、あの人類の新しき未来の道へと、これからどこまでも多くの人々を、ミュロー星は優しく導いてゆくことだろう。

弥勒菩薩の願い事をかなえた一つの箱もまた、誰も気づかぬところで、いつの間にかどこかに消え去っていた。

弥勒菩薩のただ一つの願い事は箱によってかなえられ、泡となって消えて逝った毘沙門天は復活を果たし、愛する吉祥天のもとへと帰ることがかなった。

毘沙門天と吉祥天の二人にとって、この一つの箱とは、きっと最後に自身たちを結びつけてくれた、ただ一つの希望の舟になっていたに違いない。

二人もまた、これから先にある夢や希望に向けて、大きく胸を膨らませながら、北の柱の中で仲睦《なかむつ》まじく、大宇宙にある星々と人類のために、創造主として大いなる役目を果たし続けてゆくことだろう。


創造主である、ある神が告げた――。

一つの箱とは、願いが込められる前は、ただの箱である。

だが、誰かの願いが込められた箱は「アーク」と呼ばれる箱となり、その願いを込めた誰かの願い事をかなえる箱に、変わるのだという。

そしてその箱は、己以外の他人を救うことが望める箱であり、己自身のための願い事は、決してかなえることはないのだ。

神はまた、アークとは、未来への夢や希望に繋がる、多くの人々を救うための「ノアの箱舟《はこぶね》」と呼ばれる、一つの舟にもなるとも言った。

それを知る、どこかの下界の人類は、この箱を「パンドラの箱」と呼ぶようになり、そしていつの頃からか箱は、「Ｐ－ＢＯＸ」と呼ばれるようになったという。

Ｐ－ＢＯＸという箱は、下界に住まう人類を、夢と希望が結びつく道へと導き、また人々の心ともいうべき魂を助けるための、希望の舟にもなることがかなうということであった。

いつか、夢や希望が持てるというＰ－ＢＯＸが、どこかの次元に現れることがあるかも知れない。

その時、このＰ－ＢＯＸを手にする人たちとは、己以外の他人である人のために、一体どんな願い事をＰ－ＢＯＸに込めることになるのであろうか……。

完

著者プロフィール

天見 海（あまみ かい）

北海道出身

P-BOX 第一章 未来の先にある光の扉 下巻

2023年8月15日 初版第1刷発行

著 者 天見 海
発行者 瓜谷 綱延
発行所 株式会社文芸社
〒160-0022 東京都新宿区新宿1－10－1
電話 03-5369-3060（代表）
03-5369-2299（販売）

印刷所 図書印刷株式会社

ISBN978-4-286-29097-3